[加]埃丽卡·戈特利布 著

陈毓飞 译

The Orwell Conundrum

A Cry of Despair or Faith in the Spirit of Man?

奥威尔难题：

是绝望的呼喊
还是对"人类精神"的信念？

Erika Gottlieb

南京大学出版社

The Orwell Conundrum: A Cry of Despair or Faith in the Spirit of Man?
Copyright © McGill-Queen's University Press 1992
Simplified Chinese edition copyright © 2019 Shanghai Sanhui Culture and Press Ltd.
Published by NanJing University Press
All rights reserved.
版权登记号：图字10-2019-359 号

图书在版编目（CIP）数据

奥威尔难题：是绝望的呼喊还是对"人类精神"的信念？
/（加）埃丽卡·戈特利布 (Erika Gottlieb) 著；陈毓飞译
. -- 南京：南京大学出版社，2019.8
书名原文：The Orwell Conundrum: A Cry of Despair or Faith
in the Spirit of Man？
ISBN 978-7-305-22285-6

Ⅰ.①奥… Ⅱ.①埃… ②陈… Ⅲ.①长篇小说—小
说研究—英国—现代 Ⅳ.①I561.074

中国版本图书馆CIP数据核字(2019)第104214号

出版发行 南京大学出版社
社　　　址 南京市汉口路22号　　邮　编　210093
出 版 人　金鑫荣

书　　　名 奥威尔难题：是绝望的呼喊还是对"人类精神"的信念？
著　　　者　［加］埃丽卡·戈特利布
译　　　者　陈毓飞
策 划 人　严搏非
责任编辑　谭　天
特约编辑　张嘉宁 李　姗

印　　　刷　山东临沂新华印刷物流集团有限责任公司
开　　　本　880×1240 1/32　印张 15　字数 305千
版　　　次　2019年8月第1版　2019年8月第1次印刷
ISBN 978-7-305-22285-6
定　　　价　78.00元

网址：http://www.njupco.com
官方微博：http://weibo.com/njupco
官方微信号：njupress
销售咨询热线：（025）83594756

献给我的父母，
保罗（Paul）、彼得（Peter）
以及朱莉（Julie）

致谢

我想感谢圣迭戈大学的丹尼斯·罗哈廷（Dennis Rohatyn）教授、爱荷华大学的帕特里克·雷利（Patrick Reilly）教授以及加拿大圭尔夫大学的威廉·克里斯蒂安（William Christian）教授，他们为这部手稿较早的版本做了有益的评论。

同时，我还想感谢卡尔顿大学出版社的迈克尔·尼亚罗夫斯基（Michael Gnarowski）教授以及加拿大人文科学基金会出版援助部的高级官员丹尼丝·拉钱斯（Denise Lachance）女士，在他们的帮助下，本书才得以出版。

较早版本的第四、五、九章分别载于《乔治·奥威尔：重新评估》（*George Orwell: A Reassessment*，ed. Peter Buitenhuise and Ira Nadel，London: Macmillan，1988）、《乌托邦研究（二）》及《乌托邦研究（三）》（*Utopian Studies II* and *Utopian Studies III*，ed. Michael Cummings and Nicolas Smith，Lanham，New York: American University Press，1989 and 1990）中。

目录

第五部分　穿过另一面：从悲剧反讽蜕变为蕴含才智的激进讽刺——对
"人类精神"的终极信仰

『即使是被打败，
也要充满勇气』

徐 贲

在众多的乔治·奥威尔研究和批评中，戈特利布（Erika Gott-lieb）的《奥威尔难题》（简称《难题》）引人注目。戈特利布以发人深思的方式解答了一个长期困扰许多人的问题：为什么一方面，奥威尔的著作，尤其是他的《一九八四》在全世界拥有这么多读者，产生了如此不凡的影响，且好评如潮；另一方面，又有这么多西方的（尤其是美国的）批评者指责他缺乏文学想象，认为《一九八四》是有缺陷的甚至是失败的作品。无论我们是否赞同戈特利布的解答，她都对我们提出了一系列有关奥威尔和《一九八四》的关键问题。她清楚表明的是，奥威尔是一位重要的社会和政治思想家，也是杰出的文学艺术家和 20 世纪人道主义的代表人物。奥威尔告诉我们，极权之恶是人类的事情，与宗教意义的"恶魔"无关。他的《一九八四》是一部文学杰作，而不是像一些批评家所说的，是一部艺术上有瑕疵或失败了的政治小说。《难题》于1992年出版，第二年，美国马里兰大学文学教授丹尼尔·麦克马洪（Daniel MacMahon）即将此书列为研究奥威尔必读的两三部最佳著作之一。[①]

一　绝境中拒绝绝望

批评家珍妮·凯尔德（Jenni Calder）说，奥威尔的《动物庄园》和《一九八四》"不仅已经成为我们文学传统和遗产的一部分，而且进入了我们的神话"。这使得"对奥威尔作品的批评到处都是冲突，犹如一片雷区"。[②]这个雷区的最敏感处之一就是奥威尔的艺术才能是否受损于哲学上的"绝望"。就《一九八四》而言，那就是——他是否认为极权主义心理一旦有效地控制了一国人民，极权统治便会永远存在下去，因此再无抵抗的可能？

对"奥威尔绝望"的指责来自心理学、女性研究、政治学、人道主义等多种批评理论，戈特利布以这些为对手理论展开她对《一九八四》的解读。她把"奥威尔绝望"分解为两个问题。

① Daniel McMahon，"Erika Gottlieb：The Orwell Conundrum：A Cry of Despair or Faith in the Spirit of Man？" *Utopian Studies*，1993，4（2），pp. 211-212.
② Jenni Calder，*Animal Farm and Nineteen Eighty-Four*. Philadelphia：Open University Press，1987，pp. 5，99.

第一个问题是，哲学态度的绝望必然导致艺术瑕疵或失败吗？"是不是某种特定哲学比另一种哲学更能带来美学上的杰出成果？绝望的图景是否必然是审美上的不足？悲观主义的形而上学立场与艺术卓越之间是否存在着不可调和的矛盾？"（13）戈特利布认为，哲学态度本身并不能自动给艺术降级或升级。卡夫卡的文学价值并不取决于他对人类的未来是否怀有希望，卡夫卡人物的异化和绝望处境是在人与环境这个庞然大物的对抗之间发生的。在这种对抗中，个人必定会失去人之为人的一切：个人被矮化，他的生命变得无足轻重，失去了意义。但是，即便陷于卑污的泥淖里，人还是有生存的尊严。绝望与否不是衡量卡夫卡文学价值的标准，同样，即使奥威尔对人生抱悲观甚至绝望的态度，我们也不能因此断定这就一定会伤害他作品的艺术和思想价值。

第二个问题是，《一九八四》表达的是奥威尔的绝望吗？这个问题其实也就是，《一九八四》的极权世界还存在抵抗的可能和希望吗？戈特利布认为，小说的主要人物温斯顿并不就是作者奥威尔本人，温斯顿的绝望不代表奥威尔的绝望，极权统治下人的绝境确实构成了对奥威尔的心理考验。奥威尔经受住了这个考验，他选择的是反抗而不是接受那个陷温斯顿于绝境的极权世界。即使在最黑暗的时候，也不放弃期盼光明的权利。但是，奥威尔警告说，不要低估极权对人类的威胁。《一九八四》的"核心理念是来自永恒（timelessness）的威胁。内党（Inner Party）是不可摧毁的。这一理念是形成《一九八四》政治图景的重要特征；……一旦极权主义得以传播，它甚至会传遍全球；而一旦它征服了世界，就会变为永

恒，不容更改"。(17—18)

看到或意识到极权的顽固存在，这并不代表就是绝望。《戈斯坦因的书》宣誓极权永存的决心："像天主教会这样具有吸纳性的机构，有时会维持几百到几千年……只要它能指派自己的后继者，统治集团就永远会是统治集团。党所关心的不是血统上的永存，而是自身的不朽。"(*Nineteen Eighty-Four*, 180) 有的读者也许会因此感到绝望，但也有不这样的读者。绝望是因为看到极权的强大和无所不为、无所不用其极地"使自身不朽"；不绝望则是因为相信，这种使自身不朽的计划并不是不可挫败的。绝望经常是因为把《一九八四》当作一个预言，而不绝望则是把它看成一个警告。

《一九八四》向我们展现了一个黑暗时代的图景，在这样的时代里，人丧失了个人自主性，变得如没有灵魂的虫豸般微贱。美国作家赛登堡(Roderick Seidenberg)在《后历史的人》(*Posthistoric Man: An Inquiry*) 中是这么描述的，"人类能获得个体性，也能交出个体性……自我将被粉碎成更小的颗粒，碾成微尘，最后变成社会中最小的原子，直到进入后历史……人被完全用某种思想组织起来，彻底丧失了本能，成为自动行为程序的奴隶，无休无止的重复，就像蚂蚁、蜜蜂和白蚁"。[①]

《一九八四》确实让我们看到了这样一个黑暗时代，但是，奥威尔认为，人性和灵魂的丧失是极权统治的恶果，不是自然的历史进程。20世纪40年代的许多自由主义知识分子都把社会主义等

---

① Quoted in Mark Connelly, *The Diminished Self: Orwell and the Loss of Freedom*. Pittsburgh: Duquesne University Press, 1988, p. 19.

同为"蜂巢国家"（beehive state），而左派知识分子则把这种社会主义当作历史发展的必然趋向。奥威尔是一位社会主义者，他认可的是以正义和自由为核心的社会主义。他反对与自由为敌的集体主义。他在《动物庄园》里清楚地表明，用集体主义的名义把个人变成社会的细胞是对社会主义的最大背叛。

如果说《一九八四》让我们看到的是人如虫豸的黑暗时代，那么，奥威尔用这个故事要告诉读者的是，彻底消灭人性和摧毁人类灵魂的不是历史本身，而是史无前例的现代极权。黑暗时代不会自动来临，黑暗时代是极权的权力统治结果，"培育没有自由意愿的人种，是和培育没有犄角的奶牛一样容易的"。[①]《一九八四》不是赛登堡所说的那种人在历史进程中的个体性自动丧失，正相反，这部小说是对极权主义思想统治后果的有力讽刺。奥威尔向同时代人发出呼喊：极权主义的蔓延不是历史的必然，是可以阻止的，人类可以用自己的自由意识来抗拒和削弱极权主义的进逼。他的态度始终是战斗而非坐以待毙的。

存在主义哲学家迈克尔·卡特（Michael Carter）曾高度赞扬奥威尔拒绝绝望的战斗精神。他在《奥威尔与真实存在问题》一书里指出，极权统治强迫个人把真实的"私我"变成不真实的"公我"，"奥威尔的每一部小说都是在对抗这种强权，这也是存在主义的核心主题"。卡特在温斯顿身上看到的不只是失败，而且是虽败犹荣的抗争，失败不是抗争无价值或无意义的证明。温斯顿在

[①] Ibid.，p. 157.

抗争完全不可能的状况下还是没有放弃抗争，这是"经典存在主义行为的表现"，[①]也正是加缪在《西西弗斯神话》（*The Myth of Sisyphus*）中所描绘的那种绝望状态下的存在主义反叛。

但是，奥威尔的绝境抗争与卡特所说的存在主义反叛毕竟有所不同。首先，存在主义不承认普遍价值，而奥威尔则把"人类精神"当作一种普遍价值。戈特利布指出，奥威尔"所寻找的无疑正是 20 世纪人道主义者的追求，对一种道德—精神价值的肯定，这种价值不是源于宗教信仰，而是源于对'人类精神'的深层信念"。（31）这是人与"恶魔般非人化力量进行斗争"的信心，它建立在"肯定'人类精神'是不可或缺之物的基础之上，……如尊重客观真理，并同样尊重'心理事实'的主观真理，尊重决定人类行为的'普通礼仪'法则"。她强调，"忠于'人类精神'并非易事：它要求智识上和道德上的双重努力"，这正是奥威尔对知识分子提出的要求。（51）

奥威尔所说的人类精神，它不是天生的，而是文明的成就。他把极权主义视为人类文明的危机，"现代人要挽救文明，必须建立起善恶有别的制度，而这种善恶感必须独立于天堂和地狱的观念"（116）。这是一种世俗的、人道主义的，而不是宗教的善恶感。即便在《一九八四》那样唯有权力，没有善恶的世界里，人的这种善恶感也还是没有完全泯灭。温斯顿想要寻找自己的过去，一个比他

---

① Michael Carter，*George Orwell and the Problem of Authentic Existence*. London：Croom Helm，1985，p. 217.

的当下时刻要好的时候，他的身体里带着某种天然的"抗议因子"（体现为他的"梦"），使他对那个极权的世界有一种近乎本能的抵触。这并非温斯顿一个人的感觉，而是所有还能感知自由意识的个人都会有的感觉。奥威尔认为，丧失这种感觉就是丧失人类精神，就是人在极权统治下的异化。

"异化"是奥威尔与存在主义的第二个不同之处。存在主义将人的异化视为因人的存在状况（human condition）所造成，指的是个人与相关事物的离异，如个人与群体、自然环境、自我、上帝的离异。这种离异造成真实自我（authentic self）的危机。奥威尔关注的是另一种异化，那就是极权统治下表现为"权力崇拜"的异化。他在《权力 vs. 文学》（"Power vs. Literature"）一文中称人是"高贵的动物"——人是因为能辨别善和恶才高贵的。权力崇拜使得人不再能辨别善恶，也不再在乎善恶的区别，人变成了与弱肉强食兽类无异的动物。奥威尔拒绝把这种异化接受为无法改变的自然状态。

《一九八四》中的"两分钟仇恨会"和"仇恨周"都是权力崇拜的仪式，阅兵式、群众游行、领导检阅、效忠宣誓是其他常见的崇拜仪式。《一九八四》一书中的强烈宗教暗示让我们看到，人在失去与宗教信仰相连的安全感之后，剩下只是一片心理真空。这也正是极权统治"权力崇拜"乘虚而入的绝佳时机。权力崇拜使人丧失道德价值，也丧失对自己的确信，蜕化为极权独裁下的顺民和奴民，这是人类最具长久灾难性的异化。

二 混合文类的阅读

《一九八四》是一部 20 世纪的人道主义杰作，这是一种在似乎完全没有成功希望时仍然不放弃其价值坚持的人道主义，戈特利布称之为"悲剧人道主义"。在奥威尔写作的时候，斯大林的极权主义正如日中天，在世界范围扩散，因此，悲剧人道主义"呼吁人们关注那些我们不得不反抗的黑暗的、可能是'无法抗拒的力量'的存在，奥威尔坚守信念，相信人类是可以变得完美的，相信我们的文明有自己的未来。小说传递的既不是歇斯底里呐喊出来的讯息，也不是突如其来的绝望或个人强迫症的破碎景象，而是奥威尔政治、心理和精神方面成熟而整合良好的思想凝结"。(375)

这是《一九八四》独特文学价值的所在，为了充分展现这部作品的内涵，戈特利布提供一种视野开阔的多层次阅读，不仅包括心理学、历史学、哲学等不同学科，而且也跨越不同文化的文学传统。她特别强调的是《一九八四》的"复合文类"(composite genre)。这是一种在"政治寓言"与"现实主义的心理小说"之间形成的混合模式，刻画极权统治形态和揭示被它奴役的奴民心智。

文学批评家斯蒂芬·J. 格林布拉特（Stephen J. Greenblatt）在分析中世纪英国作家菲利普·西德尼（Philip Sidney）的"混合模式"(mixed mode)时指出，文学创作的文类是有限的，每个基本文类都有它自己的结构、人物、话语、思想含义、艺术效果等特征，读者会根据自己辨认的文类做相应的阅读，不同的选择性文类判断会产生不同的阅读。①优秀的作家虽不能创造文类，但可以用不同的方式混合文类，产生独特的创作效果。这也正是戈特利布在《一九八四》中所看到的，她认为，以混合文类来阅读《一九八四》比用单一文类能更好地理解这部小说的文学成就。

复合文类阅读是对单一文类阅读的提升而不是否定，复合文类阅读让我们看到，《一九八四》"一方面包含了奥威尔自己定义的'自然主义小说'的因素；另一方面又包含了'幻想作品'，一部'关于未来的小说'——我们今天称为反乌托邦小说——的因素。至少在某种程度上，它也可以是一部'惊险小说'，一个'爱情故事'，同时还是对'极权主义走到尽头可能引起的智识上的后果'的一部'戏仿之作'"。戈特利布看到，"文类间的二分法是症结所在：一些文类适合讽喻寓言（即政治戏仿、对观念的讽刺，以及反乌托邦讽刺作品），另一些则与心理现实主义的逼真性紧密联系（惊险小说、传奇和自然主义小说）"。(26)

复合文类阅读可以超脱政治寓言和心理现实主义的对立，凸显《一九八四》的文学讽刺价值。戈特利布认为，《一九八四》的讽刺是首位的，其他都是从属性的："讽刺是《一九八四》的主导性的文类。而且，所有其他次文类都从属于讽刺这一中心目标，并与之相协调，以对极权主义的习性进行探索、戏仿和谴责"。(28)她毫不讳言，这是一种对读者智性要求颇高的阅读，"我认为，导致奥威尔难题的关键争议之一是两种文类之间相互抵触的要求，奥威尔

---

① Stephen J. Greenblatt, "Sidney's Arcadia and the Mixed Mode." *Studies in Philology*, 70 (3), 269-278, p. 269.

已经把这两种要求施加到了读者身上。首先，阅读讽刺作品，要求读者在理智上保持距离，保持相对的无动于衷；同时，阅读强大的心理现实主义作品又要求读者需具备情感认同和同情心"。（27）这是我们在阅读《难题》时必须要有的思想准备。

戈特利布以讽刺为主导的混合文类阅读借用了伟大的加拿大文学批评家弗莱（Nothrop Frye）对讽刺的论述，是书中最精彩的部分之一。讽刺是《难题》三个语境中的一个，其余的两个语境分别是奥威尔的整体作品和一些重要的现代心理学理论。

在讽刺的语境中，《一九八四》的比较对象包括斯威夫特的《格列佛游记》、伏尔泰的《老实人》和卡夫卡、萨特、加缪等人的一些作品。戈特利布指出，虽然奥威尔自己表示《一九八四》既是讽刺又是戏仿，但"许多批评家难以调和大洋国赤裸裸的地狱景象与一般跟讽刺有着关联的反讽或幽默"，也就是"严肃讽刺"与"笑声讽刺"之间的关系。大多数被认为具有讽刺性的作品运用"笑声、戏弄和嘲讽"的手段，"似乎讽刺精神最易与喜剧性文类相结合"。然而，《一九八四》所体现的"怪异或荒诞"却是"与更流行、滑稽或轻松的'机智幽默'的样本有着天壤之别"。（376）这部阴沉黑暗的讽刺作品呈现出的严肃机智意在攻击，而不只是嘲笑。《一九八四》思考型讽刺的批判力来自它所依据的具有普遍意义的价值理念，它"至少要蕴含一种道德标准，这种标准对于旗帜鲜明地对待现实经历的态度来说是必不可少的"。（Frye, *Anatomy* 224）这个道德标准来自奥威尔所信仰的那个作为高境界民主的社会主义。这是他在其他作品中不断倡导的那种正义和自由的社会主义。

　　奥威尔的整体作品是戈特利布借重的第二个重要语境。她对《一九八四》的解读是放在奥威尔的其他作品，尤其是他脍炙人口的批判性随笔中一起进行的。这些随笔大部分收在已经翻译成中文的《政治与文学》里（译林出版社，2011 年）。她所论述的奥威尔思想主题——人类精神、悲剧性人道主义、社会主义的自由和民主价值、斯大林对社会主义理想的背叛、左派知识分子对斯大林主义的容忍和诌媚、人道价值的普适意义等——都是用奥威尔的其他作品甚至笔记来论证的。例如，体现奥威尔自由不绝望理念的名言——"即使是被打败，也要充满勇气"，就是他在伊顿公学时写在雪莱《解放了的普罗米修斯》（*Prometheus Unbound*）最后一页上的旁注。了解奥威尔的整体思想对于把握《一九八四》的艺术持久力和思想内涵是非常必要的。

　　戈特利布阅读《一九八四》所借重的第三个语境是现代心理学家的理论：弗洛伊德、荣格、布鲁诺·贝特尔海姆（Bruno Bettelheim）、威廉·赖希（William Reich）、维克多·弗兰克（Victories Frankel）等。戈特利布区分了《一九八四》的三个主要讽刺对象：一是希特勒和斯大林的极权统治；二是自欺欺人并与斯大林极权统治合谋的左翼知识分子；三是极权主义心理。今天，第一和第二个对象已经成为历史，而第三个对象的极权奴役心态则还在现存的极权和后极权体制中延续，呈现出形形色色的严重心理障碍和人格疾患，并继续在瓦解和摧毁人的自由意志和抵抗能力。

极权主义营造的奴役心态是对人的"内心征服"。奥威尔特别关注的是发生在知识分子身上的这种征服。《一九八四》中一个令人难忘的例子——一个名叫汤姆·帕森斯（Tom Parsons）的小人物，"他是所有真信者中最狂热的一个，他被女儿告发在睡梦中说过'打倒老大哥！'这件事直指真信者内心最深处的矛盾感受。为了'爱'老大哥，他不得不压抑自己对仁爱部的意识——这个地方强烈地提醒着他老大哥的残酷无情。由于他知道自己受到监视，随时可能因非正统思想而遭受惩罚，他对老大哥的憎恨与恐惧必须压抑起来、伪装起来，甚至是对他自己"。结果，他采取了"过度补偿"，他的恨转化成了谄媚的爱。他最爱做的事就是"重复党的口号，以说服自己相信他爱老大哥"。（193）跟过度补偿一样，自我审查、自欺欺人、轻信和盲目崇拜、道德麻木、出卖和背叛、奴性、恐惧和极度猜疑、仇恨和狂热的集体癔症、施虐狂和受虐狂也都是常见的极权主义心理，也都体现了极权统治对人的心灵、良知和精神的征服效应。

三　从 1984 到 2050

细节是小说的灵魂，《一九八四》中丰富的细节不仅涉及极权主义心理的种种微妙表现，而且包括巧妙的艺术构思和结构设计。这两种细节相辅相成，都是小说整体意义的艺术表现形式。例如，小说以一年 12 个月的周期为其时间结构，从寒风凛冽的 4 月开始，这时漫长的寒冬似乎遥遥无期。但是，5 月来临，温斯顿与姑娘茱莉娅的爱情一下子把故事带入了春天，经过 6、7 两个月的短暂激情，8 月被秘密警察逮捕。他在仁爱部的 101 房间里度过了 9 个月，像是婴儿在母体子宫内怀胎一般，诞生为"新人"，然后被处决。小说的三个高潮便是这一年过程的三个转折点：第一高潮是温斯顿和茱莉娅萌生爱情，第二高潮是他们被逮捕，第三高潮是温斯顿在 101 房间里获得重生。其他的象征性细节包括温斯顿的静脉炎、镇纸、灰尘、老鼠等。戈特利布着重分析的"梦"也是这样的细节。

然而，她更加关注的是另一些对读者有更高"智力要求"的细节，尤其是《一九八四》里的《戈斯坦因的书》和附录《新话原则》。这两部分的艺术效果在于"运用智力"的讽刺。相较引人发笑的讽刺，运用智力的讽刺"更直接地呼吁理性的思维过程"。（392）这两个部分是戈特利布阅读《一九八四》的关键部分，她以此揭示贯穿于《一九八四》中的悲剧人道主义，把关注力投向那种邪恶到"可能是'无法抗拒的'"（375）黑暗力量。这种黑暗力量构成了对奥威尔坚守的"人类精神"的绝境考验。

《戈斯坦因的书》和《新话原则》的讽刺作用在于，它们以两种不同的时段效果拉开读者自己的自由意识与极权思想奴役的距离。《戈斯坦因的书》让读者回到了大洋国的过去——那个时候，大洋国还没来得及造就《一九八四》里那样的极权现实。在那个过去的时刻，人们至少还没有完全失去选择是否要抵抗的自由。而附录部分的《新话原则》则把读者带入一个 1984 年已经成为过去的历史时段，这时候，极权统治已经进入了完美成功的"最后阶段"，极权心态和思维方式已经成功地控制了每个国民的头脑，自由意识的抵抗已经完全不再可能。

在现实世界里，这一天会不会到来呢？这是附录对我们提出的严肃智力思考要求，"我们并不肯定这个党预测会在 2050 年左右出现的最后阶段是否真的实现了，这就增加了假设的条件式所制造的矛盾心理。附录显然是让我们推测一个世界'如果……会怎样'，而不是思考这个世界'就是这样'"。（385）《一九八四》的世界里，党还在打造"新话"，一旦新话成为人们唯一知晓的语言，那将又会是怎样的一个世界？

《戈斯坦因的书》和《新话原则》的讽刺更应该引起今天读者对自己现实处境的思考。无论我们今天的境遇与《一九八四》中的如何相似，我们仍然处于小说描绘的灾难之前，仍然拥有抵抗它的自由意志和机会，我们不能丧失这样的自由意志，也不能放弃这样的抵抗机会。

只是当我们意识到自己是在一个不同的历史时段看待温斯顿的《一九八四》困境，我们与他对比的自由启示意义才会变得清晰起来。与小说情节中的《戈斯坦因的书》一样，看似与小说情节没有什么联系的《新话原则》也具有重要的启示意义。出版商和批评家曾建议将这部分非小说叙述性文字排除在外。但奥威尔拒绝了，因为他把《新话原则》当作全书必不可少的一部分。戈特利布指出，"事实上，附录紧接着故事令人悲伤的最后一幕，其功能与《戈斯坦因的书》类似：它有助于在核心人物与读者之间创造一种情感距离。它使我们得以对极权主义心理这一讽刺目标有一个纯粹理性的总览"。（384—385）在《新话原则》中，奥威尔向我们展示了一个由于话语毁灭、人类遗产与人类思想记录失落而带来的世界末日图景。但是，"在小说和《新话原则》中，奥威尔又强调看似世界末日的景象并非神定的灾难；它仅仅是我们现在常见的同一疾病的最终阶段，而且我们必须避免吞噬'人类精神'的希望。最终，我们最后的希望仍是对话语救赎力量的信仰"。（408）

奥威尔的《一九八四》是他为同时代的西方知识分子，尤其是作家，写作的。他相信，知识分子"拥有至关重要的社会责任，因为只有他们能粉碎弥天大谎、避开双重思想的陷阱，从而防止极权主义心理的蔓延"。（415）控制语言就是控制思想，奥威尔对20世纪40年代同时代人的告诫是，要坚持揭示真相，说真话和自由交流思想是"防止极权主义体系扩散的第一步"。（416）这是《一九八四》的时效性。

在这个时效作用之外，《一九八四》还有一个对后世具有深远意义，并属于伟大文学的一般性维度，那就是，任何时候，我们都必须以拒绝和抗争来面对极权控制人类心灵的危机。《一九八四》的"义愤"指向他那个时代的"失常"，"最终针对的是人类思维中接受谎言、容忍虚伪、在任何正统的'保护性愚蠢'中寻求庇护的癖性。极权主义恐怖的'黑白'心态仅仅只是我们向这种心态屈服的癖性的最高阶段。极权主义思维制造出的和可能会制造的恐怖很可能会一直与我们同在。它们威胁着我们的理智，而我们必须时刻加以提防"。（419）

《难题》原书出版于1992年，正是苏联和东欧发生剧变后人们对苏联式极权制度投以深刻反思的时候。也正是在这个历史时刻，人们前所未有地看到，"'先前被禁止的真相'的揭露……是摧毁该体系唯一最重要的武器"。（416）这是一种与我们每个人自己有关的真相。戈特利布赞赏格鲁吉亚电影《忏悔》是一部关于我们自身真相的"威力十足的政治寓言"。电影里，在人民自己准备好看清极权本质，并承认在"充满恐怖、谎言和告发的统治下"自身的责任之前，以前那位死去的老大哥是无法被埋葬，还会借尸还魂的。极权批判必须包括批判者的自我批判，"在人们准备好直面关于自身历史的痛苦真相之前，独裁者的尸体拒绝文明的葬礼；它不断重新露面，可怕地提醒着幸存者们想起自己忽视和否认的过去的邪恶与堕落"，"忽略和否认自身所处群体在过去犯下的罪行，无异于赞成和参与'弥天大谎'，并使极权主义心理存活下去"。（417—418）

对今天的读者来说，《一九八四》已经远远超越了它的创作时代意义，而成为与我们自己时代密切关联的伟大作品，"这部小说的普适性和永恒吸引力来自读者的认知，即奥威尔赋予大洋国的思维模式是一种现存于我们周围和内部的清晰的危险"。（419）奥威尔对人类智识自由和真相识别能力的热切信仰超越了他那个时代的特定争议，成为我们今天对他所说的"人类精神"的理解核心：自由和为自由而抵抗。著名批评家乔治·伍德考克（George Woodcock）的《清澈的灵魂》是一部研究奥威尔的名著，他在分析了极权主义心态的多种特征后，特别强调奥威尔把个人自由视为人类文明的基石。他写道，"保持头脑开放，不让今天的奥布兰进入和控制我们的头脑，这是今天的第一需要。《一九八四》广为人知，让千百万人比以前更加强烈地感受到这一需要。那些保持头脑开放、思想独立的男男女女守护着自由的火种，直到有一天能以有效、实际的方式来抵抗极权。……只要我们运用知识和远见，为自由斗争，极权主义的最终成功就不是不可避免的"。①

《一九八四》中温斯顿的遭遇让我们关注他全然丧失自由的悲惨和绝望处境，并警告我们：如果我们因为绝望而放弃抵抗，他身上的奴役锁链就是在我们自己的帮助下打造的。温斯顿完全丧失自由，"是由我们在他的过去所做的决定造成的"，他的奴役使我们更加在意我们自身此刻的精神和人性自由。这种自由无论多么有限，都对我们的抵抗具有决定性的意义。因此，"对温斯顿而言，不可避免的那些事物在我们的未来依然只是一个警世故事。我们获得自由的机会就埋藏在此刻的认知之中。……从他那更低水平的自由中诞生的悲剧讽刺保障了我们的更高程度的自由；与未来相关的现在，是这种自由的内在保障"。（391）也就是说，我们是通过此时此刻某种自由意识来感知温斯顿的奴役处境的。一旦失去这种自由意识，我们就会变得麻木不仁，不再记忆过去，也不再展望未来，因而无可避免地落入与温斯顿同样悲惨，甚至更加绝望的奴役中。

---

① George Woodcock, *The Crystal Spirit: A Study of George Orwell*. Boston：Little，Brown，1966，p. 187.

第一部分

是绝望的呼喊还是对
『人类精神』的信念？

第
一
章

奥威尔难题

乔治·奥威尔是文学天才吗?

他的代表作《一九八四》被拿来与赫胥黎、沃(Green-blatt)和斯威夫特(Reilly)的讽刺作品(satire)做比较,并与反乌托邦作品一较短长,如戈尔丁的《蝇王》(*Lord of the Flies*)(Gulbin)、扎米亚京的《我们》(*We*)(Beauchamp),以及库斯勒的《中午的黑暗》(*Darkness at Noon*)(Calder,

1

3

Fink）。①奥威尔作为作家的地位被拿来与不少同时代的人对照衡量，从萨特（Wilson）到 T.S. 艾略特（Good），以及 20 世纪 30 年代末至 40 年代初许多幻想破灭的社会主义者，如库斯勒和西洛内（Weintraub）。②

莱昂内尔·特里林③盛赞奥威尔拥有"非天才的美德"（Introd. *HC* x）④；然而，库斯勒却提出，我们应把奥威尔视为"两次大战之间参与社会抗争的文人中唯一的天才作家"，而且是"卡夫卡⑤与斯

---

①本书页下注，除注明出处或特殊说明以外，均为译者注。作者注标号为 [1][2]……，集中于每章内容结束后。人名、地名、文名、书名等第一次出现时在原文或注释中皆附原文。赫胥黎（Aldous Leonard Huxley，1894—1963），英国作家，代表作有长篇小说《铬黄》（1921）、《美丽新世界》（1932）、《时间须静止》（1944）等，另著有短篇小说集、诗歌、散文和戏剧等。沃（Evelyn Waugh，1903—1966），英国作家，著有《衰落与瓦解》（1928）、《旧地重游》（1945）等。斯威夫特（Jonathan Swift，1667—1745），英国作家、政论家、讽刺文学大师，以《格列佛游记》等作品闻名于世。戈尔丁（William Golding，1911—1993），英国小说家、诗人，1983 年以代表作《蝇王》（1954）获诺贝尔文学奖。扎米亚京（Eugene Zamiatin，1884—1937），俄国小说家、剧作家和讽刺作家，代表作《我们》（1924）是第一部反乌托邦小说，和赫胥黎的《美丽新世界》及奥威尔的《一九八四》并称"反乌托邦的文学三部曲"。库斯勒（Arthur Koestler，1905—1983），匈牙利裔英籍作家，代表作《中午的黑暗》（1941）。

②萨特（Jean-Paul Sartre，1905—1980），法国哲学家、文学家、戏剧家、评论家和社会活动家，著有《恶心》（1938）、《存在与虚无》（1943）等。T. S. 艾略特（T. S. Eliot，1888—1965），英国诗人、批评家、现代主义诗歌运动领袖，出生于美国密苏里州圣路易斯，1922 年发表的《荒原》为他赢得了国际声誉，1948 年凭借《四个四重奏》（1943）获诺贝尔文学奖。西洛内（Ignazio Silone，1900—1978），意大利作家和政治家，笔名塞贡多·特兰奎利（Secondo Tranqwilli），代表作有《丰塔马拉》（1930）、《面包和酒》（1937）。

③莱昂内尔·特里林（Lionel Trilling，1905—1975），美国著名社会文化批评家与文学家，"纽约知识分子"群体的重要成员，著有《自由的想象》（1950）、《持反对意见的自我》（1950）、《超越文化》（1965）等。

④本书引文除注明出处或特殊说明以外，均为译者所译。

⑤卡夫卡（Franz Kafka，1883—1924），奥匈帝国治下的捷克小说家，现代派文学鼻祖，代表作有《判决》（1913）、《城堡》（1926）。

威夫特之间缺失的一环"（Rebel's 4—5）。

《一九八四》算不算得上 20 世纪具有代表性的小说？虽然极为巧合地，不仅批评家们独因其重要的文学成就而给予其高度关注，而且公众对这部小说经久不衰的兴趣使其空前畅销，但大多数学术研究者认为，这是部有缺陷的作品——姑且视作一部"有瑕疵的杰作"（flawed masterpiece）。在这部小说繁忙的"标题年"——1984 年到来时，此论断甚至已在欧美国家举办的一大堆致敬奥威尔的座谈会、研讨会上受到支持。因此，在 1984 年一场关于这部小说的讲座上，莱斯利·菲德勒①指出奥威尔的"纸板人物"（cardboard characters）就是西里尔·康诺利②1965 年时提出的，应该拒斥的那种傀儡似的人物（89—94）。虽然 1984 年举办的诸场会议根据拉康③、新兴语言学、维特根斯坦④、解构主义和女性主义批评等理论，重新审视了奥威尔，但会议不断反刍许多早先的指控，认为奥威尔缺乏想象力，他只能是个"小艺术家"（George Elliot 152）；认为他的小说存在缺陷，由于"缺少真正的张力，缺少斗争，从一开始就注定了失败"（Dutsher 312），而且奥威尔对于

---

①莱斯利·菲德勒（Leslie Fiedler，1917—2003），美国文学批评家，代表作有《美国小说中的爱与死》（1960）。

②西里尔·康诺利（Cyril Connolly，1903—1974），英国作家、编辑、批评家，著有《诺言的敌人》（1938）。

③拉康（Jaques Lacan，1901—1981），法国作家、学者、精神分析学家，以镜像阶段理论闻名。

④维特根斯坦（Ludwig Josef Johann Wittgenstein，1889—1951），犹太裔奥地利－英国哲学家、数理逻辑学家，分析哲学的创始人之一。代表作有《逻辑哲学论》（1921）和《哲学研究》（1953）。

"真实"和"过程"的痴迷，使得想象力没有时间来发挥作用——简而言之，奥威尔头脑刻板乏味，因而是个微不足道的艺术家。

2 　　问题在于，如果奥威尔不是天才，《一九八四》不是杰作，那我们要如何解释这部小说持久的影响力、对其核心概念的认可，以及奥威尔日益提升的国际地位？

　　首要动力也许是绕开这一困局，求助于伯特兰·罗素[①]（5—7）、乔治·伍德科克[②]（293），或者新近的伯纳德·高夫曼（Bernard Gorfman），他们都认为《动物庄园》（*Animal Farm*）是奥威尔最伟大的作品，而非《一九八四》。关于这一点自然也存在争议。W.H. 奥登[③]认为无论是《动物庄园》还是《一九八四》，都不能算是"成功的"（86）小说杰作。罗伯特·李（Robert Lee）认为《上来透口气》（*Coming up for Air*）是一部重要的过渡性作品，而约翰·韦恩（John Wain）在 1954 年所做的一项极具影响力的研究中指出，我们对作为小说家的奥威尔重视不够，而青睐作为随笔作家和时事评论家的奥威尔，因为"作为小说家（奥威尔）并非天赋卓绝，但是作为一位颇有争议的随笔作家和时事评论家……（他）是极好的，可与英国文学中的任何一位大家媲美"（71）。

---

① 伯特兰·罗素（Bertrand Russell, 1872—1970），英国哲学家、数理逻辑学家、历史学家、社会活动家，著有《数学原理》（1910—1913）、《物的分析》（1927）、《幸福之路》（1930）、《西方哲学史》（1945）等。

② 乔治·伍德科克（George Woodcock, 1912—1995），加拿大作家、无政府主义思想家、文学批评家，代表作有《无政府主义：自由论观念与运动史》（1962）、《水晶的精神：乔治·奥威尔研究》（1966）。

③ W. H. 奥登（Wystan Hugh Auden, 1907—1973），著名诗人，1907 年出生于英国，1946 年成为美国公民，代表作有《忧虑的时代》（1947）等。

当然，有很多人认为《一九八四》是奥威尔的扛鼎之作。菲利普·拉夫①、E.M. 福斯特②、彼得·斯坦斯基（Peter Stansky），以及新近的奥威尔批评家威廉·斯坦霍夫（William Steinhoff）和伊恩·斯莱特（Ian Slater），都视《一九八四》为奥威尔创作的最高峰。达芙妮·保陶伊③在《奥威尔的奥秘》（*The Orwell Mystique*）一书中认同斯坦霍夫和斯莱特的观点，即在奥威尔的作品中，《一九八四》意义重大，但他们也指出奥威尔的悲观主义和终极的绝望使其美中不足。

伯纳德·克里克（Bernard Crick）在他的著作《奥威尔传》（*Orwell: A Life*）和论文《〈一九八四〉批判性导论和注释》（"Critical Introduction and Annotations to *Nineteen Eighty-Four*"）中，比其他任何批评家都更为接近对奥威尔作品的整体综合，但连他也倾向于认同流行的"有瑕疵的杰作"这一观点。虽然他承认，奥威尔写了"一部思索政治的杰作，（而）《一九八四》之于 20 世纪，正如托马斯·霍布斯④的《利维坦》（*Leviathan*）之于 17 世纪"，不过，他接着说道，"这是部文学上和政治思想上都有缺陷的杰作"（*Life* 398—399）。

---

①菲利普·拉夫（Philip Rahv，1908—1973），美国社会与文学批评家，《党派评论》创办者之一。

② E. M. 福斯特（E. M. Forster，1879—1970），英国作家，代表作有《天使不敢涉足的地方》（1905）和《看得见风景的房间》（1908）。

③达芙妮·保陶伊（Daphne Patai，1943—），美国学者，任教于马萨诸塞大学阿默斯特分校，长于女性主义政治学批评与巴西文学研究。

④托马斯·霍布斯（Thomas Hobbes，1588—1679），英国政治家、哲学家，提出"自然状态"和国家起源说，代表作有《利维坦》（1651）。

甚至克里克富有同情性的观点也一直存有分歧，且逻辑也会不断反转，而这正是奥威尔研究的特征。鉴于其传记作者的身份，这种情况情有可原，克里克绝非唯一一个在其解读中流露出这种奇特的反常现象的人。这似乎是一种对奥威尔的钦佩，这钦佩出自他作家地位之外的其他东西。似乎多数批评家都会同意，恕我直言，虽然这个极为出色的男人也许已经获得了作家的名声，但遗憾的是，他的作品中缺少了应该有的东西，非常不幸地缺失了。[1] 我认为，这种分歧和"有瑕疵的杰作"理论的源头，是一个被广为接受的假定，即奥威尔的最后一部小说传达了一种绝望的图景。

作为文学缺陷的绝望

个别评论家从奥威尔的作品中感受到了悲观主义或绝望，他们的这些观点中隐含着一些政治或意识形态的"潜台词"，且每一句"潜台词"都暗含批评，甚至往往是指责。这些批评立场中有四种值得进一步检视。

对奥威尔的批评中最为有趣的领域之一是由"心理批评"所代表的。然而，弗洛伊德派的心理批评家坚定不移地主张，主人公的挫败经历表达了作者的绝望。费德勒（Fiderer）、史密斯（Smith），甚至保罗·罗赞（Paul Roazan）都理所当然地认为温斯顿①之败于老大哥应被视为神经症的一种反映，这一神经症首先是

---

① 温斯顿（Winston），即温斯顿·史密斯（Winston Smith），《一九八四》的主人公。

属于人物的，最终是属于作者的。从心理批评家的角度来说，挫败等于绝望，等于神经症。弗洛伊德深蕴心理学①的专业偏见，虽然有一些精彩的洞见，但走向了对奥威尔过于肤浅的诊断，并导致对小说的误解。

第二个流派规模最大，他们是"政治批评家"，倾向于根据他们所认定的奥威尔的政治立场来评判小说的价值。那些怀着同情阅读奥威尔的政治观点的人变成了"掘墓盗尸者"（Labedz 25），急切地想宣称奥威尔是属于他们这一派的。1984 年，保守主义者、自由主义者、新保守派和新左派为奥威尔政治遗产的所有权论战，却往往掉以轻心地对文学文本视而不见，更毋论其美学观点了。

不过，当这一派批评家不赞成奥威尔的政治观点的时候，就会回到小说的美学缺陷上，他们认为这些缺陷是由作家的绝望造成的。这些有影响力的政治批评家，如雷蒙·威廉斯、伊萨克·多伊彻②，以及近来法国的吉尔伯特·博尼法斯（Gilbert Bonifas），重申《一九八四》传达了绝望；他们都将政治思想上的"缺陷"与文学成就上的"缺陷"等同起来。据多伊彻说，奥威尔的绝望是前共产主义者典型的非理性的癔症式的反应。可惜的是，多伊彻对奥威尔的批评让我们更加了解多伊彻，而非奥威尔。在其[首

4

---

①深蕴心理学（depth psychology），又译作深度心理学或深层心理学，弗洛伊德创立的精神分析学的一个名称。
②雷蒙·威廉斯（Raymond Williams，1921—1988），英国马克思主义文化批评家，文化研究的重要奠基人之一，著作有《文化与社会》(1958)、《漫长的革命》(1961) 等。伊萨克·多伊彻（Isaac Deutscher，1906—1967），波兰思想家、苏联及联共（布）问题专家，著有《先知三部曲》(1954—1963) 及《斯大林政治评传》(1949) 等。

见于他 1950 年对《失败了的上帝》(*The God that Failed*)一书的评论中]《前共产主义者的良知》("the Ex-Communist's Conscience")一文中,多伊彻奉上了他对精神状态的诊断,这种诊断同样被他应用在所有幻想破灭的前共产主义者身上,比如西洛内和库斯勒。重要的是,多伊彻把奥威尔归为这些作家的同类。当然,除了曾短期加入独立工党 ① 之外,奥威尔从未加入任何党派,而且一直对斯大林(Stalin)政权持批评态度。多伊彻误读了这部小说,因为他曲解了奥威尔本人的政治观点。多伊彻指责所有的前共产主义者近乎歇斯底里的非理性的感情主义 [2],"这是缺乏公正判断能力的典型。……他将共产主义和斯大林主义统治下的世界描绘成一间巨大的、充满精神和心理恐惧的牢房。如果以这样的观点来解读小说的话,门外汉的焦点会被从政治学转移到纯粹的魔鬼学(demonology)上"("Ex-Communist's" 13)。

要确认多伊彻对《一九八四》下这一结论的缘由,需要读一读他对所有前共产主义文学表达所下的定义。他承认"有时候艺术效果或许很强——恐怖和恶魔确实进入了很多诗学杰作",但又认为这种作品"在政治上是不可靠的,甚至是危险的。当然,斯大林主义的故事充满恐怖。但这只是其要素之一;甚至是恶魔这一个要素,也必须要转化为受人类目的和利益驱动。前共产主义者甚至不会去尝试这种转化"("Ex-Communist's" 13)。

---

①独立工党(Independent Labour Party),1893 年 1 月建立,党的领袖包括矿工詹姆斯·凯尔·哈迪(James Keir Hardie)、拉姆齐·麦克唐纳(Ramsay MacDonald)等。"二战"后日渐式微,1975 年,独立工党彻底瓦解。

在他那篇写于 1955 年的影响极大的文章《〈一九八四〉——残忍之神秘主义》("*1984 — The Mysticism of Cruelty*") 中，多伊彻认定这部小说是绝望的一声“尖叫”（49），他一定是已经理所当然地认为奥威尔就是一名前共产主义者，这种身份在多伊彻看来无异于缺乏想象力的绝症。很明显，正是多伊彻对奥威尔本人政治立场的先入（也是误入）之见，而非对小说的细致分析，使得《一九八四》被解读成“发自绝望深渊的呼喊”（"1984"）。

虽然他们的目的也许极为不同，但是“心理”批评家和“政治”批评家都倾向于认同奥威尔最终的图景是充满绝望的。奥威尔 46 岁去世时，适逢小说发表不久，他临终时满怀绝望这种观点已经司空见惯，因而长期以来都没有再重新审视这一观点。另一更为可叹的未受质疑的假定是，如果一本书以绝望收篇，那这绝对是美学上失败的标志。

后一种假定看起来极为普遍。它也支持着奥威尔批评中的第三种声音，即女性主义批评者的声音。在《奥威尔的奥秘：男性意识形态研究》（*The Orwell Mystique: A Study of Male Ideology*）一书中，达芙妮·保陶伊认为奥威尔最终的绝望立场可归因于他传统的甚至厌女的性别意识形态。据保陶伊所言，因为奥威尔对人性的男性中心观，所以在他看来，权力欲是与生俱来、无法改变的。我认为，保陶伊的批评中暗示了这样一种假定：正是这种男性中心观的局限使得奥威尔忽视了一种新的人性、一种新的自我理想的可能，它会被人格中的女性化成分充实，因此不再受权力欲的支配。[3] 又一次，批评家对奥威尔的绝望所下的裁定是要将其摒弃：

5

如果奥威尔有着巨大影响的小说是以绝望结尾，那么他怎么能被看作一位大作家呢？

批评奥威尔陷入绝望的第四种声音来自人道主义者，这种声音可能对奥威尔仁慈得多。伯特兰·罗素最能代表这一声音，他在1950年为奥威尔所作的悼文中说道："我感激像奥威尔这样的人，用角和蹄装饰撒旦，没有这些东西的话，撒旦仍将是个抽象概念。"（5）虽然他的悼词无疑是诚恳的，但在文章的结语中，罗素指责了奥威尔的悲观结局，他的绝望。[4] 这里罗素批评一个人道主义同仁向恶魔屈服。不可避免地，罗素把绝望看作一种背叛，放弃了人是可臻完善的这一人道主义信念，接受了权力欲是永恒的，因而不可改变的这种观念。危险的是，这最后一种观点近乎接受存在根本恶（radical evil）这种神学立场，公然挑衅了后启蒙时代人道主义的整套信仰。

无论在这里——回应这四种批评的声音是多么具有吸引力，但更为有益的是在这一舞台上察看他们似乎共有的潜在假定——这一点着实令人惊讶。每个批评流派在其对绝望的非难背后有着不同的策略，他们都理所当然地认为，如果小说流露出绝望，它就必须被归为"有缺陷的杰作"。当然，奥威尔既不是20世纪第一个，也不是唯一一个被他的同时代人认定其作品为绝望所损害的大作家。奥威尔也不是唯一一个感到应被迫反驳这一责难的人。因此，萨特抗议说存在主义（existentialism）"根本不是要使人陷入绝望。但是如果像基督徒那样，把所有无信仰的态度都称为绝望，那这种理解就违背了它的本义"（"Existentialism"84）。加缪①对同一指责表示抗议："共产主义者或基督徒有什么权利……来指责我是一个悲观主义者？我没有虚构人类苦难或神诅咒的可怕信条。"（*Notebook* 123）如同其他被指为绝望的人一样，奥威尔感到有必要公开宣称《一九八四》不是一部预言，不是将以某种方式展开的剧本，而是如果不预防的话有可能发生的某些事情（v. 4，564）。

在确定某个特定作家的图景是否传达出绝望之前，我们必须先回答以下问题。是不是某种特定哲学比另一种哲学更能带来美学上的杰出成果？绝望的图景是否必然是审美上的不足？悲观主义的形而上学立场与艺术卓越之间是否存在着不可调和的矛盾？显然，这些问题指向批评中更大的议题。

甚至长期以来被视为绝望同义词的卡夫卡的图景，现如今也在被精心地重新政治化。这么做无疑是要防止其在美学上被降级。重要的是，往往是那些对作家怀有高度尊崇的批评家，觉得必须坚信一点，那就是，甚至卡夫卡心底也一定是信奉自由意志和自由选择的，而且可能相信人类会有一个充满希望的未来。[5] 我认为，这种重新政治化否定了作者所传达的启示的本质。个人与巨大的畸形国家之间的对抗是卡夫卡的图景所特有的；在这种对抗中，个人必定会失去使他成为人的一切；他被矮化，失去特定重量和意义。把卡夫卡的启示阐释得更为"乐观"，无异于移除其本质、激情与特性。

大多数当代批评家似乎把小说家的技艺看作一种在地下迷宫

---

① 加缪（Albert Camus，1913—1960），法国著名作家，代表作有小说《局外人》（1942）、《鼠疫》（1947），散文集《西西弗斯神话》（1942）等，1957 年获得诺贝尔文学奖。

进行的游戏，这个迷宫有几个作家不知道的出口，分别标记着"肯定""接受""希望""怀疑""否定"以及"绝望"。这一游戏规定作家可以从任意一点进入，只要他／她不选择错误的出口登上地面。只有在他／她找到被批准的出口，即走向有希望、可接受或肯定性的结局时，作家的表现才能被断定为可接受的。但假如这是一个以其旅程中浮现的图景为背景的、真实而"应得"的结局，为什么这游戏不允许作家从任何一种哲理性的结局中退场呢？在遭遇社会与心理层面的人生悲剧导致的黑暗之后，随之而来的宣泄（catharsis）感又是什么呢？

那么，我的第一个观点就是，即使奥威尔的确对人生抱持悲观态度，我们凭什么就此推断这会损害他作为一个作家的图景之正确性、重要性、强烈度或可信性？《一九八四》是否是一部杰作，应由其所展现之图景的独特性、强度、广度和连贯性来决定。批评家的评价应该聚焦于作者成功地将自己的图景与作品相结合上；聚焦于文类、主题、结构与文理的恰当关系上；就这部特定小说而言，聚焦于讽刺作家有效传达意旨并打击目标上。正是在这些问题的基础上，本研究反对持"有缺陷的杰作"这一观点的各色支持者。[6]

《一九八四》传达了绝望吗？

绝望、悲观主义或实际上任何一种特定的哲学或形而上学观点，都不能充当指责一部文学作品"有缺陷"的基础。在提出这一观点之后，我想提出这一问题：奥威尔的绝笔之作是否的确传达了对人类本性和人类未来的绝望、悲观主义或恐惧？

如果要从政治角度考查奥威尔的"绝望"或"恐惧"，在我看来，要考虑以下三个问题才是公允的：首先，奥威尔对大洋国（Oceania）的描绘 [他对 20 世纪 30 年代和 40 年代的德国和俄国做过充分观察，这是他对这种极权主义国家的戏仿（parody）] 是不是对极权主义根本特征的精准评判？

第二个问题关注的是奥威尔所做判断的正确性。毫无疑问，奥威尔断定极权主义国家是在一种恐怖机制下运作的，这种心态是一种广泛传播、自我戕害的传染病。不过，奥威尔是其时代唯一一个或者说第一个下这种判断的人吗？而且，与其他极权主义恐怖的分析者相比，奥威尔是否误诊了或者夸大了这一疾病的严重性？

最后，第三个问题是关于奥威尔的结局——他以病人（即极权主义国家）在 20 世纪 40 年代后期的情况为基础所做的预后判断。在 1948 年奥威尔写这本书的时候，有没有任何迹象表明，在 20 世纪 30 年代至 40 年代初期极为明显的极权主义浪潮，又一次高涨了起来，极权主义将在未来席卷越来越多的文明世界和文明头脑并使之瘫痪？

先回答第一个问题。如果我们查阅那一时期的历史文件，其中许多是奥威尔当时无法使用的，我们会愈加明确地发现，在诊断极权主义实际动态、带来恐怖的精神状态以及由恐怖引发的精神状态方面，奥威尔是一位非常能干的专家。对他的诊断表示肯定的人不仅有同时代的西方政治观察家，还有从希特勒（Hitler）德国和斯大林时期苏联的恐怖中幸存下来的人。[7]

至于第二个问题，毫无疑问，奥威尔的诊断中一些最为重要的部分也被后来的极权主义分析者所证实，如历史学家汉娜·阿伦特[1]；政治学家弗里德里希、布热津斯基和沙皮罗[2]；以及心理学家和作家卡尔·荣格、托马斯·曼[3]和阿尔贝·加缪。（第十章将进一步讨论此问题。）

最后，我们最好记住，在写作《一九八四》之时，奥威尔有充分的理由来关注高涨的极权主义思想。他惊恐而忧惧地观察到东欧整个被苏联吞并。他是最早指出后来被命名为"斯大林格勒综合征"（Stalingrad syndrome）的人之一（Devroey 140）——即西方知识分子对斯大林的外交政策和对待自己人民的手段的宽恕。对苏联人民在第二次世界大战中的巨大牺牲的普遍同情，使这些知识分子视而不见，使他们不愿意在苏联人民及其领导者之间加以区别。奥威尔也曾沮丧地批评共产国际以及在其解散之后变成俄国外

---

①汉娜·阿伦特（Hannah Arendt，1906—1975），犹太裔美国政治理论家，代表作有《极权主义的起源》（1951）、《人的境况》（1958）等。

②弗里德里希（Carl Joachim Friedrich，1901—1984），德裔美籍政治学者，著有《康德哲学》（1949）、《极权主义独裁与专制》（与布热津斯基合著，1956）等。布热津斯基（Zbigniew Brzezinsky，1928—2017），波兰犹太裔美国人，地缘政治专家，著有《永恒的清算：苏联极权主义下的统治》（1956）等。沙皮罗（Leonard Schapiro，1908—1983），英国苏俄问题专家，著有《共产主义专制的起源》（1955）、《苏联共产党史》（1970）和《极权主义：政治学关键概念》（1972）等。

③卡尔·荣格（Carl Jung，1875—1961），瑞士心理学家、精神病学家，首创分析心理学，代表作有《潜意识心理学》（1912）等。托马斯·曼（Thomas Mann，1875—1955），德国作家，代表作有《布登勃洛克一家》（1901）、《魔山》（1924）等，1929年获诺贝尔文学奖。

交政策直接工具的各国共产党组织日益增长的影响力。通过这一网络，决定前景的人不仅是西方共产党，还包括日益增多的"同路人"（fellow travellers）和整个"进步"知识分子群体。如果"进步"知识分子接受"苏维埃神话"是因为他们受骗了，认为斯大林的制度是社会主义的可行模式，他也有理由为西方社会主义的命运担忧。[8]

所有这些可以表明，这部小说不是将正常健康状态下的世界诊断为患上了癌症；而是对一个在癌症中苦苦挣扎的世界的确诊。奥威尔也不是唯一预见到西方世界危机的评论者，尽管他是社会民主主义者阵营中最早指出斯大林主义的临时政策和本质都与社会主义最初的理想相悖的小说家之一。他的观点并非独一无二，即使这和20世纪40年代后期西欧流行的观点相去甚远；50年代初加缪如法炮制，而萨特在1956年匈牙利革命之后也开始提倡这一观点。

永恒的威胁——讽刺性的夸大其词

《一九八四》所描绘的图景完全不是由个人的妄想所激发的。随后的几年也并未证明奥威尔是受了偏执狂的驱使或痴迷于恶魔主义。那么，为什么这么多批评家都接受多伊彻"发自绝望深渊的呼喊"这一著名的结论？

要理解奥威尔难题的本质，我们必须承认这本书的核心理念是来自永恒（timelessness）的威胁。内党（Inner Party）是不可摧毁的。这一理念是形成《一九八四》政治图景的重要特征；它与奥威尔同时代的及其后的其他评论者的观点不同。它处于小说的正中心：一旦极权主义得以传播，它甚至会传遍全球；而一旦它征服了世界，就会变为永恒，不容更改。因此，就可以正当地提出这样一个问题：虽然奥威尔对恐怖和极权主义蔓延的担忧是完全必要的，但通过把大洋国、东亚国（Eastasia）和欧亚国（Eurasia）的恶魔世界描绘为一个永恒的极权世界，他不是也屈服于绝望与恐惧了吗？

10　　《一九八四》是最受争议的反乌托邦讽刺作品之一，它的这么多批评者接受了关于绝望的结论，主要原因在于奥威尔是以心理现实主义模式获得成功的作家，这是如此讽刺。通过赋予其全球性和永恒性，本书创建了一幅无比"真实的"图景，其中，集权主义思维模式会诱发精神病，且残酷无比；这正是本书要揭示的最极致的恶，正如卡尔·荣格指出的："任何超出人的某个尺寸规模的东西都会在人的潜意识中唤起同样大小的非人力量。"[①]（*Civilization* 226）

　　不过，正是恶的这种"比真人还大"的特征，使得我们应该先暂停一下，再来判定奥威尔恶魔般的图景的困境及其"发自深渊的呼喊"。

　　我认为，这部小说作为讽刺作品，它带来的几乎前所未有的冲击正是来自当代现实让人深刻感受到的恐惧，这些恐惧被投射到一个世界性屏幕上，看起来不受时间影响、永恒不朽，至少我们从温

①中译参见〔瑞士〕卡尔·古斯塔夫·荣格著，《文明的变迁》，周朗、石小竹译，北京：国际文化出版公司，2011年，第167页。

斯顿的个人故事中看到的便是如此。正如奥威尔解释的那样，他在《一九八四》中的意图是"通过对它们的戏仿，来说明极权主义在智识上的含义"（v.4，520）。我们应该承认，对奥威尔来说，戏仿是讽刺的同义词，小说这一文类要求逆转和夸大的技巧。所以，如果作为政治评论家的奥威尔看到了极权主义正在兴起，那么作为讽刺作家的奥威尔自然会通过赋予这种危险以全球的维度，将其进行戏剧性的夸大。如果作为政治评论家，他看到极权主义体系的范本充满危险，具有前所未见的持久力，那么作为讽刺作家的他宣称这些体系永恒不变、无边无尽，也就是非常正当的策略了。20世纪40年代初，有许多人相信希特勒的第三帝国将要延续千年这种说法。在1948年奥威尔做出结论的时候，斯大林强有力的统治已经超过二十年，并仍在不断扩张中，在国内掌控苏联共产党，还控制着东欧各国政府，控制着全世界的共产党。奥威尔所做的紧急预测（他认为不用四十年，在1940至1948年，世界就要颠倒过来），同样显露了夸大和加速的讽刺手法。这种策略使目前令人担忧的趋势看起来更为突出、更为危险，这很适用于传统讽刺作品。在小说 11 中，邪恶体系遍布全球且将永续存在，这种不可言状的恐惧值得我们认真思考，哪怕只是在一部讽刺作品中。

是黑暗的预言还是有力的讽刺？
奥威尔批评中的政治波动

确实，自小说出版以来，有许多批评家认为《一九八四》是一部讽刺作品，因此它更像是对不可避免的厄运和绝望做出的警告，而非预言。不过，即使这些批评家也难以在手段和目标之间画出一条清晰的界线，无法就奥威尔的讽刺目标达成一致意见。由于从1949年开始，直到20世纪80年代末，政治气候一直处于波动中，这种意见不一使得小说的讽刺维度逐渐不被强调，以至于"政治讽刺作品"这个词几乎从批评词汇中消失了。[9]

起初，在出版之后的几个月里，特里林夫妇、戈洛·曼①、菲利普·拉夫，以及其他许多批评家视其为讽刺作品，欢迎它的问世。他们也都同意，斯大林统治的俄国是首要的讽刺目标——即使不是唯一的目标，也是最具现实关联性的目标。然而，到了50年代早期，美国人对这部小说的热情接受改变了这一情形，它不仅被视为一部反共产主义的小说，而且还是反社会主义的作品。左翼批评家开始担心，如果他们强调奥威尔这部讽刺作品有着反斯大林的目标，可能会加剧麦卡锡时期（McCarthy era）给人扣上"赤色分子"帽子从而遭到政治迫害的疯狂局势。批评家们日益感觉有必要减轻老大哥与斯大林之间的相似性。他们自然无法全盘否认这种相似之处，他们不再论述斯大林的体系是首要目标，转而强调奥威尔的目标具有普遍性，针对的是一般意义上的极权主义。指出讽刺的普遍目标是极权主义的本质，这当然无可厚非，但也不能不指出奥威尔所使用的最为生动的极权主义的例证就是希特勒和斯大林的体系，而英社（IngSoc）便带有此二者的暗示意味。无论如何，奥

---

①戈洛·曼（Golo Mann，1909—1994），德国历史学家、作家和哲学家，作家托马斯·曼之子，著有《19世纪到20世纪的德国历史》（1958）、《华伦斯坦传》（1971）。

威尔强调希特勒和斯大林政权之间在本质上的相似性，他利用讽刺的双刃剑清晰地表明，虽然是根本不同的两种意识形态，但这两个体系都把恐怖用作治理方式，对于这一点，自由主义左翼批评家也感到有些不自在。奥威尔 1948 年在捍卫西方"知识分子的自由"（v. 4，84）时，一定认为法西斯主义的诱惑远不及斯大林主义的诱惑那么具有威胁性，一想到这一点，这同一群批评家可能也会感到不安。[10] 随之而来的，是见证奥威尔受到正面攻击的时代；60 年代后期和 70 年代的左翼开始认为，如果奥威尔的作品使自身成了右翼用来进攻的弹药，那么奥威尔自己应该对此负责。亚历克斯·兹威德林（Alexandr Zwerdling）1974 年的研究勾勒了这种攻击的典型轮廓。

　　但是，评论界对奥威尔的讽刺目标是什么的看法处于变化中，要厘清这个过程，还要考虑到 20 世纪 80 年代初的情况。最能代表目前左翼自由主义批评主流的可能是伯纳德·克里克。克里克及其追随者强调，奥威尔的目标是西方世界，对苏联的暗示是次要的或偶然的。通过淡化斯大林主义作为奥威尔首要讽刺目标的重要性，克里克教授发现"有人将这个文本视为极权主义社会的投射模型，但实际上这种解读很拙劣"（"Introduction" 15），这并不令人惊讶。有意思的是，《一九八四》这部小说的电影版也遵循了这种对西方的强调 [11]；结果，作为对奥威尔作品的阐释，电影的确"表现糟糕"。在迈克尔·毕灵顿① 发表在《纽约时报》（*New York*

①迈克尔·毕灵顿（Michael Billington，1939— ），英国作家和艺术批评家。

Times）的文章中，他引用了导演迈克尔·雷德福德[1]的话："书里奥威尔根据他对世界的认识，提供了一个极权主义的形象。电影不能拍成一部关于如果苏联接管英国会发生什么的伪纪录片"（19）。《一九八四》当然根本没有提到苏联占领了英国，不管在什么时候。奥威尔关注的是英国知识分子把斯大林政权看作西方社会主义的一个可行模式、一个可模仿模式的倾向。但是在雷德福德的电影里，大洋国极权主义体系的恐怖被看作 1948 年战后英格兰经济情况的直接后果。这种阐释完全忽视了奥威尔所说的《一九八四》意在完成一次"*对反常的揭示，集权经济易走入这种反常，而在共产主义和法西斯主义中，这种情况已经部分实现*"（v.4，564，重点为作者所加）。

反讽的是，西方的自由主义批评家把对斯大林的描述从《一九八四》中抹除的倾向正好与 1984 年"苏联出版社对奥威尔的再利用"（"reclamation of Orwell by Soviet press"）事件同时发生（Labedz 16）。在无视这部小说的存在将近四十年之后（而且禁止其在俄罗斯和东欧国家流通），苏联出版社又在 1984 年这一年出来欢迎这部小说，声称它是对资本主义整体的尖锐讽刺，尤其是对美国。苏联官方报纸《新时代》（*Novoe Vremya*）宣称"奥威尔裁制的极权主义紧身套装正适合资本主义"（1984 年 1 月 1 日），据《消息报》（*Izvestiya*）的梅洛·斯图尼亚（Melor Stunia）说，大洋国暗指"西方世界的现实，主要是美国的现实"（1984 年 1 月 15 日）。

---

[1]迈克尔·雷德福德（Michael Radford，1946— ），英国电影导演、编剧，曾执导《邮差》（1959）、《威尼斯商人》（2004）等影片。

当然,《一九八四》毫无疑问是写给西方读者看的,但是如果忘记它的首要讽刺目标是斯大林统治下的苏俄,就会导致对小说的严重误解。为了恰当地解读这部讽刺作品,我们应该理解奥威尔为何会认为西方知识分子真正看清苏联政权是极其重要的。

讽刺作家的意旨是传递给那些完全被"苏维埃神话"愚弄了的知识分子的,他们以为这一体系可成为西方社会主义的可行模式。奥威尔向西方领导者传递的启示中对斯大林政权的暗示起了极为重要的作用,忽视这一暗示导致了对奥威尔所取得的成就的严重误解,作为作家,他创作的这部强有力的小说作品,也是(还请克里克教授见谅)一部政治讽刺杰作。

讽刺作家的对手

和经典讽刺作品一样,《一九八四》揭示了呈同心圆状的一圈目标。与时事关联最大的,即其首要目标,是斯大林在苏联的极权主义统治对民主社会主义最初之人道主义目标的背叛,而讽刺针对的是左翼知识分子,因为他们忽视或无视了这一背叛,或者说为这一背叛进行辩护。事实上,这里我想引入这样一种观点:《一九八四》中,这类知识分子也有对应的角色,就是在经典讽刺作品中广为人知的那种讽刺作家的对手。虽然这一对手通常身处幕后,是一个沉默的聆听者,但其所扮演的角色却很重要:他"驱使讽刺作家说话"(Robert Elliott "Satire" 738)。[12] 讽刺作家想说服他这个对手改变思考和行动的过程。正如我们在下一章将要看到的，对待这样一个无名的幕后存在者，奥威尔采取了我们所熟悉的他散文中采用的方式，即往往从这样一个好骗的、自欺的或愤世嫉俗的对手的立场出发，来推动争论的展开。我相信读《戈斯坦因的书》（*Goldstein's Book*）时我们应该记得这种反诘的情况。事实上，《戈斯坦因的书》会成为极为有效的解码整部讽刺作品的钥匙，一旦我们认识到讽刺者的声音是在一名身为社会主义者的作家的意图影响下产生的，他要谴责、嘲笑或者启发一种特定类型的敌手，一种在关于西方世界民主社会主义走向的问题上与他意见不一的对手。

下一个更为普遍的讽刺目标是极权主义心理，任何人的思想一旦被迫穿上极权主义意识形态的拘束衣，就不可避免地开始"黑白相间"（blackwhite）的欺骗和自欺。

在这种讽刺最为普遍的层面，其目标是所有政治或宗教正统观念的心态，这种心态使信奉者获得一种归属感，代价是放弃情感与智识的自由表达——换句话说，以信奉者的欺骗和自欺为代价。

我们越是接近那些位于讽刺目标的标靶外围的、直径渐长的圆，讽刺作家的对手也越呈现出寻常男女所具有的普遍属性，即我们的普遍人性：极易屈服于愚蠢、谎言和自欺，但也同样善用理性，或者至少能够同非理性的诱惑进行斗争。

讽刺的氛围：喜剧式的幽默还是严肃的机智

此刻，有个有趣的现象值得一提。最近一些奥威尔批评家基于自己对小说创造出的氛围（mood）的阐释，支持或反对讽刺小说这一文类。为了支持这部小说是一戏仿作品的主张，克里克教授建议我们应该在读到最后一幕时"考虑到从可怜的温斯顿鼻子上滴落的那两滴暴露真相的带着酒气的眼泪所带有的喜剧性的疏离意味"（"Introduction" 55）。帕特里克·雷利（Patrick Reilly）则拒绝将这著名的一幕当作喜剧来解读，这在我看来是相当正确的。不过，在这一反对意见的基础上，雷利推断（203）说这本书不应该被当作讽刺作品来解读，因为它缺乏喜剧性或幽默感。在这一点上，我倾向于既不同意克里克，也不同意雷利，并将在结尾的几章回顾一些早期伟大的讽刺作品的例子，来证明讽刺文类中许多最优秀作品的氛围实际上并不是喜剧性的；事实上，伟大的讽刺作品往往依靠的是严肃的机智，甚至是令人震惊的残酷反讽，来让人意识到荒诞和非理性。当奥威尔在细致观察后，通过两分钟仇恨会（Two Minutes Hate）和仇恨周（Hateweek）向我们展示对权力崇拜仪式的戏仿时，讽刺作家声音里的强烈愤怒难以抑制。一再出现的《戈斯坦因的书》让我们想起了斯威夫特讽刺作品中的"狂野的怒火"（savage indignation），而且这部小说确实让人联想到《一个小小的建议》（"A Modest Proposal"）还有《格列佛游记》（*Gulliver's Travels*），更不用说伏尔泰①的《老实人》（*Candide*）和卡夫卡的《在流放地》（*Penal Colony*）当中对非理性的激烈谴责。

15

---

① 伏尔泰（Voltaire，1694—1778），本名弗朗索瓦 - 马利·阿鲁埃（François-Marie Arouet），18 世纪法国启蒙思想家、文学家、史学家，著有《哲学通信》（1734）、《查第格》（1747）、《风俗论》（1756）、《老实人》（又译作《憨第德》，1759）等。

但是因为举出的这些讽刺作品的例证，事实上都流露出了绝望，就把它们斥为"有缺陷的杰作"，这公平吗？经典的讽刺作品在本质上是批判性的；攻击也许很刻薄，愤怒已到了化为狂野的怒火的边缘，但最终的目标是为了疗救：我们产生的怪异感和颠倒感引领我们去认识什么是荒诞，而后在道德上和智识上意识到——我们需要"反向逆转"（reverse the reversal）。

反乌托邦讽刺作品中
心理现实主义与政治寓言（Allegory）之间的冲突

当然，众多批评者在政治和美学信仰上千差万别，难以接受《一九八四》是一部讽刺作品，对他们来说，还有一种更好的解读。我认为，这种接受上的困难与这部小说作为文类的复合物（a composite of genres）[13]而引发的问题相关：它一方面包含了奥威尔自己定义的"自然主义小说"的因素；另一方面又包含了"幻想作品"，一部"关于未来的小说"（v. 4，378）——我们今天称为反乌托邦小说——的因素。至少在某种程度上，它也可以是一部"惊险小说"，一个"爱情故事"（v. 4，519），同时还是对"极权主义走到尽头可能引起的智识上的后果"（v. 4，520）的一部"戏仿之作"。在我看来，文类间的二分法是症结所在：一些文类适合讽喻寓言（即政治戏仿、对观念的讽刺，以及反乌托邦讽刺作品），另一些则与心理现实主义的逼真性紧密联系（惊险小说、传奇和自然主义小说）。

与讽刺传统相关的思想训练始于对读者思想与情感反应的相对清晰的区分。在跟随憨第德和格列佛的旅程之后,我们被期待能记起与想象的时空之间的距离,从黄金国(Eldorado)回到自己的家园,或者从慧骃国(Houyhnhnms)的世界回到我们"文明的"国境之内。同时,我们也被期待带着新的智识洞见返还,却不要带着过多情绪上的波动。相形之下,在所有现代的心理现实主义小说中,总的来说,读者被期待能认同中心人物,而对奥威尔的每位读者而言,他的巨大成功中的一点正是让我们认同温斯顿·史密斯——一个有说服力的反英雄代表,一个20世纪的普通人。我们根本不会因小说结尾温斯顿带酒味的眼泪而去笑话他。他是破碎的,被洗了脑,残缺不全,他是我们的兄弟;他代表了我们,甚至是我们最好的一面,尽管他的勇气和基本的体面都不可避免地被极权主义国家这个巨兽那不可战胜的力量给破坏了。

我认为,导致奥威尔难题的关键争议之一是两种文类之间相互抵触的要求,奥威尔已经把这两种要求施加到了读者身上。首先,阅读讽刺作品要求读者在理智上保持距离,保持相对的无动于衷;同时,阅读强大的心理现实主义作品又要求读者需具备情感认同和同情心。因此,在心理现实主义强大而复杂的模式下,作为现实主义小说作家的奥威尔取得的杰出成就有没有削弱作为讽刺作家的奥威尔取得的杰出成就? 这可能是一个合情合理的问题,一个处于奥威尔批评难题正中心的问题。

为了尝试回答这个问题,在第四章我们会考察不同文类之间的相互作用,尤其关注政治寓言和心理现实主义的讽刺模式。我认为，对辅助性文类及其等级的考察可以证明讽刺是《一九八四》的主导性的文类。而且，所有其他次文类都从属于讽刺这一中心目标，并与之相协调，以对极权主义的习性进行探索、戏仿和谴责。

17　　此刻涌上心头的问题，当然就是奥威尔为什么觉得有必要通过复合文类多维度的困难来把自己的任务复杂化？答案相对简单，指向奥威尔的成就的核心。讽刺的中心意旨是说极权主义不可避免地摧毁个人，刺穿他头颅的精髓和内心的正中；因此，极权主义一旦形成，就不可避免地会毁灭我们的人性。如果我们没有发现温斯顿让人信服地代表了那种复杂的现代物种，那种我们可以迅速确认的"心理人"（psychological man），那么讽刺的中心意旨留给我们的就只不过是一种理智上的抽象。通过把政治讽刺作品强有力的寓言武器和心理现实主义的逼真性两相结合，奥威尔做出了审美上和道德上的双重选择：唯有通过文类的结合，他才能呈现出极权主义体系下我们共同的人性被毁灭的令人不安又难忘的画面。

绝望还是悲剧人道主义？奥威尔的精神立场

然而，无论是过去四十年中形成奥威尔批评背景的那些政治气候的波动，还是小说的复合文类所提出的复杂问题，都无法自足地解释各种"有瑕疵的杰作"理论背后奥威尔难题的所有因素。各种关于奥威尔病态的悲观主义、绝望和偏执的控诉最终都应该放在其背景中来审视，即放在奥威尔的宗教—精神世界观的框架之中。尽管瓦莱丽·希姆斯（Valerie Simms）1974 年发表的文章出色地论

述了这个问题，但 1984 年的研讨会和近几年的批评研究都不认为
重新考察奥威尔在人生晚年突然陷入绝望这样一个长期存在的假
定有什么重要意义。奥威尔在散文中探讨精神和宗教问题时所表现
的明晰立场显示出这一臆断缺乏根据。在那些与《一九八四》同期
及之后创作的散文中，作为对"人类精神"怀抱信心的世俗人道主
义者，他的立场显得清晰明确、始终如一。的确，关于奥威尔的政
治活动，尽管 1984 年及之后的几年间学术界做了广泛讨论，媒体
也有大量曝光，但很难解释为什么几乎没有批评家选择从小说的精
神—宗教维度来直接处理这一问题。

18

　　当然，1984 年之前这么做的人很多，而且如今我们不必惊讶
几乎他们每个人都得出了差异甚大的结论。所以安东尼·伯吉斯[1]
在《当代小说》（*The Novels Now*）中把《一九八四》列为乌托邦
小说，而理查德·杰伯（Richard Gerber）认为它"过于绝望以致
难以归入（乌托邦）的类型"。有的认为，奥威尔实质上是基督教
立场（Ashe 57—59）；有的认为，《一九八四》呈现了一幅除去神
秘主义和希望的基督教图景（Beadle 51—63）；有的认为，小说
展示了脱离精神信仰的完整性的崩溃（Birrell 49—65）。W.H. 奥
登以全然不同的口吻提出，奥威尔的"一个盲点就是对基督教抱有
根本的宗教性仇恨"（86—87），而在对奥威尔、赫胥黎和蒲伯[2]进

①安东尼·伯吉斯（John Anthony Burgess Wilson，1917—1993），英国著名作家、作曲
家。代表作有《马来三部曲》（1956—1959）、《发条橙》（1962）。
②蒲伯（Alexander Pope，1688—1744），18 世纪英国诗人，著有《卷发遇劫记》（1714），
并将古希腊史诗《伊利亚特》和《奥德赛》译为英文。

行的发人深省的比较中，欧文·埃伦普赖斯（Irwin Ehrenpreiss）（215—230）认为奥威尔的立场不同于基督教立场，因为它排斥原罪，追随启蒙主义立场，宣扬人具有根本的善。与这一立场一致，彼得·福克纳（Peter Faulkner）认为奥威尔是个不可知论者，他认为宗教价值对人缺乏恰当的关怀，这与他的信念互不相容。克里斯·古迪（Chris Goodey）更进一步提出，奥威尔仅仅只是拒绝墨守死掉的传统，而克里斯托弗·斯莫尔（Christopher Small）在他 1975 年出版的《通往爱部之路》（*The Road to Miniluv*）一书中论证奥威尔的神学立场是在否定《天路历程》（*Pilgrim's Progress*）。

在新近的一项研究中，帕特里克·雷利提出，奥威尔承认 20 世纪宗教信仰消失之后留下了真空，而他的绝望正是这种丧失感带来的直接结果（28，293）。我完全同意雷利指出的，奥威尔关于宗教信念丧失之后留下心理真空这一论述的重要性。不过，在这本书里我希望指出，奥威尔对这一真空的反应比雷利所说的更为复杂。

毫无疑问，奥威尔的作品经常深刻地表现出精神损失的感觉。同样明显的是，他又回头在他的一些散文和小说作品中探索这一损失在情感和智识上的含义，最突出的是在《牧师的女儿》（*A Clergyman's Daughter*）一书中。

19 不仅如此，我的结论的中心要点之一是，奥威尔是一个世俗人道主义者，他一贯抗拒接受任何宗教组织的诱惑，虽然（或正因为）接受这样一个组织之后会在心理上获得宽慰。事实上，正如第二、九和十四章将要论证的，作为人道主义者的奥威尔觉察到生活的精神维度,并对此表示同情,但他希望善与恶的价值是从以人类为中心的人道主义道德观中产生的,这种道德观既不以对天堂地狱的信仰为基础,也不以对任何已知的宗教组织的信仰为基础。他所寻找的无疑正是 20 世纪人道主义者的追求,对一种道德—精神价值的肯定,这种价值不是源于宗教信仰,而是源于对"人类精神"的深层信念。

虽然奥威尔的意图是提出人道主义观点,但事实上他呈现的难道不是一个魔鬼般的、具有超人类的恶的世界吗?虽然他打算把小说作为反对非理性的极端形式的人道主义警告,但他无意中是不是也犯了错,呈现给我们似乎无法战胜的恐怖的未来?换句话说,人道主义者奥威尔是不是被幻想家奥威尔给打败了?

这些问题当然值得挖掘,尤其是考虑到温斯顿,他最后热切地恳求要相信"人类精神"是战胜极权主义思想钳制的唯一力量,但却在小说结尾时被迫公开认错,我们更应去探寻。本研究的第四部分处理这一问题,指出虽然温斯顿被迫放弃对"人类精神"的信仰,但奥威尔的这一信仰并未动摇。温斯顿在最后被迫接受党是永恒的,但他的立场不能等同于奥威尔的立场。小说的主导问题是讽刺;在第二部分的结尾,以及之后我们跟随温斯顿走到他悲剧旅程的末路时,奥威尔再次引入两种手段,及时把我们从温斯顿那里拉回来,并让我们跟他保持距离。这两个手段,一个是《戈斯坦因的书》,告诉我们大洋国的过去;另一个是《新话词典》(*Dictionary of Newspeak*),暗示了它的未来。我们应邀前来阅读这两篇说明文作品,一篇在这一动人的个人故事的中间,另一篇在故事结尾处，通过阅读，我们被唤回到自己的现实之中，回到我们自己的时间平面，并且一次又一次地被提醒：这部讽刺作品没有"如其所是"地呈现我们的世界，只是呈现出如果我们不承担责任，不改变我们的思维方式和行动方式的话，这个世界可能会变成的样子。

下面逐章梳理的梗概将略述我在讨论奥威尔难题的不同原因和可能的解决办法时的大致方向和个别方法。

第一部分　是绝望的呼喊还是对"人类精神"的信念？

第一部分，我讨论奥威尔难题的现象：虽然在过去四十年中公众和批评家对《一九八四》的兴趣浓厚，不断自我更新，呈螺旋状上升，但其中许多学术批评者认为这是一部在绝望中孕育出来的作品，传达出病态的悲观主义，它即使不算一部"失败的小说"，充其量也不过是一部"有缺陷的杰作"。对奥威尔作品其他方面的批评分歧极大，但在这一点上，评价却都是否定的，这实在令人惊讶。我的研究意在分析其"潜文本"（subtext），并反对这种观点。在提出《一九八四》是奥威尔的最高成就这一观点之后——这也是他最为复杂和强劲的作品——我还认为它有资格在 20 世纪人道主义文学杰作中占有一席之地，[14] 而这些相同的原因在如今的批评家眼中可能却正是其"瑕疵"。然后，这一研究着手对这部小说进行综合性的重新评估，认为它是一个复杂而融合统一的美学整体，栩栩如生地展现了一位伟大的人道主义者对他所处的那个在政治、心理和精神层面都深受困扰的时代的精深洞察。

更确切地说，我认为这部小说成功地混合了文类，其中讽刺文类是主导性的组织原则。讽刺的首要对象是斯大林极权主义政权对原来的社会主义人道主义目标的背叛，而这部讽刺作品又是献给作家的对手西方左翼知识分子的，他们已经陷入极权主义心理的咒语之中，因此忽视或宽恕了这一背叛，甚至为其辩护。第二章描述了在奥威尔作为散文家和辩论家的职业生涯中，其对手形象的诞生过程；在与左翼知识界形形色色的代表人物误入歧途的观点和智识上的欺骗进行论辩的活动中，他对民主社会主义的奉献得以具体化。第三章通过简要回顾奥威尔小说不同的主题、技巧和文类，梳理了其写作《一九八四》的脉络，并认为这最后一部小说是奥威尔最卓越的成就。通过对 101 房间这一高潮场面进行细致的文本分析，第四章从奥威尔将反乌托邦讽刺作品的政治寓言和心理现实主义进行独特结合的角度来讨论这一成就。正是通过这两种文类的结合，奥威尔表达了他的深刻发现：极权主义体系中心理层面与政治层面存在不可分割的关联。

21

第二部分　《戈斯坦因的书》：解码讽刺作品的钥匙——极权主义的"世俗宗教"

第二部分认为《戈斯坦因的书》是讽刺手法的能量来源，是解码奥威尔对极权主义心理所进行的戏仿所必需的。第五章把这种心态放在其与历史的独特对抗关系之中进行分析。第六章认为《戈斯坦因的书》是搭在 1948 年我们的现实和未来之间的桥梁，指出了"我们的"世界和 1984 年大洋国世界之间的因果关系。双重思想（Doublethink）是奥威尔对极权主义心理进行戏仿的基本概念，

第七章要探讨它的精神—心理构造的出现及不同表现。第八、九章分析奥威尔将极权主义戏仿为"世俗宗教"的做法中体现的人道主义立场，这种立场把"神圣的"领导人的神秘谄媚推到一个极端，把对"邪恶"反对者的迫害推到另一个极端。《戈斯坦因的书》说明了一点，奥威尔一直拿党和中世纪教会做类比，这成了他的重要策略，对斯大林政权进行基于人道主义、社会主义立场的批评，并与那些"进步的"对手展开辩论。

第三部分　直面极权主义的恶魔：奥威尔及其同时代人

第三部分重新审视批评家们关于奥威尔个人痴迷于邪恶事物的评判。第十章讨论了奥威尔对一种动力学的诊断，这种动力学可以被描述为一种邪恶的漩涡，一种发挥着作用的极权主义心理所特有的攻击的半痴迷半强迫的扩大。不管是在今天还是在奥威尔的时代，这种"邪恶的漩涡"的因素也已经在其他心理历史阐释潮流中得到讨论。第十一章围绕极权主义体系中背叛与自我背叛这一"恶的难题"的共同主题，将奥威尔和托马斯·曼、加缪和萨特等心理现实主义大师进行比较。第十二章把赫胥黎《美丽新世界》（*Brave New World*）中科学的恐怖与奥威尔《一九八四》中恐怖的科学相并置，审视乌托邦与反乌托邦的传统中奥威尔对邪恶的立场。这三章阐释了奥威尔对极权主义之恶的立场是如何与他所处时代的各种人道主义解读相吻合的；因此他的诊断反映的是这一现象的病理，而非人们常说的那种作者的绝望或痴迷于邪恶事物的病理。

第四部分　悲剧人道主义：奥威尔对马克思、弗洛伊德和存在主义者的回应，及其"人性宗教"①

第十三章通过考察他对 20 世纪思想中马克思主义、弗洛伊德学派和存在主义等支流中"现实主义"概念的独特回应，勾勒出奥威尔"人类精神"信念的不同方面。第十四章探讨奥威尔与道德理想主义之间的关联，道德理想主义源于浪漫主义和启蒙主义传统，并激发了他对"人文宗教"的信念。为了精确描绘奥威尔的悲剧人道主义，本章末尾讨论奥威尔对悲剧精神所下的具有启发性的定义中对现实主义和理想主义的综合。

第四部分得出结论，认为奥威尔的综合是悲剧人道主义复杂而连贯的图景，悲剧人道主义赞颂"人类精神"，不仅因为它能够肯定人生的过程，而且因为它以不屈的意志与不可战胜的力量相搏斗。

第五部分　穿过另一面：从悲剧反讽蜕变为蕴含才智的激进讽刺——对"人类精神"的终极信仰

第五部分形成了对这一观点的总结。这一部分论证了奥威尔的悲剧人道主义强有力地结合并融入小说的结构和主题发展中。第十五章聚焦于主要的叙事文本和附录部分《新话原则》这样的"纪录片式的"说明文片段之间的结构联系。第十六章对新话做了主题式解读，因为它导致了与反乌托邦讽刺作品相适应的特殊宣泄——智识的启示。

23

---

①人性宗教（Religion of Humanity），又译作"人文宗教""人本宗教"，语出 19 世纪法国哲学家奥古斯特·孔德（Auguste Comte）创建的"人道教"（Religion de l'Humanité）。

伟大的悲剧通过让人面对绝望之渊而使其自由，伟大的讽刺作品则通过让我们面对极端、面对人类存在的局限而获得自由。毫无疑问，在温斯顿结束旅程的时候，他被困在仁爱部；但是，正是通过这段不同寻常的旅程，读者渐渐认识并承认：自主的个体和为其提供最大保护的政治体系的每一种智识和情感属性都具有不可替代的价值。奥威尔完全不否认人类为自由奋斗的价值，完全不认为我们应该屈服于绝望，他显示出对个人的信念的坚持，对"人类精神"的信念的坚持。

这一信念也意味着，在从智识方面发起的、对经典讽刺作品传统的挑战中，奥威尔尊重读者的识别能力，对他们致力于与非理性所具有的恶魔般的非人化力量进行斗争抱有信心。

注　　释

* 对乔治·奥威尔《一九八四》的引用出自1984年企鹅图书（Penguin Books）出版的《一九八四》。页码标注在紧跟引语出现的指号中。

所有对乔治·奥威尔散文、文章和信件的引用出自1970年企鹅图书联合瑟克和瓦伯格出版社（Secker and Warburg）出版的四卷本的《乔治·奥威尔散文、报道、书信全集》（*The Collected Essays, Journalism and Letters of George Orwell*），由索尼娅·奥威尔和伊恩·安格斯①合编。页码

---

① 索尼娅·奥威尔（Sonia Orwell，1918—1980），原名索尼娅·玛丽·布劳纳尔〔Sonia Mary Brownell〕，奥威尔的第二任妻子。伊恩·安格斯（Ian Angus），英国乔治·奥威尔研究专家。

参考信息标注在引语后的圆括号中，包括卷数和页码。

对奥威尔其他小说的引用出自 1983 年企鹅图书出版的《乔治·奥威尔小说全集》（*The Penguin Complete Novels of George Orwell*）。页码参考信息标注在标题缩写之后，例如，*CUFA* 指《上来透口气》（*Coming Up for Air*），*BD* 指《缅甸岁月》（*Burmese Days*），*CD* 指《牧师的女儿》（*A Clergyman's Daughter*），*KAF* 指《让叶兰在风中飞舞》（*Keep the Aspidistra Flying*），*AF* 指《动物庄园》（*Animal Farm*）。

对《向加泰罗尼亚致敬》（*Homage to Catalonia*）的引用出自 1952 年波士顿的灯塔出版社（Beacon Press）的版本，附有莱昂内尔·特里林所撰导言。所用缩写为 *HC*。

对《通往维根码头之路》（*Road to Wigan Pier*）的引用出自 1952 年企鹅图书出版的《通往维根码头之路》。所用缩写为 *RWP*。

［1］在《水晶的精神：乔治·奥威尔研究》（*The Crystal Spirit: A Study of George Orwell*）一书中，伍德科克带有赞同意味地引用朱利安·西蒙斯的话："我一直相信，奥威尔写的东西不如他本人重要。"（293）［朱利安·西蒙斯（Julian Symons，1912—1994），英国侦探小说作家、评论家、诗人。——译者注］

［2］在 1988 年出版的《奥威尔与绝望政治学》（*Orwell and the Politics of Despair*）一书中，阿洛克·赖伊（Alok Rai）在他的论述中回到了"癔症／歇斯底里"（hysterical）这一术语，"奥威尔神话证明，这是一个歇斯底里的世界，或者换个说法，一个以歇斯底里的方式被感知的世界，现在也是如此"。（162）

［3］在《奥威尔的奥秘：男性意识形态研究》（*The Orwell Mystique:*

A Study in Male Ideology）一书中，达芙妮·保陶伊看到了有缺陷的性别意识形态、随之而来的绝望，以及智识与美学缺点之间清晰的关系。"从纯粹的矛盾心理和之后的悲观主义……奥威尔转移到了绝望的立场，这在其最后一部小说《一九八四》中得到了最有力的表现。这一发展是……奥威尔追求一种表述不清的范式带来的逻辑结果，这一范式根据性别角色和性别身份对人类做出两极分化，并使男性支配和进攻行为合法化。"（17）保陶伊觉得"掩饰女性受压迫这一事实以及忽视父权制问题，把奥威尔锁在一个无法解决的两难处境之中，由于无法表达这一矛盾并对其进行全面考量，这削弱了他的作品"（266）。

对于保陶伊这一观点的详细辩驳请参看我为《奥威尔的奥秘：男性意识形态研究》一书所撰写的书评，载《达尔豪斯评论》（*Dalhousie Review*），达尔豪斯，哈利法克斯，1984—1985年，第64期，第4卷，第807—811页。亦可参看亚瑟·埃克斯坦的《奥威尔、男性气概与女性主义批评》，载《院际评论》（Arthur Eckstein，"Orwell，Masculinity and Feminist Criticism"，*The Intercollegiate Review*），1985年秋，第21期，第1卷，第47—54页。

[4] 伯特兰·罗素总结说："他保持着对真理无瑕的热爱，并让自己去领受最痛苦的教训。但他遗失了希望。这使他无法成为我们时代的先知。"（7）

[5] 彼得·海勒（Peter Heller）在他1966年出版的《辩证法与虚无主义：莱辛、尼采、曼和卡夫卡研究论文集》（*Dialectics and Nihilism：Essays on Lessing，Nietzsche，Mann and Kafka*）一书中，采取了更为传统的立场："谈到自己，卡夫卡认为，由于自己的'软弱'，他已经吸收了他的时代的负面因素，这些因素与他如此接近，以至于他有权不与之相斗，而

是去表现它。因此他丝毫没有继承时代的积极因素，也没有继承其负面的极端，负面的极端可能会倾覆，或者辩证地转变为积极因素。"（250）海勒总结道："甚至当他处于最为积极的情绪之中时，甚至在他坚持一种仍然难以达到的确定性的时候，卡夫卡的中心主题仍是绝望。"（266）

通过与这一评价进行比较，在1959年的《20世纪晦涩研究三题》（*Three Studies in Twentieth Century Obscurity*）一书中，弗朗西斯·罗素（Francis Russell）指出："战后，卡夫卡被经典化为一个反抗者，他敢于以自己个人的自我来反抗虚无的宇宙。"（46）

如果要研究批评重点的转移，可以参考肯尼斯·诺布尔（Kenneth Noble）在他1981年的《大马士革与菩提树：古代智慧与现代思想》（*Damascus and the Bodhi Tree: Ancient Wisdom and Modern Thought*）[与罗伯特·普莱斯（Robert Price）合著]一书中的存在主义立场。据诺布尔说："在他的写作中……卡夫卡尝试触及文化危机。在那个年代，人们在质疑传统标准，宗教却在支持它们，卡夫卡努力传达他的启示：（1）我们的社会已经千疮百孔；（2）那些愿意去'看'的人，可以发现生活的真实基础。"（Price 101）诺布尔总结说："人们在卡夫卡的写作中找到对未来的希望。"（Price 101）

[6] 在他研究全面的著作《奥威尔传》（*George Orwell: A Life*）（1980）之中，克里克教授认为《一九八四》是一部"有缺陷的杰作"。在《文学声誉的政治学》（*The Politics of Literary Reputation*）（1988）一书中，约翰·罗顿（John Rodden）反对美国大学把奥威尔的最后两部著作从"一流作家"（major author category）的"高级经典"（high canon）作品中剔除。虽然"杰作"和"经典"都是需要谨慎使用的术语，但我相信这

两个词在我的论证中都发挥了作用。我想说明的是，在此处克里克低估了奥威尔的成就，而罗顿更为公正。当我从其复合文类和政治及文学背景方面探索小说的价值之时，"杰作"指的是具有完整性、充满力量的杰出作品，与这样一些作品，比如赫胥黎的《美丽新世界》（*Brave New World*）、加缪的《鼠疫》（*The Plague*），或者托马斯·曼的《马里奥与魔术师》（*Mario and the Magician*），是一个水准的。

[7] 米兰·西迈卡（Milan Simecka）在《一九八四》的捷克语地下版本的导言中写道：

> 当读到温斯顿·史密斯的故事时，我大吃一惊，因为突然间我意识到我在读的正是自己的故事……那些生活在东欧的人们，尤其是在这里出生并一直生活在真实的社会主义的"胜利"与失败中的人们，读《一九八四》时都会因其惊人的相似性而受到冲击……与我们日常生活的相似之处就像电击一样，既不令人愉快，也不好玩。这本书预言般的准确性在我们心里激发起一种很难形容的感觉，一种麻木的似曾相识感……我是在一个禁书的世界中长大的，那是个教化无所不在的世界，在那里历史一直在被不断重写……鉴于此，温斯顿·史密斯看起来就像我的亲兄弟，我这么说，你会觉得奇怪吗？（4）

在对奥威尔文学声誉的研究中，约翰·罗顿也指出"在苏联和东欧的异见知识分子中，奥威尔被赞为一位杰出的讽刺作家和勇敢的艺术家，跟帕斯捷尔纳克（Pasternak）、索尔仁尼琴（Solzhenitsyn）、米沃什（Milosz）

一样"（211）。

[8] 在为乌克兰语版的《动物庄园》所作序言中，奥威尔写道："的确，在我看来，对败坏'社会主义'的最初构想做出最大贡献的，就是这样一种信念，它认为俄国是个社会主义国家，我们即使无法效仿推行其统治下的所有行动，也要对它们抱持宽容的态度。因此在过去的十年间，我一直坚信，如果我们要重振社会主义运动，就一定要摧毁苏联神话。"（v.3，458）

[9] 由于未看到小说的讽刺维度，马克·康奈利（Mark Connelly）的《消失的自我》(The Diminished Self，1987)，阿洛克·赖伊的《奥威尔与绝望政治学》(1988)，以及詹姆斯·库姆（James Coomb）的《走向2084》("Towards 2084"，1989) 一文 [收入《奥威尔式的时刻》(The Orwellian Moment)，R.L.萨维奇（R.L.Savage）、詹姆斯·库姆、丹·尼默（Dan Nimmo）编，费耶特维尔（Fayetteville），阿肯色大学出版社，1989年]，都把《一九八四》解读为一部反映奥威尔最终丧失希望甚至陷入病态绝望的作品。

[10] 奥威尔的这一努力非常清楚，他写道："十五年前，如果某个人想保卫知识分子的自由，他面对的敌人是保守主义者，是天主教徒，而且在一定程度上——因为他们在英国不怎么重要——是法西斯主义者。今天要面对的则是共产主义者及其'同路人'。"（v. 4，84）

[11] 小说1984年的电影版本由迈克尔·雷德福德执导，西蒙·佩里（Simon Perry）担当制片，约翰·赫特（John Hurt）和理查德·伯顿（Richard Burton）主演。

[12] 罗伯特 C. 艾略特（Robert C. Elliot）在其为《普林斯顿诗歌与诗学百科全书》(Princeton Encyclopedia of Poetry and Poetics) 一书的

"讽刺"专题所写的文章中，提醒我们注意"讽刺作品在形式上和戏剧诗类似，是由讽刺者 [或更恰当地说，他的角色（persona），诗中的'我'] 和强迫他进行阐释的对手间的'冲突'架构起来的"(738)。[戏剧诗是借助一定的戏剧结构方式和戏剧冲突写成的诗。——编者注]

[13] 奥威尔暗示了多文类造成的一些困难："我不喜欢在书写成之前讨论它们，不过我愿意告诉你，这是一部关于未来的小说——就是说，它在某种意义上是部幻想作品，但形式是自然主义小说。所以很难写。"(v. 4, 378)

他承认，在文类的构成上，这部小说也包括了惊险小说和爱情故事的因素。不过，他指出，书封上的介绍词"让这书听起来像是本混杂了爱情故事的惊险小说，但我没打算让它那样"(v. 4，519—520)。奥威尔继续解释说："这本书真正的意图是讨论把世界分成几个'势力范围'的意义 [我在 1944 年时把它看成德黑兰会议（Tehran Conference）的结果]，进而通过对它们的戏仿，来说明极权主义在智识上的含义。"(v. 4，520)

[14] 在 1988 年出版的《文学声誉的政治学》一书中，约翰·罗顿谈到美国"把《动物庄园》《一九八四》以及散文排除出'高级经典'"，因此对 1980 年的博士生考试来说"奥威尔并不能列入一流作家的备选中"(396)。

第二章

奥威尔的散文：
对手的诞生

　　担任书评家和政治观察家的多年间，奥威尔创作中的重要主题　　27
和关心的问题在《一九八四》中达到了顶点。在作为一名职业作家
和评论家的二十余年间，他对国内外事务以及政治、文化和文学事
件的逐日回应形成了《一九八四》的主要问题。小说还证明了整体
远大于其部分之和：当这些经年累月不断收集起来的主题一起构成
这部复合小说的主旋律后，它们获得了一种新的动力。

　　奥威尔的文章除了主题上的相关性，也为《一九八四》的读者
做好心理准备，去"解码"一种很大程度上决定了讽刺作家、读者
和讽刺目标之间关系的特殊修辞情境。他的文章和《一九八四》都
假设存在一位"理想读者"，他是作者的同时代人，能够自然地理

解奥威尔对当代文化、文学和政治事件大量特定细节的无数暗示，并且在个人生活上受到这些事件的影响。毫无疑问，作为读者的我们被期待能够毫无困难地承担这一角色。但是为了成功解码这部讽刺作品，我建议应该聆听这位讽刺作家的声明，就好像他是在回应一个对手，一个隐于背景中的无声无形的第三方。能言善辩的奥威尔在文章中展开不同的观点时，他的头脑中就一直有这样一个人物。这个人物是身为社会主义者的作家的对手，表面上也是一位左翼知识分子，但同时是作者认为会对西方社会主义带来危险的那些思想的代言人。

当然，在 20 世纪 30 年代和 40 年代的历程中，对手的角色与奥威尔本人的立场都历经了不同的阶段。吉尔伯特·博尼法斯提醒我们，如果 20 年代以战后的幻想破灭为特征，那么 30 年代的特征就是"国内经济萧条、民众失业，国外法西斯主义兴起，俄国取得经济上的成功。结果形成了焦虑与叛乱的文学。因此奥登和斯彭德①这一代作家感觉受到了一种新的弥赛亚主义（Messianism）的驱使，处于一种'必须拯救世界的窘境'中"（13）。

这种要求规定了这一时期左翼作家的美学特征，他们感到被迫"从现实中汲取灵感……停止思考形式主义……而且，为了传达主旨……要写得尽量简单"（14）。即使是对"奥登－斯彭德团体"（v.1，554）不抱个人同情的奥威尔，在《艺术和宣传的界线》（"The Frontiers of Art and Propaganda"）一文中也明确表示他

①斯彭德（Stephen Spender，1909—1995），英国诗人、小说家、评论家。著有《失败的上帝》（1949）、《诗集，1928—1953》（1955）、《中国日记》（与大卫·霍克尼合著，1982）等。

同意他们的文学原则:

> 在 1930 年以来的作家们所生活的世界中,不仅是个人生活,而且包括整套价值体系,都受到持续的威胁。在这样的处境下,超脱是不可能的。你无法对一种将你置于死地的疾病产生纯粹审美的兴趣;你无法对一个正要割开你喉咙的人保持冷静……文学不得不变得政治化,因为任何其他事物都需要精神欺骗。(v.2,152)

问题在于,奥威尔为什么感到自己跟处于两次大战之间的其他左翼作家并非在追求一项共同的事业,那时候"跟他们一样,他反抗他的出身环境……拒绝接受本阶级的价值,并且……对本国的处境采取几乎可以说皈依进步思想的立场?"(Bonifas 384)根据博尼法斯的意见,奥登及其同志的信仰转变更像 20 世纪 30 年代早期一段相对较短的时间内发生"在沙龙里的信仰皈依"(salon conversion),而奥威尔的转变是逐渐发生的,并以他所熟悉的事实为基础。他对殖民主义和贫穷有着从亲身经历得来的认知,而且他的"信仰皈依"是一个缓慢的过程,他逐渐厌恶资本主义,关注失业问题,觉察到法西斯主义的危险,并最终"在前往西班牙的旅程中投身于社会主义"(Bonifas 384)。但是与他 20 世纪 30 年代的"对手"形成鲜明对比的是,"奥威尔从未被苏维埃政权的本质所欺骗,因为他从未对斯大林的大清洗视而不见,或准备为这些事件寻找各种借口,而且最后,因为他从未抱有世界主义者的心态并因此丧失理智，奥威尔的社会主义可以说只是马克思主义的一种极为异端的形式"（Bonifas 390）。

29　　奥威尔与这位政治上正统的亲俄派对手之间的争论，在西班牙内战之后可以说变得更为明显、更具戏剧性。他说："就我的理解，1936 年以来我写的严肃作品的每一行字都直接或间接反对极权主义、支持民主社会主义。"（v.1，28）这段话成了有力的政治宣言，绝不与绝望、冷漠或悲观主义的态度和解。为了试图说服他的对手追随极权主义式的社会主义暗藏着危险，能言善辩的奥威尔设计了多种策略，下决心不仅要诊断疾病，还要说明疗法。在他 1947 年的文章《走向欧洲团结》（"Toward European Unity"）中，奥威尔简述了他对西方文明最大的恐惧。他视为灾难的第一种可能性是"美国人在自己拥有原子弹而俄国人没有的情况下，会决定使用这一武器"。第二种可能是"现在的'冷战'会继续下去，直到苏联以及其他几个国家也拥有核武器"。但他认为最可怕的是第三种情景：

　　　　原子弹及其他尚未出现的武器所激发的恐惧如此巨大，以至于每个人都避免使用它们。这在我看来是所有可能性之中最坏的一种。这意味着世界将分裂成两三个超级大国，无法互相征服，也无法被内部的反抗力量推翻。它们的结构很可能是按等级划分的，顶部是一个半神的等级，底部则是完全的奴隶制，而覆灭大潮袭来，自由首当其冲。在每个国家内部，必要的心理氛围依靠完全与外界隔绝以及一场假造的与敌国的持久战来维持。这种文明可以保持数千年的平稳。（v.4，424）

《一九八四》的读者都能认出来，奥威尔在这里描绘的第三种情景变成了小说中大洋国的政治结构。不过，这同一篇文章远未表达出奥威尔最后对我们的文明的绝望，它提供了一个详细的解决方案，以确保这三个选项中没有任何一个会成为现实："我能想到的避免这些情况的唯一方法是描绘一个地方，或者一个大规模群体的场面，那里的人们相对自由而快乐，生活的主要动力不是追求金钱或权力。换句话说，民主社会主义必须在大区域内努力推行。" 30
（v.4，425，重点为作者所加）

对大众的奴役和自由的破坏被视为真正的威胁。这是奥威尔的特点，他尝试去阻止他们，既拒绝美国的资本主义体系，拒绝苏联的"寡头政治集体主义"（oligarchical collectivism），也以相同的力量拒绝"亚洲民族运动的种族神秘主义"（v.4，425）。他的解决方案是提出不必在多个有缺陷的体系内来回周旋，因为它们在某种程度上可视为恰好相反的对立面，人们应该回到原来的问题：什么是民主社会主义？其原初的目标是什么？人们应该如何着手达到这些目标？为了实现"欧洲社会主义合众国"，奥威尔提出，人们必须致力于民意，发展智识上的觉醒；这必须从有"民主社会主义传统"的国家开始，"对这些国家的民众来说，社会主义这个词有些吸引力，对他们来说，它与自由、平等和国际主义息息相关"（v.4，425）。

奥威尔跟他的对手所进行的持续不懈的争论在这里完全清晰起来。看清情况并正确影响舆论是知识分子的责任。经济公平和社会自由的可能性会成为现实，只要"人们真的想要得到它，且有十年至二十年稳定的和平使它成为现实。而且，由于这一动力必须首先出自英国，当务之急就是这一观念应该在英国社会主义者中扎下根"（v.4，370）。

毫无疑问，在写作《一九八四》的时期，奥威尔看到危机正在迫近。尽管如此，他既不主张悲观主义，也不提倡对政治漠不关心。相反，他与对手进行的争论变得越来越激烈，越来越明确。他坚信左翼知识分子，尤其是英国社会主义者，应该为解决这场危机发挥重要作用。正是出于这一原因，他们必须认清：斯大林政权并未解决我们文明中的任何道德和经济问题，而它所声称的已经实现长久以来的社会主义梦想则完全是个谎言。

对手自欺的心理原因

31　　这些对手不愿判读极权主义危险的信号，首要的原因在于，他们完全无法想象一个极权主义国家之内的情形。比如，尼古拉·托尔斯泰（Nikolai Tolstoy）在1981年的著作《斯大林的秘密战争》（*Stalin's Secret War*）当中，提出这样一个问题：苏联在"二战"期间牺牲了成百上千万平民，但他们并非死于战事。他总结认为"当时成百上千万俄国人死亡，他们死于对芬兰的侵略，以及随后苏联内务人民委员会（N. K. V. D.，苏俄秘密警察）针对苏联国内民众的战争之中"（278，重点为作者所加）。托尔斯泰认为这极其反讽：

　　　　正是这一政府及其推行的政治体系，在西方激起了这么多人满腔热切的忠诚。虽然苏联正在发生的许多事情被掩盖了起来，但是只要一个人想知道这些情况，他就能获得足够的信息。真相可以在无数书籍和文章中看到，如苏联的逃亡者、在西方的成千上万的市民和（1941 年之后到来的）波兰人，马尔科姆·马格里奇、尤金·莱恩斯①和安德鲁·史密斯（Andrew Smith）等西方访问者等留下的著述中，甚至在苏联出版的资料中。在亚瑟·库斯勒和乔治·奥威尔看来极为明显的事物，也许在路易·阿拉贡、J. D. 贝纳尔或莉莲·海尔曼②看来亦是如此。（278）

托尔斯泰接着提出了这样一个问题："成千上万的聪明人诱骗或鼓励成百上千万不那么聪明的人去盲目崇拜大屠杀、折磨和奴役，这是怎么发生的呢？"（278）他在战争年代"成百上千万人将斯大林俄国提升为一个供崇拜和模仿的典范"（278）的"伪宗教情感"中找到了答案。

比托尔斯泰早几十年，奥威尔在他的几篇文章中转向挖掘这种"伪宗教情感"的精神—心理根源。现代知识分子已经失去了对个人不朽的信仰；这种缺失留下了一种心理真空：

①马尔科姆·马格里奇（Malcolm Muggeridge，1903—1990），英国记者、作家。尤金·莱恩斯（Eugene Lyons，1898—1985），美国记者、作家。
②路易·阿拉贡（Louis Aragon，1897—1982），法国诗人、作家，代表作有诗集《断肠集》（1941）和《法兰西晨号》（1944），小说《现实世界》（1933—1944）等。J. D. 贝纳尔（J. D. Bernal，1901—1971），爱尔兰裔英国物理学家，分子生物学创始人，X 光晶体学研究先驱，科学史家，著有《科学的社会功能》（1939）、《历史上的科学》（1954）等。莉莲·海尔曼（Lillian Hellman，1905—1984），美国著名左翼作家、电影剧作家。

西方文明与某些东方文明不同，它是部分建立在对个人不朽的信仰之上的。如果从旁观者的角度来看基督教，这一信仰显得比对上帝的信仰更为重要。西方对善恶的观念难以与之相分离。毫无疑问，现代对权力的狂热崇拜是与现代人觉得此时此地的生活是唯一存在的生活这种感受密切联系在一起的。(v.3，126)

奥威尔认为这种缺失极为严重，与"灵魂的切除手术"相差无几，"伤口会生脓溃烂"(v.2，31)。与此同时，身为人道主义者的奥威尔认为返回到宗教信仰之中也是无法想象的：因为现代思想扎根于实验主义思维模式，"以我们已知的那种形式出现的宗教信仰必须被抛弃。在 19 世纪它就已经全然成了谎言"(v.2，30)。

奥威尔强调，对待我们精神困境的恰当态度，既不是怀旧，也不是绝望，而是坚持一种新的世俗道德模式：

我不想要一种死后重生的信仰，何况无论如何，它都不会回来了。我想指出的是，这种信仰的消失留下了一个巨洞，而我们应该注意到这一事实。个人存在这一观念经历了数千年才得以确立，人们需要在心理上付出相当大的努力才能接受个人也会消失这一观念。除非一个人能发展出不受天堂和地狱支配的善恶体系，否则他就无法拯救文明。(v.3，127，重点为作者所加)

在失去与宗教信仰相连的安全感之后，我们只剩下一片心理真空。如果我们没有意识到自己对安全感的心理需求，制造"权力崇拜"的极权主义独裁者就会乘虚而入，填补这一真空。我们丧失了确信，丧失了道德价值，这使得我们容易接受独裁者及其建立在权力崇拜基础上的"世俗宗教"。对于"进步"的知识分子来说，他们早已抛弃宗教，但又未亲身面对随之而来的心理真空，这种"世俗宗教"成了一种危险的替代品。在分析对手的动机之时，奥威尔得出了一个人道主义警示性的结论：我们可以使自己从意识形态和权力崇拜这种宗教的现代替代品的诱惑之中解脱出来，但首先必须承认我们对宗教确定性的心理需求。只有在愿意承认并理解这一需要之后，我们才能试着克服它。

这并不意味着奥威尔已经忘记了人不能只靠面包活下去这一事 33
实：他强调的是，我们在精神上的幸福有赖于我们去创造一个普适性的道德价值体系，这个善恶体系不以我们与超自然之关系——即对天堂地狱的信仰——为基础，而是建立在肯定"人类精神"是不可或缺之物的基础之上。奥威尔在不少作品中确认这些不可或缺的态度，如尊重客观真理，并同样尊重"心理事实"（psychological fact）的主观真理，尊重决定人类行为的"普通礼仪"（common decency）法则。但忠于"人类精神"并非易事：它要求智识上和道德上的双重努力。奥威尔说"知识分子在观念上比一般人更倾向于极权主义"（v.3，178），以此斥责对手未能付出这一道德上的努力。

奥威尔指出，战争，尤其是战争的相持阶段，对于知识分子有着尤为危险的诱惑力。极度的疲惫和恐惧驱使他毫不抵抗就走向了"世俗宗教"。由于他未能意识到自己虚弱的精神状态，所以愈发容易受到影响，已经准备好纵容"自己对权力的渴望"，接受"半神的领袖"所化身的任何意识形态，即使"他所选择的那个将自己的个性沉溺其中的单位"（v.3，411）是缺乏道德原则的，他也无动于衷。

奥威尔承认，在三四十年代的动荡岁月里，"对任何现代知识分子来说"不可能"不带任何民族主义的忠诚和某种仇恨，细致而诚实地清查自己的头脑。正是他能够感受这些事物在情感上的撕扯，同时又能冷静地如其所是地看待它们这一事实，使他得到了知识分子身份"（v.3，338，重点为作者所加）。

20世纪40年代，奥威尔曾斥责其对手，因为他们对他指出的"忠诚与仇恨"的心理原因视而不见。"进步"的西方知识分子宣布爱国主义与宗教跟身为有着科学的唯物主义世界观的现代人不相称，必须舍弃，但在这之后他未能意识到：他对苏联和斯大林的情感正是由自己寻找爱国主义和宗教的替代品这一需求所激发的。事实上，奥威尔推测，屈服于君主统治的情感诉求没有屈服于半神的独裁者的诉求那么危险。然而，"如果你向一般的左翼人士指出这些事实，他会生气，但这只是因为他未能审视自己对斯大林所抱情感的本质"（v.3，103）。通过将斯大林视为异域的"父亲"或"救世主"[1]，"一般的左翼人士"允许爱国主义和宗教这种"错位的偶像"回归；因为"未能认出其真面目"，所以他获得了情感上的满足，且不必面对自身在智识上的退化。最终，知识分子遵从了某种爱国主义，即一种"自欺欺人的爱国主义，其实质是对权力的渴求"。奥威尔再三严厉指责其对手对苏联奴颜婢膝式的崇拜：

> 在知识界……民族主义的主导形式是共产主义——在广义上使用这个词，不仅包括共产党员，还包括一般的"共产党的同情者"和亲俄人士……这里我所说的共产主义者是指将苏联视为自己的祖国，觉得自己有责任为俄国的政策辩护，并不惜一切代价为俄国争取利益的人。(v.3，414)

奥威尔使人们注意到这样一个事实：在整个 20 世纪三四十年代，欧洲各国共产党通过"为俄国政策辩护"，在阻挠西方社会主义实现其最初构想方面胜过了最保守的"右翼"反对者。因此，奥威尔并不那么关注斯大林的权力"接管"西方世界，而是更关注左翼知识分子"败坏社会主义的最初构想，这种败坏是（通过）一种信念产生的，它认为俄国是个社会主义国家，我们即使无法效仿推行其统治下的所有行动，也要对它们抱持宽容的态度"(v.3，458)。

为了强调他的知识分子对手之自欺欺人，奥威尔再三指出工人阶级所具有的道德优越性。工人阶级拒绝接受"西方狂热的权力崇拜"以及"可能正确"的原则，他们以此保持对老式的"'资产阶级道德'（即普通礼仪）"(v.3，22) 的忠诚。结果，他们比自欺欺人、是非不分的知识界更能抵御病态的极权主义心理。

这是 20 世纪 40 年代奥威尔与其对手持续进行的辩论的主要

推动力。现在，他的对手已经变成了一个知识分子的合成形象，比如约瑟夫·E. 戴维斯（v.4，189）、J.D. 贝纳尔教授和哈罗德·拉斯基等人。[①]

对手的个人代表

35　　奥威尔斥责对斯大林政权的罪行熟视无睹的左翼知识分子犯了"保护性的愚蠢"（protective stupidity）的错误，对英国社会主义运动造成了巨大的损害。事实上，也许奥威尔对待哈罗德·拉斯基教授的态度代表了他对所有这些人的态度。拉斯基"对伦敦政治经济学院的几代学生有着深远的影响"（Caute 59），在 1937 年至 1949 年是工党全国执委会（National Executive of the Labour Party）的成员（Deane 32）。

　　戴维·科特[②]出版于 1973 年的《同路人》（*Fellow Travellers*）再一次肯定，在奥威尔看来，拉斯基身上有着"普遍模式的症状，即国内外政局风云变幻，会很快迫使一个知识分子激烈反驳他先前曾以相同的激情进行宣传的观点……拉斯基确实是择木而栖的良

---

①约瑟夫·E. 戴维斯（Joseph E. Davies，1876—1958），美国外交官、律师，1936—1938 年任美国驻苏联大使，著有《莫斯科出使记》（1941）。哈罗德·拉斯基（Harold Laski，1893—1950），英国政治理论家、作家，1945—1946 年任英国工党党魁，1926—1950 年任教于伦敦政治经济学院。社会民主主义和政治多元主义的重要思想代表，著作甚丰，有《共产主义论》（1927）、《现代国家自由论》（1930）、《欧洲自由主义的兴起》（1936）等。
②戴维·科特（David Caute，1936— ），英国作家、历史学家、记者，代表作有《大恐惧》（1978）。

禽,他随不断变幻的政治气候而改变,一路高歌"(159)。因此,在 1938 年 3 月,拉斯基"认为苏联体系留有消极面的原因在于帝国主义的恶意包围。而在《苏德条约》(Nazi-Soviet Pact)签订几个月后,他又将苏联独裁体制的腐败归因于斯大林及其同伙被权力腐蚀了"(161)。

要理解奥威尔对拉斯基的敌意,应记住 1936 年至 1950 年苏联劳动营的死亡总人数:

> 约有 1200 万。这一数字不包括被处决的人……350 万死于集体化政策的人,以及其他在大规模驱逐少数民族群体的运动中失踪的人……虽然目前推测所得的数字还不够精确……但对于想了解真相的人来说,这些证据足矣。(Caute 107)

用奥威尔的话来说,从 1938 年 6 月开始:

> 国家政治安全保卫局(GPU)无处不在,所有人都生活在担心被告发的持续恐惧之中……恐怖的浪潮一波接着一波,有时是对富农和"私人企业主"的"清算",有时是令人震惊的全国审判,已入狱几个月或几年的人突然被拖出来进行难以置信的招供……同时,无形中,斯大林受到崇拜,那种情形连尼禄(Nero)都会汗颜。(v.1,370)

《戈斯坦因的书》所描写的真信者(true believer)那种通过实行"止罪"(crimestop)或"保护性的愚蠢"以使自己对真理熟视

36

无睹的本能，科特在对拉斯基 1934 年赴俄演讲之旅的记述中进行了很好的说明。拉斯基在那里遇到了"苏联司法改革的边沁[①]"——安德烈·维辛斯基[②]。维辛斯基"直到 1921 年还是一个孟什维克（Menshevik），随后开始打造自己的事业……在被任命为总检察长时达到了事业巅峰。在任职期间，他后来对轻视过他的国家政治安全保卫局的人进行了可怕的报复，在一次次清洗中向他们压榨供词，处决行刑者"。拉斯基以名副其实的"双重思想"的技艺，毕恭毕敬地记述了总检察长不受监察的权力，凭借这一权力，"法官、调查者、律师，甚至是警察，都真正地处于他的管辖之下"。拉斯基极为幼稚地接着说："公众无疑对他抱有信心；到他办公室拜访的人络绎不绝，此即明证。"正如科特所指出的：

> 一个将法官置于公检官的权威之下的体系竟然没有引起拉斯基的怀疑，这真是有趣……至于"络绎不绝的访客"——人们为了得到被捕的亲戚的消息，除了去问逮捕他们的权力机关，还能去哪儿呢？……在卢比扬卡[③]待一夜，比读一万本书、听一万场讲座、采访一万个官员，能让这位政治学教授学

[①] 边沁（Jeremy Bentham，1748—1832），英国功利主义哲学家、经济学家、法理学家和社会改革者，著有《政府片论》（1776）、《道德与立法原理引论》（1789）。
[②] 安德烈·维辛斯基（Andrei Vyshinsky，1883—1954），苏联法学家、外交家，曾任苏联总检察长、外交部长，为斯大林的大清洗运动提供了理论依据，扮演了关键角色。
[③] 卢比扬卡（Lubianka）：位于莫斯科市中心，曾为全俄肃反委员会（Cheká）、苏联内务人民委员会（N. K. V. D.）和苏联国家安全委员会（KGB）等历任苏俄国安机构的办公地，内曾建有卢比扬卡监狱，长期以来卢比扬卡已成为极权的象征。现为俄罗斯联邦安全局总部所在地。

到更多政治学知识，可能还能学到更多人性的知识。甚至到1940年，当《苏德条约》让他看清了苏俄"所犯的罪过"后，他仍然拒绝相信那里发生过严刑拷打。不是那样的。不可能。（112）[2]

通过拉斯基，奥威尔曲折地表达了对自己对手的愤怒。他划出拉斯基的文章中下面这句"完全典型的句子"，以说明腐化的语言代表堕落的思想："整体上，我们的体系是政治领域的民主（这本身是我们的历史中新近发展而来的）与经济权力之间的妥协，这种以寡头形式组织的经济权力反过来与仍然能够深刻影响我们社会的习惯的某种贵族残留相关。"（v.3，164）

奥威尔评价道："这句子，顺便提一下，出自印刷成书的讲稿，所以人们可以猜想，拉斯基教授真的站在讲台前滔滔不绝，包括插入语和所有这些话。"（v.3，164）奥威尔所反对的，是左翼书写中的虚伪："人们越是胡说八道地谈论无产阶级，他们就越是鄙视无产阶级的语言。"（v.3，164）吸引读者关注其对手自命不凡的语言的确是使人怀疑其政治正统性的成功策略："有时是'弗洛伊德式的错误'，有时纯粹是精神失常，有时则是本能地感觉到纯粹的思想对正统性是有害的。但是，在接受极权主义信条和糟糕的英文写作之间貌似的确存在直接关联，而我们认为有必要指出这一点。"（v.4，190）

奥威尔也评论了拉斯基的《信仰、理智与文明》（*Faith, Reason and Civilization*）一书；他的书评"本应发表在1944年

37

3月16日的《曼彻斯特晚报》(*Manchester Evening News*)上，[但]被编辑拒绝了"。在1944年11月为《政治》(*Politics*)杂志所写的评论中，德怀特·麦克唐纳①选择这一事件说明"编辑不会出版任何反苏内容，因为他们认为公众普遍亲俄，同时也是因为苏联政府不断投诉英国新闻界"(v.3，169脚注)。同时，奥威尔对拉斯基保持公正，在这篇书评和之后名为"信笔所至"("As I Please")的专栏上，他评价了拉斯基的诽谤案。据赫伯特·迪恩(Herbert Deane)的研究，

> 虽然1945年工党竞选成功让拉斯基极为满意，但对他来说，这一胜利笼罩在日益紧张的国际局势——尤其是美苏间的紧张关系——以及他输掉1945年竞选活动期间开始进行的诽谤诉讼一事的阴影之下，当时几家报纸报道说他发表演讲鼓吹在英国进行暴力革命。(32)

奥威尔在自己的专栏中指出"拉斯基教授……代表工党……采取……行动"，与"一部分保守党媒体的反共宣传"进行辩论，"因此如果让他独力支付高昂的费用是极为不公平的"。事实上，奥威尔为了让工党书记支付拉斯基的法律费用而停掉了自己的专栏(v.4，302)。

同时，奥威尔个人对拉斯基的怀疑从未减少，正如我们在他写

---

① 德怀特·麦克唐纳(Dwight Macdonald，1906—1982)，英国作家、编辑、批评家，1944年至1949年创办《政治》杂志。

38

给库斯勒的信中所见,他讲到《动物庄园》乌克兰语译本将"在乌克兰避难者中"流传,"他们似乎在美国管辖区和比利时拥有自己的印刷设备"(v.4,433)。避难者和"苏联遣返人员"之间的冲突在奥威尔看来一清二楚,正如他所说的,在慕尼黑的美国当局"一定觉得自己有责任搞到1500本《动物庄园》的乌克兰语译本,分发给'苏联遣返人员',但似乎有2000本先在避难者中流传了开来"(v.4,434)。

这种情况下,奥威尔对避难者的同情意味着他察觉到了他们的困难处境(v.4,84—85)。事实上,正如我们现在所知道的,成千上万的避难者被违背意愿遣返回去,而英国新闻界决定压下这一消息,或者将这些人不愿回国这件事的重要性降至最低。亲俄知识分子无疑对新闻界的这种态度负有责任,而且正如我们在已曝光的资料中所发现的,他们也至少应对英国外交部的政策承担部分责任,当时外交部不仅愿意遵从斯大林对苏联战犯施行的无情的遣返政策,而且愿意遵从他"遣返"——意即强制性劫持——已不再是苏联国民的那些先前已离开俄国的移民的阴谋。亲俄知识分子只是拒绝相信"遣返"对所有那些"被遣返者"来说,就是"折磨""处决"或驱逐到强制劳动营的委婉说法。[3] 这种知识界的气氛解释了当乌克兰避难者决定出版《动物庄园》译本时奥威尔的提防态度。他觉得有必要警惕拉斯基,事实上拉斯基有可能向苏联当局泄露地下出版业的情况。奥威尔向库斯勒描述了这种情形:

舍甫琴科(Sevcenko)[乌克兰避难者代表]问我拉斯基

是否会同意让他们同时印些他的东西（他们显然是想得到些西方思想的代表性样本）。我告诉他不要跟拉斯基打任何交道，绝不能让那种人知道在同盟国占领区正在非法印制苏联语言的出版物。（v.4，434，重点为作者所加）

在拉斯基的问题上，奥威尔是对的。尼古拉·托尔斯泰在《斯大林的秘密战争》一书中不仅向我们呈现了西方知识分子狂热亲俄的无数例证，也显示了这些知识分子在斯大林从内部削弱西方资产阶级民主的未来计划中所扮演的重要角色：

39　　　　斯大林相信，西欧会因内部冲突而遭破坏。法国和意大利庞大的共产党代表了城堡内部巨大的特洛伊木马。他们大声叫嚷，和那些无处不在的同情者和和平主义者一道，告诉领袖大众更期待苏联而非美国的占领。1946 年 8 月 7 日，一个英国工党代表团在克里姆林宫受到斯大林的接见，他们认为外交大臣贝文①的政策是反苏的，因而加以反对。当兴奋的代表团成员们在观看一部关于集体农场生活的影片时，斯大林和著名的社会主义意识形态拥护者哈罗德·拉斯基一道离开了幽暗的大厅。随后二人进行密谈，斯大林解释说，在苏联占领的大陆上

---

①贝文（Ernest Bevin，1881—1951），英国政治家，工党领袖人，工会领袖，1940 年在丘吉尔战时内阁中担任劳工和国民事务大臣。1945 年至 1951 年在战后的艾德礼工党政府中任外交大臣，曾积极推动北大西洋公约组织的建立。

依然可以允许英国（在一定限制范围内）追求拥有自身特色的社会主义。在这之前，拉斯基表示他坚信在美苏之争中英国会支持苏联。（360，重点为作者所加）

奥威尔对拉斯基及"那种人"的怀疑并非毫无根据。从上述托尔斯泰所详述的证据可见，他们很愿意破坏英国"拥有自身特色的社会主义"，即民主社会主义 [4]，并模仿苏联的极权主义范本。用尼古拉·托尔斯泰的话来说：

> 最终战争并未爆发，但这一事实并不能缓解拉斯基及西欧和美国的共产党同情者的行为带来的影响。对罪恶的"慕尼黑人"（Men of Munich）的动机出现了许多志得意满的谴责。不过，无论张伯伦①及其同僚的期待是何等幼稚，并误导了自身的政策，但实际上他们厌恶纳粹极权主义，并急切地抑制其扩张。另一方面，拉斯基和大多数共产党员及亲俄派不仅热情支持斯大林极其恶劣的不人道行为，而且以一种有计划的方式采取行动，将世界带往战争的边缘。（361）

那么，从尼古拉·托尔斯泰所描述的证据可见，奥威尔对其对手的形形色色的代表人物所抱持的怀疑并非他患有妄想症的征兆。他对危机迫在眉睫的判断也并非错误。用尼古拉·托尔斯泰的

---

① 张伯伦（Arthur Neville Chamberlain，1869—1940），英国政治家，1937年至1940年任英国首相，因对纳粹德国推行绥靖政策而饱受争议。

话来说："斯大林从战争边缘后撤，这并非他们［即拉斯基及其同类］的功劳。［红军将领］克雷科夫（Klykov）在一次谈话中对那场战争可能带来的后果做了有力的总结……'如果我们真的想要［在西欧］建立共产主义，我们就必须将一半人口遣送到西伯利亚（Siberia）。'"（360）托尔斯泰总结道："欧洲眼下没有经历过俄国人三十多年来经受的事。斯大林在 1953 年 3 月 5 日去世了，他的计划没有实现。正是由于他的死亡，其继任者才得以一瞥这幅恐怖的现实图景。"（360—361）

40

在奥威尔的写作中，"拉斯基事件"开启了一个有趣的角度，人们可以从中观察作为讽刺作家的奥威尔与他的对手——40 年代的左翼知识分子——之间的关系。当然，我们必须认识到这个对手也许会以各种各样的化身出现，这一人物也许反映出许多种不同态度，在这一系列态度开始的一端是对唯一的社会主义国家的天真信仰，以及对不利于这一信仰的事实进行审查、抵制和否认。而在这一系列态度的另一端，这个对手代表了对斯大林主义最不人道的行为所进行的愤世嫉俗的谴责。在我们阅读《一九八四》时，应记住奥威尔与这一对手的长期争论，这点是很重要的，尤其是《戈斯坦因的书》，这部分解释了 20 世纪 40 年代和 50 年代初的知识分子为何向极权主义心理打开了民主制度的"城堡"。

奥威尔对其对手的态度是否为我们的核心难题——《一九八四》究竟表达了绝望还是对"人类精神"的信仰——提供了启示？如果我们在这位讽刺作家与其对手所进行的长期不懈的争论这一背景下阅读小说，就会清楚地看到，奥威尔摧毁"苏联神话"的意图并非意味着社会主义理想的破灭。相反，他说得很清楚，正是为了在西方"重振社会主义运动"，人们才必须摧毁"俄国是个社会主义国家这种信仰"（v.3，458）。

为了在奥威尔的文章的协助下"解码"这位讽刺作家在《一九八四》中的目标，我们应该认识到，《戈斯坦因的书》是为奥威尔的同时代人举起的一面镜子，照出他们的自欺欺人和堕落的意识所造成的潜在的灾难性后果，即到 1984 年的时候，这会导致病态的极权主义精神状态攻占全球。不过，我们还应记住，当奥威尔警告其对手不要做出错误选择时，他还暗示了存在一个正确的选择，就是建立一个"无须集中营也能保证经济安全"的社会，这个选项意味着"民主社会主义行得通"（v.4，370）。

_____ 注　释 _____

[1] 在其出版于 1973 年的《同路人》（*Fellow Travellers*）一书中，戴维·科特（David Caute）证实了奥威尔的判断，他指出："同情者在追随共产党时需要保持一定的距离，这种距离不仅是地理意义上的，也是感情和智识意义上的。"（3）换言之，"这是种遥控式的激进主义。共产党的同情者更喜欢'某个外国的社会主义'——而非在他本国"。科特也强调了奥威尔认为这些同情者虚伪的观点："共产党的同情者们培养了一种便利的精神分裂症：他们在远处嘲讽民主；他们自己实证主义的实验和道德新生的梦想——同样在远处。"（6—7）

[2] 这里让人想到比尔·凯勒（Bill Keller）最近收入《共产主义的崩

41

溃》（*The Collapse of Communism*，1990）一书的一篇文章，标题是《苏联人骄傲地介绍他们友好的克格勃特工》（"The Soviets Proudly Present Their Friendly K.G.B. Agent"），记述了一部"名为《今日克格勃》（*The K.G.B. Today*）的影片"上映，"意在说服苏联人和外国观众，这一长期以来被视为镇压机器的令人畏惧的机构已经变为一个着实亲切的执法机构"（*Collapse* 151）。

[3] 1989 年 12 月 1 日，《多伦多星报》（*The Toronto Star*）上一篇题为《英国勋爵获诽谤赔偿》（"British Lord Awarded Libel Damages"）的文章宣称："现年 75 岁的奥尔丁顿勋爵（Lord Aldington）是一位授勋的'二战'军官，曾任保守党副主席，获得破纪录的 275 万美元诽谤赔偿金……曾有小册子指责他故意遭返了 7 万名南斯拉夫人和哥萨克人，并致其死亡。"这个小册子正是由历史学家尼古拉·托尔斯泰所撰写。文章最后称："奥尔丁顿并未否认当时确实执行了处决，但说自己并未意识到受害者——与德国人作战的士兵以及妇女和儿童——会死亡。"（20，重点为作者所加）

[4] 在《文学声誉的政治学》一书中，约翰·罗顿也肯定奥威尔"认为自己认同安奈林·贝文（Aneurin Bevan）和《论坛报》（*Tribune*）作者们的'民主'社会主义"（161）。

43

第三章

奥威尔的小说：从心理现实主义到政治讽刺

前四部小说

人们普遍认为，《缅甸岁月》《牧师的女儿》《叶兰在空中飞舞》和《上来透口气》这几部奥威尔前期的小说，没有一部达到《动物庄园》或《一九八四》的地位，虽然这些早期小说作品都是他创作之路上的重要标志。不过，对于这些作品所标志的这条创作道路的阐释却差异甚大。有几个问题值得思考：

奥威尔的职业生涯是否描绘了一条思想曲线？前四部小说代表作家在寻找一种思想，而《通往维根码头之路》中他倾心于社会主义，这条曲线到达了顶峰，之后曲线下行，代表社会主义事业的理想在他最后的两部作品中破灭，因此《动物庄园》和《一九八四》这两部小说都因绝望而存在"瑕疵"？（Bonifas 308—377）

这四部作品是否探索了某些将奥威尔引向事业顶峰的主题，这一顶峰由杰作《动物庄园》所代表，而之后却是《一九八四》这部"有瑕疵的杰作"（Crick；Woodcock）。它们是社会政治主题逐渐展开过程中的地标吗？是否显示了"产业主义（industrialism）特有的那些享乐主义中固有的危险"最终是如何"被一种更为强大的威胁所取代"？"这一威胁源自相关但不相同的现象，即崇拜所有形式的权力，尤其是政治权力"（Claeys 219）。

它们是否仅仅是"奥威尔所有小说中的主题中心"的早期变体（Carter 28），即个人对真实性的追求？ [1]

它们是否标志着按时间顺序进行的对深蕴心理学主题的解答？而这些主题是以俄狄浦斯情结（Oedipus complex）、"原罪"和"自主进攻和被动牺牲的施虐狂与受虐狂模式"（Smyer 153）为中心的？

也许上述模式中的大多数是值得回应的。不过，由于本项研究集中于奥威尔最终在《一九八四》这部成功融合了多种文类的合成物中所取得的成就，这里我只想简略谈谈前四部小说，主要为了证明它们都是心理现实主义文类的代表作，包括相对次要和未达杰作层次的作品。我认为，《动物庄园》是一个重要的新起点，在奥威尔的小说中，它显示出一种至今看来仍全然不可思议的维度：这是一个富有远见的观点，即出色的政治讽刺作品中，那些持续不断的讽喻淋漓尽致地体现了一种独创的、富有想象力的结构。不过，在

44

这一阶段，他似乎抛弃了在前四部作品中煞费苦心进行开拓的文类。最终，《一九八四》代表了两种文类的综合，这部杰作结合了心理现实主义与伟大的政治讽喻中富有远见的维度。

尽管这一章围绕文类来讨论这前四部小说，但如果忽视它们所流露的主题上强烈的连续性，就将是个错误，因为这种连续性说明了奥威尔难题的一个核心问题：《一九八四》的黑暗标志着奥威尔由于在人生最后阶段陷入病态的绝望而突然打破了自己的构想？抑或这最后一部小说代表了奥威尔的最高成就？因为它清晰呈现了一种悲剧性人道主义的成熟图景，贡献了这位小说家毕生所致力的将重要主题、技巧与文类进行连贯综合的成果。

这很像《格列佛游记》"最为黑暗"的第四部所制造的困境，有的批评家将其解读为斯威夫特晚年陷入精神错乱的证据。[2] 当然，如今我们了解到，斯威夫特陷入精神错乱的时间远远晚于他创作"格列佛之旅"第四部，而且更为重要的是，第三部是在第四部之后写就的。虽然格列佛最后发了疯，但第四部的黑暗并不代表作家的精神错乱；由四部分构成的作品作为一个整体所产生的动力支配着逐渐变得猛烈的讽刺，这种黑暗正是讽刺理应达到的顶点。

到了这一阶段，也有必要根据享乐主义精神破产和权力崇拜这两大主题间的连续性，来审视一下奥威尔前四部小说之间的相互关系（Claeys）。毫无疑问，在《叶兰在空中飞舞》中戈登·科姆斯托克（Gorden Comstock）的"金钱之神"（Money God），代表着对成功的崇拜，是奥布兰① "权力之神"（God of Power）的

45

---

① 奥布兰（O'Brien），也有版本译作"奥勃良"。——编者注

先导。同样，《叶兰在空中飞舞》揭示了"大众文化享乐主义在大多数人身上产生的影响，它通过破坏传统价值并强调自身的残暴、力量、新奇与成功，为极权主义权力崇拜铺平道路"（Claeys 220）。不过，四部小说在主题上的连续性并非一定是按时间顺序逐渐展开的。事实上，我相信奥威尔的第一部小说《缅甸岁月》可能比后三部作品更为直接地预示了大洋国的权力崇拜。因此，弗洛里（Flory）这个在缅甸殖民地上流社会享有特权的成员如此评价在一个充满专制与剥削的体系中能够穿透生活最为私密层面的"弥天大谎"（Big Lie）："哼，当然，我们装作是来这里帮助我们的黑人兄弟脱贫的，但其实是来这里抢劫的。我想这自然算得上是种伪装吧。但这使我们堕落，以你完全想象不到的方式堕落。"①（94）《一九八四》中有一个"更大的谎言"，那就是与极权体系相结合的欺骗：假装保护人民免受敌人之害的老大哥正是敌人，而这个谎言使得整个谎言巨网和双重思想的堕落成了必需。

跟温斯顿（作为俱乐部的一员也属于享有特权的压迫者阶级）一样，弗洛里明白，在一个专制体系中，即使特权阶级也是不自由的："当每个白人都成为这专制政权大轮子上的一颗轮齿时，友谊也就难以生存了。言论自由是不可想象的……你是专制政权的受害者……你被一系列坚不可摧的禁令绑得严严实实，还不如和尚或是野蛮人自由。"②（213）弗洛里也清楚，在这样一个体系中即使

---

①译文参见［英］乔治·奥威尔著，《缅甸岁月》，郝爽、张旸译，武汉：华中科技大学出版社，2016年，第44页。
②译文参见［英］乔治·奥威尔著，《缅甸岁月》，郝爽、张旸译，武汉：华中科技大学出版社，2016年，第78—79页。

抵抗的愿望也仅仅只能当作"发泄，偷偷地搞黑弥撒"①（97），或是"倒着念主祷文"②（95）——这两个概念预示了温斯顿加入抵抗运动这一幕中的"黑弥撒"（Black Mass）和奥布兰的"教理问答"（catechism）。

不过，《缅甸岁月》关注的中心是获取和保持政治权力，在这一点上这部作品是《一九八四》最为直接的先驱。在狡猾欺诈的缅甸地方法官吴波金（U Po Kyin）身上，我们看到了飞黄腾达的本地"老大哥"。吴波金承认，他在扮演"密探（agent provocateur）……发起暴乱就是为了亲自镇压下来"③（157），这明显是老大哥的讥诮癖（cynicism）的先驱。他还承认，为了升官，他需要替罪羊。他具有寻找受害者最为脆弱之处的可怕能力，在这一点上与常拿来与他做类比的鳄鱼一样，而这种可怕能力同时预示着老大哥和食肉者的出现。事实上，吴波金"又小又整齐的牙齿，由于嚼槟榔……都变成了血红色"④（76），身体"以敌人的身体为食而肥硕起来"（79），他正是老大哥的早期化身，是一个吃人的权力之神，既预示着戈登·科姆斯托克的金钱之神，也预示了奥威尔在《上来透口气》中探索得最为充分的享乐主义与权力崇拜之间

46

---

①译文参见〔英〕乔治·奥威尔著，《缅甸岁月》，郝爽、张旸译，武汉：华中科技大学出版社，2016年，第48页。

②译文参见〔英〕乔治·奥威尔著，《缅甸岁月》，郝爽、张旸译，武汉：华中科技大学出版社，2016年，第44页。

③译文参见〔英〕乔治·奥威尔著，《缅甸岁月》，郝爽、张旸译，武汉：华中科技大学出版社，2016年，第162—163页。

④译文参见〔英〕乔治·奥威尔著，《缅甸岁月》，郝爽、张旸译，武汉：华中科技大学出版社，2016年，第7页。

在主题上的关联。同时，正因为《缅甸岁月》所关注的社会体系比之后三部小说中的社会更为残酷无情、更具压迫性，它恰巧成了一部"更为黑暗"的作品，但也比《牧师的女儿》和《叶兰在空中飞舞》更为丰富、更具野心、更有趣味。

在这四部作品的每一部中，都可发现《一九八四》中心主题在不同方面的先兆。每一部都探索了孤独个人的斗争，尽全力寻找"内心"的真相，以对抗精神空虚之感、社会限制与堕落。然而，正因为温斯顿所处社会的拘禁、管制和堕落是如此牢固而险恶，他寻求"内心"真相的斗争成了极其激动人心的焦点，并引出一个让人无比紧张的悬念。

如果说这种效果预示了奥威尔最终的绝望，那么在他人生的尽头是受了什么打击？如何解释这一事实：在奥威尔的前四部小说中，正是《缅甸岁月》这第一部小说作品与《一九八四》的特质最为接近？

我的观点是，奥威尔的创作中最受推崇的是讽刺作品；显然，他写得最好的是"黑暗"的政治主题，或者说那些黑暗的源头相对容易确定和评判的政治主题。奥威尔能够像大师级作家那样轻松应对的作品是政治讽刺作品，这些作品建立在光明与黑暗、真实与理想、事物实际存在（are）的方式与其应当（ought）如何的方式之间的鲜明对照之上。

当然，讽刺作品从来没有明确告诉我们事情应当如何存在。我们所见的是黑暗、疯狂而混乱的事物实存的世界，该由我们自己通过寻找讽刺作者的规则，寻找他对"井然有序"的世界——既是在理想社会的意义上，也是在自我理想的层面上——的标准，来"解码"作品信息。在前四部小说中，《缅甸岁月》最关注政治，但它缺少了一种图景，即作为讽刺作家的奥威尔认为一个"好地方""好社会"该具备的"规范"（norm）。事实上，在《动物庄园》之前，没有哪部小说暗示了这样一种社会理想。不过，它们为奥威尔的自我理想和个人"规范"在心理与道德维度上提供了重要线索。弗洛里、多萝西（Dorothy）、戈登和乔治（George）都代表着奥威尔决心躲开他所认为的现代小说家易掉入的陷阱，比如格雷厄姆·格林[①]只对有思想的主人公抱有同情（v.4，501）。虽然这四个人物形象没有哪一个像温斯顿·史密斯那样得到充分展开，但他们跟温斯顿一样，都代表了作为我们人性尺度的"普通人"（Everyman）的尊严。

　　一开始，这些人物都跟温斯顿一样有着疏离感，对自身和社会不满，不过与温斯顿不同之处在于，他们都无法明确自己不满的根源。每个人都被"生活可以并且应该变得更值得活"这种感觉所驱使，而且每个人都能够感受到真正快乐的时刻。这种时刻往往与坠入情网以及身处自然之中的场景相结合，比如弗洛里带伊丽莎白（Elizabeth）去丛林打猎那一幕。但是多萝西的快乐时刻是在她独自一人，准备去打短工，沿着邻居家的草坪骑自行车的时候。她感觉到幸福："这是大地的美和事物本质中蕴含的不可思议的幸福，

47

---

①格雷厄姆·格林（Graham Greene，1904—1991），英国作家、评论家，代表作有《权力与荣耀》（1940）。

与上帝的爱一样，这一本质，也许她看错了。"①（287）

乔治·保灵（George Bowling）在乡间公路上开着车的时候，感受到了这种快乐："可是我要告诉你：我无所谓。我不想女人，甚至不想返老还童，我只想活着，当我站在那儿看着报春花和树篱下的红色火烬时，我是活着的。那是种内心的感觉，一种平和的感觉，但是它又像火焰。"②（528—529）

戈登为活着这一单纯的事实感到欢欣是在怀孕的妻子告诉他，她感到胎儿在身体里动的时候："一种奇怪的、几乎是可怕的感觉，一种温暖的惊厥，在他内心翻滚。有那么一小会儿，他觉得他好像在性上和她融为一体了，但是这种融合方式如此微妙，以至于他从来没有想到过。他比她多下了两阶楼梯，在前面停了下来。他跪下来，把耳朵贴在她的肚子上，仔细倾听。"③（737）

不过，即使是在这种罕有的欢庆时刻，在整个过程中，每位主人公总是感到受挫或失败。在《缅甸岁月》中，失败呈现为极端形式：弗洛里自杀了。在《牧师的女儿》中，多萝西决心抱着尊严接受一个并无胜算的处境。在经历了"失去信仰却又渴望信仰的人"④（424）的精神斗争之后，她决定遵循世俗人道主义者的道德

---

① 译文参见［英］乔治·奥威尔著，《牧师的女儿》，王国平译，昆明：云南人民出版社，2014年，第45页。
② 译文参见［英］乔治·奥威尔著，《上来透口气》，孙仲旭译，南京：译林出版社，2014年，第151页。
③ 译文参见［英］乔治·奥威尔著，《叶兰在空中飞舞》，顾奎译，昆明：云南人民出版社，2014年，第247页。
④ 译文参见［英］乔治·奥威尔著，《牧师的女儿》，王国平译，昆明：云南人民出版社，2014年，第224页。

原则去生活，"如果一个人做一贯有益和令人满意的事，有没有信仰似乎没有分别"（425）①。《叶兰在空中飞舞》中，失意的诗人戈登·科姆斯托克感到资本主义社会中无情的物质主义让他窒息，这个社会用大众对"金钱之神"的崇拜来对抗精神空虚。在辞掉自己在广告界收入丰厚的工作之后，戈登决心向这位神祇发起挑战。然而，在女朋友告知自己怀孕之后，戈登放弃了自己单挑资本主义的抵抗行为，转而肩负起身为父亲、丈夫和养家人的责任：他以牺牲公共道德为代价肯定了私人道德。《上来透口气》中的乔治·保灵也必须接受失败。他试图通过回到他记忆中的黄金乡（Golden Country），打破自己单调乏味的下层中产阶级生存方式，走出缺乏爱意的婚姻。最终，他意识到已无法回到过去的世界，除了在记忆之中。不过，这种认知给予他重生之感；他好好地"上来透了口气"，积聚力量投入与生存之间的持久战。

值得再次强调的是，如果说《缅甸岁月》这第一部作品就提供了"最黑暗"的解答，那么它显然与奥威尔的绝望无关；但批评家们通常认为这种绝望是在奥威尔生命将尽时，因疾病和政治理想破灭而引发的。批评家整体上都认为，此处的自杀是弗洛里（而非奥威尔）与他所处社会的压倒性力量之间所进行的政治与心理斗争"陷入绝境"的文学表达。

四部作品中的每一部都让我们深刻感受到奥威尔为我们的个体化进程而与社会进行斗争所做贡献的重要性。在《一九八四》诞

---

①译文参见［英］乔治·奥威尔著，《牧师的女儿》，王国平译，昆明：云南人民出版社，2014年，第225页。

生之前，这四部早期作品中的每一部都是在写一个完全"正派"的普通人有尊严地面对这一斗争，担负起在与他人的联系中找到真爱，去掌握关于"内心"的知识的"艰难工作"（v.4，528）。不过，尽管这种斗争有其社会向度，但奥威尔在社会批评或社会讽刺层面的尝试未能与人物心理的发展充分结合，至少在第四部作品《上来透口气》中仍未达成这一目标。在更早的作品中，尤其是《牧师的女儿》和《叶兰在空中飞舞》中，人物的抗争有时显得混乱或缺乏中心；甚至是在我们理解他们所反抗的社会问题之时，也很少看到他们所争取的社会政治解决方案。我相信，这四部作品均未能告诉我们作为讽刺作家的奥威尔会如何思考社会"规范"，即对社会的理想。

当然，没有人会否认，早期的四部小说在基调（tone）与肌理（texture）上带有易辨识的"奥威尔式"特征：其中的自然主义风格具有记录性，或者说像新闻，这可以看出这些作品出自创作《巴黎伦敦落魄记》《通往维根码头之路》和《致敬加泰罗尼亚》的作者之手。叙事技巧综合了对环境的细致观察和对个人心理反应中具有启发性的细微差别的极度关注。同时我认为，整体而言，它们是一位尚未获得崇高地位的作家所创作的可靠而可敬的作品：想象受到节制，图景是私人性的，洞见与观察的倾向不仅指向特殊对象，而且包括极其微小和与众不同的事物。

寻找讽刺的声音

那么，《动物庄园》看似与这整个社会与心理现实主义的"纪录片式"潮流相割裂，这部小说突然向我们呈现了奥威尔想象力的一个全新的面向。这部讽刺作品显示了政治讽喻在智识与道德层面上的激情，以及清晰的焦点与信念——即一位大作家一般性的、激励人心的愿景。

　　我相信，这种新的发展和奥威尔在西班牙内战中的经历很有关系，这段强大的双重经历促使奥威尔写起了讽刺作品。不可否认，这段经历的首要方面在于奥威尔刚刚投身于社会主义。在《巴黎伦敦落魄记》中，他对受压迫者和失业者的同情并没有政治焦点。虽然奥威尔有几年参与了《阿德菲》（*Adelphi*）杂志信仰马克思主义的同僚的对话，就像他笔下的戈登·科姆斯托克，他并未被理论说服。正是在准备写作《通往维根码头之路》而深入失业者群体做研究的阶段，他得出这样的认识：唯有集体经济才能克服资本主义社会的两大罪恶，即经济与社会不公和持续的失业威胁。但是，正如吉尔伯特·博尼法斯所提出的，奥威尔在情感上接受这一结论不是在去西班牙之前。在巴塞罗那暴动中，他第一次将社会主义视作民主的最高形式，这场运动瞬时便让反对所有形式的暴政、争取平等友爱自由变得可行。正是在这一时刻他声称："我见到了美好的事物，最后真的信仰了社会主义，这是以前我从未做过的事。"（v.1，301）

　　正是在西班牙，奥威尔对道德精神价值体系的长期求索第一次找到了政治焦点；根据他对"人类精神"的定义，社会主义成了他的人文主义"信仰"的精神基础。他极少写诗，而作于该时期的一首诗向我们透露了这段经历在情感上的重要性："但是，我在你脸

50

上看到的／任何强权都不能夺去／所有的炸弹一起爆炸／也不能炸碎你那水晶般的精神。"(v.2,306)① 这首诗是献给一个出身工人阶级的意大利士兵的，他前来为争取西班牙兄弟的自由而战。诗中歌颂了无产阶级牺牲性的斗争，例如此处用因其纯洁而得以不朽的水晶象征同样不朽的"人类精神"。

　　但我们必须记住，这段让奥威尔在讽刺作品中找到自己真实声音的经历是具有双重性的。他投身于社会主义之时正好目睹西班牙社会主义遭受斯大林主义派系的背叛，而在表面上这些人正是社会主义最强大的守护者。在他读到西方新闻界关于苏联发生的一系列暴行的报道后，奥威尔在这一背叛事件中的个人经历（将在第十五章中深入讨论）被强化了：斯大林的大清洗、操纵审判、严刑拷打、公开承认无中生有的指控、大规模告发行为和执行死刑（*HC*，150—179；230—231）。但不只是因为斯大林对西班牙和苏联社会主义事业的背叛激起了奥威尔的义愤；让他受到最大警醒的是西方知识分子的态度，这批人扬扬自得地纵容了这些事件，仍然愿意遵循苏联斯大林主义者所制定的"党的路线"，接受并继续扭曲事实，通过第三国际（Comintern）将其传播到全世界。他留意到了党的路线波动导致俄国革命历史的多次改写，尤其是对托洛茨基②的角色与重要性的改写，所以当奥威尔发现同样的受控制的歪曲处理出

51

①译文参见 [英] 乔治·奥威尔著，《政治与文学》，李存捧译，南京：译林出版社，2011 年，第 180 页。
②托洛茨基（Leon Trotsky，1879—1940），俄国与世界历史上重要的无产阶级革命家、理论家。

现在西方新闻界对西班牙所发生事件的报道之中，他的沮丧转化成了警惕。

一面是深切感受到社会主义事业的道德责任，另一面则是痛苦地认识到这一事业已经失败，遭到斯大林主义者及其西方追随者的蓄意背叛，正是这种双重体验使得奥威尔这位伟大的讽刺作家的发声有力地聚焦于"义愤"（generous anger）。我认为，对某一理想的深刻道德责任与对这一理想遭到背叛而产生的愤怒之间存在着一种动态关系，我们可以用这种动态关系来解释看似突然出现在奥威尔的小说——也是他的第一部伟大的讽刺作品——《动物庄园》中突出的重点和理智的激情。

不过，我也认为，在表达出这种动态关系之前，能言善辩的奥威尔必须找到一种使他可以与对手人物的辩论继续下去的文类，而事实上对手人物已经成了讽刺的对象。在西班牙的经历也为奥威尔提供了这一对手的理想典型，让其以受骗的左翼知识分子的形象出现，对"无产阶级的祖国"所抱持的伪宗教信仰使他看不到这一事实：无论是在西班牙还是在苏联，社会主义梦想已经被恶意背叛了。

在奥威尔作为一名讽刺作家和人道主义者的发展过程中，这一背叛行为的重要性不可低估。这段经历正是他不得不传达的，最早是在《致敬加泰罗尼亚》中，再是两篇文章《不小心说漏了西班牙的秘密》（"Spilling the Spanish Beans"）和《西班牙内战回顾》（"Looking Back on the Spanish War"）之中，最后以前所未有的更为激动人心的冲击力表现在《动物庄园》之中。[3] 同时，坚持这一点也是重要的：渐趋强烈的关于背叛的主旨并非绝望与冷漠的表现；它更像是对受骗的左翼知识分子的召集口号——毫无疑问，他是讽刺作家的对手，但这只是因为他拒绝成为一名全副武装的同志："因此在过去的十年间，我一直坚信，如果我们要重振社会主义运动，就一定要摧毁苏联神话。"(v.3，458，重点为作者所加)

这是我们阅读《动物庄园》和《一九八四》中的《戈斯坦因的书》时的关键因素：它们不仅指向独裁者对社会主义目标的恶意背叛，而且指向西方知识分子不愿意承认这一背叛。"重要的是，"奥威尔解释道，"苏联神话对这里的社会主义运动的影响……如果无论苏联犯下何种罪行，人们都被迫予以容忍，那么就无法形成一场健康的社会主义运动。"(v.3，443)

作为人道主义者的奥威尔与作为讽刺作家的奥威尔是不可分割的。那些把他的讽刺作品解读为表达绝望和冷漠的批评家们，没有看到奥威尔积极参与社会主义的人类斗争是跟他的义愤分不开的，他看到正是那个声称自己是社会主义最伟大代表的政党背叛了社会主义。事实上，正是由于奥威尔热情回应了讽刺乌托邦的（Utopian-satirical）传统所特有的范式，即比较事物应该是（should be）的方式与其所是（are）的方式，这位绝对重要的作家强劲有力且普遍受认可的愿景才得以具体化。

寻找《动物庄园》的中心隐喻

不过，奥威尔 1937 年自西班牙返国之后，花了好几年才找到创作的核心构思，找到一个能让他用文学来实现他在西班牙的双重体验的结构性隐喻。他告诉我们，在看到一个小男孩用鞭子抽一匹拉车的马时，他非常偶然地产生了这一想法：

> 从西班牙回来以后，我想用一个故事来揭露苏联神话。这个故事，要让几乎所有人都能容易地理解，又能容易地译成其他语言。不过，我很长时间都没有把握这个故事的真实细节，直到有一天（我当时住在一个小村子里），我看到一个小男孩，十岁左右，赶着一匹拉车的大马走在一条小路上，只要那匹马想转弯，男孩就用鞭子抽它。我突然想到，如果这些动物知道自己的力量，我们是无法控制它们的，而人类对动物的剥削跟富人对无产阶级阶级的剥削其实很相似。[①]（v.3, 458—459，重点为作者所加）

在这件小事中，奥威尔描述了一个不寻常的例子，作家从中意识到这一隐喻的意旨与手段整合了起来，而现在讽刺的对象与手段也得以结合。讽刺对象当然是平民大众所受到的来自带领他们闹革命的同一帮领导者的背叛与剥削。这一隐喻把受剥削者与剥削者之间的冲突比作挨饿过劳的动物与残忍傲慢的人类主人之间的冲突，它立刻获得了我们的同情并得以成立。残忍无情的人类主人在故事开始时被动物们推翻，却只是被另一种动物拿破仑（Napoleon）

53

①另有译文可参看《〈动物农场〉乌克兰文版序》，收入［英］乔治·奥威尔著，《奥威尔文集》，董乐山译，北京：中央编译出版社，2010年，第269页。

所替代。拿破仑开始用后肢走路，手里拿着鞭子。这一隐喻本身带有"揭露苏联神话"的重要意义，认为"斯大林苏联是一个社会主义国家"就是个"神话"。这一期待已久的中心隐喻的意旨与手段幸运邂逅，使奥威尔得以利用可视化的前瞻力（visual-visionary power），我们把这种可视化的前瞻力与斯威夫特的讽刺作品联系起来，或者换种思维，与威廉·布莱克①的先知书相联系。

不过，虽然《动物庄园》毫无疑问是政治讽喻这一文类中的重要作品，但作为一部动物寓言故事，它却无法容纳作为自然主义者的奥威尔在社会与心理现实主义模式中长期自学获得的那些技艺。换言之，《动物庄园》可被视为代表了奥威尔有意与自己早期小说创作的整体倾向中强烈的"纪录片式""新闻式"或"自然主义"方式完全割裂。然后，通过《一九八四》的另一次突然转换，两股潮流终于汇合到了一起：讽刺图景的讽喻手法和"现实主义者"煞费苦心的自然主义手法相遇了。通过可辨认的感觉印象的纹理与对人类行为差别的细致观察，这位"现实主义者"架起了自己的画布。在《一九八四》中，陷入疯狂的整个世界的图景以全景式的规模呈现，并与对核心角色极为细致的研究相结合：通过从望远镜的两头分别观看这个世界，视角发生了改变，这增强了《一九八四》强烈的戏剧效果、悬念以及令人信服的逼真感。

---

①威廉·布莱克（William Blake，1757—1827），英国诗人、画家，代表作有诗集《纯真之歌》（1789）、《经验之歌》（1794）等。

《一九八四》中的《动物庄园》

但同时,虽然《一九八四》有着作为新起点的惊人新颖之处,它还有一个重要的方面,如果不是尚未被奥威尔的评论家们所认识到,那就是他们至今仍未发现其重要性:在某种意义上,《一九八四》完美地复制了《动物庄园》。当然,在后一部小说中政治讽喻的范围更广。不过,毫无疑问《一九八四》可以说"包含了"《动物庄园》。看一下二者的比较中最为重要的方面,就能明白这种看法的意思。老大哥和拿破仑都代表着斯大林(虽然老大哥也像希特勒,身体描写与政治描写方面均有体现)。戈斯坦因和雪球(Snowball)代表托洛茨基,他开始时是斯大林的对手,后来变成仪式性的替罪羊。独裁者的宣传机器这一角色在《动物庄园》中由吱嘎①充当,在《一九八四》中则成了真理部(Ministry of Truth)。斯大林对革命史的不断改写,表现为吱嘎对"七诫"(Seven Commandments)的不断修改,直到他颠倒了每条戒律的原意。相似的功能由温斯顿和宣传作家团队来完成,他们改写先前的新闻条目,把原记录扔进"记忆洞"(memory hole),让其消失。

三头猪被作为叛徒处死的情节也可与《一九八四》中艾朗森(Aaronson)、琼斯(Jones)和鲁瑟福(Rutherford)的审判与处

----

①吱嘎(Squealer),《动物庄园》中的一头猪,善于辞令,支持拿破仑,又译作"声响器""尖嗓"。

决并举：这两起事件都暗指斯大林大清洗期间的公审，针对的是斯大林清除列宁老近卫军（Old Guard）中的潜在对手。受害者公开承认最为子虚乌有的指控，是《动物庄园》和《一九八四》中都在讽刺的体系中必不可少的仪式：两部小说都表明极权主义独裁者的群众基础是建立在仪式化的公开牺牲替罪羊这一事实之上——这明显指向斯大林大清洗背后的根本原因。再举一个类似的例子，拿破仑在选择皮尔金顿（Pilkington）还是弗雷德里克（Frederick）结盟一事上游移不定，这直接指向第二次世界大战期间斯大林、资产阶级民主国家和希特勒之间变更结盟的事实。结盟的变动在历史上是政治性的权宜之计，在《一九八四》这部小说中发展成了一条原则。背叛一个盟友而选择新的伙伴变成了东亚国、欧亚国和大洋国之间精心编写的小步舞曲。

两部相隔只有几年时间（1944 年、1948 年）完成的作品之间在讽刺技巧上有着密切关联，这提出了一个有趣的问题：为什么一位已经能成功表现像《动物庄园》之类讽刺图景的作家，会决定在同一领域再次出击？为什么他想要用另一种文类重复同样的意见？

尽管《一九八四》"包含"了《动物庄园》，难道后出的第二部小说不仅仅是以不同的文类所做的重复吗？这一问题不可避免地指向《动物庄园》与《一九八四》之间的重要区别。

《动物庄园》vs.《一九八四》

55　　　首先，虽然《一九八四》中的大洋国与斯大林时期的苏联在细节上有着既密切又令人信服的相似性,显然这部小说远不止是一部针对苏联的讽刺之作。整体而言,它是对极权主义心理的讽刺;具体来说,它同时讽刺了希特勒和斯大林的政权。比真人还大的海报上画着老大哥的面孔——阴恻恻的眼睛和黑胡子,对这个"半神领袖"大搞寡廉鲜耻的个人崇拜——这一切使得读者看到了希特勒和斯大林的容貌特征之间形成的一种"双重曝光"。每当读到对老大哥面容的描写,读者就会联想到个人崇拜是斯大林和希特勒独裁统治共有的特征。事实上,在这方面正是斯大林启发了希特勒:

> 1933 年 11 月 7 日,美国记者尤金・莱恩斯走在莫斯科街头,数了数高尔基大街(Gorky Street)两边橱窗里贴的列宁和斯大林画像。结果分别是 52 幅和 103 幅,斯大林的更多。"四人"画像很快大受欢迎:马克思、恩格斯、列宁和斯大林四人的侧面像目视远方。戈培尔从这幅画像中看到了一流的宣传策略,立刻为德国准备了一幅相似的画像;的确,那幅画上只有三个人的侧面:腓特烈大帝、俾斯麦和希特勒。[1]这三个人也同样目光坚定地展望着未来。(Geller 266)

顺便提一句,第一位将《一九八四》改编成电影的导演迈克

---

[1]戈培尔(Paul Joseph Goebbels,1897—1945),纳粹德国国民教育与宣传部部长。腓特烈大帝(Friedrich II,1712—1786),即腓特烈二世,普鲁士国王(1740—1786 在位)。俾斯麦(Otto Eduard Leopold von Bismarck,1815—1898),普鲁士王国首相、德意志帝国首任宰相。

尔·安德森（Michael Anderson）在这里面临着一个有趣的两难境地。因为他无法同时向我们观众呈现希特勒和斯大林的脸，他做出了一个独特的选择。电影中老大哥的面孔做得看起来非常像一张面具，一张人造的脸，一幅合成的肖像。因此，无须语言，老大哥这个人是否存在马上就遭到了怀疑。这与《戈斯坦因的书》的观点非常吻合，即到1984年时，老大哥的脸已经成了一个符号。他是党选中的、在民众面前展现自己的一个伪装、一张面具。这一符号的功能是为了吸引那些落后的、思想单纯的人：如果人们知道控制他们的不是一个半神，而是冷酷的、非个人的寡头政治的智慧，那么内党的统治远远不会如此有效。如果《动物庄园》是对背叛的细致分析，那么《一九八四》处理的是遭受背叛的革命的后果。当然，原先遭受的背叛所带来的痛苦仍然还在，见证了那个含泪的无产者不断重复说"我们不该相信他们"（33），仿佛诉说着拳击手（Boxer）的痛苦，它是革命的劳动阶级的代表，却被"猪"——追求自我的知识分子——背叛了。

整体而言，《一九八四》中讽刺的目标已经变得非常具有普遍性：奥威尔在这里把讽刺的政治目标从微观层面（琼斯农场的"社会"）重新调整到世界范围的层面。

另外，还有一个重要区别：《动物庄园》已经暗示了极权主义国家机器可怕的效率，但这一过程仍包含于历史时间之中。虽然拿破仑这个名字暗示了早期相似的领袖背叛革命的事件，但显而易见，这里用到了革命时期的俄国这一特定时间与地点的典故。相形之下，到1984年，极权主义已经成为永恒，成为一台永动的世界机器,超越历史变化的法则而存在。

《一九八四》极为关注我们的行为在时间中所引发的后果,因此这部作品也直接架起了一座桥梁,指出我们的"现在"(写这本书的时间)与我们未来面对的不可改变的梦魇世界之间的因果关系。这座桥梁便是《戈斯坦因的书》,在《动物庄园》中找不到类似的讽刺手法。

最后,这两部小说之间最为重要的美学和心理差别在于:《一九八四》引入了普通人温斯顿·史密斯的中心视角、中心意识,我们能迅速认同这一人类意识。适用于动物寓言的那种读者与人物之间的心理距离被消除了。由于我们被期待通过人类的视角来认识大洋国,这也意味着奥威尔可以运用他在结构文本、感知力和感人细节方面的才能。在早期的小说中他已将这种才能磨砺到了完美的地步。换言之,《一九八四》通过政治讽喻的强大结构容纳了《动物庄园》的前瞻力和悬念,同时,作为一位文本以细节丰富、观察细致闻名的大师,奥威尔此处也再次引入了自己其他方面登峰造极的技巧。在《一九八四》中,作为自然主义者的奥威尔与充满想象力的奥威尔终于合而为一。

两部作品在讽刺手法上具有如此惊人的相似性,它们呈现的这些差异使人注意到 1944 年至 1948 年发生的几起重大事件,这些事件解释了为何《一九八四》传达的意旨变得更加紧要、更为戏剧性、更具普遍性。

最早激发这部小说创作的经历是在 1943 年至 1944 年,奥威尔意识到虽然希特勒的溃败已近在眼前,但极权主义思想受到容

57

忍，正被全世界越来越多的人所接受：

> 毫无疑问，希特勒很快就会消失，……但必须以增强另一些力量为代价：（1）斯大林，（2）英美百万富翁，以及（3）各种戴高乐①式的小元首。各地的民族运动，甚至是那些源自抵抗德国占领的运动看似会采取非民主的方式，让自己围绕在某些超人领袖（希特勒、斯大林、萨拉查、佛朗哥、甘地和德·瓦莱拉都是不同的例子②）周围，并采用为达目的不择手段的理论。（v.3，177）

奥威尔看到了某种迹象，民主宏愿遭抛弃，而一些东西在兴起："种姓制度"，"情绪化的民族主义的恐怖"，以及"由于所有的事实必须符合某些无可指摘的领袖的话语和预言而产生的不信任客观真理存在的倾向"（v.3，177）。这种倾向会变得更加危险，如果"我害怕的那种世界将要降临，在那个世界里两三个超级大国无法互相征服，只要领袖想要的话，二乘以二可以等于五"（v.3，177）。

---

①戴高乐（Charles de Gaulle，1890—1970），法国军事家、政治家、外交家，法兰西第五共和国创建者。
②萨拉查（António de Oliveira Salazar，1889—1970），葡萄牙独裁领导人，1932年至1968年统治葡萄牙。佛朗哥（Francisco Franco，1892—1975），西班牙独裁统治者，1939年至1975年统治西班牙。甘地（Gandhi，1869—1948），印度民族解放运动领导人，现代印度"国父"。德·瓦莱拉（Éamon de Valera，1882—1975），爱尔兰政治家、革命者，曾领导争取爱尔兰独立的反英斗争，1959年至1973年担任爱尔兰共和国总统。

这一时期发生的另外三起政治事件使这位讽刺作家所传达的意旨变得更加紧要：世界被划分为几个"势力范围"，投放原子弹，以及开始"冷战"。在 1945 年的《你与原子弹》（"You and the Atom Bomb"）一文中，奥威尔推测，原子弹可能是超级大国所需的渗透其"势力范围"并将已在全球蔓延的极权主义心理推行开来的最后一根稻草。由于原子弹造价昂贵，只有少数从"二战"中崛起的超级大国有能力拥有这种武器。奥威尔认为，一旦这些国家有了原子弹，就会设法成功欺骗小国家，使它们再次丧失自身的独立，之后世界就会形成由三大块权力集团所构成的稳定状态。因为每个超级大国都拥有原子弹，战争作为改变权力结构的手段，在任何小型国家与超级大国之间，或几个超级大国之间，就失去了作用。作为对大战的永恒不变的威慑，原子弹会变成一种无法打破的维持外事方面现状（status quo）的保证。

58

进一步说，因为不会发生让人期待的外部改变，各个权力集团的内部结构也会固化，形成实际上无法变动的状态。正如《戈斯坦因的书》中所透露的那样，正是这种想法形成了这部小说的主干。随着冷战的开始，奥威尔越来越关注潜伏的危机，尤其是因为西方知识分子对斯大林的逢迎显示出他们愿意接受极权主义心理并被从内部征服。因此，奥威尔感到，在 20 世纪 40 年代中期的英国，"愿意批评俄国和斯大林正是对知识分子诚信度的检验"（v.3，237）。当奥威尔谴责共产党员、苏俄的同情者以及亲俄知识分子被逢迎斯大林的"极度伪宗教式的情感""横扫"时，这种逢迎"在很大程度上是不加批判且缺乏理性的"，并非是出于他的偏执妄想

(Tolstoy 278)。在奥威尔看来，自己并不是同代人中唯一持此观点的人：我们看到尼古拉·托尔斯泰指出，"1942 年，哈罗德·尼科尔森[1]说，'多么悲哀啊，英国公众对于俄国的实情一无所知，把它想象成某种属于工人的乌托邦。任何人哪怕只是提出小小的批评……就会被贴上苏联之敌的标签'"。托尔斯泰总结道："这就是英国的气氛，乔治·奥威尔所批评的'苏联神话'盛行此地，几乎到了不可挑战的地步。"（278）

正如第二章中论及的，如今历史学家同意奥威尔论断的另一方面：当时危机爆发的可能性的确很大，尤其是因为斯大林极为奸猾地指望左翼支持者从内部弱化西方民主国家（正如我们在拉斯基身上所见）。那么，当奥威尔预见到如果必须做出一个决定，"问题就成了资本主义——如今显然气数已尽——是要让位于寡头政治还是真正的民主"（v.4，198），他再次成为被攻击的对象。奥威尔的对手会选择一小撮"寡头"统治的苏联模式，而非他一直为之奋斗的另一选项——民主社会主义的"真正民主"，他有充分的理由对此感到恐惧。

寻找《一九八四》的核心隐喻

59　　但是，讽刺作家奥威尔在《一九八四》中热切呼吁众人关注迫在眉睫的危机正在日益加剧，要理解这一点，我们也许也应该了解

---

①哈罗德·尼科尔森（Harold Nicolson，1886—1968），英国外交官、外交思想家、作家，著作甚丰，代表作有《外交学》（1939）、《外交方式的演进》（1954）等。

另一段常被忽略的更为个人化的经历:1945年奥威尔作为战地记者在战后欧洲短期旅居。伯纳德·克里克对奥威尔与艾琳·奥肖内西(Eileen O'Shaughnessy)的婚姻做过简短但极具洞察力的分析,他指出奥威尔对妻子最后得了致命疾病一事很不敏感。克里克觉得,奥威尔在妻子手术期间赴欧洲"探险",这是难以找到正当理由的,因为他在1943年就开始为这部小说做笔记,那么到1945年的时候应该已经没必要再去为小说搜集更多一手资料。这当然说明了奥威尔属于认为一手资料极为重要的那一类型的作家。因此,我们不可忽视《缅甸岁月》《巴黎伦敦落魄记》和《致敬加泰罗尼亚》这几部作品中,奥威尔在缅甸、巴黎和西班牙的亲身经历的重要性。1945年奥威尔作为战地记者的经历是否为《一九八四》最终呈现的想象世界增加了一些不可或缺的重要成分?在1945年赴德国"探险"的过程中,他难道不是在寻找对法西斯恐怖的心理—政治动力,及其所暗示的所有极权主义体系的恐怖性质的某些极为重要的洞察吗?[4] 既然我们知道这种念头,甚至是这本书的大纲,从1943年起就伴随着他,奥威尔这时候难道不是像写作《动物庄园》那样,在寻找一个结构性的隐喻、一个核心巧思,来把自己的构想具体化,并作为小说的结构性原则来发挥作用吗?

　　1945年奥威尔作为记者参观纳粹集中营之后,留下了有限而谨慎的记录,他谈到纳粹暴行时整体上的态度也很克制。事实上,有几位读者对这些情况有所评价。不过我认为,如果奥威尔未曾目睹战后欧洲所遭受的破坏,未曾参观集中营,未曾见到这些让人们记住纳粹恐怖的实存物,那么小说中整个"仁爱部"(Ministry of

Love）的概念、心理与身体折磨的结合、奥布兰毫不掩饰地承认他享受权力带来的暴虐的快感，尤其是"靴子踢脸"的快感，所有这一切很可能无法以相同程度的激情与强度进行构思或得以展开。

60　虽然很难通过外部证据来落实这一观点，在我看来，很可能正是奥威尔的集中营之行启发了架构起《一九八四》的隐喻：101 房间。（另外，在他 1943 年的小说大纲中并未提及 101 房间。）几位极权主义政权的分析者已经指出这一点：在极权主义政权下，行刑室并非独裁统治通往权力之路过程中的暂时出现的畸变。奥威尔正是最早通过 101 房间来认识和传达这一洞见的人之一。作为实验室而设立的集中营、牢房和审讯室，正是极权主义政权的核心所在，其意图都是为了对整个世界和人类头脑实现"总体"（total）统治。易言之，奥威尔对极权主义政权做出了精辟的分析判断，对极权主义的公共与个人、政治与心理维度之间的互相渗透关系做出了独特的洞察——这种认识通过 101 房间这一巧思得到了充分的文学体现，而 1945 年他在德国的直接亲身体验很可能是使这一切得以实现的重要因素。

《一九八四》使奥威尔先前创作中两股分离的潮流汇合到了一起：一种是由结构性隐喻的统合力来维持的政治讽喻富有想象力的结构，另一种则是他长期写作自然主义小说所练就的对个人心理进行的细致而可靠的观察。正如第一章中提到的，直至今日，批评家对两种文类的结合仍感困扰，尽管二者结合的产物生机勃勃：《一九八四》无疑是个复合体，是"适合知识分子"阅读的，但同时又是一本极具可读性、非常"流行"的书，心理现实主义与政治

隐喻的结合 [5]，是其独特之处。下一章将讨论这一结合所呈现的问题与独特影响。

注　释

[1] 根据麦克·卡特（Michael Carter）的《乔治·奥威尔与本真存在的问题》（*George Orwell and the Problem of Authentic Existence*），寻求本真性"形成了奥威尔每部小说的中心主题"（28）。我本人对奥威尔与存在主义之关联的更细致的讨论，参看本书第十三章。

[2] 斯威夫特作品意旨的黑暗性，尤其是《格列佛游记》第三部，使作品的文学价值被批评家低估了两百年。参见路易斯·兰达（Louis Landa）为《格列佛游记》（霍顿·米夫林出版公司，河滨出版社版，1960 年）所作导言，以及《斯威夫特批评文集，（*Swift: A Collection of Critical Essays*，20 世纪视野出版公司，培生出版社，1961 年）一书中约翰·特劳戈特（John Traugott）和欧内斯特·图弗森（Ernest Tuveson）的文章。

61

[3] 奥威尔回归这一重要主题的情形与赫胥黎回归《美丽新世界》中所提出的主题很相似。赫胥黎在 1930 年创作了《美丽新世界》；在 1946 年写了一篇有趣而深入的前言，反思这部小说及其结局；之后 1958 年在《重返美丽新世界》（*Brave New World Revisited*）中以更细致的方式回到了相同的问题。最后，他在人生的最后几年里写了另一部小说《岛》（*Island*），探讨现代世界乌托邦的可能性，这仿佛是在讨论他本人做出的"最后一个人"（the very last）的预言是不可避免的。

[4] 根据迈克尔·谢尔顿（Michael Shelden）1991 年出版的《奥威尔：

授权传记》(*Orwell, The Authorized Biography*),奥威尔是以索尼娅·布劳
纳尔为原型塑造了茱莉娅(Julia)这一人物:"她的坦率,她的美丽,她那一
目了然的坚韧,都深深吸引着奥威尔。他把她的一些特点鲜活地写进这部他在
朱拉岛(Jura)开始创作的小说中。"在《一九八四》中,茱莉娅像索尼娅那
样说话,甚至她的工作也类似未来的《视野》(*Horizon*)杂志助理编辑——
她在小说科(Fiction Department)操作小说写作机器万花筒……跟索尼娅一
样,茱莉娅喜欢喊"哦,废话!"来表示自己不喜欢某些事物。(448)

不过,谢尔顿似乎忽视了一点,那就是至少从身体特点来看,黑头发的
茱莉娅形象上更接近奥威尔的第一任妻子艾琳,而非索尼娅。

至于茱莉娅在真理部的工作,克里克教授提醒我们,在战争期间,艾琳
"在粮食部(Ministry of Food)工作,为'前线厨房'(Kitchen Front)准
备食谱……真理部的许多特征跟艾琳在粮食部的经历有关,尤其是那些时髦
的口号,跟乔治·奥威尔在英国广播公司远东部的经历也有关"(*Life* 297)。

整体而言,我认为,如果寻找茱莉娅的原型,我们应该会发现,她充其
量是个综合形象。当她在查林顿先生(Mr. Charrington)的店里用自己身
体搂着被房间里的老鼠吓着的温斯顿时,那种保护性的母亲般的做派很可能
更像艾琳而非索尼娅所特有的。根据谢尔顿和马格里奇(Diaries, 268)
的研究,索尼娅对奥威尔的弱点从未表现出特别的温柔或保护性,甚至当
他住院时亦如此,而艾琳对奥威尔表现出极大的勇气与忠诚。(艾琳追随了
他的政治信仰,与他同去西班牙,并且因为奥威尔非常想要个孩子而同意收
养。)由于温斯顿决定参加地下组织,茱莉娅忠诚地冒险追随,并高声叫喊
任何情况下都不跟他分开,在我看来,这些更像是来自艾琳的启发,而非索尼
娅。事实上,即使茱莉娅在小说开头表现了索尼娅"一目了然的坚韧",在她

与温斯顿的关系逐渐展开过程中,她的形象也发生了重要的变化。读者甚至可以推测,她在小说中的发展是沿着奥威尔的希望实现的,奥威尔希望,在二人关系展开的过程中,个性独立、感情冷淡的索尼娅会最终渐渐接近乐于奉献、教养良好、不出风头的艾琳。但是因为奥威尔与索尼娅的关系缺乏发展的机会,这一切当然只能很大程度上停留在猜想的层面。

不过,还有一个更为重要的因素使人想到在写作《一九八四》时奥威尔对艾琳的记忆的重要性。温斯顿背叛茱莉娅的负罪感,可能更为接近奥威尔对妻子死于手术而自己不在她身边的悔意,而不是他在朱拉岛写作小说时(或者更确切地说,之后的任何时候)对索尼娅的感情。

但无论茱莉娅是否反映了艾琳还是索尼娅的性格的个别方面,如果我们把这部小说作为一个独立的象征结构来解读,茱莉娅的性格就从所有出现在奥威尔生命中的女性身上获得了自身的独立性:对温斯顿来说,茱莉娅变成了大洋国的世界中"永恒的女性"(eternal feminine)成功的奥秘——那个世界意图通过否定美、浪漫情感与性爱激情来粉碎"人类精神"。

[5] 因此,无论是赫胥黎的《美丽新世界》,还是加缪的《鼠疫》,都无法与奥威尔对笔下中心角色在心理层面所做的极为可信的细致描摹相提并论,虽然他们或许都急于传达所创作的小说中的意旨。相反,库斯勒的《正午的黑暗》也许尝试了心理现实主义,但缺乏普遍性和作为政治讽刺作家的想象力。库斯勒小说的眼界当然也是有意局限于政治个案研究——顾名思义,在意蕴上还不够普遍。

第四章

《一九八四》：政治讽喻和心理现实主义的调和

作为一部反对极权主义的政治讽喻作品，《一九八四》与赫胥黎的《美丽新世界》、加缪的《鼠疫》等20世纪人道主义杰作为伍。不过就其所取得的前所未有的成就而言，《一九八四》是独一无二的，甚至加缪或赫胥黎亦未能获得这样的成就，那就是将前后一致的讽喻结构和心理上可信的、逼真的文字肌理成功结合起来。

我们只需回忆小说第一章的开头，甚至只是前两页，就能见识到奥威尔观察细节的火眼金睛：通过描写温斯顿跨上胜利大厦阴暗破烂的楼梯，走进他那空空如也的邋遢公寓，吞了一大口难闻的胜利牌杜松子酒，点了支卷得不好的胜利牌香烟，奥威尔让我们感觉到、触摸到，甚至闻到了贫穷与轻视。

当场景悄悄转向温斯顿俯瞰的不断扩张的灰色城市时,整座城市被四大部的压制性结构所支配,我们直接面对大洋国众多以"胜利"命名的事物和明显的经济失败之间具有讽刺意味的对比,并看到了其根源及其最终解释。在具有说服力的现实主义细节的引导下,我们却极少意识到奥威尔的高超手法:如今看似漫不经心的现实主义描写已经不知不觉转变成了讽喻结构的支架。在同一段楼梯上,当温斯顿观察到党内持续的警戒时,我们也感受到了他那越来越强的不安:海报上老大哥一直监视着的双眼、从窗外窥探的直升机、无所不在的思想警察,以及安装在他自己的公寓正中的电屏。毋庸明言,我们已经做好准备来辨认老大哥的世界与用来描写这一世界的词汇之间具有反讽意义的对比。意识到小说中的"胜利"象征着失败,我们现在可以进而解决另一个难题:新话中的名词 **64** "真部""和部""爱部""富部"(Minitrue,Minipax,Miniluv,Miniplenty)(9)的真正含义是什么?

同样在这两页之内,我们了解了温斯顿,这个作为小说中心人物的中年人,不仅是他的身体特征,而且还有他的智识与心理状态。结果,随之而来的政治讽喻使我们对这一文类的小说产生了一种前所未有的亲密感。通过温斯顿,我们好似亲身体会到生活在警察国家的监视之下的生活是怎样的。(在我看来,正是奥威尔在小说开头就展现出的令人叹服的图景可以解释为什么现在许多年轻读者开始时不愿"进入"这部小说的世界。)很少有小说批评家对奥威尔文学中呈现出的复杂性和连贯性表示欣赏,而这正是由于多数批评家对这种成就毫无准备:他们要么从心理角度,要么从政治角度来探讨这部书。

　　一方面，"政治批评"专注于阐释奥威尔的政治主旨，忽视了这本书的心理维度。（女性主义批评家出于性别二元对立的目的，所抱持的性政治的成见使得他们在这一情况下也符合"政治"批评家的描述。）

　　另一方面，专注于心理分析的批评家倾向于将小说解读为作家或人物的妄想症或施虐狂与受虐狂倾向的投射（Sperber；Smith；Roazan；Smyer）。他们忽视了一项重要因素：弗洛伊德对神经症人格的定义影响如此之大，以至于常被作为不证自明的道理来接受，认为神经症的根源在于个人无法适应社会标准和广为接受的心智健康的"规范"。奥威尔的《一九八四》有系统地对这种假设发起真正的挑战。如果不理解奥威尔在这里运用了数字悖论，那么人们就无法把握这部小说："心智健康是无法用数据表示的。"（186）通过将个人的心智健康与人性跟整个国家的疯狂与非人性并置，他提出在某些社会有关心智健康的独特规范也许的确存在于"孤家寡人"（"minority of one"）（72）身上。极权主义独裁只有通过说服大众相信从对权力的疯狂执迷中创造出违背人性、充斥仇恨、颠倒混乱的世界是正常的，才能把持住权力。奥威尔的政治讽喻包含了心理警示：在一个极权主义国家，妄想症变得正常。所以，在一个建立在怀疑、监视、恐惧与仇恨之上的社会中，当温斯顿感到自己受迫害时，他并不是得了妄想症。

　　因此，无论《一九八四》反映的是作者的妄想症还是与不幸福的童年相关的施虐狂与受虐狂倾向（Sperber；Fyvel），这里实在是无关紧要；关键在于，我们应意识到，这部小说是建立在对独裁统治中的妄想症与施虐狂与受虐狂倾向的神奇而精准分析基础之上的，正如斯大林俄国和希特勒德国的例子所证明的。许多在极权主义统治之下生活过的读者，比如诺贝尔奖获得者切斯瓦夫·米沃什[①]甚为讶异，"一位从未在俄国生活过的作家竟对那种生活有如此敏锐的感知"（qted. Edward Thomas 91）。这种感知很可能来自奥威尔对当代史的广泛阅读，包括对德国和俄国政治犯的第一手报道（Steinhoff），而非他本人精神病理学问题的潜意识的投射。

背叛主题：一个心理政治学现象

通过仔细审视极权主义对西方思想的冲击，在《一九八四》的主题之中，奥威尔用一种令人难忘的方式向我们呈现了面对这一独特政治体系的心理动态。这一主题就是背叛，这是一个极权主义体系在政治与心理内涵方面所特有的现象。

背叛是温斯顿故事中的一大主题，它将小说第一部和第二部的结构置于一个反讽的角度。乍看之下，读者会认为温斯顿爬楼的举动（我们初次见到他时的场景）将带来自我理解、自由和道德重生。但是，在第三部的观照下，通过在仁爱部里发生的一切，很明显整个上楼的活动只不过是种幻觉。温斯顿处处受到监视：他原以为自己所拥有的自由只是导致他的失败，他对茉莉娅的背叛和自我

[①]切斯瓦夫·米沃什（Czeslaw Milosz，1911—2004），美籍波兰诗人、散文家、文学史家，1980年获诺贝尔文学奖，代表作有《被禁锢的头脑》（1953）、《诗论》（1957）等。

背叛这样一个有计划的系统进程的一部分。

66   很多批评家一直在尝试正视温斯顿的失败。有的政治阐释把他的目标定义为不切实际的乌托邦主义，责备温斯顿对现实缺乏了解（Edward Thomas 91）。[1] 另一些意见指出作为地下运动的一分子，温斯顿准备要把自己变得像老大哥一样残忍无情；他一参与政治活动就会迷失自我。心理学阐释倾向于对这些批评家眼中温斯顿的神经症的不同方面进行批判，[2] 甚至包括他的死亡意志（death-wish），因为这具有预言性，甚至激发对他自身的惩罚（Fiderer）。

但是，温斯顿注定会输掉这场战斗，既不是因为他缺乏政治判断力，也不是因为他在人格上有缺陷、过于神经质。贯穿整部作品，他一直在为自我意识而战，为寻找真理并依据真理来行动而战。他买日记本和玻璃镇纸，租个房当作自己和茉莉娅的庇护所——这些行为不应看作死亡意愿的表达。恰恰相反，这些是他坚持自己的生存意志的唯一手段。唯有在一个死气沉沉、违反人性的社会，基本的人类本能的表达才会导致死亡：在大洋国生存的愿望被断定为一种死亡意志。

保罗·罗赞以相同的口气断言正是"记忆使人痛苦的能力赋予了《一九八四》一种梦魇般的气息"（690），这时候他忽视了一个事实：在一个所有可靠记录都被抹除的世界里，真理必须藏身于过去之中；记忆是温斯顿寻找历史真实的唯一手段，他只有靠记忆才能斩断与自己的过去之间的羁绊，进而摆脱一再重现的噩梦。

这本书的梦魇气氛事实上来自相反的方向，来自极权主义独裁统治施加于整个文明之上的集体主义梦魇。正是老大哥有意制造混乱和大众癔症的梦魇状态，并将这种局面维持下去，他意图掩盖大洋国唯一的背叛：真正的贼最大声地喊着"抓贼"。正是老大哥把自己所犯的罪行推到了戈斯坦因和其他所有思想犯的头上；正是老大哥最早背叛了社会主义以革命来争取人类自由这一由来已久的梦想。

温斯顿在 101 房间里不得不面对的个人危机是小说的戏剧性高潮和象征中心，因为在这里关于背叛的所有政治和心理维度终于汇聚到一起，对读者形成综合影响。温斯顿在 101 房间这一场景中背叛了茱莉娅，他经历了"未来所隐藏的最大的恐怖"，陷入无可挽救的精神分裂。也许这是段私密的经历，它也是构成极权主义体系的所有其他背叛行为不可避免的自然结局。

101 房间：温斯顿的梦想与梦魇之象征中心

对 101 房间这一高潮场景的批评观点同样来自两个持不可调和的意见的流派，它们反映了对作品的整体态度。专注于政治寓言的批评家忽略了这一场景，要么摒弃其重要性，要么承认自己厌恶他们称之为"情节剧"（melodrama）或"恐怖剧"（theatricality of Grand Guignol）的戏剧风格（Woodcock，218），因为它对有些人来说显得愚蠢可笑（Edward Thomas 94）。

追随弗洛伊德精神分析学假设的批评家倾向于认为这一场景具有关键意义，但只是在它透露了温斯顿神经症的特定本质这一意义上。温斯顿的神经症包括妄想症（Sperber 22）、潜在的同性恋、施虐狂与受虐狂倾向（Fiderer 20）和返回子宫的愿望

67

（Smith）——这些都可归因于各种俄狄浦斯式的情境。这些精神分析学阐释暗示——时常也是明示——温斯顿有意挑起针对自身的惩罚；即 101 房间中发生在他身上的一切正是他潜意识中一直渴求的（Fiderer 20）。这些弗洛伊德式的阐释没有看到：虽然温斯顿在 101 房间中遭受的折磨无疑遵循了他的内心世界，但这同时也是对每个普通人、对每个与极权主义的非人化力量相抗争的个人的折磨。

当然，如果通过拒绝某种心理学阐释来拒斥对这一关键场景的所有心理学阐释，那将是错误的。如果我们决定像政治分析家那样来解读它，那么我们又会错过整部小说的复杂性与力量，因为这一幕使人们关注"心理人"的抗争，这些抗争通过温斯顿的潜意识世界——记忆、梦境和梦魇——来展现。迈克尔·安德森电影版的《一九八四》在其他方面都是出于善意的，除了一个瑕疵：在一部电影之中，忽视角色的内心世界几乎是不可避免的，而这并不值一提。但结果是，在展现无论在电影中还是小说中都属于高潮的 101 房间这一幕时，电影显得缺乏力度。电影没有展现温斯顿的噩梦、他在黄金乡的梦境、对他的过去的闪回，这样观众就错过了温斯顿的心理剧的具体内容。看似矛盾的是，导演正是由于完全集中于政治主旨而失去了对另一主旨的关注，即作品的人道主义警示：在一个极权主义体系中，我们面对的最危险的威胁是不可避免地丧失个人的内心世界，而更为危险之处在于，这种丧失是无法挽回的。

奥威尔在寻找人们行为背后的动机之时，认识到潜意识内心世界的深刻意义，他认为："清醒时的心智跟做梦时的心智没有看起来那么不同……当然梦中的想法甚至会在我们尝试用语言思考时起作用，它们会影响言语思维，而且很大程度上是它们使得我们的内在生命具有价值……某种程度上，你头脑中与语言无关的部分正是最为重要的部分，因为这几乎是所有动机的源头。"(v.2，18)

虽然奥威尔在这里使用的术语和关注的问题与弗洛伊德心理学很相似，但这并不意味着他完全同意所有弗洛伊德式的关于人格的结论。我们必须认识到，对奥威尔来说，自我、人格和罪恶感都带有伦理道德的维度。事实上，在审视奥威尔塑造人物的方法时，我们往往会感觉到他一定把潜意识看作可以设法用道德来解释的。比如以温斯顿为例，"做梦时的心智"无疑是一个道德主体，对隐身于过去的真理进行了深入探索。正是在做梦时的心智的协助之下，即通过无数的梦境与梦魇，在第二部的最后，温斯顿成功地将自己的希望与恐惧带入了自己的意识，顺利地获得了自我理解和道德上的重新整合。

当然，奥威尔对弗洛伊德心理学的了解是无可否认的。在近三十年的时间里，温斯顿一直背负着罪恶感的精神负担，反复做噩梦，这很明显是罪恶意识的表现：总之，在这段时间里，他一直认为自己对母亲和妹妹的死亡负有责任。他的罪恶感源自一段深埋在潜意识之中的令人羞愧的记忆：他母亲失踪之前所发生的那些事。

温斯顿的第一篇日记，记录了当隐藏的记忆逐渐浮现时他尽力抵抗却又不可阻挡的兴奋感。他想描述的是刚看过的战争片中的一幕，一个犹太人母亲怀里抱着个"吓得尖叫"的孩子。面对不可避

69

免的灾难时，她护着孩子，"似乎她以为她的双臂能为他挡住子弹"[①]（13）。在描写这一场景时，温斯顿变得激动不安，甚至无法清楚地表达自己的想法：标点符号和句法消失了；他呼吸困难，急于把它说出来。尽管如此，当要描写这一被禁锢、受压抑的记忆之时，他无法控制自己汹涌的兴奋感：

> ……小男孩吓得尖叫，把头深深扎进她怀里，似乎想在她身上钻个洞而那个女人把胳膊围绕着他安慰他尽管她自己也已经害怕得脸色发青……然后直升飞机往他们中间投下一个20公斤重的炸弹一道强光小艇变成了碎片……从党员座位那里传来一片鼓掌声但在群众席那里有个女人突然无故喧哗起来嚷叫着……直到警察去把她架了出去我不认为她会有什么事谁也不关心群众说什么群众的典型反应他们从来不会——[②]（13）

这一记录在句子中间断掉了，因为这时温斯顿仍然处于左右为难之中：一边是党对个人的爱与忠诚表现出嘲笑的、冷酷无情的态度，另一边则是属于他自身的、但仍未能清晰表达的陌生情感反应。

不过，这一被打断的场景会在温斯顿的潜意识中自我完成，就像做梦时的心智拥有自身的独立意志，准备好在已经启动的进程中

---

①译文参见 [英] 乔治·奥威尔著，《一九八四·动物庄园》，孙仲旭译，南京：译林出版社，2008年，第8页。
②译文参见 [英] 乔治·奥威尔著，《一九八四·动物庄园》，孙仲旭译，南京：译林出版社，2008年，第8页。

"掺一手"。很显然,正是影片中母亲遮住孩子的保护性姿态引发了温斯顿的兴奋反应,现在在做梦时的心智里以罪恶之梦、梦魇的形式继续起着作用。"温斯顿梦到了他的母亲":

> 梦中此时,他的母亲正坐在距他下面很深的某个地方,怀里抱着他的妹妹。他对他的妹妹根本没有多少印象,只记得她是个长得很小、身体虚弱的小孩,总是不出声,长着一双警觉的大眼睛……他住有光有空气的地方,她们正被死亡吞噬,而她们之所以在那里,是因为他在上面。他明白这一点,她们也明白,他也能从她们的脸上看出她们明白这一点……只是明白她们必须死,以使他可以继续活下去,这也是事情发展过程中不可避免的。[①](30)

随着"做梦时的心智"对被过去掩盖的记忆的深入探寻,温斯顿逐渐认识到自己的罪恶,意识到母亲的保护姿态在情感与道德上的重要意义,那是他先前无法清晰表达出来的:"他母亲在差不多三十年前的死是悲剧,令人悲痛,如今已属不可能。他意识到悲剧只属于遥远的旧时代,在那个时代,仍然存在隐私权、爱和友谊"[②](31)。

温斯顿努力在日记中清晰地表达自己的想法,这让做梦时的心

[①]译文参见 [英] 乔治·奥威尔著,《一九八四·动物庄园》,孙仲旭译,南京:译林出版社,2008年,第22—23页。

[②]译文参见 [英] 乔治·奥威尔著,《一九八四·动物庄园》,孙仲旭译,南京:译林出版社,2008年,第23页。

智中的心理活动达到了一个更深入的水平，反过来又让他获得了更深层次的理解，这意味着解放受压抑的记忆，并最终实现自我解放的意愿。

温斯顿一再梦到的第二个梦是关于黄金乡的愿望之梦，这显然是一个自由之梦。这两个梦之间的先后顺序和关系一直未受关注：

> 所有这些，他好像都从他母亲和妹妹那睁大的眼睛里看出来了，那两双眼睛正透过绿色的水看着他，在几百英寻以下，而且还在往下沉。
>
> 突然，他站在平整而且富有弹性的草地上。在一个夏日的傍晚，斜阳将这片土地镀上金色。……醒后回想时，他称之为黄金乡。[①]（31）

此处重要的是，这个愿望之梦是在噩梦之后出现的，而且出现得如此突然；也就是说，两个梦之间不存在逐步觉醒的过程，中间没有过渡。噩梦被美梦压倒，两个梦在动态、颜色和光影等方面存在强烈的反差。在我看来，这一事实无疑是做梦者想要逃离的信号，是奥威尔在作品前面部分所描写的"就像在噩梦中猛然用力把头从枕头上扭到另一边"[②]（18）。

[①]译文参见［英］乔治·奥威尔著，《一九八四·动物庄园》，孙仲旭译，南京：译林出版社，2008年，第23页。

[②]译文参见［英］乔治·奥威尔著，《一九八四·动物庄园》，孙仲旭译，南京：译林出版社，2008年，第12页。

　　这一"猛然"的力量，这种有意的"扭到另一边"，是相当连贯的。黄金乡每次都是在噩梦之后显露自身，与之形成强烈对比；它也出现在从梦境世界转向现实世界之时。当茱莉娅和温斯顿成为恋人后，他俩在一个拥挤的公共广场碰面，讨论怎么去两人密会的地方。他们只能假装去围观要被带去行刑的战犯才能说上话。让我们再看一下这两个场景的并置及其关系：

　　　　他们的手仍扣在一起，在拥挤的人群中并不引人注目。他们平静地望向前方。不是那个女孩的，而是那个上了年纪的俘虏的眼睛，在透过一头乱发悲伤地注视着温斯顿。

　　　　温斯顿沿着小径一路走来，穿过了斑驳的光影组合。每当头顶上的树枝分开时，他踏进的是黄金洼。[①]（104—105）

　　当了无生气、充满不祥预兆的城市景象与金绿色的田园风景并置在一起，我们体验到相同的鲜明对比，体验到相同的暴烈地"扭到另一边"的效果：温斯顿正试图使自己抽离老大哥所创造的世界。之后，带着"种震惊的感觉"，"他认识这个地方"[②]（110），温斯顿意识到这个场景正是自己愿望之梦得以实现的样子，仿佛梦境帮助他找到了现实中的黄金乡。当黑发女孩出现在梦中，"似乎是

---

① 译文参见 ［英］乔治·奥威尔著，《一九八四·动物庄园》，孙仲旭译，南京：译林出版社，2008 年，第 83—84 页。
② 译文参见 ［英］乔治·奥威尔著，《一九八四·动物庄园》，孙仲旭译，南京：译林出版社，2008 年，第 88 页。

仅仅手一动，就脱下衣服并高傲地扔到一旁"①（31）。茱莉娅来到他身边使美梦成真："真是好极了！几乎跟温斯顿的梦境一模一样，几乎跟他想象得一样迅速，她一把扯下衣服。把衣服扔到一边时，动作也一样优雅无比，似乎整个一种文化被摧毁了。"②（111）

尽管如此，奥威尔也表现了梦境与现实之间的细微差别。虽然茱莉娅和温斯顿的性爱是走向自由的一步，但他们初次相拥之时仍然被否定性的、基本上是政治性的情感所禁锢："他们的拥抱就是场战斗，高潮就是胜利。是向党的一击。"③（112）唯有在古董店楼上的房间里一次次相会之后，他们的性—政治密谋才变成真正的人类对个人之爱与忠诚的承诺。在他们成长的这一阶段，玻璃镇纸会暂时充当黄金乡的角色，成为他们一同建立一个自给自足的世界的希望。不过，一旦它成了这对爱人的世界缩影的中心后，这块水晶般的物体突然就会扩张，直至容纳他们的整个宇宙（约翰·邓恩④可能会说这个东西使得"任何地方"都成了恋人的世界）。准确地说，温斯顿在做了一个梦之后，开始着手解决关于他个人存在的谜题。在这个梦中，他历经了一次突破，"全展现在玻璃镇纸内。玻璃的表面就像天空的穹顶，在此穹顶下，万物都沐浴在清晰柔和的光线

①译文参见［英］乔治·奥威尔著，《一九八四·动物庄园》，孙仲旭译，南京：译林出版社，2008年，第23页。
②译文参见［英］乔治·奥威尔著，《一九八四·动物庄园》，孙仲旭译，南京：译林出版社，2008年，第89页。
③译文参见［英］乔治·奥威尔著，《一九八四·动物庄园》，孙仲旭译，南京：译林出版社，2008年，第90页。
④约翰·邓恩（John Donne，1572—1631），17世纪英国玄学派诗人。

中，从那里，可以看到无限远的地方"①（142）。

在茱莉娅治愈性、解放性的存在之中，温斯顿不再抗拒他压抑了三十多年的可耻场景。他回忆起在母亲和妹妹失踪之前他最后一次见到她们，那是在这个饥饿的家庭领到定量供应的巧克力之后。他还回忆起自己自私地抓了整块巧克力就跑出门去。这个梦本身以及他俩关于其重要性的讨论，标志着温斯顿变化过程的高峰时刻，因为正是这个梦使他认识到自己负罪感的根源："知道吗，"他对茱莉娅说，"直到现在，我仍然相信是我害死了我妈。"②（142）

探索"与语言无关的做梦时的心智"的努力成功地把受压抑的记忆挖掘了出来，并使温斯顿从自己过去神经质的束缚中解脱出来。他从先前的梦魇中释放出来，因为认识到自己并没有杀死母亲，虽然他表现得很自私，而且背叛了母亲对他的爱。他还意识到存在一种把自己从童年的背叛行为中救赎出来的方式，那就是打造一种与茱莉娅的新关联。他决定在未来"目标不在于活命，而在于保持人性"，不断梦想着黄金乡，梦想着两个恋人逃离大洋国梦魇世界，去到一个新世界。

甚至在他被捕之后，在仁爱部经历了很长时间的折磨与系统性的改造之后，黄金乡的梦想依旧在继续。比如，当他在智力上被改造得人畜无害之后（他承认"二加二等于五"），他做噩梦梦见自己被那双大眼睛吞噬，梦见自己成了老大哥那双能催眠的眼睛后孕育

---

① 译文参见 ［英］乔治·奥威尔著，《一九八四·动物庄园》，孙仲旭译，南京：译林出版社，2008年，第114页。

② 译文参见 ［英］乔治·奥威尔著，《一九八四·动物庄园》，孙仲旭译，南京：译林出版社，2008年，第114页。

智慧之处的一部分。"突然他从座位上漂浮起来，跳进那双眼睛便被吞没……一个白大褂正在读仪表。"①（209—210）

73　　不过，即便此时温斯顿并未从噩梦中醒过来，做梦时的心智还是让自己从被吞噬的可能中挣脱了出来。温斯顿脱离了自身；他逃到了黄金乡，带着一种解脱的歇斯底里之感："他正转动轮椅通过一条极阔的走廊，它有一公里宽，被灿烂的金色光线照彻。他用最大的嗓门哈哈大笑，并喊叫着坦白的话。"②（210，重点为作者所加）

　　但是现在自由与逃脱的梦已经发生了重大变化。原来的黄金乡是天堂，因为那是属于那对恋人的自然世界，与社会相脱离。茱莉娅仍然会出现在他最近的梦中，但警卫、奥布兰和查林顿先生，这些折磨温斯顿的人也在。同样重要的是，外面风景中的自由自在、延绵起伏的乡村已经萎缩成一个门廊，虽然仍有"一公里宽"。金绿色的自然世界已经变成了仁爱部里的门廊。如今温斯顿甚至在自己的梦里都成了大洋国的俘虏。

　　但是在温斯顿最终堕落、最终发生重要转变之前，黄金乡之梦还会以逐渐缩小的片断的形式多次重现："他会在黄金乡，有时他和母亲、茱莉娅以及奥布兰一起，坐在广阔无垠、环境宜人、阳光普照的废墟之间"③（237），之后是在"一块沐浴在阳光下的平坦沙

---

①译文参见［英］乔治·奥威尔著，《一九八四·动物庄园》，孙仲旭译，南京：译林出版社，2008年，第172页。
②译文参见［英］乔治·奥威尔著，《一九八四·动物庄园》，孙仲旭译，南京：译林出版社，2008年，第172页。
③译文参见［英］乔治·奥威尔著，《一九八四·动物庄园》，孙仲旭译，南京：译林出版社，2008年，第195页。

漠"①里。毫无疑问，这个梦在渐渐衰微，摇曳闪动，消逝而去。但即使是在最后的留存时刻，黄金乡意味着温斯顿仍然在寻找庇护所，因为他保留了自我的基本组成部分。虽然他失去了智识上的诚实和感情上的活力（由空旷的、阳光灿灿的废墟和阳光灼人的贫瘠沙漠表现出来），但他设法保住了自己的人性。他召唤出茱莉娅的形象，使她成为自身的一部分，成为内在自我的核心。意识到自己的完整感是"内心不受侵凌"的证据，温斯顿体验到战胜那些拷问者的胜利感。正是在这一刻奥布兰选择接受挑战。他把温斯顿带到"没有黑暗的地方"，强迫他穿越"黑暗之墙"（wall of darkness），跨越自我、跨越内心的最后一道防线。

温斯顿被迫走进了 101 房间。

为什么是 101 房间？

要了解奥威尔将出色的心理学与政治讽喻的想象相结合的独特成就，我们应该审视如下问题：为什么在 101 房间里党要求温斯顿供出茱莉娅，让她作为祭品给笼子里饥饿的老鼠吃掉？为什么老鼠是使温斯顿最终遭受耻辱和毁灭的不二之选？

回答这些问题的答案出自这样一个事实：101 房间里的场景事实上正是上一场危机的再次展现；它关系到那段重要的"记忆，许多年来，[温斯顿]一定都在有意识地将其从自己的意识里排除出

74

---

① 译文参见 [英] 乔治·奥威尔著，《一九八四·动物庄园》，孙仲旭译，南京：译林出版社，2008 年，第 202 页。

去"①（142）。在他做了发生在玻璃镇纸中的突破性的梦之后，温斯顿逐渐记起这一场景的细节，重新体验了一次：

> 到最后，他母亲把巧克力掰开四分之三给了温斯顿，剩下的四分之一给了他妹妹……温斯顿站在那里看了一会儿，然后突然迅速跳起来，从她手里抢过巧克力就往门口跑去……他母亲用胳膊搂着那个孩子，把她的脸贴向自己的乳房，那个动作里的某一方面告诉他妹妹快死了。他转身跑下楼梯，手里的巧克力变得黏糊糊的。
>
> 他自此再也没有见过他的母亲。②（144—145）

母亲那保护性的牺牲姿态多年来一直萦绕在温斯顿心头，因为他感到自己背叛了她的爱。而且妈妈在这关键场景之后真的失踪了，还是个孩子的温斯顿生出我们今天称为"幸存者的负罪感"的心理，使他错误地觉得自己应为她的死亡负责。茱莉娅或读者都能为温斯顿童年时的行为找到可接受的理由。但温斯顿自己觉得，在他童年的危机之中，最深处的自我的一些东西现出了原形。他反复做噩梦，这象征着他对"黑漆漆的墙那边吓人的东西"的恐惧，跟他发现自身有些东西无法忍受、太可怕以致无法面对有关。这种恐惧必定与自我相关，因为"在梦里，他最基本的感觉总是在自欺欺

---

①译文参见［英］乔治·奥威尔著，《一九八四·动物庄园》，孙仲旭译，南京：译林出版社，2008年，第215页。
②译文参见［英］乔治·奥威尔著，《一九八四·动物庄园》，孙仲旭译，南京：译林出版社，2008年，第116页。

人，因为他其实知道那堵黑暗之墙后面是什么"①（128）。他觉得自己若是足够勇敢，"他用尽九牛二虎之力，就像从大脑上扭下来一块，他甚至本来能把那种东西拖出来"②（128）。

75

作为全知者，党知道自我的保护墙的极限，知道某人无法承受的那种特定的羞惭。最后，奥布兰会阐明那无法描述的"那种什么都改变不了的极度恐惧［非要］在未来等候着"③（91）。奥布兰将温斯顿的思想充分表现出来的过程，就像是在把温斯顿先前无法面对的"吓人的东西"拉出来示人："墙那边是老鼠。"④（245）奥布兰有充分的理由认为黑墙那边埋伏着的饿得要吃人的野兽身上有某种东西让温斯顿感到"无法忍受"。奥布兰提醒我们，"老鼠……虽然它不过是啮齿类动物，但也是肉食性的"⑤（246）。它饥饿的时候会改变本性，吞噬一切，毁灭一切。

饥饿带来的羞辱是贯穿整部小说的深刻主题。孩童时代的温斯顿和同伴们在挨饿的时候会退化成觅食腐肉的野兽，"到处翻垃圾筒和垃圾堆找卷心菜梗和土豆皮，有时甚至能找到陈面包皮，他们

---

①译文参见［英］乔治·奥威尔著，《一九八四·动物庄园》，孙仲旭译，南京：译林出版社，2008 年，第 103 页。
②译文参见［英］乔治·奥威尔著，《一九八四·动物庄园》，孙仲旭译，南京：译林出版社，2008 年，第 103 页。
③译文参见［英］乔治·奥威尔著，《一九八四·动物庄园》，孙仲旭译，南京：译林出版社，2008 年，第 73 页。
④译文参见［英］乔治·奥威尔著，《一九八四·动物庄园》，孙仲旭译，南京：译林出版社，2008 年，第 202 页。
⑤译文参见［英］乔治·奥威尔著，《一九八四·动物庄园》，孙仲旭译，南京：译林出版社，2008 年，第 202 页。

会小心地把上面的煤灰擦掉"① (143)。

内党熟知饥饿是毁掉人格的手段。[在其《饥饿政治学》("The Politics of Starvation")一文中，奥威尔指出饥饿国家的政治迫使人们屈膝 (v.4，106—110)。] 当温斯顿走进仁爱部，看到两个受害人被拖进去，他有点意识到 101 房间将使某种命运降临到自己头上；一个男的有着"骷髅一般的痛苦脸庞"，监牢里其他犯人都想到他"快饿死了"，另一个"无下巴的男人"把自己最后一块面包给了快饿死的这个人。为了惩罚这种反抗行为，警卫"凶猛地挥了一拳……结结实实砸在无下巴的男人的嘴部"② (203)——他脸的这个部分早就已经碎裂了，因而最易受伤。可以断定，在 101 房间里，骷髅头脸的男子面临的将是从其致命弱点处下手的打击：难以忍受的饥饿正咬啮着他。

没下巴的男人和骷髅头脸的男人都是适合在对行刑房的自然主义描写中出现的人物。同样重要的是，他们代表了温斯顿自身人格的一些方面：他自己无法忍受的饥饿、破碎的意志、"优柔寡断"的弱点，以及最后"失去了脸"，而这两个人正是上述方面的外在表现。

76　　没有下巴的男人和快饿死的男人这一幕，从另一方面看也很重要：它预示了小说结尾温斯顿将做出的最大牺牲。快要饿死的人

---

① 译文参见 [英] 乔治·奥威尔著，《一九八四·动物庄园》，孙仲旭译，南京：译林出版社，2008 年，第 115 页。

② 译文参见 [英] 乔治·奥威尔著，《一九八四·动物庄园》，孙仲旭译，南京：译林出版社，2008 年，第 167 页。

"那双眼睛里似乎充满对某人或某物杀气腾腾、不可遏止的仇恨"①（202）。他愿意告发任何人，背叛任何人，一开始是那个没下巴的恩人，然后是他自己的孩子，他抛弃了他们，让他们以可想见的最痛苦的方式走向死亡。引发"杀气腾腾、不可遏止的仇恨"的饥饿，后文中又做了暗示，即在101房间我们看到鼠笼里"老鼠正在打架，想冲破隔离网互咬"②（246）。在疯狂的饥饿之下，老鼠准备吃掉对方，毁掉跟自己一样的物种。

现在让我们仔细看看温斯顿个人对老鼠的恐惧。当茱莉娅说到老鼠"咬小孩子……那种地方的街道上，妇女们不敢把婴儿自个儿放下两分钟不管……最恶心的是，这些东西总——"③（128）温斯顿感到这个故事着实难以忍受，他求她别说下去了。另一次是奥布兰在仁爱部里把没说完的话给温斯顿补全了："在有些街区，妇女不敢把她们的婴儿一个人留在家里……老鼠也会袭击生病或者快死的人，表现出惊人的智力，知道一个人什么时候是无助的。"④（246）

通过一次次闪回，我们知道孩童时期的温斯顿"抢"走了最后一块巧克力，那时他的小妹妹快死了，而生病的母亲也已陷入绝望。他压抑了三十多年的记忆中的故事说明，温斯顿厌恶的老鼠所

①译文参见〔英〕乔治·奥威尔著，《一九八四·动物庄园》，孙仲旭译，南京：译林出版社，2008年，第166页。

②译文参见〔英〕乔治·奥威尔著，《一九八四·动物庄园》，孙仲旭译，南京：译林出版社，2008年，第203页。

③译文参见〔英〕乔治·奥威尔著，《一九八四·动物庄园》，孙仲旭译，南京：译林出版社，2008年，第103页。

④译文参见〔英〕乔治·奥威尔著，《一九八四·动物庄园》，孙仲旭译，南京：译林出版社，2008年，第202页。

有的特征都可以用来形容他自己。童年时期的危机萦绕在他心头，因为他意识到，在最终的审判中人格的墙壁会逐渐消失，他会变成自己感到最可耻的样子。

许多心理学阐释将温斯顿对老鼠的恐惧和弗洛伊德对鼠人案例（Ratman's case）的研究联系起来（Sperber 22；Smith 426）。在这个著名的案例研究中，成年人的恐惧被溯源至儿童对父亲的俄狄浦斯式的憎恶，以及紧随而来的对被老鼠阉割的惩罚的恐惧。

尽管如此，弗洛伊德和奥威尔在处理这种恐惧的方式上有着根本性的区别。必须承认，弗洛伊德把孩子最初的攻击描述为发生在俄狄浦斯式情境下，处于儿童早期的潜意识层次，即道德意识觉醒之前。另一方面，童年温斯顿的攻击与俄狄浦斯情结无关。他的那段经历发生在 10 岁至 12 岁之间，而且与弗洛伊德的阐释相反，童年温斯顿最初的攻击已经处于一个道德剧的情境中了。对他的考验是通过他对唯一爱他的人的爱和忠诚展开的。

他的母亲已经把巧克力的一大块给了他，这点很重要。温斯顿"抢"了剩下的部分，"三口两口吃完"，他让自己的饥饿像不受控制的恐惧或疼痛那样击败了自我，直到他变成一个只要求能果腹即可的活物。好像他在说："我不在乎你是死是活；我的饥饿无法忍受，比我对你的爱还要强烈。"更进一步说，他把正在挨饿的人的食物吃掉了，在象征层面这意味着他把这些人生吞了。这一具有象征意味的行为毁灭了温斯顿身上的某种东西，而他的负罪感的确在近三十年的时间里"啃噬"着他。

此处存在一个道德和心理悖论，这对于理解奥威尔对罪恶、道德意志、潜意识和自我所下的定义极为关键：温斯顿有负罪感是因为他确实拥有关于爱、忠诚和自我牺牲的概念，而他在危急时刻被迫否认这一切。当他向茱莉娅描述这一幕时，他意识到虽然不可能是自己造成了母亲的死亡——是党让她人间蒸发了——不管怎样，他仍然觉得自己有罪：在危机的时刻，他曾希望她死掉。

同样重要的是，他意识到，跟茱莉娅在一起，他拥有一个新的机会，可以在忠诚、奉献和互相牺牲的共同意愿基础上建立一种新的情感与精神纽带。这是他的第二次机会，可以将自己从过去解脱出来，进行赎罪。在进入成年人的爱的世界之后，他可以补偿童年的过错。因此，紧随第一个噩梦（在这个梦中他的母亲和妹妹淹死了，这样他就可以活下去）之后而来的是自由之梦。童年失去的天堂可以通过跟茱莉娅一起走进黄金乡而再次得到。

茱莉娅并不完全是一个自主的人物。[3] 我们甚至不知道她姓什么。我们也不大了解她的精神世界，她的人格的局限，以及她的 101 房间的本质。我们知道的是，她让温斯顿重新体会到几乎已经忘却的真正的巧克力（108）、"真正的糖"和"真正的咖啡"（125）的滋味，以及他在孩提时代经由母爱而认识的那个具有世俗情感的"现实"世界。

而茱莉娅让温斯顿回到了这种爱之中，不过是以新的形式和新的希望。玻璃镇纸是他们共同生活的象征，构成了过去与未来之间可谓神奇的连接，因为神秘的粉色珊瑚这一象征着过去的纪念品，也像是玫瑰的蓓蕾。这个胚芽，这个微小而清晰的希望，意味着这对恋人也许有走向未来的机会。"它多么小呀，它总是那样小！"[①]（198）在

①译文参见［英］乔治·奥威尔著，《一九八四·动物庄园》，孙仲旭译，南京：译林出版社，2008年，第158页。

原本当作他们的二人之家的房间里，当思想警察把这块玻璃扔在"壁炉底部的石头"上砸碎的时候，温斯顿后悔地想："那一小片珊瑚——一片小而起皱的粉红色东西，像是蛋糕上的糖制玫瑰花蓓蕾——滚过了地毯。"①（190）茱莉娅的剧痛不是她将诞下一个他们不被允许拥有的孩子的预兆 [她被揍得"像把折尺般弓着腰"，"在地板上猛烈扭动着"②（190）]，而是预示着温斯顿将在仁爱部遭受古怪的出生创伤。

茱莉娅显示出一个养育和保护孩子的母亲的某些特征。她不仅在两人会面时带来咖啡、糖和巧克力，还在温斯顿被房间里的老鼠吓到时用自己的双臂搂着他。然而她这种爱的举动唯她自身所独有。她的"动作也一样优雅无比，似乎整个一种文化被摧毁了"③（111），这意味着解放而非保护。"随便""手臂的一个漂亮无比的动作"④（31），使温斯顿从性焦虑和政治焦虑之中获得了自由；"优雅"⑤（31）的动作使温斯顿获得了机会，去释放自我，再次展现原初的考验。虽然他在仁爱部蒙受了诸多屈辱，但只要仍能对她保持

---

① 译文参见 [英] 乔治·奥威尔著，《一九八四·动物庄园》，孙仲旭译，南京：译林出版社，2008 年，第 157—158 页。略有修改。
② 译文参见 [英] 乔治·奥威尔著，《一九八四·动物庄园》，孙仲旭译，南京：译林出版社，2008 年，第 158 页。
③ 译文参见 [英] 乔治·奥威尔著，《一九八四·动物庄园》，孙仲旭译，南京：译林出版社，2008 年，第 89 页。
④ 译文参见 [英] 乔治·奥威尔著，《一九八四·动物庄园》，孙仲旭译，南京：译林出版社，2008 年，第 23 页。
⑤ 译文参见 [英] 乔治·奥威尔著，《一九八四·动物庄园》，孙仲旭译，南京：译林出版社，2008 年，第 23 页。

忠诚，他就感到自己还是个人，"某种隐藏在未来的恐怖的东西被略过了，没有发生"①（210）。可是，如果他在这第二次考验中失败了，他就不能再借孩提时代的不成熟或对自我的掌控的不足来当借口；他在101房间中被迫面对的"可怕的东西"是最终无法挽回的毁灭。

穆雷·史派伯（Murray Sperber）正确地指出，温斯顿对老鼠的恐惧是以"毁灭身体的幻想"（226）为形式出现的。不过，我相信在这里这种幻想与弗洛伊德的阉割恐惧概念是极为不同的。温斯顿那被老鼠伤害的深刻恐惧指的是"从大脑上扭下来一块"②（128），这一图像更像是前脑叶白质切除术的特征，而非性伤害。在101房间里，处于危险之中的并非温斯顿的性能力或男子气概。危险的是失去他的脸。老鼠笼是面罩式的，里面的老鼠会吃掉他的脸。而且让他产生负罪感的不是俄狄浦斯式的性过错。他感到有罪是因为否认了个人自我的根本价值。出于自私而不可控的饥饿，他拒绝了母亲的请求，把自己从归属、忠诚与爱的原初纽带中撕扯出来。现在，出于对老鼠无法控制的恐惧，他又让背叛重演：他献出自己唯一爱的人的身体作为自己的替代。当他叫着："咬茱莉娅！"他把她当作人牲献给了老鼠。在象征的层面，他又一次吞噬了自己所爱之人。

---

① 译文参见［英］乔治·奥威尔著，《一九八四·动物庄园》，孙仲旭译，南京：译林出版社，2008年，第172页。

② 译文参见［英］乔治·奥威尔著，《一九八四·动物庄园》，孙仲旭译，南京：译林出版社，2008年，第103页。

在 101 房间里，他无法继续待在"黑墙面前"：他被迫去"墙那边"①（245）。而且，当个人自我的墙壁被摧毁，他感到自己"已穿过地板向下坠落，穿过楼上的墙壁，穿过地球，穿过海洋，穿过大气层，进入外层空间，进入星际深渊——一直和老鼠远离，远离，远离"②（247）。当然，反讽之处在于，穿越黑暗之墙以后，他就无法再逃脱了。被迫暴露在"挨饿的东西"③（246）面前，温斯顿在 101 房间里听到自己变成"精神错乱……尖叫的动物"④（246）。通过使自己退化到饥饿的老鼠的层面，他成了自己原本最为害怕的对象。奥布兰的确成功地完成了实验：忠诚与自我牺牲的"内心"只不过是情感上的幻觉。最终，人类只不过是野兽，而且跟野兽一样可以被贬低，直到变成党手中顺从的傀儡。

在这一点上，我们应该认识到，由奥威尔的策略引出的结论与用弗洛伊德的方法分析的批评家得出的结论大相径庭。饥饿的老鼠就像孩提时期的温斯顿，它们自身即党的暴虐行为所制造的受害者。最终，躲在面罩式的鼠笼后面的脸正是老大哥本人的脸。正是老大哥将自己的国民变成跟自己一样凶猛残忍、充满仇恨的存在，

---

①译文参见［英］乔治·奥威尔著，《一九八四·动物庄园》，孙仲旭译，南京：译林出版社，2008 年，第 202 页。

②译文参见［英］乔治·奥威尔著，《一九八四·动物庄园》，孙仲旭译，南京：译林出版社，2008 年，第 204 页。

③译文参见［英］乔治·奥威尔著，《一九八四·动物庄园》，孙仲旭译，南京：译林出版社，2008 年，第 203 页。

④译文参见［英］乔治·奥威尔著，《一九八四·动物庄园》，孙仲旭译，南京：译林出版社，2008 年，第 203 页。

迫使他们上演将自己作为活人献祭的"原初背叛"仪式。温斯顿自己最后的背叛这一关键行为是某种可怕的模仿（imitatio dei）：在他背叛爱人的时刻，变成了一个具有神性的人，表现出无法逃避又恐怖瘆人的神秘性，表现出受害者与加害者之间充满爱的结合。

事实上，大洋国的所有国民都被养在笼子里，在象征意义上都处于饥饿之中，失去了食物、爱、性与情感上的满足，这样党就可以把他们受抑制的能量导入歇斯底里般的寻找新的受害者的行动之中，引向同样歇斯底里的对领袖的崇拜之中。大洋国的所有人都变成了党手中的工具，准备为确保自己的生存而互相告发。然而，在这一进程中存在着悲剧性的反讽：当受害者最后那条个人忠诚的纽带断裂，他就变成了施行自我奴役以及最终的自我灭绝的主体。

101 房间是小说的戏剧中心，因为它既重复又颠覆了先前的两次危机。先前温斯顿通过向茱莉娅许诺忠诚而从长期压抑的负罪感中解脱出来："要紧的只有感情。可他们无法让我不爱你，那会是真正的背叛。"[①]（147）而 101 房间反转了这突破性的一幕。这一场景也是他童年危机的重演。温斯顿在 101 房间里被迫再次经历对自己童年的重要审判，但他再次失败了。这一失败摧毁了他得之不易的解脱和健全的人格，把他推进了另一个更为恐怖的幼年时代。个人的自我遭受奴役，被集体性的自我彻底消灭。他变成了自己的造物主的形象，回头的浪子回到了父亲"博爱的胸怀"[②]（256）。

---

① 译文参见［英］乔治·奥威尔著，《一九八四·动物庄园》，孙仲旭译，南京：译林出版社，2008 年，第 118 页。
② 译文参见［英］乔治·奥威尔著，《一九八四·动物庄园》，孙仲旭译，南京：译林出版社，2008 年，第 212 页。

从政治角度看，极权主义的动力机制决定了温斯顿的投降。因此，个人责任感、负罪感或愧疚感都会极为混乱。不过，这里的道德悖论把奥威尔归入既不同于用弗洛伊德心理学分析作品的批评家，又不同于只在政治范围内研究这部小说的批评家。三十多年来，温斯顿的负罪感一直是个负担，但它同时不断提醒着他：自己仍然有着个人忠诚感，仍然能感到羞耻。事实上，正是这种神秘的负罪感或羞耻感使他开始寻找过去的真理，并最终获得道德上的重生。重要的是，在他重复自己的背叛行为之后，就不再背负罪恶感的重担。当然，他也失去了对人性的感知和定义自我的基本道德态度。一旦他得以重生，与大洋国的集体性自我合为一体，就不再能够感到后悔或有罪，因为他已经丧失了个人意识。

81　　101 房间是小说的高潮场面，以一连串象征性的逆转将所有的背叛事件汇聚到一起。"101"这个数字看起来就是自我的两个部分隔着个零面面相觑：恐惧和羞耻使温斯顿沦落至虚无，他被迫直面老鼠。"101"这个数字也意味着一次逆转之后的重复：温斯顿又经历了一次童年时期的审判，复归到另一种童年状态。

　　另外在视觉上，"101"还暗示了环环相扣的锁链——即不是一个，而是一整串持续重复发生的反转。101 房间处于小说的核心，因为它是神话、政治和心理意义上，背叛的戏剧性中心。正是在这个意义上，大洋国的每个国民都有可能由于放弃和背叛个人的忠诚纽带而变成他人的施害者。自相矛盾之处在于，正是在这一点上，这个人最终会陷入困境，"被铁链锁住"，变成真正的受害者，并将永远待在笼子里。反讽的是，正是在适应多数人的规范之后，温斯顿现在终于疯了。在加入这一由老大哥施加到众人之上的集体性疯狂之中以后，温斯顿现在也愿意跟其他老鼠一起被关在笼子里了。

101 房间的后果

看到这种灵魂毁灭的后果——即由个人自我转变为集体自我——我们应该最后再迅速探视一下温斯顿的内心世界，看一看他在仁爱部"重生"之后所梦见的国度。

最后一个场景中，温斯顿坐在栗树咖啡馆，被释放的叛国者和思想犯常去那里："自从获释以来，他长得胖了些，也恢复了以前的肤色——甚至不仅仅恢复了而已。他的面貌有起色，鼻子和颧骨上是粗糙的红色，甚至他秃顶的头皮也颜色深得不能算是粉红色。"[①]（249）

他狂饮胜利牌杜松子酒，时而打个嗝，秃顶的头皮呈粉红色，体形肥胖、面无表情——他的样子古怪得令人想到新生的婴儿。（或者是肥硕的老鼠？）我们接着突然看到，"一段记忆又自动浮现在他脑海，他看到一个点着蜡烛的房间"[②]（255）。在幻想中，他回想起童年危机发生之前的家，母亲失踪前最后的快乐时光。然而，根据党的说法，过去是不可能有快乐的，尤其是在亲子之间的私人

---

①译文参见［英］乔治·奥威尔著，《一九八四·动物庄园》，孙仲旭译，南京：译林出版社，2008年，第205页。
②译文参见［英］乔治·奥威尔著，《一九八四·动物庄园》，孙仲旭译，南京：译林出版社，2008年，第210页。

82 纽带中。结果，获得新生的温斯顿已经无法辨认任何私人纽带，将这快乐的一幕贬斥为"虚假的记忆"[①]（255）。

而现在，当他把自己从个人的快乐记忆之中猛拽出来，高音喇叭宣示老大哥又一次获胜。温斯顿经历了共同的体验，对被指定的新的敌人充满强烈的憎恨，随之而来的是对领袖的狂热崇拜。然后，在这种共同的狂喜之中，我们捕捉到温斯顿那个熟悉的梦境的最后一瞬。在这最后的幻想之中，他看到自己"在铺了白瓷砖的走廊上走着，感觉像是走在阳光下。一个持枪看守在他身后。那颗期待了很久的子弹正在射进他的大脑"[②]（256）。

早先金绿色的风景变为金白色的室内景观，这提醒我们，在充满阳光的白瓷走廊里，我们又看到了正在消逝的黄金乡。但是那原本广阔自由的风景发生了什么？它被仁爱部的走廊吞噬之后（210），一直在越变越小。但最后这两个梦的形式和顺序之中，仍然有些出人意料的东西。我们称为"美梦"的梦境先出现，却被温斯顿否定掉了；而我们会称为"噩梦"的梦境在之后出现，却正是他所期待的。而且，黄金乡遭到了彻底的颠覆。

原本关于黄金乡的愿望之梦代表了温斯顿将自己从梦魇中拉出来的巨大努力——先是离开大洋国获得自由，再是抢救残存的内在自我。在小说结尾，温斯顿彻底沦为奴隶：先前的自我已没留下什么能

---

① 译文参见 ［英］乔治·奥威尔著，《一九八四·动物庄园》，孙仲旭译，南京：译林出版社，2008年，第210页。

② 译文参见 ［英］乔治·奥威尔著，《一九八四·动物庄园》，孙仲旭译，南京：译林出版社，2008年，第211页。

让他逃离此地或去寻找庇护所的东西。他将自己的过去当作是"虚假的记忆"并将之摒弃,并且希望回到刑房里去。他不仅接受,甚至是期待和赞美来自背后的子弹。大洋国的梦魇世界取代了他的天堂之梦。

只有在温斯顿庆祝最后胜利的那一刻,他的转变才得以完成:"他赢得了跟自己的战争,他热爱老大哥。"[①](256)庆祝这一胜利即庆祝一个世界从仇恨的疯狂之中诞生,即赞美射进后脑勺的子弹。正是通过放弃包含个人记忆、梦想与噩梦的世界,他被大洋国的集体疯狂所淹没,溺毙在疯狂与自我毁灭的惊涛骇浪之中。

这就是奥威尔特有的对自我的定义:温斯顿受制于一连串最终使他走向崩溃的考验。奥威尔事先好像就设定了一系列严密的测试来明确我们的人性中不可或缺的成分和最后的防线。在对人的理性的定义之中找得到这些基础性成分吗?"我思故我在"?但温斯顿在智识上向党屈服之后,仍然还是人。那么,这是不是"我感觉故我在"的浪漫主义定义?但在他的内心世界退化为沙漠般的不毛之地以后,温斯顿依然是个人。只有当他失去做梦的能力之后,温斯顿才完全崩溃。在《一九八四》中,奥威尔对人性的终极定义似乎是"我梦故我在"。

温斯顿性格上的改变的确与他梦境中生活上的变化密不可分。事实上,只要关注梦境的顺序,就能勾勒出情节的结构。第一和第二部分概述了温斯顿开始寻求自我和精神自由的行动。为了使自己

83

---

①译文参见 [英] 乔治·奥威尔著,《一九八四·动物庄园》,孙仲旭译,南京:译林出版社,2008 年,第 212 页。

从梦魇中解脱出来，这个做梦者向黄金乡的愿望之梦求助。最终，他把愿望之梦变成了现实，之后他又使自己摆脱了噩梦。第三部分描写了他的自我在仁爱部系统性崩溃的堕落过程。黄金乡的风景逐渐缩小，相当于作为人类的温斯顿逐渐消失。最后，在 101 房间的高潮场景之后，梦境再一次出现，但现在梦以全新的形态出现，呈现出与原本的愿望之梦截然相反的意义。

他被迫背叛自己——正如进入 101 房间后所有人都必须做的那样，欧洲的最后一个人活了下来，却已经不再具有人性。他已残缺不全，呆头呆脑；他甚至无法再做梦，甚至无法希望自己能逃走。

小说的心理维度与政治讽喻并不矛盾，前者给予后者重要的支持，而且与人道主义警告密不可分：因为极权主义得以建立的基础，是一系列能使自身永远存在的谎言和政治领域内无法停止的背叛的"连锁反应"，它也导致内在自我无法逆转的崩溃以及我们人性无法挽回的丧失。

注　释

[1] 爱德华·M.托马斯（Edward M. Thomas）讨论了奥威尔对库斯勒的乌托邦倾向的评价。托马斯认为奥威尔通过温斯顿的形象，指出了库斯勒的缺陷，即他对乌托邦的期望是不切实际的——温斯顿的失败正在于此（91）。

[2] 比如在《凝视玻璃镇纸》（"Gazing into the Glass Paperweight"）一文中，穆雷·史派伯（Murray Sperber）关注了温斯顿的妄想症（22）。

杰拉德·费德勒（Gerald Fiderer）在《作为文学策略的受虐倾向》
（"Masochism as Literary Strategy"）一文中，关注温斯顿的受虐癖以及
他"用同性恋的方式来解决俄狄浦斯式三角关系"（20）。最后，马库斯·史
密斯（Marcus Smith）在《黑暗之墙》（"The Walls of Blackness"）中认
为，温斯顿对老鼠的恐惧是对他母亲的固恋的结果。因为温斯顿也感到自己
冒犯了母亲，所以通过老鼠来寻求惩罚，以此作为被允许返回子宫的条件
（423—433）。

[3] 这里，我同意达芙妮·保陶伊在《奥威尔〈一九八四〉中的搅乱
战术与大男子主义》（"Gamesmanship and Androcentrism in Orwell's *Nine-*
teen Eighty-Four"）中的意见，她讨论了奥威尔在小说中使用女性刻板印
象的倾向。不仅如此，正如她所指出的，我相信这种倾向与作者的"性别歧
视"及其公然或隐蔽的厌女症都无甚关联。奥威尔在《一九八四》中所采取
的策略意在突出个人人格与公共人格之间的差异，而且他把女性居于中心的
家庭当作私人价值的核心。同时，这个故事探讨了温斯顿的成长过程——其
他所有人物都被置于他的视点之下。

第二部分

《戈斯坦因的书》：
解码讽刺作品的钥匙——
极权主义的『世俗宗教』

作为一部以心理现实主义模式呈现的自然主义小说（v.4，378），小说对读者的吸引力建立在我们对主要人物几乎无条件的认同之上。同时，它也意图成为一部未来狂想曲（v.4，378，536），今天我们称之为反乌托邦讽刺作品。奥威尔借此告诉我们，这是一部戏仿之作——他把这个词当作"讽刺作品"的同义词——关于世界被超级大国撕裂（v.4，520），关于一个分裂的世界里原子弹爆炸的效果，以及对中央集权经济的曲解（v.4，520）。但比上述各个目标更重要的是，这是一部对"极权主义在智识上的含义"，即极权主义心理的戏仿之作（v.4，520，564）。接下来的五章将关注《戈斯坦因的书》的核心功能，它作为一种保持距离的设计，对我们更为理智地思考政治讽喻作品有着重要意义。同时这五章将说明《戈斯坦因的书》是我们"解码"奥威尔将极权主义心理戏仿为一种国家宗教和"世俗宗教"的关键。

第五章

反乌托邦讽刺作品中作为主题与结构的时间

87　　《一九八四》的叙事经常被插入的"书中之书"所打断，这种冗长的有关历史的论述拖慢了叙事节奏，奥威尔因此一直受到出版商与批评家的指责。不过，奥威尔对此坚定不移，坚持《戈斯坦因的书》是不可缺少的一部分，必须不删一字地保留在原处（v.4，544—545，548—549）。作为一部综合了多种文类的作品，根据《一九八四》复杂的策略，这一决定无疑是正确的。

　　乍看之下，《戈斯坦因的书》貌似的确拖慢了叙事节奏，尤其是如果我们把这部小说当作政治心理惊险小说来读的话。不过，通过细读就会发现，很明显"书中书"的确是这部政治讽刺作品错综复杂的机制的能量来源。这一部分的存在给予了我们某种情感距离，使我们可以解析更为理智、更富智识的经典讽刺作品这种文类中必不可少的复杂观点。更具体地说，正是《戈斯坦因的书》决定了《一九八四》的关注核心，这部小说作为一部反乌托邦讽刺作品是建立在两个时间平面的互动基础之上的。正是通过阅读"那本书"①（17），"理想读者"受到挑战，被要求认清 20 世纪 40 年代的"现在"所存在的那些令人畏惧的潮流，它们可能会导致 20 世纪 80 年代的未来变得荒诞可笑、充满梦魇。正是《戈斯坦因的书》使奥威尔讽刺作品的主题得以具体化，因为它关注极权主义精神状态这一复杂目标，尤其强调其与时间的独特关系。

历史时间与神话时间

极权主义国家与历史时间这一概念之间的对抗一直是奥威尔头脑中思索多年的一个主题，但正是在《一九八四》中，这一主题才在温斯顿对可靠记录的热切搜寻以及国家毁灭历史的持续努力中得到了充分的文学表达。

值得注意的是，奥威尔非常细致地努力将《戈斯坦因的书》与小说其他部分结合起来，不能忘了，这部小说同时也是一部充满悬疑的政治和心理惊险小说。因此，《戈斯坦因的书》的激动人心之处是逐渐建立起来的。起初，温斯顿听到关于一个叫作"兄弟

88

①译文参见 [英] 乔治·奥威尔著，《一九八四·动物庄园》，孙仲旭译，南京：译林出版社，2008 年，第 8 页。

会"的地下抵抗运动的阴谋行动的谣言，得知存在一本据说是戈斯坦因所撰的"禁书"。温斯顿忍不住去寻找关于他的过去和大洋国的历史，而且忍不住读了这部书——这些都从一开始就密切交织在一起。

由于温斯顿在真理部的工作是篡改记录，他很清楚老大哥为摧毁过去所付出的巨大努力。温斯顿几乎凭直觉逐渐意识到，抵抗思想控制和陷入疯狂的威胁的唯一办法是在谎言之海中找到一个固定的支点。这正是他开始写日记的原因。这也是在加入地下组织之后奥布兰问他为了什么而喝酒的时候，他回答"为了过去"①（156）的原因。温斯顿发现，很自然，大洋国唯一想得到的抵抗方式与一本历史书有关。在得到《戈斯坦因的书》之前很长的一段时间里，在他眼中那本书就代表着真理世界（World of Truth）和话语的真理（Truth of the Word）的历史。

温斯顿收到这本书的时机极为关键。这一幕被安排在庆祝针对欧亚国的仇恨周里，他正站在欢呼拥挤的人群中。就在这一刻，党突然宣布片刻之前一直是敌人的欧亚国事实上是盟友，而先前的盟友东亚国竟一直以来都是敌人。我们认为大部分人都是心智健全且具有常识的，而这一幕代表了对这一认识最为猛烈的攻击。不过，每个人看起来都接受了这一变化，不仅如此，大家彻底否认曾经发生过这种变化。更重要的是，温斯顿需要找到一种保证，即尽管

---

①译文参见［英］乔治·奥威尔著，《一九八四·动物庄园》，孙仲旭译，南京：译林出版社，2008年，第126页。

他看待这一颠倒世界的方式一定属于"少数派"，但他并没有发疯。这是《戈斯坦因的书》要提供的确信，将为看似非理性的国家体制提供一个理性的历史解释。

《戈斯坦因的书》也被简称为"那本书"，这个说法显然出自《圣经》——它现在代表大洋国的《创世纪》，解释了 1984 年的世界是如何从 20 世纪 40 年代的世界之中诞生的。为了理解党对历史的态度，我们应该将《戈斯坦因的书》中的这一解释与温斯顿从帕森斯太太那里借来的《儿童历史书》（*Children's History Book*）里对同一历程的宣传版本进行对比。

根据《儿童历史书》，资本家令"世界上一切的东西，都被他们占有，其他人都是他们的奴隶……这些资本家有一个头头，叫国王"（67），老大哥把人民从这帮人手中拯救出来，以此获得了权力。自 20 世纪 50 年代的革命以来的三十多年里，资本家头戴高帽、粗雪茄不离手的形象，不仅变得可以与国王互换，而且还可以与中世纪的封建领主互换，并行使其初夜权（jus primae noctis）（67）。这种对刻板印象（stereotypes）的双重或三重曝光，以及将不同时期的历史杂乱地混淆在一起，是奥威尔对他同时代人中存在的残酷而幼稚，又过于简化的马克思主义阐释潮流的戏仿，这种阐释不仅被苏联大众广为接受，而且在西方社会他的那些对手之中也很盛行。但他的讽刺之作走得更远。《儿童历史书》把资本家介绍为英社的流行神话中的首位"恶魔"。如果大众被允许意识到，老大哥获得权力之时已注定成为比之前的所有剥削者更为残暴的压迫者，那么关于老大哥是人民的救世主这一整个神话就会立刻坍塌。

89

因此，从党的角度来说，唯一真正的"恶魔"就是历史本身，就是坚持基于可靠记录的过去的客观审慎的历史意识。

《儿童历史书》与《戈斯坦因的书》之间的对比，是对"谁掌握历史，谁就掌握了未来"这一党的口号强有力的证明。通过控制过去——即通过向大众呈现极度扭曲的历史版本——党完全控制了人的意识；它既控制着过去，又控制了未来。

但就像大洋国的大多数悖论那样，这一口号只能反过来说，那么我们就得到了："谁掌握了未来，谁就掌握了过去。"这里，奥威尔讽刺的是为极权主义体系所包围的意识形态中的预言的角色。虽然共产主义和法西斯主义在各自的前提和渴求的结果方面存在许多差异，但它们都有两个重要的共同特征。首先，由于它们都预测历史进程的结果是无法避免的，因此都倾向于以特殊方式阐释事实。多样化的事件与人物，以及整个无固定形态的现实世界都被塞进了特定意识形态的特殊逻辑这件紧身衣里（Arendt 471）。从这个意义上说，无论是谁"掌握"未来——即无论谁有权去推行某种从特定目的出发的信念——那么，那个人同时也有权去解释并篡改（即"掌握"）过去。过去会被改造成适合意识形态的假设及其预言。其次，这两种意识形态都坚持严格的科学基础和方法论，不过它们同时透露出一种无法否认的末世论的维度。它们预言，历史进程的目标是某种"复乐园"（Paradise Regained）。

奥威尔表明，意识形态思维尽管看起来拥有科学的基础，却带人走向那早已逝去的野蛮原始的崇拜魔鬼的时代（v.4, 547）。而且，我们在这里触及了这部讽刺作品最微妙之处：党拥有改动和篡改历史的权力，这样它才能适应这种意识形态，同时也对现在发挥重要的作用。事实上，我们将"现在"这个概念视为自发的、多变的，这正是我们的自由感的内核。所以，当党对过去和未来施加控制时，这种控制相当于在废除我们的现在，进而废除我们的自由感。某种有些相似的现象也是原始文明的特征。关于这点，有人指出：

> 对原始人来说，"现在"是神秘而模糊的，不断地消逝而去，历史与之没有关联，而是与原始时间和发生在起始的原始事件相关。原始人废弃了持续不断的历史，只在历史与原型事件有关时才赋予其意义，而原型事件通常是指神及神迹的出现。（Moreno 160）

奥威尔指出，党对历史的废弃和它对原始神话时间的坚持之间存在着重要关联。这一概念最好的证据是"两分钟仇恨会"。熟悉斯大林时代的苏联或东欧的人都能认出这种"两分钟仇恨会"就是每天在工作地点强制进行的对官方新闻的讨论。不过，在小说中这一世俗事件也无疑获得了一种宗教仪式般的重要性。新闻也许正是关于东亚国或欧亚国的，但无论当时指定的敌国是哪个，人们从"两分钟仇恨会"这一不变的仪式中再次体验到的都是老大哥一派和戈斯坦因一派之间的原始冲突，这一日常仪式演绎出了"神圣"的原型力量打败"邪恶"的原型力量后取得的胜利。

现在我们要讨论官方神话打造的第二个"妖魔"，即不死的敌人和叛徒，他们的重要性超过了被革命消灭的资本家。这第二个

91

妖魔同样出自关于戈斯坦因的怪诞的刻板印象——出于从未言明的原因，叛徒戈斯坦因在光荣的革命过程中背叛了人民的英雄和大救星老大哥（68）。跟周围所有人一样，温斯顿知道："戈斯坦因是叛徒和蜕变者，很久以前（谁也记不清有多久）是党的主要领导人之一，几乎跟老大哥平起平坐，后来参加了反革命活动，被判处死刑，然而又神秘地逃走并藏匿起来。"[①]（15）

奥威尔把温斯顿意识中的动摇描写成是由于官方历史创造的迷雾，其中的公众人物总是出现又消失，最后带着神话人物所具有的传奇色彩的定义落到他们被指定的位置上。在这一过程中，我们思想生活的自然框架——勾画个人存在的特定时空——模糊起来，变成某种神秘的超自然物。虽然离戈斯坦因被发现是"头号卖国贼，是最早破坏党的纯洁性的人"已经过去很久，人们仍然相信"在某个地方，他仍活在人世并策划着阴谋：也许在大洋彼岸，在豢养他的外国主子的保护之下，也许甚至——时不时会传出这种谣言——就潜伏在大洋国本国的某处"[②]（15）。

戈斯坦因能够同时出现在几个地方，能够"诱惑""间谍和破坏分子"以及"一支""阴谋制造者"组成的"巨大的影子部队"，很像撒旦，有着自我更新的力量："然而奇怪的是，尽管戈斯坦因被所有人仇恨、鄙视，尽管一年三百六十五天，他的理论每天上千

[①]译文参见［英］乔治·奥威尔著，《一九八四·动物庄园》，孙仲旭译，南京：译林出版社，2008年，第10页。

[②]译文参见［英］乔治·奥威尔著，《一九八四·动物庄园》，孙仲旭译，南京：译林出版社，2008年，第10页。

次在讲台、电屏、报纸、书本上被批驳、被粉碎、被嘲笑、被一般人认为是可鄙的垃圾，然而这一切似乎从来没能让他的影响降低过。”①（16）

作为恒久不变的仇恨对象，戈斯坦因是恒久不变的崇拜对象老大哥的完美陪衬。《戈斯坦因的书》向我们显示了二者从历史同步过渡到神话的过程。赋予恶魔般的戈斯坦因超人的地位正是老大哥成圣的前提：“谁也不曾见过老大哥，他是宣传牌上的一张面孔，电屏里的一个声音。我们可以合理地确信他将万寿无疆，至于他何时出生，已经成了很不确定的事情。”②（179）

92

所有这些对半神化的领袖进行个人崇拜和狂热尊崇的陷阱，都是内党为维护大众利益而创造的大众神话的一部分，因为此类神话都曾在 20 世纪 30 年代和 40 年代的希特勒德国和斯大林俄国创造过奇迹。然而，到了 80 年代，内党已经充分意识到，无论开始的时候老大哥的角色是怎么样的，现如今他只是党选出来向大众显示自身的一个偶像、一张面具、一副外观。大街小巷随处可见的海报上那张充满慈爱的笑脸只不过是为了吸引不知情的人：这与残暴的神形成鲜明对比，实际上，权力之神受到其祭司，即内党的顶礼膜拜。当然，党也许有很充分、务实的理由要毁掉过去的文档，这样它才能在日常基础上维持自己永远正确的伪装。但这种永远正确本身关系

①译文参见［英］乔治·奥威尔著，《一九八四·动物庄园》，孙仲旭译，南京：译林出版社，2008 年，第 11 页。
②译文参见［英］乔治·奥威尔著，《一九八四·动物庄园》，孙仲旭译，南京：译林出版社，2008 年，第 147 页。

到它是"全知"的，这一更大的诺言，这是种超人才有的属性。从长远来说，党所坚持的是历史时间的妖魔化，这样它才能创造一种自身的永恒感。

这种永恒的概念是小说的核心理念之一，此处有必要审视一下奥威尔敏锐的讽刺意识。通过指出党对历史的不断重写，他直接讽刺了斯大林对托洛茨基在革命时期所起作用的多次重写（v.4，143—144，189），[1] 讽刺了第三国际在莫斯科多次变动政策之后对历史的多次重写（v.1，563），以及他的对手——接受并信奉所有这些"重写过"的历史的左翼知识分子。不过，除了这些特定对象以外，讽刺还针对极权主义体系中的意识形态思维方式的一般特征。奥威尔指出，极权主义国家的作用和神权政治国家一样（v.4，86），即一种原始的国家宗教之所以能对其信奉者发挥作用，只是因为人们在面对死亡时，出于本能需要会去寻找一种人类可以存续下去的信念。

在奥威尔这部小说面世二十年后写就的一本著述中，罗伯特·杰伊·利夫顿① 定义了构成极权主义环境特征的精神—政治主题："每个主题……都建立在一个纯粹的哲学假设——一个极端的意象之上，反过来看，这些主题又都体现出了象征着不朽的独特性和毋庸置疑性。"（214）正是这种对不朽的承诺解释了内党对作为"被记录下来的时间"的历史的极度仇视。利夫顿观察到："极权主

93

_____

① 罗伯特·杰伊·利夫顿（Robert Jay Lifton，1926－），美国精神病学家、作家，代表作有《思想改造与极权主义心理：对中国的"洗脑"的研究》（1961）、《邪教的形成》（1981）等。

义计划寻求一个一劳永逸的方法，来解决围绕死亡意象的困境，使人类能延续下去。它们的动力不止是（按强迫症的顺序）使时间停止，也是使历史停止。永恒化的体系坚持自身的永久性和不变性。"（215）

当我们进入与时间相关的第二个主题，我们就能看到奥威尔最具原创性的洞见之一。正是党的永恒性这一概念与其永无终结、自我延续的骗局（victimization）密不可分。有必要指出，奥威尔极为谨慎地准备了这一双重启示，它形成了小说智识上的高潮，揭示了党的核心机密。正是《戈斯坦因的书》筹备并实现了这一双重启示："上帝即权力"和"自由即奴役"。

在阅读《戈斯坦因的书》的时候，温斯顿逐渐理解到"过去的多变性是英社的基本教义之一"①（182），而且他还逐渐理解了关于双重思想这一与极权主义思想密不可分的精神欺骗的复杂体系的不少事实。不过，在温斯顿彻底认清这一骗局之前，他没有再读下去，而奥威尔似乎很难为这一中断找到合乎情理的解释。的确，温斯顿很可能是累了，虽然他一直以来都受寻找党的秘密这一冲动所驱使（"我明白怎么做，但我不明白为什么"），而这正是他读到的最后两段话承诺要告诉他的。

根据法国批评家让·皮埃尔·戴夫罗伊（Jean Pierre Dev-roey）的研究，奥威尔之所以没有揭开最后的秘密，要么是因为他太粗心，以致没有注意到自己还留了一个未解之谜，要么仅仅是因

---

① 译文参见［英］乔治·奥威尔著，《一九八四·动物庄园》，孙仲旭译，南京：译林出版社，2008年，第150页。

为他无法提供答案（190）。戴夫罗伊没有注意到，奥威尔极为精心地设计了这个秘密的揭示过程。事实上，他一定已经发现，有必要让温斯顿在阅读《戈斯坦因的书》的过程中停下来，成为一个悬念，这样在40多页后揭露党的核心机密之前，他才能创造一个更大的悬念。这是温斯顿在《戈斯坦因的书》里读到的最后的话：

> 然而仍然存在一个直到现在我们险些忽略的问题，这就是：为何要避免人人平等？假设这一过程中的方法已得到正确说明，这种为了将历史凝固在某一特定时间而做出不遗余力、精确计划的全部努力是出于何种动机？
>
> 至此，我们就要谈到最重要的奥秘。正如我们已经明白的，党的神秘性，最重要的是内党的神秘性是依靠"双重思想"来实现的。然而比这更深一层就是最初的动机，也就是那种从未被怀疑过的本能，这种本能首先导致夺权，然后引出"双重思想"、思想警察、连绵不断的战争和随后出现的其他必要的那套东西。这种动机实际上包括……[1]（185，重点为作者所加）

显然，这里的两个关键词是"动机"和"为何"。约40页之后，奥布兰在仁爱部向温斯顿宣布，他已经通过了学习（Learning）的阶段，进入理解（Understanding）的阶段，这时奥威尔恰好又挑

---

[1]译文参见［英］乔治·奥威尔著，《一九八四·动物庄园》，孙仲旭译，南京：译林出版社，2008年，第152—153页。

了这两个关键词：

> "你躺着时，"奥布兰说，"经常在琢磨——你甚至问过我——为什么仁爱部会在你身上这样费时费神。你被释放后，还会感到困惑，基本上是为了同一个问题。你能理解你在其中生活的社会机制，可你不理解根本的**动机**。你记不记得你在日记本上写过'我明白怎么做，但是我不明白为什么'？……现在你告诉我**为什么**我们要抓住权力不放。我们的**动机**是什么？为什么想掌权？"①（225，重点为作者所加）

之后，在温斯顿回答错了之后，奥布兰回答了自己的问题："现在让我告诉你这个问题的答案，是这样的：党要掌权，完全是为了自身利益。"②（227）奥布兰现在透露了内党的士气完全依赖将权力视作神明并加以崇拜，它意味着一种让另一个人痛苦的能力："我和你在过去七年里演出的这场戏将一遍又一遍、一代又一代演下去……这就是我们正在建设的世界，温斯顿。这是个一场胜利接着一场胜利，一次凯旋接着一次凯旋的世界，没完没了压迫着权力神经的世界。"③（231）

---

①译文参见〔英〕乔治·奥威尔著，《一九八四·动物庄园》，孙仲旭译，南京：译林出版社，2008年，第185—186页。
②译文参见〔英〕乔治·奥威尔著，《一九八四·动物庄园》，孙仲旭译，南京：译林出版社，2008年，第187页。
③译文参见〔英〕乔治·奥威尔著，《一九八四·动物庄园》，孙仲旭译，南京：译林出版社，2008年，第190页。

重要的是，在奥布兰将权力视作神明的同一个段落里（227），他也介绍了"自由即奴役"这一党对自身不朽性的定义。只要个人愿意"完全彻底地服从"，"跟党打成一片，他就变成了党"，他可以通过党，变得"无所不能，永生不死"①（228）。正如利夫顿所指出的，在极权主义体系中，"有一个总体设想，认为只有一种合法的存在模式——只有一种方法能让人真正获得不朽——因此拥有这种权力和没有这种权力的人被断然区隔开来"。（215）奥布兰的话肯定了利夫顿的观察："集体通过否定他者来获得不朽。"（219）与无产阶级和其他局外人相比，只有那些属于党这一集体的人才有望获得不朽的特权。

此处，不朽的整体概念关系到对局外人的拒绝，给他们贴标签并最终把他们当替罪羊。正如米尔恰·伊利亚德②也注意到的那样，早期文化在"神圣空间"与"未知和未确定的空间"之间有清晰的区分，后者在初民看来住着"妖魔、鬼怪和外国人"（219）。极权主义返回到了将人分为圈内人和局外人这种完全原始的区分。而且，正如奥威尔在小说中显示的那样，党是不朽的这一观点是建立在将局外人、外国人、敌人和叛徒妖魔化的基础上的。用利夫顿的话来说，"极权主义会带来欺骗，在追求终极美德时，它会树立一个敌对的形象，这个形象往往是绝对邪恶的化身"（216）。

---

①译文参见［英］乔治·奥威尔著，《一九八四·动物庄园》，孙仲旭译，南京：译林出版社，2008年，第188页，有修改。
②米尔恰·伊利亚德（Mircea Eliade，1907—1986），西方著名宗教史家，撰有《宇宙与历史——永恒回归的神话》（1949）、《神圣与世俗》（1957）等大量著作。

　　我们可以在《一九八四》中找到这种动力机制的最佳证明。当然，奥威尔不是第一个注意到极权主义与欺骗之间联系的人，但他可能是首位描写这种动力机制的所有可怕结果的大作家，这些后果不仅影响了心理政治学理论，而且也对个人产生了巨大冲击。更进一步说，奥威尔为开拓另一个重要领域做出了贡献：受害人是在怎样的心理状态下，才让施害者使用手中危险的权力的？是什么样的动力作用把一个现代人驱赶进让集体得以不朽的体制的双臂之中？

　　奥威尔认为，现代的个人已经失去了对个人不朽的信仰，这是我们的文明所遭受的最严重的创伤之一（v.1，564；v.3，387—388）。结果，我们被留在一个真空里，这种心理需求可能很容易被极权主义意识形态所承诺的集体不朽所填补。如果我们一开始就无法认清这种精神需求，就会变得容易受骗。起初，骗子自己可能是被同样的精神需求驱赶进提供不朽的体制之内的。这种可能性在仁爱部的一个场景里得到了暗示，当温斯顿第一次面对奥布兰的时候：

96

　　　　又听到皮靴声越来越近。铁门打开，奥布兰走进来。
　　　　温斯顿一下子站起来，看到奥布兰，让他震惊得完全忘了应该更谨慎一点。他忘了电屏的存在，这是许多年来的第一次。
　　　　"他们也抓到你了！"他嚷道。
　　　　"他们很久以前就抓到我了。"奥布兰说，话里带着不温不火、几乎有歉意的讽刺味。①（206）

----

①译文参见［英］乔治·奥威尔著，《一九八四·动物庄园》，孙仲旭译，南京：译林出版社，2008年，第169页。

毫无疑问，奥布兰是在取笑温斯顿；但同时，他那"歉意的讽刺味"也暗示出，很早以前，他自己最初是受到党所承诺的集体不朽的诱惑才被俘获的。

温斯顿自己也无法不受归属感所带来的安全感的影响。他因与他人隔绝而感到困扰，但更使他感到痛苦的是切断他与过去和未来的关系，切断他作为人类种群的一员而获得的连续感。这就是为什么他想在日记里留下一份记录，一份留给未来的证词。只要仍被允许保留人性，温斯顿就要坚持个人历史意识的权利。最后一幕中，他放弃了个人记忆的权利，这正显示了他的彻底沦落。唯有在做出宣布自己的个人历史是"虚假的记忆"[①]（255）的牺牲之后，他才能最终加入老大哥公开不朽化的庆典。

我们现在已经触及与时间相关的第三个概念，能够确定《戈斯坦因的书》在这部反乌托邦讽刺作品中的核心功能。这本书是温斯顿急切地想要把握的历史记录，通过其特殊存在，我们意识到历史时间的重要性。作为奥威尔的"理想读者"，我们意识到温斯顿的世界与我们的世界之间存在一条近四十年的鸿沟。《戈斯坦因的书》是两个时间平面之间的桥梁，向温斯顿显示了 20 世纪 40 年代那个"我们"的世界如何导致他所生活的 20 世纪 80 年代的世界。这样，它强调了温斯顿再也无法阻止极权主义国家机器：他那个 1984 年的世界体现了他无法返回的过去所导致的无法避免的结果。

---

①译文参见〔英〕乔治·奥威尔著，《一九八四·动物庄园》，孙仲旭译，南京：译林出版社，2008 年，第 210 页。

不过，"现在"这个世界冻结在 20 世纪 40 年代的那个世界 **97**
里，讽刺作家想把这个世界跟他的"理想读者"分享，但我们仍
然处在与温斯顿所面对的情况极为不同的处境之中。事实上，从
某种意义上讲，温斯顿是我们的受害者：他的命运是我们在 20 世
纪 40 年代的作为或不作为所造成的后果。不过，更公平地讲，他
是我们的"人牲"（pharmakos）①，是被牺牲的悲剧英雄。他受制
于自己的过去与现在之间的因果关系，这一事实也许是我们获得自
由的关键。温斯顿的世界与我们的世界之间的时间空隙会对我们有
利。的确，这一极为紧急的危机——他的世界与我们的世界之间只
隔了四十年——也暗示了现在与未来之间的重要区别。我们仍有机
会防止大洋国的来临。《戈斯坦因的书》通过对 20 世纪 40 年代时
势的清晰分析，使我们接受大洋国的可能性是一种明确无误的可能
性，是一个威胁。同时，这本书也暗示 1984 年还未到来——因此，
作为历史的真实记录，《戈斯坦因的书》可以成为读者的行动指南。
作为讽刺作者和读者之间宝贵的桥梁，《戈斯坦因的书》举例证明，
典型的奥威尔式的概念、清晰的思考本身就是带有道德维度的行动
（v.4，59—60）。

《戈斯坦因的书》将讽刺作家所认为的"现在"有害的潮流具
体化，吸引我们"理想读者"去思考这些潮流在未来的可能结果：
原子弹一旦变成全面战争的威慑物，它也可能发挥稳定器的作用，

---

① pharmakos，希腊语，"人牲"。古希腊时期的雅典，在每年纪念太阳神阿波罗的萨格莉娅
节（Thargelia Festival）上，会选出两个最丑的居民作为"人牲"，在庆典上作为众人的替罪
羊献给神以求赎罪，约公元前 8 世纪到 5 世纪在古希腊各城邦盛行。

保证某个特定超级大国在其自身的"势力范围"之内坐拥无敌之位；社会主义运动中有专制潮流扭曲，并可能最终否定其原初的人道主义理想；在丧失对个人不朽的信念之后，20世纪的人类已经深受意识形态"世俗宗教"所许诺的不朽性的影响；他们轻易就被对权力之神的崇拜所吸引。当我们选择忽视，甚至宽恕今天这些有害的潮流之时，我们就沦为了思想欺骗、双重思想这种精神分裂症的受害者，以至于20世纪40年代末的"我们"的世界很快就会变成大洋国那样的世界。

同时，《戈斯坦因的书》也暗示这一图景并非不可避免。看看内党是如何上台的。意识到中产阶级与上层社会之间持续斗争的重复循环之后，内党决定攫取权力，进而阻止这一循环。党真正的首要优势在于它了解历史力量如何运行。通过延伸这一思想，历史意识的正确运用成了我们矫正极权主义意识形态之威胁的对策。我们唯有通过坚持阅读历史并尝试好好解读历史，才能阻止极权主义心理这一永恒的迫害体系继续生长。

正是《戈斯坦因的书》明确了被奥威尔视为我们面前即将爆发的政治—精神危机的信号。同时，也是《戈斯坦因的书》给我们提供了一座桥梁、一个暗示，使我们现在仍然可以避免这场危机。因此，在这部作为反乌托邦讽刺作品的小说中，它起着不可或缺的作用。

_____ **注　释** _____

[1] 奥威尔非常关注历史的不断重写以及针对托洛茨基的一系列错误

指控，尤其是关于他勾结纳粹政府的指控。

"盟军获得盖世太保的记录"之后，"赫斯（Hess）——莫斯科公诉书中唯一点名的纳粹分子——被押往纽伦堡（Nuremberg）公开受审"，奥威尔联合亚瑟·库斯勒、朱利安·西蒙斯、赫伯特·乔治·威尔斯，以及其他十个人，决定向英国新闻界散播一封信，要求开展一项"调查，目的在于确定历史真相，增进有国际地位的人物与团体的政治团结"。信中要求"赫斯应就其所被指控的与托洛茨基的会面进行审讯"，同时托洛茨基的遗孀"应受邀……对被告和证人进行盘问"，"调查盖世太保记录的盟军专家应接受命令来说明——是否有文件能证明或反驳纳粹党或纳粹德国与托洛茨基或其他在莫斯科审判中被起诉的老布尔什维克领导人存在联络，如果能够这么做，应允许这些材料出版"。这封信的署名时间是 1946 年 2 月 25 日，发表于 1946 年 3 月 16 日的《前进报》（The Forward）上。奥威尔回到了"反极权主义宣传"的话题上，并在信件中多次提及历史真相的问题。[赫斯（Rudolf Hess，1894—1987），纳粹德国政治人物，1933—1941 年任纳粹党副元首。赫伯特·乔治·威尔斯：（Herbert George Wells，1866—1946），英国著名小说家，以科幻小说创作闻名，代表作有《时间机器》（1895）等。——译者注]

第
六
章

无
产
者
、
知
识
分
子
和
对
社
会
主
义
的
背
叛
：
奥
威
尔
的
讽
刺
技
巧

99　　　《戈斯坦因的书》散发的无情幽默感大部分来自读者对这一事实的逐步认知：明显的欺诈和武断的残忍在 1984 年形成的怪诞统治，最终是 1948 年我们自己"现在"的世界所接受的欺诈和残忍导致的逻辑结果。讽刺作家的目的是为了说服他的同时代人——他的"理想读者"——这两个世界之间存在着清晰的因果关系。所以，《戈斯坦因的书》对于"解码"奥威尔的讽刺策略是非常重要的：反讽、引喻、因果关系间的反转、并置、夸大、对荒谬结论的假定，所有这些带刺的言辞都针对来自大洋国这个颠倒世界的我们。

　　在这两个世界之间，我们遇到的第一座桥是《戈斯坦因的书》中题为"战争就是和平"一章的第一句话。它指出"20 世纪中期以前，即可预见到世界将分成三个超级大国"^①（163，重点为作者所加）。这明显指的是第二次世界大战之后超级大国的崛起，讽刺作家把这种发展情况视为对人类自由的严重威胁，因此他声称"（《一九八四》）真正的意图是讨论将世界划分为'势力范围'的意义（我在 1944 年把它看作德黑兰会议的结果）"（v.4，520）。如果这一严重的灾难是"能够预见"的，而讽刺作家的同时代人却没有做到，那么他们很愚蠢，被引入歧途；如果这种情况已经"确实预见到"，而他们却未实行任何预防措施，那么他们在道德上就破产了。

同一章的第二个句子是相对温和的玩笑，正如可预见的那样，说的是大英帝国被美国吞并（163）——这是对 20 世纪 40 年代后期美国对英国文化和政治与日俱增的影响力的讽刺性夸大。这一"玩笑"设置在小说的开头，讽刺作家貌似无意地提到美元成了伦敦的法定货币形式（11）。这里，值得注意的是，奥威尔没有进一步将这个英国被美国化的玩笑继续下去，尽管最近一些奥威尔的批评家，包括《消息报》1984 年时发表的那篇文章在内，也许提出了不同意见。^[1] 特拉法加广场^②变成安装了电屏和扬声器的胜利广场，其中有一种喜剧性元素，因为它把伦敦重叠在莫斯科和柏林这两座城市之上。但这当然不是暗示把伦敦叠加在华盛顿或纽约之

100

①译文参见 ［英］乔治·奥威尔著，《一九八四·动物庄园》，孙仲旭译，南京：译林出版社，2008 年，第 132 页。
②特拉法加广场（Trafalgar Square），英国伦敦名胜之一，坐落于伦敦市中心，为纪念著名的特拉法加港海战而修建。

上。如果奥威尔原本想把他的讽刺发展成对美国的扩张主义和极权主义潮流的尖锐批评，他原本有足够的机会可以在这里这么做；但相反，《戈斯坦因的书》剩下的部分进而演变成可识别的对英国的戏仿，英国已经变成以希特勒德国，甚至在更大程度上是俄国斯大林政权为模型的极权主义国家。《戈斯坦因的书》也暗示出，英国和美国都一定选择了同样的模式，因为大洋国并未被外国征服：它与欧亚国（这一"地区"标示为吞并了欧洲其他国家之后的苏联）并存于世。

另一个典型的奥威尔式策略是颠倒因果关系，或颠倒手段与目的。浪费与破坏总是被认为是战争的后果。由于发动战争是为了达到某种目的（为了防卫或扩张），过去的统治者把浪费与破坏视为副作用，诚然就目的而言这是令人厌恶的手段。在大洋国这一切都被颠倒过来：在这里，目标变成了"消耗机器的产品而不提高总体生活水准"①（166）。战争被用作达到这一目的的手段；这是种策略。

作为该策略的一部分，内党把大洋国封锁起来，跟另两个超级大国隔开，周期性地把这两个国家中的一个宣布为敌人，与其有着不可调和的意识形态分歧。但是，尽管党针对现时的敌人展开了猛烈的宣传攻势，永无休止的敌对状态构成了"各个无法击溃对方的参战国之间目标有限的战事，既无具体开战原因，也无意识形态方面的真正差异"②（164，重点为作者所加）。

---

①译文参见〔英〕乔治·奥威尔著，《一九八四·动物庄园》，孙仲旭译，南京：译林出版社，2008年，第134页。
②译文参见〔英〕乔治·奥威尔著，《一九八四·动物庄园》，孙仲旭译，南京：译林出版社，2008年，第132页。

为什么讽刺作家注意到"英社""新布尔什维主义"（Neo-Bolshevism）和"崇死……［也叫］'消灭自我'"是"几乎无法分别"①（171）的？当然，要点在于，英社1984年时的情况是其思想正统的对手的知识立场所导致的，它同时也是死亡崇拜的一种形式——无条件地遵循一种由19世纪的时势造就的意识形态。对手表面上"进步"且"科学"的立场要求个体自我在集体的祭坛上真正被"消灭"，这种观念使人想起古代的东方宗教，它和英社一样，是一个笑话的一部分。

读过奥威尔论"民族主义"的人在这里可能也会想起另一个令人惊讶的斯威夫特式的并置的例子，读者会非常吃惊，认出迄今以来一直被认为不仅不同而且截然相反的两个事物之间竟存在相似性："爱国主义，按照我在文章中使用的引申义，包括了例如共产主义、政治天主教、犹太复国主义、反犹主义、托洛茨基主义和反战主义这些运动和倾向。"（v.3，411—412）奥威尔把诸如共产主义和天主教，犹太复国主义和反犹主义，共产主义和托洛茨基主义之类明显对立的方面并置起来，作为同一现象的不同表现，以突出它们的对照只是幻觉这一观点。它们都是同一种疾病的症状，满足的是同一种心理需求；民族主义的每一种形式都给予权力崇拜自由的支配权，这样它们都发挥着宗教替代品的作用，成了"世俗宗教"。出于同样的原因，《戈斯坦因的书》显示出，未来三个超级大

---

①译文参见［英］乔治·奥威尔著，《一九八四·动物庄园》，孙仲旭译，南京：译林出版社，2008年，第139页。

国看似不同的意识形态实际上是相同的，因为每个国家都受恐怖的支配（我们这代人所接受的建立在权力崇拜基础之上的"世俗宗教"，使这种状态得以形成）。

　　某些批评家认为悲观主义损害了奥威尔晚年的想象力，《戈斯坦因的书》是否肯定了这种意见？首先，我们应该承认，奥威尔对权力、对"欺凌别人的冲动"的心理学分析，并没有表明从他人生的一个阶段到另一阶段发生了很大变化。作为散文家的奥威尔坚持认为现代人的思想因为受到了权力崇拜的影响，所以是病态的。不过，

　　　　人们必须坚持政治斗争，就像医生必须尝试挽救一个可能快要死了的病人的生命。但是我认为，我们必须先承认政治行为很大程度上是非理性的，承认世界正在遭受某种精神病的折磨，在将它治好之前必须先进行诊断，否则我们将一事无成。(v.4，289)

　　《戈斯坦因的书》总结了奥威尔对他那个时代的权力崇拜所持的立场，跟他特有的关怀相一致："要直接省事地解释如今统治这个世界的那些人的行为并不容易。对于纯粹权力的欲望貌似比对于财富的欲望更具支配性。"(v.4，289)

　　奥威尔对老大哥非理性的破坏能力的判断，是基于他对自己的人民的所作所为，这符合其他对极权主义的判断。比如，汉娜·阿

102

伦特指出"纳粹在德国的行为像外来征服者"①（417），进行无情的剥削，愿意摧毁他们自己祖国和人民的资源。[2] 在《斯大林的秘密战争》一书中，尼古拉·托尔斯泰也认为，斯大林外交政策中古怪的反复无常应该放在他针对本国人民发动的秘密战争的框架下重新审视。索尔仁尼琴②在《古拉格群岛》（*The Gulag Archipelago*）中所揭露的许多事为这个独裁者恐惧、仇恨自己人民的妄想症提供了更多证据。

在阿伦特、托尔斯泰和索尔仁尼琴提出其观点的多年之前，奥威尔在《戈斯坦因的书》中注意到这一事实：马克思关于帝国主义的"直接省事地解释"（v.4，289），无法充分解释现代独裁者追求"总体"统治的无情动力。

无产者

《戈斯坦因的书》还挑战了另一条马克思主义的假定——即对无产阶级的经济压迫达到最坏的阶段时，将不可避免地发生革命。相反，《戈斯坦因的书》解释了内党能够成功维护自身地位，正是因为它成功地使大众永远处于缺乏食物、休闲和教育的处境之中。"机器首次出现时，在所有能够思考的人们看来，人们不必再从事

---

①译文参见［美］汉娜·阿伦特著，《极权主义的起源》，林骧华译，北京：生活·读书·新知三联书店，2008年，第523页。
②索尔仁尼琴（Aleksandr Solzhenitsyn，1918—2008），俄罗斯作家，1970年获诺贝尔文学奖。代表作有《伊凡·杰尼索维奇的一天》（1970）、《古拉格群岛》（1973）。

苦工，因此人与人之间的不平等现象很大程度上也将消失。如果机器是有意为此目标而使用，那么几代人以后，饥饿、过劳、肮脏、文盲和疾病就会被消除。"①（153）

103
这里，奥威尔对无产者境况的分析显得极为辛辣，根据我们了解到的更多有关斯大林对于奴役劳动的政策的信息：据推测，从20世纪30年代中期至1953年斯大林逝世期间，苏联总人口中约有十分之一在劳改营中从事奴役劳动。他将"苦工……饥饿、过劳和疾病"最大化、以便达到将工人非人化的目标。奥威尔对大洋国无产者所处境况的描写带着愤慨，这种愤慨背后是他坚信20世纪对技术的理性使用能轻易满足经济与政治平等的古老梦想。这一自然进程受到严重阻碍，原因就在于濒临疯狂的非理性，而这正是我们允许其来统治这个世界的那些人的思想："如果所有人都能享受悠闲自在、高枕无忧的生活，绝大多数人都将学会识文断字和独立思考——而一般情况下，他们可能因为贫穷而变得愚昧——他们学会这些后，早晚会意识到享受特权的少数人是尸位素餐者，就会将之扫除。"②（154）

讽刺作家在这里表达的意旨的关键——它是一个隐藏的标准，是整部讽刺作品暗示的心智正常的规范——在于建立在平等之上的社会将是机器这个天赐恩典带来的自然结果。产量的增长自然会

①译文参见［英］乔治·奥威尔著，《一九八四·动物庄园》，孙仲旭译，南京：译林出版社，2008年，第135页。
②译文参见［英］乔治·奥威尔著，《一九八四·动物庄园》，孙仲旭译，南京：译林出版社，2008年，第135页。

带来所生产商品的合理分配以及教育的平等机会。《戈斯坦因的书》突出了由内党之类的小型寡头执政集团来统治大多数人是多么的不自然。无须战争"骗局"，后者就会被一扫而空，因为只有战争能够有效地使人们陷入贫困和愚昧，并且"长远而言，等级社会只有建立在贫穷和无知的基础上，才有可能存在"①（167）。通过确认反讽式反转（ironical reversal）这种讽刺策略，我们应该能够明确奥威尔的主旨：为了防止大洋国之类的世界成为现实，我们应该致力于消除贫困和愚昧。

根据伯纳德·克里克的意见，奥威尔使内党宣布"群众和动物是自由的"②（66），他这是错误判断了极权主义体系中无产者的角色。克里克教授还认为，无产者在大洋国的境遇是"为了讽刺大众传媒、贫困的学校和知识界的自私对奥威尔时代真实的工人阶级所做的一切"（"Introduction"30，重点为作者所加）。

克里克教授假定1984年无产者的境遇就是源自1948年时资本主义体系的缺陷，但他忽视了这部讽刺作品的主体部分。我认为，与这一假定紧密相关的是，他也忽视了奥威尔不断暗示苏联实际的重要性，党的上台原本是为了解放大众，但进而建立了阶级体系，造成工人阶级以"在前几个世纪都未曾有过"（184）③的

104

---

①译文参见［英］乔治·奥威尔著，《一九八四·动物庄园》，孙仲旭译，南京：译林出版社，2008年，第135页。

②译文参见［英］乔治·奥威尔著，《一九八四·动物庄园》，孙仲旭译，南京：译林出版社，2008年，第51页。

③译文参见［英］乔治·奥威尔著，《一九八四·动物庄园》，孙仲旭译，南京：译林出版社，2008年，第152页。

方式退步。党对大众的侮辱被它的伪善所取代，它声称将对私有财产集体化就实现了平等。奥威尔反复说明"现在存在的所谓集体主义体系……是遮掩新形式的阶级特权的伪装"（v.3，365）。虽然《儿童历史书》充满了有关无产阶级统治的马克思主义陈词滥调（67），但党深知如果无产者被允许实现其人类潜能，老大哥将会失去力量。因此，党搜走了无产者区所有的书籍（65），而且"群众实际上得不到提拔，其中最具天赋的，有可能成为传播不满的核心人物，他们只是被思想警察盯上并消灭掉"（180）[1]。党详细记录了允许无产者有所觉悟的潜在威胁：采取战时经济和引发战争癔症的核心目标就是使大众堕落到野兽般的低于人的层次。此即党所宣传的动物与无产者才"自由"的真谛。奥威尔的分析才能也得到汉娜·阿伦特的赞赏：在希特勒德国，大众更多是受恐怖与贫困的控制，而非受制于政治宣传或教化。至于20世纪40年代苏联的群众，库斯勒在《瑜伽信徒和人民委员》（*The Yogi and Commissar*）里指出，大众因恐惧而瘫痪无力，被互相矛盾的宣传运动搞晕，"大众听命于这样一个事实：政治神秘事件是无法理解的……［他们］无条件地将自己的批判能力屈服于领导人，回到二十五年前他们开始时的思想状态"[3]（136）。

整体而言，内党的目的在于使经济上的贫乏成为一种手段：目的是使无产者在知识和精神上陷于贫乏。在被剥夺了休闲、舒适和教育之后，他们得到"廉价的性关系、色情作品和赌博"这些麻醉

---

① 译文参见［英］乔治·奥威尔著，《一九八四·动物庄园》，孙仲旭译，南京：译林出版社，2008年，第148页。

药作为补偿，这些东西进一步阻止他们形成政治意识。

但是极权主义"群众鸦片"的主要成分是仇恨周的表演和公开处决——这些是建立在权力崇拜基础之上的国家宗教的诱捕行动。在这一点上，我们可以就克里克教授的另一个观点做些讨论。他认为，"帕森斯家的小女孩"急切地想看被处绞刑的人，这意味着倒退到18世纪至19世纪早期伦敦公开处决的野蛮时期（"Introduction" 434）。如果真是这样的话，奥威尔的暗示就会弱化《一九八四》是一部讽刺极权主义的作品这一焦点。但奥威尔的文章又一次表明，帕森斯家孩子们对于被处绞刑的人的兴趣针对的是苏联的另一个现实，尤其是针对在哈尔科夫①对德国战犯的公决。奥威尔将此类公共场景视为国家使群众兽化的典型情形："最近有另一份报纸刊登了在哈尔科夫悬挂着的被俄国人吊死的德国人尸体，并且仔细地告知读者处决过程被录了像，公众很快就可以在剧院亲眼见证这一场面。（孩子可以进去看吗，我在想？）"（v.3，266—267）

而且，还应注意到，奥威尔是库斯勒的朋友，给《瑜伽信徒和人民委员》这个作品写了书评，在《一九八四》中发现库斯勒的洞见也是相当自然的事。一个例子就是库斯勒关于哈尔科夫审判的文章。这篇文章解释说，在一个极权主义体系中，"马戏表演"般的公开处决是一种：

> 对大众的情感补偿。他们被剥夺了判断的权利，因而被鼓

---

①哈尔科夫（Kharkov），乌克兰东北部城市。

励去发表谴责；替罪羊就是用来排解焦虑与不满的……三四万
人现场观看了哈尔科夫审判之后的绞刑；整个过程被详细录
像，包括真实绞杀过程的特写镜头，然后在整个俄国以及国外
放映。(136—137)

奥威尔和库斯勒都关注到西方新闻界接管了极权主义思想令
人厌恶的这一面。库斯勒谴责"《泰晤士报》的特派记者（对此
表达出）明显的赞成和同情"(136)，而奥威尔评价道："英国新
闻界对悬挂着的尸体这种场面流露出令人恶心的沾沾自喜"(v.4,
192)[4]。

大洋国的无产者一直挨饿，并接受这种马戏表演作为补偿，他
们向讽刺作家的同时代人显示了可能发生在英国工人阶级身上的情
况，知识分子应该决定以西方社会主义为模范，而非以苏俄为榜样。
克里克教授的阐释忽视了奥威尔一直以来对斯大林俄国现实的暗示。
而且，这些暗示对理解讽刺作家所警告的斯大林政权不应被宽恕或
模仿这一点也很重要。我想，克里克教授不愿承认：奥威尔摧毁英
国的"苏联神话"的决心对他的讽刺主旨而言是最为重要的。也许
正是这种不情愿使他总结道，"这个被视为极权主义社会的投影模型
的文本实际上效果不佳"，因此《一九八四》"并不是［奥威尔］最
清晰的极权主义社会模式"("Introduction" 15)。

克里克教授之所以得出这样的结论，可能还有另一个原
因，那就是他假设1984年无产者的处境是他们将在资本主义制
度下继续生活。他认为，"使讽刺作家奥威尔感到愤慨的事情之

中，最使他受到触动的，就是百年来的大众教育并未实现 19 世纪改革者们的梦想这一令人难以接受的失望之情……相反，他看到一大群被动的人被粘在收音机、电影院座椅和报纸的体育版上"（"Introduction" 14）。我相信，在这里，有必要指出一点：大洋国的无产者不仅仅只是被留在他们在奥威尔时期所处的位置之上。他们在 1984 年的处境不仅仅只是 1948 年的资本主义缺陷的继续发展。奥威尔相信资本主义体系到五六十年代将面临危机（178），不如说，无产者们的命运正是英国应对这一危机的结果。《戈斯坦因的书》认为，核战争引发了几十年革命，之后老大哥上台，承诺要实现马克思主义对社会主义的预言。当然，他知道"人们不会为了保卫革命而建立独裁政权；相反，进行革命是为了建立独裁政权"①（227）。老无产者含泪自责，"我们不该信任他们"②（33）。所有这些都表明在充满危机的"关键年代里"③（180），西方世界被骗接受、纵容并模仿极权主义先前的模式。[对苏联经验荒诞盲目的模仿感也暗示出 20 世纪 60 年代老大哥与戈斯坦因的冲突，在那之后"戈斯坦因逃掉了"，随后便是"大清洗时，革命时期党的首批领导人被永远清除掉了"。④（68）事实上，小说此处让我们感到一

107

---

① 译文参见［英］乔治·奥威尔著，《一九八四·动物庄园》，孙仲旭译，南京：译林出版社，2008 年，第 187 页。略有修改。

② 译文参见［英］乔治·奥威尔著，《一九八四·动物庄园》，孙仲旭译，南京：译林出版社，2008 年，第 25 页。

③ 译文参见［英］乔治·奥威尔著，《一九八四·动物庄园》，孙仲旭译，南京：译林出版社，2008 年，第 148 页。

④ 译文参见［英］乔治·奥威尔著，《一九八四·动物庄园》，孙仲旭译，南京：译林出版社，2008 年，第 53 页。

种怪异的既视感（déjà vu），仿佛西方世界决定再次演绎斯大林与托洛茨基之间的竞争，之后斯大林在 20 世纪 30 年代开始进行大清洗。每天的两分钟仇恨会对原来斯大林与托洛茨基冲突的表演，使这种仪式性的模仿进一步增强。]

同样重要的是，应再次想到大洋国并不受欧亚国的统治：民主社会主义的机会并不是被征服所破坏的。西方世界自愿地创造了一个以模仿极权主义模式为基础的体系。

现在，也有必要看一下这种批评意见：有人认为，大洋国无产者的无望处境是奥威尔晚年突然失去政治希望的征兆。的确，《戈斯坦因的书》把历史描述成一种周而复始的运动。

> 因此具有相同主要特点的斗争贯穿了整部历史。很长一段时期内，上等阶层似乎牢固地掌握着权力，然而迟早会到这么一个时刻，他们……被中等阶层推翻，中等阶层假装为了自由和正义而斗争，因而争取到了下等阶层的支持。但是中等阶层一旦达到目的，就立刻将下等阶层又强行置于原先受奴役的地位，然后自己成为上等阶层。[①]（175）

不可否认，这一段悲观地评价了无产者在大洋国取得进步的希望。而且，更值得强调的是，在翻到另一章之前，温斯顿简单看了一下这段话（163），在最后又完整地读了一遍（175）。但即使

---

① 译文参见 [英] 乔治·奥威尔著，《一九八四·动物庄园》，孙仲旭译，南京：译林出版社，2008 年，第 143 页。

这一段的情感重量不可否认，其语调或洞见都不是突然出现在奥威尔人生的尽头的。事实上，1938 年 6 月 16 日，他在《英语周报》（*English Weekly*）上发表的一篇评论里表达了几乎相同的思想：

> 看起来，你一再经历的那种运动，是无产阶级迅速地被位居顶点的精明人背叛，被当作他们的宣泄口，然后新的统治阶级成长起来的运动。平等是永远不会到来的。人民群众永远没有机会在掌控大局的同时保持他们与生俱来的正派，以至于人们几乎被迫接受一种愤世嫉俗的想法，认为人们只有在无权时才是正派的。(v.1，372)

但即使一个人也许是被迫接受这种建立在过去基础上的"愤世嫉俗的想法"，未来无产阶级的失败并非不可避免。如果说在 20 世纪 40 年代至 1984 年，无产者落到近乎彻底无权的地位，造成这种情况的原因就在于，在 50 年代的危机时期"进步"的知识分子——讽刺作家的对手——摒弃了真正的社会主义传统，支持俄国的极权主义模式。

奥威尔认识到俄国工人阶级与西方工人阶级之间存在重要差异。奥威尔给他所尊敬的一位作家博克瑙①的作品写过评论，用他的话说，在俄国"布尔什维克党已经真的成了一个……精心选拔出

---

①博克瑙（Franz Borkenau，1900—1957），又译作法朗兹·波克诺，法兰克福社会研究所成员之一，奥地利作家、政论家，极权主义理论先驱之一，代表作有《从封建性世界图式转向市民性世界图式》(1934)、《世界共产主义：共产国际史》(1962)。

108

来的团体，一种职业革命者的宗教等级”（346）。博克瑙因此解释说列宁的基本假设是“革命的政党一定不能是无产阶级的代理人，而是一个独立的团体，只靠坚定的信仰凝聚而成。西方的工党本身就是劳工运动，与它完全一致”（348）。

奥威尔回应了博克瑙的意见，他说：

俄国共产党被置于现在的位置上，必然会发展成一个永久性的统治阶级或寡头政治的执政集团，通过选拔而非出身来招募成员。因为他们无法冒险开展真正的批评，往往会制造可以避免的错误；然后因为他们无法承认这是自己的错误，就不得不寻找替罪羊，有时规模甚大。（v.4，515）

相较之下，在英国的工党内部，工人阶级能够自己发声，能够维护民主结构。因此，奥威尔坚称：“我最新的小说用意不在攻击社会主义或英国工党（我是工党的支持者）。”（v.4，564）

内党所代表的是付诸实践的极权主义心理。奥威尔没有见过英国 1948 年的社会图景，包括工人阶级在这一图景中的无望处境。《戈斯坦因的书》指出 109 大洋国的梦魇世界是 20 世纪 50 年代国际危机发生的“关键年代”里所做出的某些错误决定所演化而来的结果。[5] 这一危机正是奥威尔及其同时代人在 1948 年将要面对的。

知识分子

《戈斯坦因的书》说得很清楚，由于机器的优势，统治阶级不再具有无可非议的功能；它只有在自身及周边群众之中引发并维持一种愚蠢低能的状态，才能维护自身的掌权地位。当书中反讽地提出，大洋国知识分子的"心理状态""和战争状态相适应"，意思是它适应"恐惧、仇恨、无限敬仰和欣喜若狂"的"易于轻信和愚昧无知的狂热分子"①（168）所产生的精神错乱。正如奥威尔并未杜撰极权主义非理性的自我毁灭，他也没有杜撰甚至夸大陷入迷狂的党员的精神状态，他"应该生活在仇恨国外敌人和国内叛徒的持续狂热状态之中，因为打胜仗而欢欣鼓舞，在党的力量和智慧面前对自身产生渺小感"②（180）。所有这些特征形成了对希特勒德国或斯大林俄国的党干部的评价。苏联的斯大林个人崇拜提供了关于这种盲目"奉承"的一些尤为有效的例证：在十多年的时间里，所有的知识分子，作家、音乐家、哲学家、植物学家和遗传学者，都把斯大林看作一个全能的天才、一个博学的权威，能够对任何知识学科中出现的最为多样的问题发表意见，有资格为艺术、人文学科和自然科学的每个分支确定方向。[6] 知识分子也被要求在他那高于常人的智慧面前显示出"自贬"，苏联哲学家德波林③就是一个例子，他很长时间以来一直是其领域内的杰出权威。1929年，当德波林因其"抽象"的哲学观点而突遭党的训斥，他公开认错并感谢斯大林同志"及时制止了他的错误"（Edwards，v.2，164—165）。奥威

---

①译文参见［英］乔治·奥威尔著，《一九八四·动物庄园》，孙仲旭译，南京：译林出版社，2008年，第136页。

②译文参见［英］乔治·奥威尔著，《一九八四·动物庄园》，孙仲旭译，南京：译林出版社，2008年，第149页。

③德波林（Abram Moiseevich Deborin，1881—1963），苏联哲学家、历史学家。

尔在一个场景中捕捉到了这种谄媚和自贬的精神，帕森斯思考在党的法庭前该说什么："'谢谢你们，'我会说，'谢谢你们及时挽救了我。'"①（201）

110　　大洋国精确地描绘了以前存在过或小说写作时仍然存在着的极权主义体系，在确定这一点之后，20世纪90年代的"理想读者"也许仍然有理由质疑奥威尔的主旨在今天的时效性或普适性。奥威尔是否建议我们应该做什么或应该避免做什么，以防极权主义思想在我们的世界上继续发展？如果我们看看讽刺作家的对手的一个特征，就能发现这一问题的答案，那就是建立在道德麻木基础上的智识欺骗。

　　奥威尔坚信，暴行的激增与公众——尤其是倾向于宽恕"我们这边"所犯暴行的知识分子——的道德麻木之间存在着强有力的关联。《戈斯坦因的书》指出，可能知识分子在20世纪40年代最为重要的"罪行"是他们拒绝采取公平的道德立场："像强奸、劫掠、屠杀儿童、把大批人口变成奴隶，甚至发展到煮死及活埋这样针对战俘的报复行为都被视为正常，而且如果是己方而不是敌方所为，此种行为就更值得称颂（meritorious）。"②（164，重点为作者所加）

　　"值得称颂"这种斯威夫特式的轻描淡写提醒了读者，奥威尔

①译文参见［英］乔治·奥威尔著，《一九八四·动物庄园》，孙仲旭译，南京：译林出版社，2008年，第165页。
②译文参见［英］乔治·奥威尔著，《一九八四·动物庄园》，孙仲旭译，南京：译林出版社，2008年，第132页。

"狂野的怒火"不仅是针对残暴的行凶者，也是针对麻木不仁的旁观者：

> 从 1930 年左右开始，在普遍日益严峻的形势下，那些停止很久的做法，有些停止几百年了——不经审讯关押，把战俘当作奴隶使用，公开处决，刑讯逼供，扣押人质乃至放逐整个地区的人口——不仅变得平常，而且被自认开明和进步的人们容忍甚至辩护。[①]（177）

奥威尔所描绘的暴行在希特勒德国和斯大林俄国都有发生。但是这里的目标是"开明进步"的西方的旁观者，他们"容忍"这些行为，甚至为之"辩护"。正是因为将这些行为看作为了达到某种目的而采取的手段而加以宽恕，讽刺作家的对手——事实上是他在任何时间和任何地点的"理想读者"——为一个由权力之神统治的世界做了准备工作。

对社会主义的背叛

《戈斯坦因的书》说明，正是这种麻木不仁和道德远见的缺乏，导致了社会主义原有的目标在 20 世纪 30 年代和 40 年代被逐渐

111

---

①译文参见［英］乔治·奥威尔著，《一九八四·动物庄园》，孙仲旭译，南京：译林出版社，2008 年，第 145 页。

扭曲。

在 20 世纪的第一个十年，科学进步的承诺带来了一个"那个时代的人们所期待的想象的未来"。这一承诺构成了一个威尔斯式的图景，"设想中的未来社会是个令人难以置信的富足安逸、井井有条、效率极高的社会——是个由钢铁和雪白水泥所构建的光彩夺目、一尘不染的世界——那是几乎每个识字的人们意识中的一部分"。①（166）这一可亲的科技图景也符合社会主义的古老梦想。正是这个高生活水准和平等兼而有之的梦想，遭到了新世界的统治者的背叛，他们故意使我们的文明退化到充满饥饿和活人献祭的原始社会。

《戈斯坦因的书》描述了这样一个过程，"约从 1900 年以来"，"多少公开抛弃了建立自由、公平社会的目标"②（176），一直"到了 20 世纪 40 年代，所有主要政治思想的主流都是独裁主义的了。恰恰就在有可能实现时，人们却不再相信有人间天堂。每一种新的政治理论，不管如何自称，都导致倒退回等级化和军事化"③（177）。

这里，奥威尔所攻击的是他自己那些信奉社会主义的同伴在"40 年代"宽恕了斯大林俄国如此明显的等级制度和严酷控制，坚

---

①译文参见［英］乔治·奥威尔著，《一九八四·动物庄园》，孙仲旭译，南京：译林出版社，2008 年，第 135 页。

②译文参见［英］乔治·奥威尔著，《一九八四·动物庄园》，孙仲旭译，南京：译林出版社，2008 年，第 144 页。

③译文参见［英］乔治·奥威尔著，《一九八四·动物庄园》，孙仲旭译，南京：译林出版社，2008 年，第 145 页。

信斯大林仍然遵循社会主义原则。老派的社会主义者经常被误导，让马克思主义口号遮蔽双目，看不到 20 世纪的真实发展情况。比如，因为

> 老式社会主义者被训练跟所谓的"阶级特权"做斗争，他们以为不是世袭的，便不会是永远的，然而他们不明白……世袭贵族统治总是短命的，而像天主教会这样具有吸纳性的机构，有时会维持几百到几千年。[①]（180）

老派的社会主义者也没有认识到，内党事实上采取了一种集中化的控制以排除任何平等的机会："在集体意义上，党拥有大洋国的一切，因为它控制一切，并以其认为合适的方式处置产品。"[②]（178）讽刺作家的"玩笑"出自对一种预知的因果关系的反转。具有反讽意味的是，正是通过取消私有财产（以取消不平等），内党确保了"经济上的不平等变成永久性的了"[③]（178）。这当然明显是指苏联的发展：苏联获得了绝对权力，不再显露出"萎缩"的倾向。这里，奥威尔的观点接近鲁道夫·希法亭[④]的立场。希法亭是

112

[①]译文参见［英］乔治·奥威尔著，《一九八四·动物庄园》，孙仲旭译，南京：译林出版社，2008 年，第 148 页。

[②]译文参见［英］乔治·奥威尔著，《一九八四·动物庄园》，孙仲旭译，南京：译林出版社，2008 年，第 146 页。

[③]译文参见［英］乔治·奥威尔著，《一九八四·动物庄园》，孙仲旭译，南京：译林出版社，2008 年，第 145 页。

[④]鲁道夫·希法亭（Rudolf Hilferding, 1877—1941），医学博士，马克思主义经济学家、社会主义理论家、政治家，奥地利社会民主党、德国社会民主党和第二国际机会主义首领之一。

社会民主主义者，他正确地指出："用来取代资本主义的受控制的经济"使苏联走向了"不受控制的专制主义"（338）。[7] 奥威尔说过《一九八四》的目标是要戏仿"集中化经济所依赖的反常现象"（v.4，564），希法亭的解释也阐明了他这句原本很难理解的话。跟奥威尔一样，希法亭也反对将马克思 19 世纪的理论"简单化""程式化"地应用到 20 世纪的事件中来，但仍然继续使用马克思主义的术语来分析这些事件。

无论奥威尔是从根本上批评马克思主义，或只是在反对其程式化应用，《戈斯坦因的书》说明，社会主义原初的承诺已经遭到内党的背叛，内党在"经过十年国际战争、内战、革命和反革命"之后上了台，其意识形态"的到来则早被其他许多体制预示过了，那些体制一般被称为极权主义"①（177）。在《儿童历史书》中，这一点就已很清楚（67），内党上台时的意识形态一定与马克思主义相似，但是到 1984 年，马克思主义概念呈现的方式如此程式化、过于简单化，几乎已经面目全非。在描述 20 世纪 40 年代和 50 年代温斯顿过去经历的对社会主义的背叛之时，奥威尔指责了他同时代的人中那些疑似想要转向投靠未来的寡头政治执政集团的人。"新生贵族绝大部分由官僚、科学家、技师、工会组织者、宣传专家、社会主义者、教师、记者和专业政治家所组成……由以垄断工业和中央集权政府所组成的贫瘠的世界造就，并团结到一起。"②（177）

---

①译文参见［英］乔治·奥威尔著，《一九八四·动物庄园》，孙仲旭译，南京：译林出版社，2008 年，第 145 页。
②译文参见［英］乔治·奥威尔著，《一九八四·动物庄园》，孙仲旭译，南京：译林出版社，2008 年，第 145 页。

　　即使不去翻看他的其他文章以求确认，从奥威尔的语气之中即可明白地看出，他并不十分尊敬同时代的官僚、工会组织者、公关专家、记者和政客。事实上，这里我们应该再次认出这种并置的讽刺手法，它使人想起斯威夫特的并置和隐含的等式："律师、扒手、上校、傻子、贵族、赌棍、政客、老鸨、医生、证人、教唆者、讼师、卖国贼等。"斯威夫特的这句话使人想到一篇愤怒而激烈的长篇演说，它启发了奥威尔说出这样的话："你会感到个人仇恨起作用了。"（v.4，253）奥威尔自己在使用这类斯威夫特式的并置时，我们能感受到他对所有同时代的权力追求者的"个人仇恨"。不过，尽管他也有他的追求，奥威尔承认："跟旧时代相应阶层的人们比起来，他们没那么贪婪，更不易被奢侈生活所诱惑，更渴望拥有纯粹的权力，而最重要的是，他们对自己正在进行的行为有更清醒的认识，在镇压反抗方面更有决心。"[①]（177）同时，即使他们的暴政有宗教裁判所以及希特勒和斯大林的极权主义政权为先例，大洋国新的统治阶级比自己的前辈更胜一筹，因为他们已可利用最先进的传媒技术，能够"对其公民持续进行监视"，"在其他信息渠道都已断绝的情况下"，"被置于官方的宣传声浪中"。结果，"不仅是完全服从于国家的意志，而且在所有问题看法上的绝对统一就史无前例地成为可能之事"。[②]（177）当然，在《戈斯坦因的书》中被描绘成20世纪50年代发展成果的那些事物，奥威尔在1948年时把它们

---

① 译文参见［英］乔治·奥威尔著，《一九八四·动物庄园》，孙仲旭译，南京：译林出版社，2008年，第145页。

② 译文参见［英］乔治·奥威尔著，《一九八四·动物庄园》，孙仲旭译，南京：译林出版社，2008年，第145—146页。

看作对不久的未来的威胁。这是为了让人意识到潜在的新兴寡头执政集团的追求是极为危险的，尤其是由于它是前所未有的机会，能使人口保持在"总体"控制之下，包括对思想和感觉的控制。

现在我们触及了《戈斯坦因的书》第一章题为"无知即力量"的中心议题。这一口号指的是双重思想[也称为"思想欺骗""保护性的愚蠢""黑白""受控的疯狂"（controlled insanity）和"精神分裂症式的思考方式"（schizophrenic way of thinking）]所暗示的复杂的思想控制。正如我们所见，温斯顿未被允许阅读这一整章，因为他必须通过亲身经历去探索双重思想的手段。他皈依英社的过程被认为是不完整的，直到最后一幕他才学会实践双重思想。因此，我们认识到，双重思想是《戈斯坦因的书》里面最重要的概念，这一概念处于奥威尔这部关于"极权主义在智识上的含义"（v.4，520）的讽刺作品的正中心。

注　释

[1] 关于苏联新闻界对《一九八四》的态度，参见利奥波德·拉培兹（L. Labedz）1984 年在《文汇》（Encounter）杂志发表的《乔治·奥威尔会活到 1984 年吗？》（"Will George Orwell Survive 1984?"），文中引用了梅洛·斯图尼娅（Melor Stunia）1984 年 1 月 15 日发表在《消息报》上的一篇评论，以及另一篇 1984 年 1 月 1 日发表在《新时代》（Novoe Vremya）上的评论。同时参见收入约翰·罗顿《文学声誉的政治学》（200—210）一书的《"人类的敌人？"：苏联的奥威尔》（"'Enemy of Mankind？'：The Soviet

Union's Orwell"）一文。

[2] 汉娜·阿伦特指出："如果极权主义征服者的行为在到处都像在自己国家一样，那么同样地，他对待自己的人民也会摆出外来征服者的姿态。"她举了几个例子证明"纳粹在德国的行为像外来征服者"（416—417）。（译文参见［美］汉娜·阿伦特著，《极权主义的起源》，林骧华译，北京：生活·读书·新知三联书店，2008 年，第 523 页。——译者注）

[3] 库斯勒的观点可能直接影响了奥威尔确定大洋国无产者的地位。库斯勒 1945 年在《瑜伽信徒和人民委员》中说：

> 无可否认，政治教育是实现社会主义的基本要求。俄国民众确实十分落后，以致用在国内的宣传必须用过于简化的术语进行。那么还能期待一系列竭尽全力但前后全然矛盾的宣传运动会有什么效果呢？很显然结果就是这样：民众被这些热烈的劝诫背后依稀可感的矛盾搞糊涂了，只好相信政治的神秘之处是难以理解的，无条件地使自己的批判能力服从于他们的领导，然后退回到二十五年前他们开始时的那种思想状态中。（136）

至于亚历山大·索尔仁尼琴，他坚持斯大林依靠恐怖、依靠清洗行动给人们带来的持续恐惧，使人们"相信"——即不加质疑、不加批判地接受宣传。

[4] 显然，库斯勒认为布尔什维克党致力于使民众变得残忍，以使其处于党的统治之下。正如他所指出的：

> 不过民众获得了情感补偿。他们被剥夺了判断的权利，但

115

被鼓励去谴责别人；替罪羊被用来宣泄不安与不满；一套全新的独特政治词汇，包括"疯狗""魔鬼""豺狼"和"梅毒病人"，代替了过去政治意见分歧的特点。这一社会主义再教育进程在公开绞刑复活为大众节日的时刻达到了顶峰。四五万人在哈尔科夫审判之后围观绞刑；整个过程被详细摄影记录，包括真实的绞杀过程的特写镜头，之后在整个俄国甚至国外上映。《泰晤士报》（1943 年 12 月 31 日）的特派记者以明显认同和赞成的措辞报道了这一事件，值得引用：

审判本身是教育过程中的一个重要阶段。它不仅以最苛刻的形式满足了对公平的强烈需要，而且告诉挤满集市——德国进行投机买卖与腐败活动的中心——的围观群众和国内那些在行刑后目睹尸体被悬挂了三天的人民：敌人有弱点，而且法西斯性质具有根本的缺陷……有些人为了表达自己对垂死之人的不屑，在那些人喘息时吹口哨。另外的人则鼓起了掌。（*The Yogi and the Commissar*，136—137）。

奥威尔对塞姆（Syme）的辛辣讽刺有其背景，塞姆骄傲地承认自己喜欢"看他们蹬脚的样子……他们的舌头往外伸得很长，颜色发蓝——蓝得发亮。我喜欢看的就是这些细节"（47）。（译文参见［英］乔治·奥威尔著，《一九八四·动物庄园》，孙仲旭译，南京：译林出版社，2008 年，第 36 页。——译者注）

［5］在《斯大林的秘密战争》中，尼古拉·托尔斯泰呈现了一副有说服力的图景，说明斯大林最后通过"相当大的城堡内的特洛伊木马"来打击

西方民主大厦的计划，指的就是西方共产党员、同情者和同路人。据托尔斯泰分析，斯大林意图先利用同情者，然后再依计划除去他们（360—361）。托尔斯泰也提及一批文件，说明斯大林计划在 1946 年实行决定性的措施，之后又将计划推迟到 1951 年。

[6] 参看米哈伊尔·盖勒（Mikhail Geller）和亚历山大·尼克里契（Aleksandr Nekrich）合著的《乌托邦政权》（*Utopia in Power*）第 266—267 页。关于类似帕森斯的公开自贬的例子，我们应该详细参阅哲学家 A.M. 德波林（A.M.Deborin）的案例，他在 20 世纪 20 年代后期成了强烈支持布哈林（Bukharin）领导的机械主义学派的哲学团体的领袖，"德波林主义者强调辩证唯物主义哲学的重要性和完整性，他们的观点相当大的程度上建立在普列汉诺夫（Plekhanov）著作的基础之上"。然而，在 1929 年 9 月 27 日，德波林突然"被指责为犯了'抽象'的、理论脱离实践、哲学脱离政治的错误……德波林公开承认错误，向党表示感激，尤其是斯大林同志'及时阻止他继续错下去！'"[保罗·爱德华兹（Paul Edwards）主编《哲学百科全书》（*The Encyclopedia of Philosophy*），第 2 页、第 164—165 页]。

至于奥威尔所暗示的那种恐惧、自贬和谄媚的奇怪混合体，索尔仁尼琴给了我们一个代表性的例证，就是负责劳动营的前内务人民委员会首脑雅戈达（Yagoda）。当轮到他被捕的时候，

这个杀害几百万人的凶手无法容忍他上面的那个最高级别的杀人犯在最后时刻没有在自己心中找到共同责任感。要是斯大林坐在这个大厅里，雅戈达就会满怀信心地坚决地直接向他请求宽恕："我向您请求！我为您修建了两条大运河！……"

116

据在场者说，这个时刻，在大厅二层楼的一个小窗口后面的屋里，好像是隔着一层薄纱，光线昏暗，有人划着了一根火柴，在点烟的时候，显出了烟斗的影子——有谁到过巴赫奇萨莱（Bakchisarai）并记得这种东方式的花招吗？——在国务会议大厅里，在二层楼高的地方，有一排钉着带有小孔的白铁片的窗户，而在窗户后面是一条没有照明的走廊。从大厅里永远猜不出，是不是有人在那里。汗（the Khan）是不可见的，而国务会议却好像永远是在他亲临之下举行的。根据斯大林的彻头彻尾的东方性格来判断，我相信他一定是在观察着"十月大厅"里演出的喜剧。我不能设想他会放弃观看这个场面，放弃得到这种享受。（411）（［俄］亚历山大·索尔仁尼琴著，《古拉格群岛》（上），钱诚、田大畏译，北京：群众出版社，2015年，第392—393页。——译者注）

[7] 在其他人中，鲁道尔夫·希法亭在1947年发表于《现代评论》（*The Modern Review*）的文章《国家资本主义或极权主义国家经济》（"State Capitalism or Totalitarian State Economy"）中具体讨论了这一问题（338—339）。

第七章

双重思想

正是在"双重思想"这一概念上，讽刺作家与其对手西方知识
分子之间的争论达到了高潮，达到了说服力的顶峰。在其完全成熟
的阶段，双重思想是一种受控制的精神分裂症，由不再具有合法职
能的统治阶级实行，试图说服其他人——尤其是统治阶级自身——
承认他们的重要性。但双重思想代表着对整个思想体系进行有系统
的"篡改"（172），设计来制造极权主义心理所暗示的"错误的世
界观"[①]（172）。双重思想原本是设计来"保持党的神秘性，并防止

[①] 译文参见［英］乔治·奥威尔著，《一九八四·动物庄园》，孙仲旭译，南京：译林出版社，2008年，第140页。

当前社会的本质被看透而有意使其持续下去"①(180)的,它体现了"极权主义在智识上的含义"(v.4,520)的本质,是"任何"极权主义心理都有的"歪曲思想"②(172)。因此,在各个复杂的层面,大洋国的每个人都进行着双重思想,无论是受欺者还是欺人者。

在双重思想中,奥威尔对希特勒德国和斯大林俄国的堕落意识在大脑与心理维度上进行了多维度的戏仿;但更重要的是,他戏仿了西方世界的堕落意识,西方世界纵容极权主义体系兴起、上台进而掌权,或为其进行辩护。事实上,《戈斯坦因的书》暗示,讽刺作家的对手西方知识分子在整个 20 世纪 30 年代至 40 年代面对极权主义心理上升势头时采取了自我欺骗,正是在这种自我欺骗之中,大洋国的双重思想得以孕育。

就像一个携带着孕育过程中所经历的各个进化阶段的醒目标志物的畸形儿,双重思想在"超级思想欺骗系统"③(184)的不同阶段和整个范畴内,体现出一种智识欺骗;这和作为政治评论家的奥威尔观察到的 20 世纪 30 年代到 40 年代的政治体的情况相吻合。

结盟与背叛的小步舞曲

118   大洋国、东亚国和欧亚国在 1984 年表演了一场古怪的结盟与

---

①译文参见 [英] 乔治·奥威尔著,《一九八四·动物庄园》,孙仲旭译,南京:译林出版社,2008 年,第 148 页。
②译文参见 [英] 乔治·奥威尔著,《一九八四·动物庄园》,孙仲旭译,南京:译林出版社,2008 年,第 140 页。
③译文参见 [英] 乔治·奥威尔著,《一九八四·动物庄园》,孙仲旭译,南京:译林出版社,2008 年,第 152 页。

背叛的小步舞曲，要理解奥威尔这么设计的用意，我们应该回忆一下 1933 年至 1945 年"权力政治"（realpolitik）的剧烈摇摆。熟悉这一问题的读者会想起希特勒、斯大林和西方民主国家间的关系在以下五个阶段中的重要转变：

1.1924 年至 1933 年。斯大林主张在全世界进行无产阶级革命，同时拒绝苏联与资本主义民主国家进行任何交流。后者在苏联和西方的左派新闻界被宣布为"邪恶"思想。

2.1933 年至 1939 年。当希特勒逐渐将俄国与西方民主国家视为明确的目标，斯大林却在考虑与其建立同盟关系。此时正值人民阵线（Popular Front）时期，在西班牙内战期间逐渐得势，强调俄国与西方国家合作对付法西斯主义。当然，法西斯主义在苏联和西方的左派媒体都被宣布为邪恶势力。

3.1939 年。通过签订《苏德互不侵犯条约》（Non-aggression Pact），希特勒和斯大林突然变成了与西方民主国家对峙的盟友。事实上，斯大林的确在希特勒针对法国的战役中协助了他。很自然，法西斯主义的罪恶不再被苏联或西方左派媒体视为适宜考虑的问题。

4.1941 年。希特勒进攻俄国。斯大林与西方民主国家成为对抗希特勒的盟友。法西斯主义再次被苏联和西方左派媒体宣布为邪恶势力，这种情况持续到 1945 年"二战"结束。

5. 在共同的敌人被打败之后，盟友再次背叛对方：伴随着互相指责，冷战在苏联和西方民主国家之间拉开了帷幕。（有时双方称呼对方为"法西斯主义者"。）

毫无疑问，历史不可能请讽刺作家用笔写下更为不可抗拒的场

景，以抗衡关于欺骗、背叛和非理性的残暴力量的描写。但是身为
讽刺作家的奥威尔对权力政治主导的事实转移没有多少兴趣，他更
关注这些改变如何影响与自己同时代人的想法。《一九八四》透露
出，讽刺作家真正感兴趣的是人类精神对黑白之间的鲜明对立及其
频繁反转的反应方式。我们看到了大洋国的最终结局：头脑简单地
否定今天的黑正是昨天的白；最终，不仅是黑白之间，而且今天与
昨天之间，所有的区别都消失了。当然，在俄国，记忆的丧失因恐
怖活动而加剧：今天的敌人恰是昨天的盟友，胆敢记住这一点的人
因未能控制自己的记忆而被判十年监禁。但是，无论是在文章中还
是小说里，奥威尔的注意力都集中在这些转变对西方知识分子思想
的影响上。

双重思想与政治现实主义

需要注意到，原本奥威尔对共产党和法西斯主义同情者的意识
堕落表现出同等关注。在1943年，他指责后者自欺欺人地否认20
世纪30年代晚期的法西斯主义威胁：

当人们想到那些年的谎言与背叛，冷酷地接连抛弃盟友，
保守党媒体愚蠢的乐观主义，断然拒绝相信独裁者即战争时，
甚至到了他们公开宣布发动战争的时候都不相信，有产阶级不
认为集中营、贫民窟、大屠杀和不宣而战有什么问题，人们被
迫发现，这些都是由道德败坏和纯粹的愚蠢引起的。(v.2, 366)

奥威尔将这种盲目归咎于"有产阶级"（moneyed class）——即"财产的主人"（lords of property）——的利己主义，因为"到了 1937 年左右，已经无须再怀疑法西斯政权的本质。但是财产的主人早已决定法西斯主义是站在自己一边的，他们愿意吞下最脏臭的邪恶，只要他们的财产受到保护"（v.2，366）。

无论如何，到了 1943 年，奥威尔越来越关注"进步"知识分子潜在的危险，他们不加批判地同情斯大林，认为他是法西斯主义最醒目的敌人。在典型的奥威尔式平衡行动中，他指出："左翼对俄国政权的态度与保守党对法西斯主义的态度极为相似。还有一种相同的原谅几乎任何事情的倾向，'因为他们是我们这边的'。"（v.2，367）

对背叛盟友的行为进行辩解，为针对敌人和那些"不是我们这边"的人的暴行寻找理由，正是身为讽刺作家的奥威尔最关心的根本问题："'现实主义'（过去这个词被称为欺骗）是我们这个时代普遍的政治气氛的一部分。"他说得很清楚，这种"现实主义"不仅是不道德的，而且最终也是毫无作用的，是"不现实"的：

> 如果有出路能离开我们居住的这个道德猪圈，第一步可能是要理解"现实主义"得不偿失，接下来要理解出卖你的朋友，在他们遭受灭顶之灾的时候坐在那儿搓着手，这种政治智慧并不作数。（v.2，367）

作为散文家的奥威尔再三试图说服他的对手，精神欺骗会产生"真实"后果；20 世纪 30 年代晚期自欺欺人的法西斯主义同情者协

120

179

助并支持希特勒获得世界权力；40 年代晚期亲俄左派的自欺，通过各国共产党对整个西方世界的同情者和进步知识分子日益增强的影响力，转化为斯大林和斯大林主义日益增长的权力。[1] 奥威尔的文章流露出他的人文主义信念：否认我们的私人或公开行为具有道德维度是疯狂的，并且这种否认最终会导致自我毁灭。在这种情况下，对手摆出马基雅维利式讽世者（Machiavellian cynic）的态度，辩称理想与道德并非真正重要；换言之，坦克和弹药的数量，即战争的"现实"，才具有决定性作用。相形之下，奥威尔的意思是低估道德责任的重要性与高估对手的力量是密切联系在一起的——这是一种比敌人真正的物质力量更危险的失败主义。所以，"从生存的角度来看，去搏斗但被击败，比不战而降［要好］"（v.2，302）。

奥威尔认为，在其对手的"现实主义"背后是想象力的缺乏。这些对手的自由主义民主传统背景使他们难以想象生活在"总体"控制之下意味着什么。这里，奥威尔在写这部小说之前新近体会到的希特勒对 20 世纪 40 年代早期民主制度的威胁，使他在 40 年代晚期呼吁要处理好斯大林主义威胁的呼声显得尤为迫切。在这方面，他就像一位将军在当前的冲突中打最后一场仗。当他与自己的对手争论 40 年代后期的共产主义独裁会有怎样的后果时，与他对话的这同一个对手曾就是否站起来反对希特勒展开辩论，并声称在法西斯主义与存在缺陷的资本主义民主制度之间并不存在实质差异。正是这同一个对手后来争论投降是不是要比与希特勒决一死战好些，这种"失败主义"基于这样一种假设：认为如果事情越来越糟，人类总能适应外在环境并保持"内在自由"（v.3，159）。奥威尔嘲讽此类见解是"错误的想法"："外头街上的扬声器在大声吼叫，旗帜在房顶飘动，拿着手提轻机枪的警察走来走去，领袖的脸有 4 英尺宽，在每块广告牌上发着光；但是阁楼上政权的秘密敌人可以完全自由地记录下自己的思想——多多少少，这就是他们的想法。"（v.3，159）

在《一九八四》中，奥威尔以令人难忘的力量驳斥这种观点。令温斯顿最痛苦的发现是认识到，在极权主义体系中人们无法再获得"内在自由"，对于内在自我而言已经失去藏身之处；他不得不逐渐放弃写日记的自由，放弃"头颅之内的几立方厘米"和他的"内心"，最终甚至放弃隐含在"梦"这个他最后的避难所之中的自由。

那么，在某种程度上，大洋国的双重思想扎根于政治"现实主义"论争带来的思想欺骗之中，那种"思想欺骗"在可能正确的马基雅维利式借口中寻找表达方式，倾向于为任何形式的权力辩护，尤其是当这种权力是由"我们这边"来运作的时候。

双重思想与意识形态思考

双重思想透露了"思想欺骗"的基本属性，可以通过审视任何正统观念和意识形态所要求的某种特定的智识欺骗来将其进一步缩小。如果再缩小范围，双重思想代表极权主义意识形态所特有的某种"思想欺骗系统"[①]（184）。

122

---

①译文参见 ［英］乔治·奥威尔著，《一九八四·动物庄园》，孙仲旭译，南京：译林出版社，2008 年，第 152 页。

　　在她极有影响力的著作《极权主义的起源》(*The Origins of Totalitarianism*) 中，汉娜·阿伦特指出了会使某种特定意识形态适合一种极权主义体系的三种属性：第一，"宣布它们的总体解释时……倾向于解释的并非'是什么'，而是'变成什么'，凡生者皆死"① (470)；第二，不可避免地应用这种对现在的预测的"铁逻辑"(iron logic)；第三，为了支持意识形态的虚构世界而对现实进行终极否定。

　　正如第五章讨论过的，正是党所宣称的一个"对未来的可靠预测"使党控制了过去和未来，这一想法通过党简洁的宣传口号表达出来："谁掌握历史，谁就掌握未来；谁掌握现在，谁就掌握历史。"② (213)

　　跟随"可靠的预测"这一相同主张而来的是意识形态的"铁逻辑"，它坚信现在的任何事件都必须在一个比我们通过感官来感知的现实"更高"或"更真"的现实框架之中来看待和说明。因此意识形态思考"变得……摆脱了我们凭五官感知的现实，认为有一种'更真实'的现实隐匿在一切可感知事物的背后……并且要求有一种第六感，使我们能意识到它"③ (Arendt 471)。

　　阿伦特所谓的意识形态拥护者的"第六感"，在《戈斯坦因的

---

①译文参见［美］汉娜·阿伦特著，《极权主义的起源》，林骧华译，北京：生活·读书·新知三联书店，2008 年，第 586 页。
②译文参见［英］乔治·奥威尔著，《一九八四·动物庄园》，孙仲旭译，南京：译林出版社，2008 年，第 175 页。
③译文参见［美］汉娜·阿伦特著，《极权主义的起源》，林骧华译，北京：生活·读书·新知三联书店，2008 年，第 587 页。

书》中被描述为党员的"正确的本能"：

> 对党员的要求是他不仅要有正确的思想，而且要有正确的本能。许多他被要求拥有的信念和态度从未被清楚地说明白，而要想说明白，就必然会将英社的内在矛盾之处赤裸裸地揭示出来。如果他天生是个思想正统的人（新话称为"好想者"），他在所有情况下不用想就知道什么是正确信念或者应有情感。然而不管怎样，由于在他的儿童时期对他进行过围绕着"止罪""黑白"和"双重思想"这些新话词语的精心思想培训，他不愿意，也无力对任何方面想得太深入。①（169）

有意思的是，阿伦特也解释说，针对这种"第六感"有一种特殊的"精神训练"，"教育机构提供……意识形态灌输……在纳粹的奥登斯堡（Ordensburgen）里或在共产国际和布尔什维克情报局里……"②（471）这种灌输进去的关于一个"更真实"的现实的信条，事实上否定了我们的感官证据，奥威尔换种说法称之为"好想者""止罪""黑白"，每个说法都体现出作为"保护性的愚蠢"的双重思想的特定方面。在奥威尔对这种暗示在"止罪"之中的愚蠢的描述中，人们仍然可以察觉到他个人对某个恼人的谈话对象的愤

---

①译文参见［英］乔治·奥威尔著，《一九八四·动物庄园》，孙仲旭译，南京：译林出版社，2008年，第149页。
②译文参见［美］汉娜·阿伦特著，《极权主义的起源》，林骧华译，北京：生活·读书·新知三联书店，2008年，第587页。

怒，这个对象就是持政治正统思想的对手，他坚定不移地献身于党的路线，向奥威尔证明：

> "止罪"意味着在即将产生任何危险思想的关头，具有马上停下的能力，如同本能。它包括掌握不了类推、看不到逻辑错误的能力，如果某个最简单的论点对英社不利，就对其进行误解的能力，还有对可能导致向异端思想发展的思绪感到厌烦或者抵制的能力。简而言之，"止罪"意味着保护性的愚蠢。[①]（181）

奥威尔曾举了几个他同时代人中这种"保护性的愚蠢"的例子：保守党用过这种方式，他们有很长一段时间拒绝正视希特勒的真面目，因为期待他能保护他们不受共产主义冲击，进而保护他们的财产；政客，实际上应该说任何为特定政党工作的作家，必须使用这种保护性的愚蠢来进行自我审查，简而言之，即如果他的写作有悖于政治正统思想，那就要及时叫停（v.4，90）。但是奥威尔最常攻击的"保护性的愚蠢"的目标，毫无疑问就是他的对手——左翼知识分子。

再一次，并非只有奥威尔一人对他们的"现实控制"[②]（184）

---

① 译文参见［英］乔治·奥威尔著，《一九八四·动物庄园》，孙仲旭译，南京：译林出版社，2008年，第149—150页。
② 译文参见［英］乔治·奥威尔著，《一九八四·动物庄园》，孙仲旭译，南京：译林出版社，2008年，第151页。

症状做出诊断，阿伦特把这描述为了支持意识形态的虚构世界而彻底否定现实。其他人中，苏珊·拉宾（Susan Labin）的《斯大林俄国》（*Stalin's Russia*）与《一九八四》同年发表，向她的社会主义伙伴发出热切的恳求，强调西方文明正面临危机。拉宾认为，西方知识分子没有看到俄国扩张的危险。尽管出版物中有足够关于奴隶劳动、严刑拷打和对自由的残酷压迫的证据，但他们深爱着意识形态的虚拟世界，选择不去理解俄国内部的真实情况。

在为拉宾的著作撰写的序言中，亚瑟·库斯勒建议采取一种**124**反讽的办法来惩治这种"保护性的无知"：亲俄知识分子应该被判"强制阅读一年"（Labin 1948），什么都不做，只读苏联报纸、苏联小说、苏联劳动法和刑法相关文件，以及党向苏联民众发布的指令。早前在《瑜伽信徒和人民委员》一书中，库斯勒表达了相同的意思，精选了一批上述提及的文件以支持自己的想法（118—134，202—204）。

库斯勒和拉宾都会同意奥威尔的看法：知识分子自欺欺人，他们之所以运用"保护性的愚蠢"，是因为想保持对事业的忠诚。托尔斯泰所引用的让 - 保罗·萨特的例子也许正可以说明此种情形：

> 让 - 保罗·萨特……相信："为了保持希望，尽管有这么多错误、恐怖和罪行，你必须认识到社会主义［如苏联］阵营明显的优越性。"把他这句可叹的结束语搁置一边，这一声明只能意味着：成百上千万俄国人承受"恐怖与罪行"之苦，好过他萨特和他的朋友们抛弃自己的幻想。（287）

奥威尔深知任何事业、任何"主义"、任何意识形态的虚拟世界所提供的情感上的安全感。这是他为什么如此关注我们的自我审查和自我欺骗的原因，这些正是我们为此类安全感所付出的代价：

> 要接受一种正统观念总是要继承尚未解决的冲突……但凡要取得一个全然平易的结论，就必须私下背叛官方意识形态。正常的反应是把这个尚未解决的问题推入头脑的角落之中，然后继续重复矛盾的口号。（v.4，467）

意识形态"铁逻辑"的一致性

阿伦特分析意识形态思维的"铁逻辑"，指出它"展开的那种连续性在现实范围里根本不存在"①（471），奥威尔对所有正统思想所要求的自我审查的观察恰好与阿伦特的分析相一致。奥威尔在他的小说中用心理学术语来考察这种坚硬的一致性的影响力。因此，奥布兰的主张有着无法抵挡的力量，压倒了温斯顿，这是种与身体折磨有着同等力量的铁逻辑。事实上，温斯顿感到那些审问他的人"真正的武器，是残酷无情地对他审讯个没完没了，一小时接一小时，提出迷惑性的问题，让他说出不想说的话，给他设置陷阱，歪曲他所讲的一切，证明他每次都在撒谎和说话自相矛

---

① 译文参见［美］汉娜·阿伦特著，《极权主义的起源》，林骧华译，北京：生活·读书·新知三联书店，2008年，第587页。

盾"^①（208）。

正如阿伦特所指出的，这种铁逻辑的冲击力独一无二，因为"一旦确定了它的前提和它的出发点，经验就不再干涉意识形态思维，它也不能由现实来教导"^②（471）。如果阿伦特是在 1949 年之前就发表了这些意识形态思维的条件，人们可能会说奥威尔的小说就是从多方面对她所下的定义进行图解。比如，当奥布兰声称党的力量超越物理现实的法则，只要他想，他就可以飘起来，因为甚至万有引力法则也毫无作用，或者更恰当地说，连万有引力法则也受党的控制（228）。他说明了意识形态思考者无耻的信心，相信铁逻辑超越了物理现实的法则。但由于《一九八四》的出版早于阿伦特的著作，读者必须承认奥威尔的双重思想符合所有这些对极权主义意识形态的精神动力学极具影响力的观察。[2]

马克思主义辩证法

奥威尔一次次强调，他并不"认为精神欺骗是社会主义和一般左派人士所特有的，或者说在这些人中最为普遍"（v.4，468）。尽管如此，《戈斯坦因的书》之所以戏仿奥威尔时代这些左翼知识分子对手所使用的特定版本的"保护性的愚蠢"，存在两个重要原因。

---

①译文参见［英］乔治·奥威尔著，《一九八四·动物庄园》，孙仲旭译，南京：译林出版社，2008 年，第 171 页。
②译文参见［美］汉娜·阿伦特著，《极权主义的起源》，林骧华译，北京：生活·读书·新知三联书店，2008 年，第 587 页。

首先，奥威尔感到左派被一个决定性的问题所误导，"几乎所有英国左派都被驱入一种境地，接受俄国政权在这个国家是'社会主义式'的。因此就出现了一种精神分裂的思维方式，像'民主'这种词可以包含两种互不相容的意义，而像集中营和大驱逐（mass deporation）这类事可以同时既是对的又是错的"（v.4，466）。我还认为，在奥威尔的时代，马克思主义辩证法的"黑白"模式引发了他那讽刺性的想象力。正是带着这种愤怒的魅力，他追随马克思主义辩证法的迂回曲折——斯大林在 1931 年就已将这一原则宣布为苏维埃哲学和政治思想的"科学"基础。结果，辩证唯物主义的应用成为第三国际的各类通讯和这一时期由（和为）进步知识分子所发表的政治文学的基本特征。

阿伦特将"辩证法逻辑"解释为一种过程，"从命题（thesis）通过反题（antithesis）走向合题（synthesis），随即又变成下一步辩证运动的命题；第一个命题变成前提，它在意识形态的解释中的有利之处是，这种辩证手法可以将实际矛盾解释为一种一致的、连贯的运动的各个阶段"[①]（469，重点为作者所加）。

20 世纪 30 年代，奥威尔多次显露出被马克思主义理论家所触怒的迹象，他们为了支持理论而忘记了工人们的困境。在《通往维根码头之路》中，他饶有兴趣地挑出理论家对辩证唯物主义的先入之见："至于马克思主义哲学性的一面，那三个神秘的实体：正题、

---

①译文参见 ［美］汉娜·阿伦特著，《极权主义的起源》，林骧华译，北京：生活·读书·新知三联书店，2008 年，第 585 页。

反题、合题之类的豌豆顶针把戏①，我从没见过有哪个工人对它有哪怕一丁点儿兴趣。"②（*RWP* 176，重点为作者所加）在同一部作品中，他认为左翼知识分子不应该专注于"正题、反题、合题"，而应该专注于减少人间悲惨之事：

> 社会主义运动来不及形成辩证唯物主义者的同盟，它必须成为受压迫者反抗压迫者的同盟……少谈些"阶级意识""剥夺剥削者""资产阶级思想"和"无产阶级团结"，更不用提正题、反题、合题这神圣的三姐妹③，多谈谈公平、自由和失业者的困境。④（RWP 220，229，重点为作者所加）

奥威尔对辩证唯物主义的愤怒无疑与他对抽象概念和理论思维僵化整体上的不信任有关。但更进一步说，他将建立矛盾及之后显示其"互相贯通"、向对里面转化的整个过程视为"豌豆顶针把戏"或知识分子用来欺骗他人和自己的"黑白"把戏。跟奥威尔一样，加缪也谴责他所谓的"辩证法奇迹……将总体奴役称为自由的

127

---

① 豌豆顶针把戏（a pea-and-thimble trick）：一种游戏，拿三粒豌豆和三枚顶针作为工具，豌豆在顶针中来回转移。后发展出"三杯魔球"魔术，工具换为小球和杯子或碗，与中国传统戏法"三仙归洞"相似。此处指正反合三题任意改变来换去。

② 另有译文可参考 [英] 乔治·奥威尔著，《通往维根码头之路》，郑梵等译，武汉：华中科技大学出版社，2016 年，第 196 页。

③ 此处奥威尔玩弄了语言游戏，因正题（thesis）、反题（antithesis）、合题（synthesis）三个词均以"-sis"结尾，被奥威尔戏称为"姐妹"（sisters）。

④ 另有译文可参考 [英] 乔治·奥威尔著，《通往维根码头之路》，郑梵等译，武汉：华中科技大学出版社，2016 年，第 253、261 页。

决定"（"Prophecy" 230）。

奥威尔以更日常化的表现方式将辩证唯物主义的"黑白"解释为第三国际用来澄清俄国外交政策中出其不意的矛盾之处的手段。奥威尔用其特有的方式轻描淡写地指出，因为苏联"在外交政策上不如其他超级大国那样严谨周密"，第三国际承担着繁重的任务，要说明斯大林的外交政策中的每个曲折为何是同一辩证进程的一部分，是走向社会主义的同一不懈征程的一部分：

> 同盟国和前线的变化之类，只有作为权力政治游戏的一部分才说得通，必须用国际社会主义的术语进行解释，为其辩护。每当斯大林变更合作者，"马克思主义"就必须被打造成一种新的形态。这就使"路线"上突然而剧烈的变化，对党的文献资料的系统性破坏等成为必要。（v.1，563）

作为例证，奥威尔指出，第三国际关于 1930 年至 1935 年苏联与西方的关系的宣传中出现了急剧变化：

> 显然，希特勒的三大攻击目标是英国、法国和苏联，这三个国家被迫形成一种不稳定的邦交关系。这意味着英法共产党员有义务成为好的爱国者和帝国主义者——也就是去保卫在过去十五年中他们一直攻击的那个对象。第三国际的口号突然间从红色变成了粉色。"世界革命"和"社会法西斯主义"让位于"保卫民主"和"阻止希特勒"。（v.1，563）

　　显然，比盟国间事实上的变化更让奥威尔愤怒的是第三国际从根本上否认有变化发生，假装尽管存在事实上的变化，但斯大林的外交政策仍然应该被视为朝社会主义发展的"一种相同而持续的运动"。

　　在历史和党的路线上又发生了三次重大转移之后，奥威尔在1946年更为急迫地回到了这一点上。这次他强调党所代表的所谓"辩证"的事物，是一种对思想进程的破坏，会导致对诚实、创新思想的阻碍：

> 　　极权主义的新动向是：它的学说不仅是不可挑战的，而且是不稳定的。这些学说必须被接受，违者将遭天谴，但另一方面，它们总是会片刻间就发生改变……现在政客要进行此类改变很容易：对作家来说则有些困难。如果他必须在恰当的时刻改变其忠心，在自己最为个人的感觉方面，他就必须撒谎，抑或完全克制。无论是哪种情况，他都得摧毁自己的活力。（v.4，89）

128

　　事实上，奥威尔觉得，"辩证"导致了"黑白"的疯狂，因为它意味着"我们每年都必须改变自己的思想，有必要的话，每分钟都得改变"（v.4，186）。道德败坏和精神不平衡是同时发生的，"根据此时的政治需要，任何美德都会变成恶习，而任何恶习都会变成美德"（v.4，186）。

心理防御机制

在讨论极权主义心理的特征时，奥威尔注意到双重思想的心理层面。在过去，"真信者""会在同一个思想框架中度过一生……而现在，由于极权主义，正好相反的方式才是事实。极权主义状态的特殊性在于，虽然它控制思想，它不会修正思想。它建立毋庸置疑的教条，然后每天加以修改"。结果，"真信者"的"情感生活、他的爱憎，在必要的时候被要求在一夜之间完全自我颠覆"（v.3，163）。

在这一点上，奥威尔对极权主义心理的戏仿抵达了下一个维度：双重思想也说明"真信者"的独特心理，他们要对付知识混乱造成的焦虑，就不得不发展出种种心理防御机制，比如压抑和过度补偿。

可能与奥威尔毫不相关，卡尔·荣格也对极权主义心理提供了一种相似的诊断。首先，荣格把极权主义定义为宗教本能的错位，"国家取代了上帝，这种现象便是为什么说独裁是一种宗教，而国家奴役则是一种崇拜的根本原因"①（"Undiscovered"360）。但是，荣格觉得：

129　　　　倘若不是由于个人心中已经对上帝有所怀疑的话——其

---

①译文参见［瑞士］荣格著，《未发现的自我》，张敦福等译，北京：国际文化出版公司，2001年，第16页。

实这种深藏个人心中的怀疑一旦出现就会立即受到压制，以免它与日趋流行的群众心理态势发生冲突——那么宗教的功能就根本不可能为这种取代方式所混淆、所篡改。这里，常常是用狂热和狂信给予过分的补偿，狂热和狂信就成了足以扑灭哪怕是微不足道的对立思想的有效武器。[①]（"Undiscovered" 360，重点为作者所加）

在阐明双重思想的心理效果时，奥威尔通过汤姆·帕森斯（Tom Parsons）这个次要人物描绘了"深藏个人心中的怀疑""压制"和"过分的补偿"之间的联系。帕森斯是所有真信者中最狂热的一个，他被女儿告发在睡梦中说过"打倒老大哥！"这件事直指真信者内心最深处的矛盾感受。为了"爱"老大哥，他不得不压抑自己对仁爱部的意识——这个地方强烈地提醒着他老大哥的残酷无情。由于他知道自己受到监视，随时可能因非正统思想而遭受惩罚，他对老大哥的憎恨与恐惧必须压抑起来、伪装起来，甚至是对他自己。结果，他也采取了过度补偿，重复党的口号，以说服自己相信他爱老大哥。

布鲁诺·贝特尔海姆[②]分析了希特勒创造焦虑的方式和德国人民发展出的处理焦虑的防御机制，他为帕森斯的双重思想心理动力机

---

①译文参见［瑞士］荣格著，《未发现的自我》，张敦福等译，北京：国际文化出版公司，2001年，第16页。
②布鲁诺·贝特尔海姆（Bruno Bettelheim，1903—1990），奥地利裔美国心理学家，儿童自闭症经典研究先驱。著有《极端情境中的个人和群体行为》（1943）、《空虚的堡垒》（1967）等。

制提供了更深的洞察。贝特尔海姆富于启发的分析也使我们体会到奥威尔创作中进行提炼的能力——在帕森斯的故事中，他通过对次要人物的自然主义描写，揭示出复杂的心理—政治学现象。

贝特尔海姆解释道，为了加剧焦虑，纳粹引入了未知元素。当"报纸上的通告很早就使所有人意识到集中营及其惩罚性的特性……但了解不到细节信息……这也许解释了为什么集中营不止是对反对政权的人具有威胁性，甚至连那些从不触犯即使是最小的规定的人也对此感到恐惧"（278）。

国家进一步加剧焦虑，在那种惩罚性的"'行动'中……几乎总是惩罚一些法律并未禁止的行为。对国家来说，只要它想通过任何法律，就能轻易做到。但这并非'行动'的目的。他们并不倾向于惩罚僭越行为，而是更倾向于强迫所有的国民做国家希望他们做的事情，并且要出于自己的意愿来做"（Bettelheim 279）。此处奥威尔也切中了要害：当温斯顿打开他的日记本，他的焦虑因为做这件法律并未禁止但又可被判死刑的事情而加剧（10）。而且，帕森斯也因不确定自己的"罪行"是否会被判死刑而更感苦恼。贝特尔海姆指出，使国民陷于不确定性之中正是法西斯国家的策略，这样人们就会因"完全认同国家"、认同侵略者而被迫"期待"（379）会发生什么。这就是说，国家得以成功地完全控制人民，依靠的是使人民陷入无法缓解的焦虑，他们只能通过各种形式的心理防御机制，那些奥威尔在双重思想中所定义的"保护性的愚蠢"和"止罪"等形式，才能对付这些焦虑。

虽然帕森斯是真信者实行"止罪"最狂热的代表，但在睡梦之中，即使是他也会流露出自己压抑住的对所崇拜偶像的恐惧和憎恨。当然，我们无法确定帕森斯是否真的犯了他被指控的"罪行"，因为我们恰好知道他的女儿——间谍运动中野心勃勃的成员——先前为了证明自己的警惕性，曾告发过无辜者。但无论他是否真的在睡梦中（当内在审查放松警惕的时候）说过"打倒老大哥！"这话，他当然是熟悉做这种事的诱惑的。结果，像他这样的真信者，现在想让自己被清洗掉。他宣称"我当然有罪"（201），并愿意接受惩罚，净化掉"深藏个人心中的怀疑"："我很高兴在我还没有进一步往下发展前，他们就抓到了我。你知不知道到法庭上我会怎么跟他们说？'谢谢你们，'我会说，'谢谢你们及时挽救了我。'"①（201）

宗教心理与政治狂热

但真信者"深藏个人心中的怀疑"是否是荣格所谓的宗教本能"错位"的结果？或者是像奥威尔那样把这种深藏个人心中的怀疑视为宗教经验的真正根本？

关于双重思想的心理基础，奥威尔将它定义为建立在一种根本性的矛盾心理之上，这种心理状态会使奥威尔文章的读者回想起在他回忆求学岁月的《如此欢乐童年》（"Such, Such Were the Joys"）一文中写到的一件重要的事。这篇文章中，奥威尔写到了自己孩童时代对专制权威的感受，在他看来，这种专制权威是由圣

131

---

①译文参见［英］乔治·奥威尔著，《一九八四·动物庄园》，孙仲旭译，南京：译林出版社，2008年，第165页。

塞浦里安学校（St. Cyprian）的校长夫妇所代表的。他回忆起自己被焦虑支配后认同了侵略者的需求。在描述自己与他视为由上帝所代表的专制权威的对抗时，他使用的词汇几乎完全相同。首先，他描写了由"口头讲的道德"和"心头想的事实"之间的冲突所引发的矛盾情绪，导致一种弗洛伊德和荣格都描述为"过度补偿"的古怪的情感反转，一种"恨转化为谄媚的爱"（v.4，401）的心理防御机制：

> 在我内心中，我的自我总是觉醒的，在向我指出口头讲的道德与心头想的事实是彼此不符合的。在所有的问题上都是如此，不论是今世的还是来世的。以宗教为例。对于应该爱上帝，这一点我不怀疑。一直到 14 岁左右，我都信奉上帝的，而且相信关于他的记述都是真实的。但是我也很清楚，我并不爱他。相反，我恨他。[①]（v.4，412）

我们知道，奥威尔写下童年往事之时，已经完成了《动物庄园》，正在进行写作《一九八四》的思考和准备过程。这就是说，问题不在于是否孩童时期的奥威尔的确这么早就对"双重状态"（Brancher 30）[3] 和双重思想的矛盾心理有所洞察；但这已足够说明在 1947 年写作《一九八四》的时期，基于这一认识，奥威尔看到心理上的矛盾情绪与宗教有关。如果上帝是一个让人恐惧的暴

---

① 译文参见［英］奥威尔著，《奥威尔经典文集》，黄磊译，北京：中国华侨出版社，2010 年，第 375 页。

君，那么他怎么能够同时使人爱他呢？对奥威尔来说，假装爱一个令人恐惧的对象是十足的虚伪。因此，他解释说，作为一个孩子，他同情该隐、耶洗别、哈曼以及其他所有在《旧约》中被视为反叛者以及看似被错误施压的人。[①] 在这种情况下，无论奥威尔的童年回忆是否确切，重要的是，对于 1947 年的奥威尔来说，"整个宗教问题似乎充满了与心理学格格不入的事。例如，书上告诉你要爱上帝和畏上帝，但是你怎么可能爱一个使你畏惧的人呢？"[②]（v.4，412）

奥威尔所表达的这种"与心理学格格不入"的事，对于我们理解大洋国里他称为双重思想的精神状态非常关键。既然你无法爱一个使你畏惧的人，那么你就不得不对自己的感受撒谎，甚至是对自己。奥威尔问到同时既爱上帝又畏上帝时感到深深的矛盾，这种"心理事实"显示出，对他来说，这种矛盾情绪的源头与卡尔·荣格的观点极为不同。荣格断定这种矛盾情绪的根源在于宗教本能的"错位"，即在于对人类或者取代上帝位置的国家的崇拜。相形之下，对奥威尔来说，双重思想反映出宗教经验本身根源处的矛盾情绪。

132

---

①该隐（Cain）、耶洗别（Jezebel）和哈曼（Haman）均为《圣经·旧约》中的人物。该隐为人类祖先亚当和夏娃所生的长子，杀害了弟弟亚伯，被上帝惩罚，带着犯罪的记号在大地上流浪，事见《旧约·创世记》。耶洗别为以色列亚哈王的王后，大肆进行异教崇拜，迫害上帝的众先知，后被从窗口扔下去摔死，事见《旧约·列王记下》。哈曼，波斯宰相，意欲消灭波斯境内犹太人，后因阴谋被王后以斯帖揭穿而被绞死，事见《旧约·以斯帖记》。
②译文参见 [英] 奥威尔著，《奥威尔经典文集》，黄磊译，北京：中国华侨出版社，2010 年，第 376 页。

那么，在这一点上，奥威尔非常接近弗洛伊德。弗洛伊德认为，爱恨之间的这种矛盾情绪，正是我们童年时代对强大的父亲的感情以及最终对天父的宗教感情的特征（Freud v.20，68）。

双重思想和讽刺作家的对手

事实上，针对那些"进步"对手，奥威尔最为讽刺的观点是他关于马克思主义辩证法与一个早已逝去的时代的宗教神秘主义思维模式之间令人不快的相似性的观点。斯大林在 1931 年 1 月 25 日所颁布的法令是苏维埃哲学史与政治思想史的转折点，因为它辩证唯物主义宣布作为"科学"思考的中心原则，将成为具有最高权威的思考方式，不仅指导自然科学，而且包括文学、音乐、绘画、哲学，当然还有政治思想。在这一法令中，"对立面的冲突与互相渗透的法则被坚持作为辩证法的基本法则，以区分'真正'的马克思主义哲学与庸俗的机械唯物主义"（Edwards 164—165）。偏离党对辩证法的定义相当于被指控为"理想主义"、追随宗教信仰、信仰超自然力——即迷信——这是最严重的违反党的科学原则的罪行。《戈斯坦因的书》反复提及党"玩弄意识的伎俩"（183），"对立面的奇特联系"①（184），"在一个人的脑子里，同时拥有两种相互矛盾的信念，而且两种都接受"②（183）的能力，多次提及马克

---

①译文参见〔英〕乔治·奥威尔著，《一九八四·动物庄园》，孙仲旭译，南京：译林出版社，2008 年，第 152 页。
②译文参见〔英〕乔治·奥威尔著，《一九八四·动物庄园》，孙仲旭译，南京：译林出版社，2008 年，第 151 页。

思主义辩证法。

不过,通过把辩证法的实行法则定义为对立面在两极分化
后的统一——"因为只有通过调和矛盾,才能永远保住权力"①
(185)——奥威尔呈现了一对醒目的类比:辩证唯物主义是党极
力鼓吹为"科学"方法化身的思想方法,用以一劳永逸地彻底摧毁
"理想主义"这个危险的敌手。不过,党的辩证法模式,对立面的
两极分化及其统一,也处于宗教神秘主义这个神秘辩证法模式的正
中心。而且,奥威尔带着反讽意味指出,党员在运用马克思主义辩
证法的"黑白"时的宗教热情,的确是回到了中世纪的神秘信仰。

此处,加缪再次肯定奥威尔的意见,他认为真信者的信仰
在党内扮演着同样的角色,因为"圣依纳爵②的精神修炼中所
定义的信仰是:'为了永远不犯错,我们应该随时准备好,要
相信我看到的白的其实是黑的,如果教会是这么进行定义的'"
("Prophecy" 238)。奥威尔对"黑白"概念的另一个有趣的说明
出自斯大林的一个受害者尤里·帕塔科夫(Yury Patakov),他是
第一个被驱逐出党的人,"然后在向斯大林投降以后被'驱逐',最
终在 1938 年遭斯大林处决"(Geller 289)。在遭处决之前,帕塔
科夫给他的知识分子地位下了个定义,确认了奥威尔和加缪所指出
的辩证唯物主义的"黑白"和宗教神秘主义的"黑白"之间的关
联:"是的,"帕塔科夫承认,"在我以为看到的是白色的地方,或

133

---

① 译文参见 [英] 乔治·奥威尔著,《一九八四·动物庄园》,孙仲旭译,南京:译林出版
社,2008 年,第 152 页。
② 圣依纳爵(Saint Ignatius Loyola,1491—1556),即依纳爵·罗耀拉,西班牙贵族,天主
教耶稣会创始人。

仍会看到白色的地方，我将看到黑色，因为对我来说在党外或除了与党保持一致以外，就不存在生活。"（Geller 289）这个过程被《戈斯坦因的书》定义为双重思想的"黑白"一面："而用在党员身上时，它的意思是在党的纪律要求如此时，要出于忠诚的意愿去颠倒黑白。但它同时还意味着相信黑就是白这种能力，而且不止如此，知道黑的就是白的，然后忘记他曾相信黑就是黑，白就是白。"①（182）

一位讽刺作家偶尔会在逻辑上翻个筋斗，以向读者说明他们在其行为或智识方面上离逻辑和理智领域有多远。就像梅尼普讽刺体（Menippean satire）的妙举，双重思想概念代表了一个讽刺大师的技巧：连翻两个筋斗，双重讽刺手法。大洋国实行的双重思想向"真信者"——讽刺作家的对手——显示了他的"思想欺骗"所带来的灾难性后果，他容忍过程中的曲折，权力政治中突如其来的动荡，使它看起来成了通往社会主义的康庄大道。20 世纪 40 年代的自欺已经变成一个"超级思想欺骗系统"②（184），一个精神分裂的"受控的疯狂"③（185）体系，成了 1984 年可怕的非理性统治。《戈斯坦因的书》也戏弄了"黑白"原则中暗含的"思想欺骗"，这种"思想欺骗"使表面上受了启蒙的进步知识分子得以舍弃作为自主的个人所具有的理性和道德诚信，放弃现代精神的批判和经验主

①译文参见［英］乔治·奥威尔著，《一九八四·动物庄园》，孙仲旭译，南京：译林出版社，2008 年，第 150 页。

②译文参见［英］乔治·奥威尔著，《一九八四·动物庄园》，孙仲旭译，南京：译林出版社，2008 年，第 152 页。

③译文参见［英］乔治·奥威尔著，《一九八四·动物庄园》，孙仲旭译，南京：译林出版社，2008 年，第 152 页。

义属性，回到对教条狂热的中世纪式的遵从——这一切都在党的"科学"原则名义之下进行。

但奥威尔此处并不满足于以单一讽刺手法来证明对手受误导的态度如何在非理性的统治中找到答案。如果我们认识到党并未通过非理性实现真正的完全统治，在它的疯狂中还存在方法，那么连翻两个筋斗，即双重讽刺手法，就变得一目了然。在刚开始的 20 世纪 40 年代，"思想欺骗"的迂回曲折因权力政治中的波动而成为必需；到 1984 年的时候，世界僵化成以三大固若金汤的权力集团的形式出现的后历史形态，权力政治已经再无借口，更不必说其快速的波动。这时，党有意引入战争的"骗局"，以便"发明"权力政治中的变动，继续编造谎言。事实上，所有事件都是为了展开一系列仪式化的谎言、接受为解决的冲突而设计的，用以迷惑民众，"混淆［他们的］现实感"①(184)，强调他们将党视为集体理性、记忆和意识来信仰的必要性。这就是为什么"官方意识形态中充满自相矛盾之处，甚至有时也看不出有什么实际原因需要这样"②(184)。作为斯大林、希特勒和宗教裁判所极具天赋的学生，大洋国的内党在运用 20 世纪 40 年代已经小规模实行的洞见方面，取代了所有的老师：党对放弃理性和常识的要求越是强烈，这种放弃之中生出的信仰也会越发强烈。最终，在奴役民众的实际政治理由之外，这是党坚持战争"骗局"和设计好的改换敌友最重要的原因。

135

---

① 译文参见［英］乔治·奥威尔著，《一九八四·动物庄园》，孙仲旭译，南京：译林出版社，2008 年，第 152 页。
② 译文参见［英］乔治·奥威尔著，《一九八四·动物庄园》，孙仲旭译，南京：译林出版社，2008 年，第 152 页。

党认为引入这些变化以使自己能够否定它们。通过参与能使自身永久存在的谎言和冲突的仪式，党的真信者被要求否定自己的记忆、常识和理性——这些否认变成了能使自身永久存在、自我更新的信仰行为。双重思想这一最为复杂的思维体系的目的，是使人们彻底放弃思考。练习"双重"思考意味着反复彻底放弃思考的权利，并在这一过程中制造愈加狂热地对错误的信仰。

奥威尔将他的对手对党的信仰和中世纪真信者对教会的信仰进行类比，这有重要的讽刺作用。这一类比预言了一幅难忘的景象：成为恶魔世界的大洋国被狂热的"世俗宗教"唤醒而得以复活。

注　释

[1] 根据尼古拉·托尔斯泰的看法，"无论英国人和美国人多么正面地看待战时的苏联，斯大林并不觉得他可以允许事态发展下去。他不信任自己的盟友，尤其是丘吉尔（Churchill），必须在任何情况下都清醒意识到自己的战后目标在变得清晰以后引起西方对抗。来自左翼的同情非常有用。的确，在某种程度上，秘密的共产党员或同情者比正式党员更有价值。但是对于贝利亚（Beria）的军械库而言，西方共产主义的'第五纵队'是件太过重要的武器，不能听之任之，但斯大林又无法完全信任自由生活在他的领土之外的外国共产党员"（328）。

据托尔斯泰所说，斯大林在这里表现的态度极为心狠手辣：

　　苏联现在必须积聚力量进行最后的战斗，获得属于自己的原子弹，并在国民中维持铁的纪律。正如贝利亚军械库的副手，国家安全部长维克托·阿巴库莫夫（Victor Abakumov）1945 年夏天在维也纳附近欧洲占领区的苏联内卫军总部向一群特种部队军官（SMERSH）所解释的那样："斯大林同志曾经说过，如果我们无法迅速完成这一切，英国人和美国人就会消灭我们。毕竟，他们有原子弹，跟我们比有强大的工业优势……我们运气好……英国人和美国人对我们对态度还没有从战后的初恋状态中走出来。他们梦想着最后的和平以及为全人类创建一个民主世界。他们貌似未意识到我们才是将要建设新世界的人，而且我们的事业不需要他们的自由民主配方。他们垂涎的新世界最后都会落进我们手里，我们应该为此感谢他们，在新世界里用燃煤的火焰感谢他们。我们要把他们赶尽杀绝，把他们赶到永远想不到的绝境。我们要从内部扰乱他们、腐化他们。"（329，重点为作者所加）

托尔斯泰还提供了大量资料，证明苏联内务人民委员会在英国和美国为主的地区部署的人员和财政资源，以及寻找愿意为苏联从事特工工作的知识分子："目标主要是破坏西方进行抵抗的士气和意志，获取军事和工业信息，以及颠覆高级或关键政府人事部门。"（329）

[2] 感谢丹尼斯·罗哈廷（Dennis Rohatyn）教授向我指出奥威尔可能读到过阿伦特 1948 年在《党派评论》（*The Partisan Review*）上发表的一些章节。当然，我们没有证据证明事实是否如此。在我看来，双重思想的概念是一个聪明的讽刺手法，极有可能是深思熟虑的结果，奥威尔在整个 20 世纪 30 年代及 40 年代非常沉迷对内在于政治语言的智识欺骗进行观察，而这正是其提炼。他对双重思想的不少洞见恰好与阿伦特、塔尔蒙（Talmon）、卡尔·波

普尔（Karl Popper）和亚瑟·库斯勒等人的许多意见一致，这更加肯定了而非损害奥威尔的讽刺杰作（tour de force）。双重思想将一个复杂的政治—心理现象的不同方面浓缩进一个广大读者能够立即领会的文学巧思中。

[3] 对希特勒和斯大林的方式所做的历史分析往往对有法（law）和无法（lawlessness）的奇特混合加以评论。正如卡尔·迪特里希·布拉契（Karl Dietrich Bracher）所注意到的：

> 极为随意的行为和显然很适当的进程正好一致，外在看来也是既合情合理又合乎宪法，这些是希特勒主义和斯大林主义的共同特征。秩序与混乱，稳定与革命，都结合在极权主义的"双重状态"之中。（30）

事实上，奥威尔对自己在圣西浦里安学校度过的时光的分析非常明显地受到了他对极权主义政权的分析的影响。因此，他把自己的游动性焦虑（floating anxiety）和负罪感描述为"也许是最为强烈的，因为我不知道自己做了什么"（v.4，403）。

当然，这种精神状态也预示了温斯顿在购买日记本时的焦虑，这一行为可能被判强制劳动或死刑。奥威尔很成功地描写了这种"双重状态"，这正是以精神控制为目标的极权主义体系的显著特征。

第八章

恶魔世界大洋国：对撒旦式反对者的迫害

《一九八四》的许多读者都注意到书中明显存在宗教典故和意象。这也是奥威尔难题的又一次显著表现，不同批评家赋予了这一现象全然不同的意义。比如，伯纳德·克里克认为宗教典故事实上会使读者产生困惑，因为"对天主教的直接讽刺模糊了"对极权主义的讽刺"焦点"。"教会也许有一些极权主义的倾向，但奥威尔说这就是极权主义。所以对全部权力的讽刺在极权主义权力和独裁统治之间摇摆游移，而我们把天主教单独挑出来放在随后的类别中进行讨论"（"Introduction" 30）。在分析奥布兰所说的"我们是权力的祭司"这句话时，克里克返回到反对的立场："这有些令人困惑，权力和神职统治的例子——教会——对奥威尔而言，当

137

然不是现代世界最重要的例证，但在他使用的意象中不断浮现。"
（"Introduction" 52）

毋庸置疑，教会并非极权主义在现代的最佳例证。它不是奥威尔的靶子：它只是讽刺攻击的手段和方式。党与天主教会的类比在奥威尔的所有文章中经常出现，被用作揭去党的"真信者""科学"与"理性"伪装的策略："在 1935 年至 1938 年，对所有 40 岁以下的作家来说，共产党有着几乎无法抵挡的吸引力。听说某某人'加入了共产党'变得很常见，就像几年前罗马天主教流行的时候，听说某某人'领圣体了'一样。"（v.1，562）奥威尔的对手对党的谄媚很像"真信者"对教会的感情，正是在与他们展开争论的过程中，奥威尔选择要去证明共产党俄国、纳粹德国和中世纪教会（尤其提醒注意宗教裁判所的行为）在方法上的相似性。

138　　我们已经习惯看到优雅而明智地使用讽刺这把双刃剑的文类运用大师。比如，当格列佛想要用 18 世纪文明的复杂多样打动慧骃国的主人时，他吹嘘现代战争是不可思议的，它能够以史无前例的速度制造痛苦、带来毁灭。主人无法相信格列佛所描绘的暴行，断定他说的事属于"子虚乌有"。读者们应当如何回应这两个反对者？当然，我们被期待对二者同时报以微笑。格列佛显然对错误的事情感到自豪，而主人厌恶人类复杂的破坏方式，显然比格列佛高明。同时，他只因自己从未见过就否定他未曾目睹之事物的存在，主人也由此泄露了自身的纯真无邪和想象力的缺乏。斯威夫特讽刺作品的那些老到的读者会逐渐认识到这样一个事实：格列佛的立场是错误的，但这并不意味着他的对手的立场就是对的。

不过，奥威尔的讽刺往往不是同时攻向两个方向，而是三个方向。通过在斯大林俄国、希特勒德国和中世纪教会这些"对立面"之间不断制造类比，奥威尔创造了一种火花四溅的局面。出于完全不同的理由，这里提到的三个反对者中的每一个都会羞于被发现与其他两个中的任何一个为伍，更不用说被拿来做比较。因此讽刺作家激活了一整串尖刻的话语；不过，如果我们记得根本的修辞语境，这部讽刺作品最核心的主旨仍然非常清晰。讽刺作家的类比意在使其对手承认，当他原谅斯大林的做法时，他也原谅了希特勒德国和宗教裁判所的恐怖行为。事实上，《戈斯坦因的书》指出，"俄国人对异端的迫害比宗教裁判所还要残酷"[1]（218，重点为作者所加）。有意思的是，克里克教授为什么要反对奥威尔在教会与共产党之间建立类比，虽然在当时这一类比的使用极为广泛。比如，在1950年的《预言的失败》（"The Failing of the Prophecy"）一文中，加缪指出，当党的路线发生急剧变化，在一夜之间僭取了信条的权力，党实行的精神暴政唯有中世纪教会可比，但即使"教会也从未如此离谱地裁决说神圣体现为两位一体，然后又说是四位一体，或者是三位一体，然后又说是两位一体"（233）。加缪的类比与奥威尔的一样，非常精细，而且当他描写正统的马克思主义者"逃到党的永恒之中，就像他之前以同样的方式拜倒在祭坛之前"（230）时，甚至连嘲讽的语气都与奥威尔相似。

139

---

[1]译文参见 ［英］乔治·奥威尔著，《一九八四·动物庄园》，孙仲旭译，南京：译林出版社，2008年，第180页。

在《一九八四》这部对极权主义心理的戏仿之作的上下文中，奥威尔在提及作为机构的教会时，与他想对党进行的多个讽刺方面相一致，即（1）它很可能会维持很长时间，这点很可怕，（2）它的虚伪，（3）它有进行精神暴政的野心，（4）它倾向于使人们退化到中世纪以搜捕和审判女巫来迫害"恶魔"反对者的集体精神病状态。

1. 长时段

这一类比对于帮助解释这部讽刺作品的核心构思非常重要。奥布兰坚持英社体系会在此地长存，大洋国将永存，温斯顿是"最后的人"，最后的"人类精神守护者"（233）。

"俄国共产党"跟教会一样，"必定会发展为一个永久性的统治阶级或寡头政治的执政集团，通过选拔而非出身来招募成员"（v.4，515），在奥威尔的文章中多次指出这一想法。同样的意见在《戈斯坦因的书》中以极强的说服力得到重申："像天主教会这样具有吸纳性的机构，有时会维持几百到几千年……只要它能指派自己的后继者，统治集团就永远会是统治集团。党所关心的不是血统上的永存，而是自身的不朽。"[1]（180）

通过"使自身不朽"，今天的党对明天的党实行精神控制；从这个意义上来说，教会和党都可以说代表了"死者加诸生者"[2]（180）的控制。如果说教会的统治意味着统治集团持续控制异教徒

---

①译文参见［英］乔治·奥威尔著，《一九八四·动物庄园》，孙仲旭译，南京：译林出版社，2008年，第148页。

②译文参见［英］乔治·奥威尔著，《一九八四·动物庄园》，孙仲旭译，南京：译林出版社，2008年，第148页。

和那些质疑宗教教义的"新教徒"，那么党的统治意味着马克思主义教条的死的"文字"控制活的社会主义"精神"。

正如第六章指出的，奥威尔将英社、新布尔什维克主义和死亡崇拜等同起来，这是对他的对手——纯理论派的马克思主义者——的又一次愚弄，嘲笑他们让死的教条控制了活人。我认为，我们也应该把温斯顿和茱莉娅承认"我们是死人"①（188）放在这一语境中进行阐释。他们认为自己"死了"，因为他们属于党，而且永远无法逃离"死者加诸生者"的精神控制。形成对照的是那个在院子里唱歌的无产阶级女人，她显然生机勃勃，生育力强，充满活力。

党的"死亡崇拜"在小说中当然还有另一个同样明显的隐含意义，如果我们回想一下，1984 年能使自身永久存在的恐怖背后的原则正是有计划地浪费和破坏的原则，一个势必死亡又崇拜死亡的文明的原则。毫无疑问，奥威尔把教会看作一个长寿的例子，在其对教义的正统遵循之中有一种麻痹力量扼杀了自由探究。因此，他发现一个对他的讽刺目标来说很合适的手段：党也用麻痹力量来扼杀批评的理智并否定"生命过程"（230）。

2. 虚伪

教会和党之间的类比也成为讽刺作家攻击党的虚伪性的重要手段。奥威尔这样描写一件在他看来典型代表了教会的虚伪性的艺术品："初见之下，它并非一件尤为有趣的艺术品。但后来发现真正

①译文参见 ［英］乔治·奥威尔著，《一九八四·动物庄园》，孙仲旭译，南京：译林出版社，2008 年，第 156 页。

有意思的地方是，十字架可以拆开，里面藏着一把匕首。这真是基督教的完美象征啊！"（v.4，574，重点为作者所加）。在奥威尔看来，教会对隐藏其不可动摇的权力冲动的精神象征和神秘符号的重视，就封印在这幅十字架里藏匕首的装饰图案之中。

通过类比，当共产党和第三国际鼓吹国际间的兄弟情谊以掩盖斯大林对无限权力的野心时，流露出了相同的虚伪。最重要的是，正如《戈斯坦因的书》所指出的：

> 党抛弃并贬低以前社会主义运动中采用的每种原则，而且决定以社会主义的名义这样做。党宣扬要对工人阶级采取轻视态度，这在前几个世纪都未曾有过。党却要求党员穿上制服，那曾是体力劳动者的特别制服，党如此决定正是出于"双重思想"的考虑。党有系统地削弱家庭的稳固性，用一个能直接唤起家庭式忠诚的称呼来称其领导人。[1]（184）

141

（关于领袖的称呼，奥威尔的意思是指，在这一时期党的文件中频繁地称斯大林为人民的"父亲"。）

3. 宗教裁判所的精神暴政

第三个讽刺点是指设计来维护体制的等级制度的精神暴政，而

---

[1] 译文参见［英］乔治·奥威尔著，《一九八四·动物庄园》，孙仲旭译，南京：译林出版社，2008年，第152页。

且奥威尔反复指明，斯大林的秘密警察所用的方式与宗教裁判所具有相似性。在《戈斯坦因的书》（177）和拷问场景（218）中，当奥威尔同时提及宗教裁判所、希特勒德国和斯大林俄国，他的用意已经表达得清楚无误。这三个都被拿来作为内党的榜样，在专制统治方面，内党模仿并超越了他们。因此，奥布兰不无骄傲地说："甚至中世纪的教会以当今标准衡量，也具有宽容性。"①（177）

宗教裁判所与斯大林的秘密警察之间的类比对于我们理解温斯顿接受关于他对"人类精神"的信仰这一重要场景（229—232）是很必要的。温斯顿跟伽利略②一样，认为地球是圆的，绕着太阳转。奥布兰充当宗教裁判官的角色，但即使他是一位受最先进的现代心理学科学知识教导和帮助的宗教裁判官，他仍坚持只有党才有权力来决定地球是圆的还是平的，是不是宇宙的中心（229）。跟伽利略一样，温斯顿最后不得不放弃主张。但与伽利略不同的是，他无法违背自己改变主张的行为；甚至在私下或在"脑壳里区区几立方厘米的空间"之内，他都不被允许保留智识上的怀疑，独立于党的命令之外。当然，在这一场景中，奥威尔的同时代人也会认出，这影射了斯大林"像审判官似的"直接控制当时所有苏联提出的科学、生物学和遗传学理论。[1]

为了防止任何读者错过这一类比，奥威尔多次让奥布兰指出这

---

①译文参见 [英] 乔治·奥威尔著，《一九八四·动物庄园》，孙仲旭译，南京：译林出版社，2008 年，第 145 页。

②伽利略（Galileo Galilei, 1564—1642），意大利数学家、物理学家、天文学家，科学革命的先驱。

一点："你读过以前的宗教迫害。中世纪有过宗教裁判所。"① (218)
然后他肯定自己的观点并进一步发挥："到后来，20 世纪出现了……
德国纳粹和俄国的共产党。俄国人对异端的迫害比宗教裁判所还要
残酷。"② (218)

142　　　奥威尔这里的"玩笑"（并非所有的玩笑都必须有趣或轻松）
对于他与对手的争论非常关键。虽然俄国共产党建立在一个基础
"科学"的意识形态之上，原本意在将思想从宗教专制统治的束缚
中解放出来，但这一意识形态变成了一个更为褊狭专制的宗教，与
过去的任何宗教相比，对自由探究更加充满敌意。虽然这一点在温
斯顿处于困境的背景之下具有极为强大的冲击力，但它本身并非极
富原创性。比如，加缪也注意到这种反讽："历史思想是要使人摆
脱臣服，进入神性的境界；但这种解放要求他彻底臣服于历史进
化……这个时代敢于宣称自己是史上存在过的最为反叛的时代，它
提供了选择不同类型的相似性的可能。"（"Prophecy"）

4. 退化至猎巫（Witch-hunts）的集体精神病状态

最后，奥威尔指出党和中世纪教会都通过将反对者妖魔化以创
造对邪恶事物的痴迷，这时他在二者之间所做的一致类比获得了充
分的动力。讽刺作家的意图又是嘲弄他的"进步"对手，他们通过

---

①译文参见［英］乔治·奥威尔著，《一九八四·动物庄园》，孙仲旭译，南京：译林出版
社，2008 年，第 180 页。
②译文参见［英］乔治·奥威尔著，《一九八四·动物庄园》，孙仲旭译，南京：译林出版
社，2008 年，第 180 页。

容忍斯大林的大清洗，纵容了"从巫术审判中获得生机的军事专制统治"（v.2，170）。

这里，奥威尔在党和中世纪教会之间所做的比较很一致。在教会有意识地追求权力的时期，猎巫流行起来，以增强人们对"恶魔"的恐惧并最终无条件地遵从教会的权威。持续搜捕大洋国"恶魔般的"叛徒、思想犯和外国人的目的在于增强对党的恐惧和敬畏，这影射的是斯大林不断进行的清洗和公审的作用。

温斯顿在仁爱部发现艾朗森、鲁瑟福和琼斯受到了错误的指控，并被迫公开认罪，这直接指向对托洛茨基和其他老卫队成员的错误指控，斯大林打算借口他们是托派分子而将其一并清除。不管他们的真实情况究竟如何，这些替罪羊被指控与当时的敌人串通策划阴谋。因此托洛茨基和所谓的托派分子被指控在 20 世纪 30 年代初期与资本主义敌人策划阴谋；在人民阵线时期与法西斯分子共谋；在 1939 年签订《苏德互不侵犯条约》之后再次与资本主义者密谋。不用说，这些精心设计的指控与强迫的公开认罪都是虚假的。奥威尔暗示说，对所有公正的观察者来说，这本应是极为明显的事实。[2]

143

值得注意的是，比如 1937 年和 1938 年的清洗，并非"主要针对被捕的重要共产党员——事实上没有其他人……在当时被捕的成百上千万人中，党和国家的重要官员不到百分之十"（Solzhenitsyn 70）。所以，恐惧与告发的癔症极度扩散——帕森斯子女告发穿奇怪鞋子的人是外国间谍的事件，证明了集体精神病的荒诞（53）。我们也听说孩子们把市场上老太太的裙子给点着了，因为她拿印着老大哥相片的海报包香肠（58）。从这些事情中，奥威尔暗示出斯大林的清洗行动所制造的集体癔症和中世纪焚巫的集体精神病之间存在相似性。

对讽刺作家来说，指出斯大林的清洗行动与中世纪女巫审判之间的相似性是不可或缺的，他用这一点使读者注意到极权主义心理所特有的强制制造替罪羊的行为。事实上，奥威尔的分析说明，这一看似现代的现象拥有下列中世纪集体精神病的属性：（1）被告被贴上叛徒的标签；（2）"女巫"从未被无罪开释；（3）审讯者以塑造"新人"的名义为严刑拷打辩护；（4）"新人"的模式包括对性的妖魔化；（5）被迫的招供制造了一种幻觉感；（6）任何反对"神圣"事物的专制权威的行为都会被贴上标签，被认为是"恶魔"般的否定了占统治地位的信条。

（1）由于中世纪的女巫和异端者被视为"上帝的叛徒"（Robbins 415），在严刑拷打之下，他们"被迫说出自己的同党。因此一次审判会生出一百次审判。它是一台邪恶的永动机"（Seligman 185）。极权主义体系中对叛徒的审判显示出同样的动力机制，除了在斯大林政权中，即使是恐惧的永动机也被要求以中央计划经济的原则来运转。内务人民委员会被规定了严格的配额，需在规定时间内逮捕特定地区的"叛徒"，并让其招供（Solzhenitsyn 71）。[3]温斯顿在仁爱部获得的智识启示把这种恐怖的"永动机"描绘成权力之神崇拜的核心原则："永远有脸可供践踏，异端分子以及社会的敌人总是存在的，因此可以一次次打败他们，羞辱他们。"①

---

①译文参见［英］乔治·奥威尔著，《一九八四·动物庄园》，孙仲旭译，南京：译林出版社，2008年，第190页。

（231，重点为作者所加）温斯顿在101房间中的经历也教会他这个机器在存在层面是如何运转的。在他喊出"咬茉莉娅！"这句话的时刻，他已经变成了告发与背叛的连锁反应中的一部分。

（2）遵循女巫是"上帝的叛徒"这一前提，一个被指控为女巫的人永远不可能被无罪释放。出自内务人民委员会文件的证据指出："从未有政治被告在苏联获得无罪释放……1945年之前也没有被告以'无罪'抗辩。"（qtd. in Tolstoy 306）[4]奥威尔在艾朗森、鲁瑟福和琼斯的事件上把这个意思说得很清楚：他们在公开认罪之后获释，后来又被逮捕，"从脑袋后面开一枪"，被秘密处决了。最后，在从仁爱部释放出来之后，温斯顿等着自己也被处决；他最后看到的是走在白瓷走廊上，"一个持枪看守在他身后"，领受那颗"期待了很久的子弹"。①（256）

（3）奥布兰意图通过折磨温斯顿的身体以"治愈"他的头脑，毫无疑问，这位"权力的祭司"对此毫无愧疚。他的态度反映出，在清教徒改革（Protestant Reformation）和反宗教改革（Counter Reformation）发生冲突期间，"宗教改革家们所拥有的传教士般的动力对于大规模女巫审判的来临极为关键"（Klaits 4），同时堪比斯大林大清洗期间审讯者意在制造"社会主义新人"的"任务"。[5]

（4）对性的妖魔化与这一新理想的引入同时发生。正是以反对"恶魔般"的偏差行为的名义，16世纪的审讯者"尝试改变行为，重新定义道德标准……［变得］尤为关心被禁止的性行为"（Klaits 4）。

---

①译文参见［英］乔治·奥威尔著，《一九八四·动物庄园》，孙仲旭译，南京：译林出版社，2008年，第211页。

事实上，背离党的规范的性偏差行为也是大洋国的异端邪说最可靠的标志。虽然奥布兰几乎不需要任何证据就能把温斯顿抓进仁爱部，因为任何"思想罪行"都等于是异端邪说，他记录了茱莉娅和温斯顿关系中的所有细节，包括他们会面与性爱的录像。很显然，对性的异端态度是他俩的精神立场最明显的标志，正如在中世纪时的教会眼中，由于"对于性的犹太－基督教式妖魔化"，任何被禁止的性行为类型都"被认为是邪恶的，因而亵渎神圣，应受最严厉的惩罚"（Eliade 90）。伊利亚德描绘了教会对性的抑制态度，又指出《一九八四》的读者会发现奥威尔的策略富于启发：虽然受到迫害，伊利亚德指出，"性生活的神圣性无法彻底根除。因为仪式性的裸露和礼仪式的性交不仅具有强大的巫术—宗教力量，它们也表达了对美好的人类存在的怀念，这符合人类堕落之前的乐园状态"（20）。奥威尔把温斯顿与茱莉娅二人的关系作为小说的人类戏剧的中心，他在二人在黄金乡的初次会面中就指出了所有的关联。

克里克教授质疑奥威尔在一部关于极权主义体系的讽刺作品中加入了"反性联盟的荒唐举动或奥布兰废止性高潮的计划"。他认为，"这些话题是［奥威尔］对我们这个社会在性方面持清教主义的讽刺的一部分，只是间接关系到对极权主义社会的批评"（"Introduction" 120）。这一反对意见忽视了奥威尔对极权主义模式持续的影射。当然，他承认清教主义在英国的源头，但是大洋国在性方面的清教主义显然指的是纳粹分子和布尔什维克（Bolshevik）对待性的方式。他在先前的文章中探索了这一主题，比如指出"英国清教徒、布尔什维克和纳粹分子都尝试禁止化妆"

（v.3，161），发现"希特勒的'理想女性'穿着橡皮布雨衣，这一极为普通的典型将在整个德国和世界其他地方进行展览，但并未出现多少仿效者"（v.3，161）。

事实上，希特勒和斯大林坚持严密控制臣民的性问题，即使这种控制的性质也许已经随着不同时期的国家利益发生了变化。[6] 正如库斯勒在《瑜伽信徒和人民委员》中所指出的，在 20 世纪 30 年代中期，"纳粹德国开始用征收单身税、额外奖金以及其他一切办法以提高生育率，而苏维埃新闻界则与之呼应，貌似合理地嘲笑'将女性贬低为获奖的传种母马'"（159）。之后在 1934 年至 1936 年，斯大林进一步效法德国的榜样。他使离婚在实际生活中无法进行，对堕胎实行极为严格的限制政策，阻止节育，对少于三个孩子的家庭征税，并颁发"光荣母亲"奖章（Carrère d'Encausse 78）。同时，希特勒和斯大林都使家庭为其成员承担法律责任，鼓励孩子为了国家利益告发父母，鼓励配偶间相互告发。极权主义体系[7]意在破坏性与家庭纽带的优先地位，决定将性降低到为国家生孩子的责任、完成一个人"对党的责任"（62）的层次，奥威尔的大洋国对此进行了精确的描绘。

在奥威尔之前以及与他同时代的心理学家和政治思想家也已注意到政治或宗教专制与清教徒式对性的否定之间存在强有力的联系。在《法西斯主义的大众心理学》（*The Mass Psychology of Fascism*）一书中，威廉·赖希①指出，"宗教和专制政治体系

---

① 威廉·赖希（Wilhelm Reich，1897—1957），奥地利心理学家、精神分析学家，精神病学发展史上的最为激进的人物之一，代表作有《性格分析》（1933）、《法西斯主义的群众心理学》（1933）、《性革命》（1936）。

都……提供既反对性又替代性的兴奋",他返回弗洛伊德的观点解释说"每次对生殖满足的抑制都会强化性虐待的冲动"（168）。温斯顿和茱莉娅都理解党将性妖魔化的目的，"禁欲和政治正统性之间有着直接和密不可分的关系，因为党想把党员们的恐惧、仇恨和理智尽失的轻信保持在合适水平，除了抑制某种强烈的本能并把它转化成驱动力，又有什么别的办法？"（118）党蓄意为之，"性压抑［能导致］歇斯底里，这求之不得，因为它能被转化成对战争的狂热和对领袖的崇拜"①（118）这就是为什么"党的目标不仅是阻止男人和女人形成相互忠诚的关系，这种关系可能是党无法控制的，党真正的也是未曾讲明的目的，是让性行为完全没有快乐……因为性欲就是敌人，不管婚内还是婚外"②（60）。

无论针对女巫或叛徒的性指控是否基于真实的犯罪，被告与控告者都承认这一事实：对性的自由态度表达了对教会或党各自的自我理想的反抗。因此，当他发现茱莉娅过去性生活混乱，温斯顿才会感到高兴（112）。

147 　　（5）在刑讯逼供中，我们发现奥威尔在讽刺斯大林的大清洗时所暗示的女巫审判的另一个重要特征。由于难以区分这种招供的本质是真的还是假的，审讯者期待女巫表现出完全的悔罪行为，使指控罪名内化，使被指控者相信自己的供词："与统治者的精神与社会

①译文参见［英］乔治·奥威尔著，《一九八四·动物庄园》，孙仲旭译，南京：译林出版社，2008年，第95页。
②译文参见［英］乔治·奥威尔著，《一九八四·动物庄园》，孙仲旭译，南京：译林出版社，2008年，第47页。

标准保持表面上的一致是不够的。正式招供和悔改声明所表现的真正内在的生发，才是多数巫术案例审判的目标所在。"（Klaits 5）

奥布兰同样向温斯顿解释艾朗森、鲁瑟福和琼斯已经忏悔了，"呜咽着求饶，在地上爬——到最后他们有的不是痛苦或恐惧，而是悔悟之心。到我们结束对他们的审讯后，他们只是徒具人形。除了对他们所犯之事感到悔恨和对老大哥的热爱别无其他"[①]（220）。奥布兰就像女巫审判中的审讯者，"能在假想的更高利益名义之下为最可怕的暴力行为找到理由"。结果，就像"许多被怀疑是女巫的人被引导去相信自己真的犯下了被指控的罪行"，温斯顿和帕森斯都将他们被指控的罪行内化了。帕森斯立即承认："我当然有罪！"[②]（201）在温斯顿的例子中，这一过程花了更长时间，但奥布兰没有停下来，直到温斯顿也给出"证据证明自己已将必需的价值内化"（Klaits 151）。在 101 房间这一场景中，没有人告知温斯顿他应该说什么。他痛苦地大叫"咬茱莉娅！"这叫喊发自内心，必须真正地被感知到和意识到。

奥威尔对围绕在女巫的供认四周的幻境（phantasmagoria）气氛的暗示，是他对极权主义心理的戏仿中另一个重要特征。米尔恰·伊利亚德提醒人们注意整个西欧的女巫在供认时反复出现的一些陈词滥调，提及某一位于地下的黑暗之处，其指向"从想象的宇

---

①译文参见 ［英］乔治·奥威尔著，《一九八四·动物庄园》，孙仲旭译，南京：译林出版社，2008 年，第 181 页。

②译文参见 ［英］乔治·奥威尔著，《一九八四·动物庄园》，孙仲旭译，南京：译林出版社，2008 年，第 165 页。

宙中显露出来的神秘超现实的重要性"（88）。

大洋国的叛国者们的供认中流露出同样的陈词滥调，同样的对自然界的物理法则公然的无视，同样的幻境感。这种重复出现的陈词滥调是坦陈通敌叛国或诱使党内女性堕落。甚至是女巫能同时出现在几个地方、坐在扫帚柄上飞的古老的陈词滥调，也在审判中得到暗示，即艾朗森、鲁瑟福和琼斯"供认就在那一天，他们是在欧亚国的国土上。他们从位于加拿大的一个秘密机场飞到西伯利亚的某个接头地点，去跟欧亚国总参谋部的人会面，并向其泄露了重要的军事秘密"[①]（71）。温斯顿发现，"很有可能，他们的坦白一再改变，起初的日期事件早已经毫无意义"。同样，"党员之间的乱搞……尽管在大清洗中，被告都无一例外坦白犯了这种罪——很难想象真的会发生这种事"[②]（60）。

当温斯顿想要终结自己所遭受的折磨，他重复了所有自己知道的与违背政治信条的行为有关的同样奇怪的陈词滥调："他坦白自己刺杀了党的高级干部、散发煽动性的小册子、贪污公款、出卖军事秘密、进行各种各样的破坏活动等。他坦白早至 1968 年，他就是东亚国的间谍。他坦白自己是个宗教信徒，是资本主义的崇拜者和性变态者。"[③]（209）

[①] 译文参见 [英] 乔治·奥威尔著，《一九八四·动物庄园》，孙仲旭译，南京：译林出版社，2008 年，第 55 页。

[②] 译文参见 [英] 乔治·奥威尔著，《一九八四·动物庄园》，孙仲旭译，南京：译林出版社，2008 年，第 46 页。

[③] 译文参见 [英] 乔治·奥威尔著，《一九八四·动物庄园》，孙仲旭译，南京：译林出版社，2008 年，第 171—172 页。

所有这些罪行都被认为同样罪恶，而且是大洋国的任何人同样都不可能犯过的。相似的招供显示出惊人的一致感，是斯大林的公审的特点。具有反讽意味的是，正是这些捏造之事的一致性使大众觉得印象深刻。汉娜·阿伦特在对极权主义的分析中指出了这种反讽：

> 如果苏联的政治反对派的一切"坦白"（Confession）用语相同，承认同样的动机，那么追求一致的群众就会将虚构接受为真理的最高证明；而常识告诉我们，这种一致性恰恰在这个世界上并不存在，而是编造出来的。[①]（352）

通过使人们注意到大洋国叛国者们的供词中所有反复出现的陈词滥调都是虚构出来的，奥威尔再次成功地攻击了他的对手。这些对手容忍斯大林的大清洗或为其辩护，已经退化到中世纪搜捕和审判女巫的集体精神病的程度。

（6）由于中世纪的女巫审判和斯大林的大清洗都通过严刑拷打获得供词，所以很难确定是否真的存在对这种"神圣"的权威的抵抗；如果存在的话，这种抵抗的本质又是什么。奥威尔也论及这一点：人们永远无法确定兄弟会（Brotherhood）这个针对党的"神圣"权威的抵抗运动是否真的存在过。但无论兄弟会是不是一个强大的运动，或者只是受压迫群众的想象力臆造出来的事物，奥威尔

149

---

①译文参见［美］汉娜·阿伦特著，《极权主义的起源》，林骧华译，北京：生活·读书·新知三联书店，2008年，第452—453页。

说明，在一个两极分化如此剧烈的世界里，即使是对已确立的正统观念的抵抗也会反映出反叛者想要从中逃离的同样态度。正如奥威尔在另一个语境中所指出的，对邪恶进行狂热的复仇会生成同一种邪恶的镜像，他发现尼采[①]最为明确地表达了这一思想："与恶龙搏斗之人，终究自己也会变为恶龙；当你凝视深渊之时，深渊也在凝视着你。"（v.3，267）

　　说明这一点的最好的例子，是当茱莉娅和温斯顿到奥布兰的公寓加入兄弟会的场景。奥布兰强调一种带有宗教意味的仪式感，他"以低沉而无感情的声音提问起来，好像是例行公事，是种问答教学法，多数问题的答案他已经心里有数"[②]（153）：

　　　　"你们愿意牺牲自己的生命吗？"

　　　　"愿意。"

　　　　"你们愿意杀人吗？"

　　　　"愿意。

　　　　"去干可能导致几百个无辜百姓丧命的破坏活动呢？"

　　　　"愿意。

　　　　"去向外国出卖你的国家呢？"

　　　　"愿意。"

[①]尼采（Friedrich Wilhelm Nietzsche，1844—1900），德国哲学家、文化批评家、诗人，对后代哲学的发展影响极大，著作甚丰，涉及多个领域，有《悲剧的诞生》（1872）、《不合时宜的观察》（1876）、《查拉图斯特拉如是说》（1883）等。
[②]译文参见［英］乔治·奥威尔著，《一九八四·动物庄园》，孙仲旭译，南京：译林出版社，2008年，第122页。

"你们愿意去欺骗、造假、勒索、腐蚀儿童的思想、散发让人上瘾的药品、教唆卖淫、传播性病——做任何可能导致道德败坏以及削弱党的力量的事吗？"

"愿意。"

"比如说，如果向小孩脸上泼硫酸这件事在某种意义上说对你们有利——你们也愿意去做吗？"

"愿意。"（153，重点为作者所加）

显而易见，这是奥威尔对邪教"黑弥撒"的影射。温斯顿和茱莉娅这对秘密情人一起去了一次秘密集会，参加仪式宣誓效忠"邪恶"的戈斯坦因这个大洋国"神圣"的大敌。奥布兰给他们一杯葡萄酒和一粒白药片——影射享用被禁止的饮食的礼宴，一场以牺牲无辜受害者达到最高潮的盛宴。尽管这一场景语调克制而"自然"，它使人想到一些让女巫招供的仪式，证明他们想要"宣称做了西欧女巫审判中所有令人作呕地（ad nauseam）引证的罪行和可怕的仪式"（Eliade 71）。

150

毫无疑问，在这次拜访的开始，茱莉娅和温斯顿喝到了作为稀缺商品的葡萄酒，还使劲闻了闻这酒；最后他们又各得了一粒白药片，这使我们意识到这一幕是"黑弥撒"，是基督教仪式的反转与戏仿。但是发生在奥布兰公寓里的这一幕有着更复杂的作用。仪式以"打倒老大哥！"这一祷告开始，在一系列表达阴谋者献身于以邪恶的戈斯坦因的名义推翻老大哥的问答中达到高潮。因此，这一场景也是我们在小说中看到的另一场仪式的反转和戏仿。先前见到的两分钟仇恨会的仪式是为了庆祝老大哥战胜邪恶的戈斯坦因，在"老大哥万岁！"的狂热祷告中达到顶点。[在仇恨仪式中，温斯顿听到一个"黄红色头发的矮个儿女人……嘴里还咕咕哝哝地颤声说些什么，听来似乎是：'我的大救星啊！'……显然在祈祷"①(19)。]

但如果在奥布兰公寓里的这一幕是场黑弥撒，是对宗教崇拜的邪恶戏仿，同时又是对老大哥的国家崇拜的反转（这本身就是对弥撒的戏仿），读者也许会想知道讽刺作家在向我们呈现这些多重反转时所用的策略。这一密谋场景是对宗教仪式的戏仿，或者是对其反转为国家宗教日常仪式的戏仿？是否可以看作同时对二者进行戏仿？如果是这样的话，奥威尔既戏仿了宗教仪式，又戏仿了极权主义"世俗宗教"中对宗教仪式的戏仿，用意何在？

要回答这个问题，我们应该看看这三个仪式所拥有的共同属性。答案就在我们所见到的奥威尔在小说和文章中都探索过的思维习惯之中；这种心态形成了"神圣"事物和"邪恶"事物之间尖锐的两极分化，掀起了对所有与"他们"——局外人、邪恶的敌手、持异端者和叛徒——相关的事物的狂热谴责。

奥布兰公寓中的场景是对通常视为正好相反的两种仪式的戏仿，这一事实使我们间接看到了讽刺作家心目中人类行为的"规范"。奥威尔的"规范"是世俗人道主义者的"规范"，怀疑任何形式的狂热主义，极不情愿将对错之分转化为神圣和邪恶之分。

151

---

①译文参见 [英] 乔治·奥威尔著，《一九八四·动物庄园》，孙仲旭译，南京：译林出版社，2008年，第13页。

　　更重要的是，奥威尔向我们展现了两分钟仇恨会仪式上的"老大哥万岁"和奥布兰公寓举行的黑弥撒上"打倒老大哥"这两个口号之间的对比，使我们意识到这两个场景在某种意义上互为镜像。当我们意识到这两场集会在其含义和主导情感上并无根本差别，奥威尔的意图就变得明确了。两个团体在仪式化的仇恨精神上是一致的，都接受马基雅维利的"现实主义"学说，相信结果可以证明手段的合理性，相信己方所犯的暴行可作为理所当然之事而被接受。最重要的是，在两个场景中，人类都把自己放在与一个终极原因（Cause）、一个超越性的他者（Other）的关系之中进行定义，而非基于普通礼仪所规定的道德价值，在与他人的关系中去定义自身。

　　奥布兰公寓这一幕使奥威尔的意图变得清晰：狂热地皈依一种正统信仰与狂热地皈依一种反正统信仰及其"邪恶"的反转，都是无人性的、不道德的。对温斯顿来说，加入兄弟会不仅是个政治上的陷阱，就其内心生活而言，也是个内在的陷阱。当他在仁爱部听着自己的教理问答录音被播放出来，他意识到自己已经深深违反了"人类精神"：在奥布兰公寓的场景中，他也在精神上落入了陷阱；他屈从于以狂热对抗狂热、以仇恨对抗仇恨、以变成恶龙的方式与恶龙搏斗的诱惑。

　　真信者对老大哥的狂热忠诚，以及反抗者对兄弟会的狂热忠诚，事实上是互为镜像；正统信仰的狂热信徒跟反抗正统信仰的狂热异端者，如果他们的终极原因提出要求，双方都会"往孩子脸上泼硫酸"。二者都脱离了"人类精神"，"人类精神"依赖人与人之间爱与礼仪，依赖普遍存在的人类的同胞之爱（Brotherhood of Man）。[有必要指出的一点是，茱莉娅并未屈从这一诱惑性的极化逻辑（logic of polarization）。在这一幕中，她唯一一次开口说话是告诉奥布兰她拒绝与温斯顿分开，即使是以兄弟会的名义（153）。]通过这一场景及其带来的后果，奥威尔向我们呈现了一种人道主义谴责，谴责极权主义"世俗宗教"是以对邪恶事物充满仇恨的妄念为依据的。

注　　释

152

[1] 汉娜·阿伦特，《极权主义的起源》，第 345 页；亚历山大·索尔仁尼琴，《古拉格群岛》，第 90 页。

[2] 关于奥威尔对这一问题的评价，参看他本人的：*Collected Essays*：v.1，583；v.3，457；v.4，188，425。

[3] 亚历山大·索尔仁尼琴在《古拉格群岛》中强调，如果相信"1937 年和 1938 年的历史主要由逮捕重要的共产党员所组成"，将是非常错误的。"那时"有"成千上百万人被捕"。（70）他还提供文献说明秘密警察要完成的定额完全是随意决定的：

前契卡人员亚历山大·卡尔加诺夫（Aleksandr Kalganov）回忆说，塔什干（Tashkent）方面接到电报："即送来 200！"而他们刚刚扒拉过一遍，好像再也"无人"可抓了。尽管从区里送来了 50 来个。主意有了！把民警机关抓起来的普通犯改定为第五十八条！说到做到。但控制数字依然没有达到！民警机关报告：吉卜赛人在市里的一个广场上无法无天地搭起了帐篷，怎么办？主意有了！包围起来——把 17 岁到 60 岁的男人统统按照第五十八条抓进来！于是，任务完成了！还有这样的情形，原来给沃舍梯（Ossetia）的契卡人员 [民警局长扎博洛夫斯基（Zabolovsky）讲述] 摊派的任务是在全共和国共枪决 500 名，他们请求增加，又批给了他们 230 名。(71)（[俄] 亚历山大·索尔仁尼琴著，《古拉格群岛》（上），钱诚、田大畏译，北京：群众出版社，2015 年，第 67—68 页。——译者注）

[4] 尼古拉·托尔斯泰用文献证明这样一个事实，在大清洗过程中受到指控的那些人就像在女巫审判中受审的女巫，从未得到无罪释放：

在此背景下，注意到这一点是多余的，那就是，根据一份国际特赦组织的报告，《苏联从来没有出现过政治犯被宣告无罪的情况》[《苏联的良心犯：他们的遭遇和境况》(*Prisoners of Conscience of the USSR: Their Treatment and Conditions*)，（伦敦，1975），第 32 页]。这极可能是真的 [在英国和美国的极度关注下，1945 年有三个波兰人被宣布无罪：Z. 斯提普尔科夫斯基（Z. Stypulkovski），《去往莫斯科的邀请》(*Invitation to Moscow*)，（伦敦，1951），第 333 页]。但关于苏联司法效率的更有效的证词来自苏联最高检察

院检察长鲁坚科（Rudenko），他声称在 1945 年之前没有被告提出"无罪"辩护。(306)

[5] 关于斯大林的大清洗的描述，参见索尔仁尼琴的《古拉格群岛》，以及米哈伊尔·盖勒和亚历山大·尼克里契合著的《权力乌托邦》。

[6] 在 1945 年的《瑜伽信徒和人民委员》中，库斯勒在希特勒和斯大林的家庭法之间画了等号。20 世纪 30 年代以来的许多作品，呼应了他对德国的女性地位的关注。艾丽斯·汉密尔顿（Alice Hamilton）1934 年在《女性的奴役》("The Enslavement of Woman")一文中，指出在纳粹德国"国家是首要的，而不是作为个体的孩子，或作为个体的母亲：国家需要孩子，因此不生孩子就是对国家的背叛"(79)。斯蒂芬·罗伯茨（Stephen Roberts）在 1937 年出版的《希特勒建造的房子》(*The House that Hitler Built*)中描写了希特勒修订的新的《德国刑法典》(New Penal Code) 在处理家庭问题时的一些突出特征："流产是一种罪行，节育运动受禁止，任何蔑视母亲身份的行为将受严惩。"他同时认为婚姻贷款"帮助婚姻，并使年轻女性离开劳动力市场"，这解释了"借款人所生的每个孩子可使他得以免除四分之一债务"(323)。

在 1939 年的《希特勒德国》(*Hitler's Germany*)一书中，卡尔·罗文斯坦（Karl Loewenstein）描述了很小就参军的希特勒青年时代所过的"斯巴达式生活"(82)，认为包括性关系在内的"家庭关系的准则发生了彻底变革"，以强调个人从属于国家。因此，"有意结婚的伴侣必须向公共健康部门的登记员提交证明，显示他们未患任何使他们无法生育健康后代的精神或身体疾病"(105)。罗文斯坦也描述了对健康法庭认为不适合养育健康后

153

代的个人进行强制绝育和阉割（105）。

在描述纳粹为提高生育率展开的运动时，弗雷德里克·舒曼（Frederick Schuman）在 1935 年的《纳粹独裁》（*The Nazi Dictatorship*）一书中提供了一个重要的例子来说明国家对性关系的"总体"控制："1933 年 11 月，美因河畔法兰克福市（Frankfurt am Main）市长曾命令 1500 名未婚市政官员去找妻子，否则就要失业。"（385）

[7] 同时，我们也不应忘记，奥威尔评论过库斯勒的《瑜伽信徒和人民委员》，关于"除了上等特权阶层之外，所有人废止离婚"，以及党所鼓吹的各种性方面的禁欲主义运动，这部作品给出了充分的文献资料（《瑜伽信徒和人民委员》中的"苏联神话与现实"一章，第 122—180 页）。关于这一问题更详细的讨论，请参看本书第十二章。

第九章

恶魔世界大洋国：对『神圣』领袖的神秘谄媚

155　　与伯纳德·克里克不同，理查德·里斯（Richard Rees）认为，奥威尔在教会与党之间持续进行类比，这对于《一九八四》中的讽刺具有非常重要的作用；但他也许考虑到这样一种可能性，奥威尔也许是从世俗人道主义者的角度戏仿极权主义的"世俗宗教"。根据里斯的意见，在政治概念与宗教概念之间制造类比时，"奥威尔的目的是讽刺。他把宗教隐喻灌注进全然不同的世俗背景之中，以说明体系的腐败，永恒价值被短暂的政治要求所曲解。将信仰交付于老大哥是渎神的——但这在一个没有神圣的等价物留下来的世界中是不可避免的"（148）。

　　当然，里斯有一点是正确的，他指出大洋国的宗教理想被颠覆，在那里有人要求自己被当作神来崇拜，并极为公开地通过仇恨而非通过爱来进行统治。不过，里斯认为，大洋国的混乱世界、颠倒的戏仿世界，会透露讽刺作家隐藏的标准，那就是他期待我们能使这世界回到正道，恢复正常。但是，奥威尔会愿意回到里斯所谓的神圣的永恒价值、基督教的价值、宗教的价值吗？

这里里斯似乎完全忽略了一个更有趣的问题。通过把宗教领域和政治领域如此一致地并置在一起，奥威尔是用宗教来取笑极权主义，还是用极权主义来取笑宗教？[1] 基于"教理问答场景"，我的意见是，作为世俗人文主义者的奥威尔戏仿了他认为二者共有的心态的各个方面。在这部讽刺作品最普遍的层面上，奥威尔打算在"黑白"中戏仿这一心态的三大特征：首先，其中有一种走向两极分化的倾向，一种走向将整个世界分裂为"他们"和"我们"、黑和白两个对立面的倾向；其次，将我们的"影子"投射到"他们"身上，用那种奥威尔觉得既荒谬又难以理解的方式来相互指称；最后，所有的区别塌陷进一个"神秘"的对立面的同一、联合或一致之中。

两分钟仇恨会这一公开崇拜的日常仪式，显然是以此种两极分化为依据的。无可否认，正是通过把邪恶力量归咎于戈斯坦因这一首要大敌，老大哥从一介凡人开始了自己的事业，却得以不知不觉间占有了超自然的善的力量、神圣的力量。《戈斯坦因的书》中说"需要的只是应当保持战争状态"①（168），这透露了"战争即和平"

①译文参见［英］乔治·奥威尔著，《一九八四·动物庄园》，孙仲旭译，南京：译林出版社，2008年，第137页。

156

这一悖论的含义。

但是党在政治领域所策划的战争"骗局"（173）也是它所策划的"神圣"与"邪恶"之间的灵魂之战的必然结果，这样老大哥就能通过战胜源源不断但一成不变的邪恶敌手，持续显示自己超人的力量。因此，在任何特定的时刻，什么人或什么东西是邪恶的，这一点会发生变化，但是邪恶的类别是不变的，这与极权主义的心理机制密不可分。[正是由于拥有仇恨邪恶的戈斯坦因这种共同迷狂的体验，真信者才向老大哥这个"大救星""祈祷"[①]（19）。]

到目前为止，奥威尔的戏仿影射党和教会中那些与邪恶作战的世间全体教徒之间存在着一种直接的对应。但正如第七章讨论双重思想时所指出的，党在有一点上超越了教会：为了增强从"神圣"和"邪恶"两方面撕裂整个世界的紧张感，党使自己掌握随意改换敌人的权力，然后否认曾经发生过这种改换。大洋国的人民从小就接受训练，保持警惕，去发现邪恶、对付邪恶，但同时他们不被允许依赖自己的判断力或记忆去辨认邪恶：结果，他们屈从于一种党选择称为对老大哥的"爱"的精神状态，《戈斯坦因的书》定义为"受控的疯狂"或双重思想的那同一种精神状态。要拥有一丝善恶感，大洋国的人民就必须接受老大哥的意志的统治，事实上是与之合而为一，而老大哥选择通过矛盾律来显露自身的意志："战争即和平，自由即奴役，无知即力量。"[②]（92）这几句有节奏的话

---

① 译文参见［英］乔治·奥威尔著，《一九八四·动物庄园》，孙仲旭译，南京：译林出版社，2008 年，第 13 页。

② 译文参见［英］乔治·奥威尔著，《一九八四·动物庄园》，孙仲旭译，南京：译林出版社，2008 年，第 74 页。

很容易让人想起宗教启示之类模糊而自相矛盾的语言，也让人想起辩证唯物主义威风凛凛的宣言。[当奥威尔提到"对剥削者的剥削"（*RWP* 229）这一悖论，或者是正题、反题或合题那些"神秘的实体"（*RWP* 176），又或者是"神圣三姐妹"（*RWP* 229）时，他明显动怒了。] 值得注意的是，对于大洋国的大多数人而言，他们将这三句话的口号作为老大哥的存在本质来接受，但这口号仍保留了未解决的悖论和未解决的矛盾。

在对"三重思想"的分析中，罗哈廷教授提出一个有趣的问题：是否有信任矛盾律的可能，可以遵照它来行动，可以将其提升到抽象原则的层次（3）。我对这三点的回答均为"是"。有可能使人相信矛盾，如果目的在于强调信仰是一种被视为理性的对立面的心理状态。这种语言、这种强调在中世纪神秘主义者的记述中很常见，他们想要借此吸引别人去注意这样一个事实：自己的精神之旅中的狂喜和高峰体验，是无法通过交流语言的正统逻辑来表达的。使用这种体现在矛盾修饰法（oxymoron）和悖论语言中的"对立统一"的神秘逻辑——内在于自身的代码——内党努力吸引人们去注意理性领域之外的权力，并信仰这种权力。事实上，逻辑上的一分为二（logical dichotomy）越是彻底，信仰的心理强度也就越大。

通过使人民接受悬而未决的三重悖论来舍弃理性这种做法，在生成信仰狂热方面，就跟让他们见到能用双眼把他们催眠的无所不在的偶像一样有效——确实，党交替或同时使用这两种策略。

在小说第一幕中当我们看到温斯顿时，他觉得老大哥的眼睛正从四面八方监视着自己，这表现出神秘主义的研究者称为神秘物质（mysterium）、令人战栗的恐惧（tremendum），或使人着迷（fascinans）的感觉，是人类在面对神秘的超人类时所体验到的（Otto）。令人战栗的恐惧：温斯顿充满敬畏和恐惧；使人着迷的感觉：他像磁铁一样被它吸引；神秘物质：老大哥表情背后的秘密激发了他的好奇心。

在第一部中，温斯顿恰好提出了三个问题。他说自己理解"怎么做"（how）却不理解"为什么"（why），他质疑党不断寻找替罪羊和进行女巫审判背后的驱动力。他的第二个问题是关于未来等待着他的无名的恐惧。他害怕自己将被逮捕、被折磨、被处死，他将这些作为无可避免之事来接受。"然而为何"，他问，"那种什么都改变不了的极度恐惧非要在未来等候着？"[①]（92）小说的第一部以他第三个问题结束。作为政治之谜的"为什么"与个人之谜的"无名的恐惧"，跟老大哥的面具所提出的谜题、神性隐藏的本质交织在一起："那张脸往上盯着他，凝重，平静，警觉，然而在两撇黑色八字胡后，隐藏的是什么样的微笑？"[②]（92）

在第一部的最后，我们离开温斯顿所思考的自己的未来，沉思令人困惑的三重悖论之谜，这呼应了他自己的三个问题："像个沉重的不祥之兆，他又看到那几条标语：战争即和平，自由即奴役，

①译文参见［英］乔治·奥威尔著，《一九八四·动物庄园》，孙仲旭译，南京：译林出版社，2008年，第73页。
②译文参见［英］乔治·奥威尔著，《一九八四·动物庄园》，孙仲旭译，南京：译林出版社，2008年，第73页。

无知即力量。"① (92) 温斯顿的问题是关于同一神秘事物的三个方面，他会通过查探这个三重悖论找到自己的答案，而老大哥正是通过选择三重悖论这个词来显露自己。[2]

事实上，温斯顿被迫按正确顺序来理解的三个悖论，人们可以通过这三个悖论来处理小说的结构。对这些谜语的考察形成了奥布兰向温斯顿描述为"学习、理解、接受"的精神之旅。我认为这是奥威尔对许多中世纪神秘主义者的精神之旅的戏仿，那些精神之旅由净化（Purgation）、启迪（Illumination）、结合（Union）三个阶段组成。

对温斯顿来说，学习阶段是以他读到《戈斯坦因的书》中第一个悖论"战争即和平"开始的。顺便说一句，这是唯一一个他通过阅读来开始理解的悖论。他学习的第二个阶段发生在仁爱部，在那里他一开始时否认记得艾朗森、鲁瑟福和琼斯的照片——这显然是暗示神秘主义者所描述的"通过回忆得到净化"（Underhill 310）。接下来，温斯顿被迫承认"二加二等于五"；这是对神秘主义者"通过感觉得到净化"的戏仿——即"洁净自我以达到谦卑和完美的目的"（Price 73）。当温斯顿不再想要欺骗奥布兰，而真正想要把看见的四根手指当作是五根时（216），他就达到了这一阶段。

在经历了"净化"（奥布兰称之为"学习"）之后，温斯顿准备好获得"理解"——这一阶段与神秘主义者的"启蒙"或"启迪"

---

①译文参见［英］乔治·奥威尔著，《一九八四·动物庄园》，孙仲旭译，南京：译林出版社，2008 年，第 73—74 页。

159 相似。温斯顿的第一个"明亮的确定性"（luminous certainty）时刻是他第一次认识到"二加二很容易可以根据需要等于五，也可以等于三"（222）① 这一"绝对真理"的时候。奥布兰所透露的内容解释了"为什么"党发动替罪羊仪式的秘密，这时该阶段达到了最高潮："党要掌权，完全是为了自身利益……迫害的目的就是迫害，折磨的目的就是折磨，权力的目的就是权力。"②（227）这是温斯顿的旅程中最终获得的知识启示，解释了"为什么"，解释了恐怖的"永动机"背后的动力，解释了能使自身永久存在的猎巫、告发、审判和处决。这项事实的发现也是他理解第二个悖论"自由即奴役"的前提。由于上帝是党永恒的力量，而个人因为终有一死而毫无力量，那么他就可以通过使自己变成党的"奴隶"而从死亡和无力的重压之下获得"自由"——即放弃作为自主的个人的自由，成为集体中一个纯粹的细胞。这就是温斯顿被允许进入的神秘主义者称为积累关于神的知识的过程，那是经由理性和学习而形成的（Price 46）。

根据神秘主义的记述，最后一阶段要求对上帝的完全了解和热爱，直到灵魂经历"完全的自我抛弃"（Underhill 388），在这种同一感中，据神秘主义者说："我的我是上帝：除非在上帝之中，否则我无法了解自我。"（Underhill 396）这正是奥布兰称为"接受"的阶段，而这显然是关于温斯顿的爱的能力。此处的高潮场景

---

①译文参见［英］乔治·奥威尔著，《一九八四·动物庄园》，孙仲旭译，南京：译林出版社，2008 年，第 183 页。

②译文参见［英］乔治·奥威尔著，《一九八四·动物庄园》，孙仲旭译，南京：译林出版社，2008 年，第 187 页。略有修改。

发生在101房间。虽然没有直接说明，在那里温斯顿被要求中断他与茱莉娅之间的情感纽带：去"爱"老大哥，与他合而为一，这等于是背叛一切人类纽带。虽然101房间是小说中的高潮场景，但温斯顿并未完成信仰改变的过程，直到最后一幕发生"最终的、必不可少的、康复性的变化"①（256），那时温斯顿像一个回头的浪子，准备以悔悟的心情将个人"从那个博爱的胸怀处自行放逐"②（256）的行为中召回。以真正"接受"的心态去"爱"老大哥，意味着与显现为残忍奸诈的权力之神的神性之本质合而为一。藏在"两撇黑色八字胡后……的微笑"③（92）之中的正是权力之神。回到"博爱的胸怀"之中，温斯顿准备让这一神性进入自己的胸膛，并无可挽回地丧失了"人类精神"。

160

到小说的最后，温斯顿已经探索了这一三重悖论的含义。他已经学到"战争即和平"——持续战争的机制是一个骗局，它使得世界上的独裁者拥有绝对权力，可以控制国内受奴役的人民。不过，现在当温斯顿听到战报，他经历了与周围其他民众一样的狂欢的胜利感受。他也已经学到"自由即奴役"的意义；不过现在他加入了大众之中，他的个性也像其他人一样被奴役。然后，当他童年时的一幕——关于过去的那个自我的记忆——最后一次萦绕于他脑海之

---

① 译文参见 [英] 乔治·奥威尔著，《一九八四·动物庄园》，孙仲旭译，南京：译林出版社，2008年，第211页。

② 译文参见 [英] 乔治·奥威尔著，《一九八四·动物庄园》，孙仲旭译，南京：译林出版社，2008年，第212页。

③ 译文参见 [英] 乔治·奥威尔著，《一九八四·动物庄园》，孙仲旭译，南京：译林出版社，2008年，第73页。

时，他学会了把这一幕否定为"虚假的记忆"①（255）。

战争即和平，自由即奴役，无知即力量——他已经全学会了，但直到现在，他才学会"接受"，这个在"学习"和"理解"之后的最后阶段，就是一种忽视、遗忘、舍弃的能力，去忘却所有他在整个人生旅程中积累的知识。直到现在，他才能够实践最神秘的第三个悖论，对于这个悖论他无法获得任何解释：他拥有成为欢呼的群众的一员后获得的新"力量"，这有赖于他自愿接受的对过去的自我和现实世界的"无知"。跟所有围绕着他的其他人一样，他最终学会了实践双重思想。用神秘主义者的话来说，直到现在"个人的水滴汇入了海洋"[3]（Price 45）：异端者的赎罪完成了；他真正地与老大哥实现了合一。

奥威尔对神秘主义概念的影射注重细节、具有一贯性，这点令人惊讶[4]；的确，我认为这些暗示形成了这一自然主义结构中最重要的一股讽刺暗流。温斯顿在仁爱部中所经历的"学习""理解"和"接受"过程得到了详细而精致的处理，与宗教神秘主义者通向神圣之爱途中经历的净化、启迪和结合的过程形成对应。同时，奥威尔暗示了几个与神秘主义者记述的自身经历相关的无处不在的"光"的意象（"一道炫目的光亮""明亮的确定性""没有黑暗的地方"，等等），以及朝圣（Pilgrimage）、灵性炼金术（Spiritual Alchemy）和"神婚"（Spiritual Marriage）等几个学者认为在描

---

①译文参见［英］乔治·奥威尔著，《一九八四·动物庄园》，孙仲旭译，南京：译林出版社，2008年，第210页。

述神秘主义者的旅程时最重要的特征（Underhill）。

当奥布兰宣布"我们把你挤空了，然后用我们自己把你填满"①（220），"'解决和凝结'——毁掉你可以建立的东西"这一说法远不止是一个回音，原则是"灵性炼金术士……炼出完美的金子之前要烧掉渣滓，他从那里获得杰作：神化的或属灵的人"（Underhill 146）。

朝圣和神婚的意象甚至更易辨认：温斯顿对奥布兰的感受从一开始就是影射一种神秘的吸引力，昂德希尔（Underhill）将这种神秘的吸引力描述为神秘主义的根本信条，共同愿望的标志往往与朝圣的意象相混合。而且如果我们还记得人类的灵魂（通常由女性代表）与绝对者（the Absolute，通常由追赶着的男性代表）是共有的，就会以全新的眼光来看待奥布兰与温斯顿之间的捉迷藏游戏。

温斯顿与奥布兰之间的关系很成问题，素有争议，常被弗洛伊德主义批评家认为带有偏执妄想（Sperber），是同性恋或施虐狂与受虐狂的关系（Fiderer）。新近的女性主义批评家将其理解为温斯顿偏爱男性纽带的标志，因此表达了温斯顿——或奥威尔——潜在的厌女症（Patai）。不过，弗洛伊德主义和女性主义的批评家都忽视了这一点：小说中奥布兰是老大哥和微笑的画像背后冷酷残忍的情报机构的代理人。就奥威尔不断提及的神秘标志而言，温斯顿与奥布兰之间的猫鼠游戏就像神秘的"爱之游戏"，比如弗朗

---

①译文参见［英］乔治·奥威尔著，《一九八四·动物庄园》，孙仲旭译，南京：译林出版社，2008年，第182页。

西斯·汤普森① 在《天堂的猎犬》(*The Hound of Heaven*) 中所描写的,"向我们显示了"上帝"无情地向上横扫",这个"巨大的爱人……追捕着分离的灵魂,他们带着恐惧从不可抗拒的上帝的显现之中冲出来,但最终仍被追随、搜寻、击败"(Underhill 135)。这一描写非常契合温斯顿的经历,无论是在过程上,还是在最后他面临的"塔楼塌毁"(tour abolie) 的结局上,他在旅程中经历重重折磨,达至与奥布兰的"爱的密契"(love union)。[在《叶兰在空中飞舞》中,奥威尔把追寻人类灵魂的上帝与追赶戈登·科姆斯托克的金钱之神进行类比:"有时你的拯救者像天堂的猎犬一样对你穷追不舍",戈登语带嘲讽地说道(719)。]

小说中温斯顿和奥布兰对神婚的神秘主义符号有着共同兴趣,这并非全然不顾小说的自然主义层面。正如第八章所谈论的,奥威尔表达得很清楚,通过剥夺人们的性满足,党引发了癔症,这种情感力量先是被引向对敌人的疯狂仇恨,然后导向对领袖的狂热崇拜。

但是奥威尔对神秘符号最为有效的利用是在无处不在的眼睛这一意象上,神秘主义存在的基本概念认为人类的灵魂总是在上帝的存在之中。老大哥催眠性的注视是对这一概念的戏仿,穿透了大洋国的所有头脑,指向内在于极权主义心理的最大危险。一开始,温斯顿被这洞察一切的眼睛吓坏了,想要躲开它。看着印有老大哥头

162

① 弗朗西斯·汤普森 (Francis Thompson,1859—1907),英国诗人,著有《诗集》(1893)。

像的硬币，他感到"即使在硬币上，那双眼睛也紧盯着你"①（27）。在第一部分的最后，"像前几天所做的，他从口袋里掏出一枚硬币看着它。那张脸往上盯着他，凝重，平静，警觉"②（92，重点为作者所加）。之后在仁爱部，他在智识上崩溃之后，感到自己被吸进神秘之眼"吞没"③（209）了。最终，在最后一幕，"他抬头盯着那张巨大的面孔……他热爱老大哥"④（256）。现在他出现了一种新的意识，这样他就可以对中世纪的神秘主义者说："我用来看的眼睛……跟上帝看我的眼睛是一样的。"党不满足于单纯地服从，还要让个人将惩罚性权威的审查目光内化；最终，老大哥渗透了温斯顿的超我（Superego），而思想警察从内部——即从总体上——支配了自我。

阅读奥威尔的作品就能清楚看到，他对神秘主义者寻求与神圣的事物相对抗这一套持怀疑态度，并将神秘主义的自暴自弃与放弃自我、判断和责任等拥有自主性的个人所具有的特点相联系。[5]毫无疑问，奥威尔所呈现的温斯顿与神性的"密契"，相当于一种精神崩溃、一种人格的解体。仁爱部既是官僚机构部门，又是教导他

---

①译文参见［英］乔治·奥威尔著，《一九八四·动物庄园》，孙仲旭译，南京：译林出版社，2008 年，第 20 页。

②译文参见［英］乔治·奥威尔著，《一九八四·动物庄园》，孙仲旭译，南京：译林出版社，2008 年，第 73 页。

③译文参见［英］乔治·奥威尔著，《一九八四·动物庄园》，孙仲旭译，南京：译林出版社，2008 年，第 172 页。

④译文参见［英］乔治·奥威尔著，《一九八四·动物庄园》，孙仲旭译，南京：译林出版社，2008 年，第 212 页。

如何去爱和"服从"统治性的神的圣职部门，温斯顿在那里的经历残忍而辛辣地戏仿了内在于宗教和极权主义心理中的神秘主义，最终是对人类错误追寻神圣之物这种行为的极为尖刻的批评。

163　　不过，这并不意味着奥威尔对人类的精神追求抱有唯物主义者的轻蔑或傲慢的态度。我们非常同情温斯顿，他是一个探求者，一个踏上追寻真理之路的朝圣者，一个拥有无可否认的精神维度的人。事实上，当温斯顿从自己的角度出发，通过自己与他人的关系追求"善"的时候，他做得不错。我们在第一章见到他的时候，他正走上楼梯，贯穿第一部和第二部，我们可以想象到他正沿着爱、自我表达和自由的"阶梯"拾级而上；而第三部几乎完全发生在仁爱部，是对这一过程的戏仿和反转。他一步步被瓦解，直到在101房间里他到了"深而又深"（244）之处。在奥布兰手上，他经历了改变信仰的精神体验，直到他被再造成老大哥的形象，被迫符合党超人的——因而不可避免地是非人的——"善"的标准。在奥威尔的文章中，以及《戈斯坦因的书》中间接表达的，是他指责自己的同时代人，尤其是他的左翼知识分子对手，犯下了荒唐的错误。他们试图逃离对宗教"不科学"的理想，没有意识到留在背后的心理真空，又将自己的灵魂献给了政治独裁者，掉入了狂热盲信和神秘主义的陷阱。[6] 因此，奥威尔才会坚持认为，理查德·里斯所谓的神圣事物的永久价值应该重新定义为符合人性的、以人为中心的价值，依赖于人与人之间的关系，而非一个超越性的、超人的标准——无论这个标准是希特勒的自然法则、斯大林的历史法则（Berger 86—87），或教会所定义的神圣的超验领域。

奥威尔"人类精神"与"神化身的人形"

作为对极权主义心理的戏仿之作，《一九八四》也是向一个以对"神圣"领袖的神秘崇拜和对"恶魔"敌人的狂热仇恨为基础的体系提出警告。但在这一警告之外，对于我们对善恶的态度，讽刺作家是否还有一些正面的意见？与他那些存在主义同行不同，奥威尔觉得我们需要精神与道德价值，能为世人所接受，坚信人"不可能拯救文明，除非他能演化出一个独立于天堂地狱的善恶体系"（v.3，127）。

至于奥威尔如何不借助宗教维度来定义精神问题，仍悬而未决。我认为，小说中有三场重要的连续场面，暗指《圣经》中造物主依照自己的形象创造出人的概念。作为世俗人道主义者的奥威尔探索了与"人类精神"相关的精神维度，我们所拥有的这种力量使我们能够根据人类中的至高之物——即至高理念本身——创造出上帝的形象。在这一背景之下，奥威尔所认为的在外力之下"你内心仍然不可征服，它的运转即使对你自己来说，也是神秘莫测的"[①]（148），类似残留在我们内心、留在"神圣的人形"中的布莱克的"神圣形象"（Divine Image）。

在这三个场面的第一个中，温斯顿思索着将在未来显现的三种

164

---

①译文参见 ［英］乔治·奥威尔著，《一九八四·动物庄园》，孙仲旭译，南京：译林出版社，2008 年，第 119 页。

神秘事物之间的关联：他自己的本质的自我，党的口号的意义，以及目前仍被"在两撇黑色八字胡后，隐藏的……微笑"[1]（92）所掩盖的老大哥的本质。

过去已然死去，未来不可想象。他又怎能肯定某个活着的人是跟他站在一起的？又如何能知道党的统治不会千秋万代？像是作为回答，真理部大楼白色前墙上党的三条标语又映入他的眼帘：

战争即和平

自由即奴役

无知即力量

他从口袋里掏出一枚二角五分钱的硬币，上面以小而清晰的字母压铸着同样的标语。硬币的另一面是老大哥的头像，即使在硬币上，那双眼睛也紧盯着你。[2]（27）

第二个探索这一形象的场景是在第一部的最后，温斯顿重复了相同的动作："像前几天所做的，他从口袋里掏出一枚硬币看着它。那张脸往上盯着他，凝重，平静，警觉，然而在两撇黑色八字胡后，隐藏的是什么样的微笑？像个沉重的不祥之兆，他又看到那几

[1]译文参见［英］乔治·奥威尔著，《一九八四·动物庄园》，孙仲旭译，南京：译林出版社，2008年，第73页。
[2]译文参见［英］乔治·奥威尔著，《一九八四·动物庄园》，孙仲旭译，南京：译林出版社，2008年，第20页。

条标语：战争即和平，自由即奴役，无知即力量。"①（92）这两幕用硬币来暗示人是依照造物主的形象来创造的，这一典故出自耶稣向门徒解释世俗权力与精神权力之间的差别的故事："'拿一个银钱来给我看。这像和这号是谁的？'他们说：'是恺撒的。'耶稣说：'这样，恺撒的物当归给恺撒，神的物当归给神。'"（Luke 20：21—25）硬币上印有恺撒的"像和号"（image and subscription），那么依照造物主的形象创造出来的人就有上帝的"像和号"。因此，人首先是效忠于上帝、效忠于他的精神自我，而非恺撒的世俗权力。

温斯顿在硬币上看到的是老大哥的形象，这个"恺撒"要求人们把他同时作为世俗和精神的权威来崇拜。为了对"人类精神"保持忠诚，温斯顿应该向"恺撒"表示敬意，同时保持"内在的自我不受腐蚀"（v.4，402），保持作为他的精神存在之内核的"内心"（148）完整无缺。这两个场景的意义在于，当温斯顿思考自己与其造物主的形象相关的本质存在时，事实上他的确想到了，人是依照自身的形象及他所选择的自己将要仿效的至善来创造上帝的。大洋国的反常现象是由于人类做出了错误的选择，将上帝作为权力来接受［这个神与卡尔·荣格的"也居于人类灵魂中的恐怖之神"（*Civilization* 235）显示出极大的相似性］。在第二个场景中，温斯顿拿着硬币，但仍抗拒这个从硬币上凝视着他的暴君：他拒绝在心中承认这个权力之神，因为他自己的本质、至高的自我、他的"内心"，仍然完整无缺。

---

①译文参见［英］乔治·奥威尔著，《一九八四·动物庄园》，孙仲旭译，南京：译林出版社，2008年，第73—74页。

最后，在这一系列的第三个场景，也就是小说的最后一幕中，温斯顿逐渐认识到他已被改造成了暴君的形象，自己无法保留内在的自我。我们意识到，这是"嵌在未来之中的无名恐惧"，追随老大哥的本质而来的失落，显露为权力之神的残忍与背叛。温斯顿最初想知道的是自身的本质是什么，想知道它是如何由他心中神圣的形象反映出的；在最后一幕中，奥威尔给出了答案，当温斯顿

166

> 抬头盯着那张巨大的面孔，他用了四十年才了解到隐藏在那两撇黑色八字胡下的微笑。哦，残酷啊，不必要的误解啊！哦，顽固啊，从那个博爱的胸怀处自行放逐自己！两行有着杜松子气味的泪水从他鼻侧流了下来。不过那样也好．一切都很好，斗争已经结束，他赢得了跟自己的战争，他热爱老大哥。[①]（256）

"爱"老大哥意味着让这个要求自己被当作权力之神来崇拜的暴君进入"内心"：温斯顿"战胜"了过去的自我，等于打败了"神化身的人形"，打败了使他成为"人类精神最后的守护者"的自我，打败了"人类精神"。

奥威尔在文章中反复警告，现代世界对权力之神的崇拜会导致所有对于拯救我们的文明来说至关重要的道德价值走向崩溃。但如

---

①译文参见［英］乔治·奥威尔著，《一九八四·动物庄园》，孙仲旭译，南京：译林出版社，2008年，第212页。

果不借助一个绝对的善或神圣事物，奥威尔要如何定义这些价值？很可能在他关于甘地的那篇广受欢迎的文章中，透露了很多在讽刺作品中往往只是暗示或隐藏起来的规范或标准。在这篇文章中，他强调"另一种世俗的理想"和"人道主义的理想"是难以同时成立的。作为人道主义者，他怀疑甘地的"无执"（non-attachment）只是"一种逃脱生活的痛苦的欲望，尤其是要逃脱爱，无论是否与性相关，都是很艰难的"（v.4，528）。正如加缪在《鼠疫》最后写到的 [7]，奥威尔总结说，与放弃一切追求成圣相比，努力通过参与"生命过程"来成为人需要更大的勇气："很多人真的不希望成圣，而很可能有些成圣或追求成圣的人从未感受过做人的诱惑。"（v.4，528）虽然奥威尔表达了他个人对甘地的赞赏，但他对甘地追求神圣事物持讽刺态度："毫无疑问，酒精、烟草等都是圣人必须避开的东西，但成圣也是人类应该避开的东西。"（v.4，527）

关于奥威尔的文章和小说的研究应该指明，他远未被邪恶事物所困扰。在《一九八四》中，他细致地戏仿了极权主义心理为敌手建立了"邪恶"事物的门类，这样它就可以为领袖建立"神圣"事物的门类。伊萨克·多伊彻指责奥威尔用非黑即白的语言呈现世界，用妖魔般的邪恶敌人来吓唬读者（"1984"），这完全是偏离了目标。奥威尔实际上是在嘲讽老大哥的此类作为。《戈斯坦因的书》显示，作为世俗人道主义者的奥威尔谴责极权主义心理的"世俗宗教"，因为这种做法暗中再次引入了神圣与邪恶的分类。在着手"通过对它们的戏仿，来说明极权主义在智识上的含义"（v.4，

167

520）之后，奥威尔向我们呈现了一幅令人难忘的世界图景：这个世界中有一个系统，通过对"邪恶"事物的残忍迫害来平衡对"神圣"事物的神秘吹捧，这个世界正是通过这一系统呈现出其邪恶的维度。奥威尔笔下的恶魔世界大洋国包含了一位世俗人道主义者对极权主义心理的敏锐分析和有力谴责。

注　释

[1] 克里斯托弗·斯莫尔在《通往爱部之路》中触及了这一问题。他提出："到底什么被戏仿了：是从极权主义政权方面对宗教的戏仿，还是从宗教方面对国家的戏仿？"（165）

[2] 根据 17 世纪新教神秘主义者雅各布·伯麦（Jacob Boehme）的看法，"他的意志通过话语从上帝那里流露出来，上帝作为三位一体为我们所知……"（转引自 Price 73）

[3] 奥威尔对这一"海洋"形象的态度与弗洛伊德相似，后者认为"某种无限无垠之物的……海洋般的感觉"是"被无数教会和宗教体系占有的宗教能量的源头"。不过，他总结道："我无法在自己身上发现这种感觉。"（v.21，64）

[4] 虽然奥威尔承认自己并非神学家，但他熟悉与神秘主义相关的图像。比如，在他为卡尔·亚当（Karl Adam）的《天主教精神》（*The Spirit of Catholicism*）所写的书评中，他将亚当对宗教信仰的神秘性方面的公开强调与马丁代尔神父（Father Martindale）《罗马信仰》（*The Roman Faith*）（v.1，102—105，109）所提倡的更为理性的观点相提并论。

人的灵魂与上帝之间一对一的关系占据着奥威尔的头脑，这在《牧师的女儿》一书中得到证明，这部小说的叙事在女主人公失去宗教信仰时达到高潮。在先前的场景中，多萝西与父亲的助手讨论了神秘主义（292），并思索宗教崇拜与她当牧师的父亲反对的泛神论的"自然神秘主义"之间的差别。

奥威尔对神秘事物的认识也在他讨论伊迪丝·西特韦尔（Edith Sitwell）对教宗所作诗歌之研究的书评中有所体现。奥威尔惊讶于"西特韦尔小姐研究教宗，是出于人们在弗朗西斯·汤普森（Francis Thompson）或杰拉德·曼利·霍普金斯（Gerald Manley Hopkins）这些人身上发现的魅力同样的理由"（v.1，45）。奥威尔本人的立场很清晰；他认为，教宗古典学者式的感受受到理性时代的支配，与汤普森或霍普金斯的宗教—神秘主义式的感受截然相反。奥威尔仰慕后者所拥有的魅力，这一点他在1941年的英国广播公司广播节目中表现得很清楚，他以霍普金斯宗教性的现实观为基础，对这位诗人的一首诗做了精微的诠释（v.2，157—161）。至于弗朗西斯·汤普森这位在他看来与神秘主义相关的诗人，奥威尔无疑非常熟悉他的《天堂的猎犬》这一作品（该诗将人与上帝的关系描述为一场求爱——这是神秘主义诗歌关于神婚意象的最佳例证之一）。比如，戈登·科姆斯托克语带讽刺地提及天堂的猎犬（*KAF* 719）。

[5] 奥威尔的文章中有证据表明，他认为在神秘主义中放弃自我应受谴责。比如，他说亨利·米勒（Henry Miller）"表现了非常重要的约拿（Jonah）式的行为，允许自己被吞噬，保持被动接受的姿态……这是种寂静主义（quietism），意味着要么就完全不信，要么就表现出相当于神秘主义的某种程度的信仰"（v.1，572）。他也指责自己的对手认同"国家或他选择将自己的个性埋没其中的其他集体"（v.3，411），而放弃作为"自主个人"的

168

自由。

[6] 奥威尔几次在文章中评论这一问题:"所有被知性摒弃的忠诚与迷信都会在最薄弱的伪装之下卷土重来。爱国主义、宗教、帝国和军功——一言以蔽之,在俄国,上帝即斯大林;魔鬼即希特勒;天堂即莫斯科;地狱即柏林"(v.1,565)。他还指出,共产党"就是一种信仰。它在这里相当于教会、军队、正统的信仰和纪律"(v.1,565)。

[7] 加缪在《鼠疫》中将塔鲁(Tarrou)成为圣人的目标与里厄(Rieux)"只是要做一个人"的心愿进行比较。他总结道,"英雄主义和圣人之道"的确"不如""只是要做一个人"那么"有雄心"(209)。(参见[法]阿尔贝·加缪著,《局外人·鼠疫》,郭宏安、顾方济、徐志仁译,南京:译林出版社,2013年,第260—261页。——译者注)

第三部分

直面极权主义恶魔：
奥威尔及其同时代人

如若承认《戈斯坦因的书》是解读奥威尔讽刺的关键，那么可以清晰地看到，奥威尔对大洋国"世俗宗教"罪恶的诊断反映了世俗人道主义的观点，即谴责与嘲讽极权主义体系暗中重新引入了神圣事物和邪恶事物的分类。然而，当奥威尔令人信服地描绘出大洋国持续不断的无端破坏与残酷行为的螺旋，并通过一系列清晰可辨的暗示强有力地提醒我们大洋国的历史进程无法摆脱这种螺旋之时，他向我们展示了一个费解的困境。在后启蒙时代，人道主义者的现代、科学、世俗的词汇中是否找得出用来探讨这种螺旋的术语呢？在不依赖"根本恶"这一传统上与超越人类的邪恶领域相联系的概念时，我们能否定义并且应对由极权主义超级大国所制造的在规模和强度上史无前例的残酷行为？或者，是否只要否认极权主义国家所特有的无法遏制的毁灭和牺牲的确是极其罪恶的，20世纪人道主义者就能延续启蒙思想家在世俗意义上对超人的否认？换句话说，我们是否应当在其适应原有概念框架参数系统之前，寻找这一复杂而令人担忧的现象的定义，或者我们该马上开始对这一现象进行谨慎分析，即便它迫使我们重新思考或重新构造我们已有的概念框架？

尽管在阅读了大量关于奥威尔的学术评论后，有时候我们会认为奥威尔肯定是20世纪唯一一个被迫在这一困境中挣扎的讨论极权主义的作家，但事实并非如此。这也不是说与这种困境做斗争这一纯粹的事实会导向无边的绝望和政治冷漠。但是，为了处理这些处于奥威尔批评难题核心的假设，我们应该审视奥威尔对极权主义的诊断，并非像大部分关于奥威尔的评论已经做过的那样孤立地进行，而是将其放在奥威尔同时代的知识界图景中，放在 20 世纪人道主义者困境这样广阔的背景中进行。这一背景可以从三个方面来看。

1.奥威尔的同时代人——汉娜·阿伦特、卡尔·荣格、威廉·赖希、内森·莱特斯[①]、威廉·戈尔丁——怎样从政治学、历史学、心理学、心理历史学等角度清晰表达和解释极权主义超级大国规模和强度空前的恐怖？如何将稍晚些的弗里德里希和布热津斯基、珍妮·柯克帕特里克[②]、达芙妮·保陶伊对极权主义的阐释与奥威尔的诊断相比较？

2.奥威尔关于极权主义国家试图对个体心智加以总体控制的文学表达，如何与托马斯·曼、加缪、萨特这些 20 世纪心理现实主义领域的主流作家所写的相同主题的作品相比较？

3.怎样将奥威尔关于极权主义国家机器中人类变成齿轮的看法与乌托邦—反乌托邦传统框架中赫胥黎的观点相比较？

第三部分将在第十、十一和十二章中对这三个问题分别加以考查。

[①] 内森·莱特斯（Nathan Leites，1921—1987），俄裔美国社会学家、政治理论家，著有《政治局行动准则》（1951）、《布尔什维克研究》（1953）、《心理政治学分析：内森·莱特斯文选》（1977）等。
[②] 珍妮·柯克帕特里克（Jeane Kirkpatrick，1926—2006），美国政治学者，曾任里根政府外交政策顾问、美国常驻联合国代表，以"柯克帕特里克主义"知名，对"9·11"事件之前的美国外交政策有重要影响力。

第十章

恶魔般的螺旋：心理历史学的阐释

邪恶事物：心理学及神学内涵

　　对奥威尔患有癔症[1] 和迷恋邪恶事物的指责在奥威尔批评中
反复出现（Deutscher，Bertrand Russell，Rai）。这是奥威尔难题
的一种突出表现：一个如此一贯地谴责在政治或文学上实行"超脱
尘世"标准的世俗人道主义者（v.4，344），一个如此不懈地抨击
那些向消极主义和绝望屈服的人的作家（v.3，82，282），却被批
评家们指责为专注甚至痴迷于邪恶事物，在生命的最后阶段屈服于
无边的绝望和政治冷漠（Bonifas，Patai，Reilly，Connelly）。这
样的谴责中暗藏着一种指控：出于绝望，奥威尔最终呈现的关于政

治、人性以及人类在宇宙中位置的图景是存在缺陷、不一致或者说碎片化的。使得这一难题更加令人困惑的是，尽管在其他问题上存在分歧，与奥威尔最后一部也是最著名的作品《一九八四》有关的此类控告却得到大部分奥威尔批评家的赞同。一系列未经检视或者错误的假设导致的最终结果是，基于对奥威尔病态、不一致或者碎片化世界图景的假设，许多人对这部小说做出了消极的美学判断。

如果我们不是孤立地审视奥威尔的观点，而是将其放在所处时代知识界的语境之中，就会发现奥威尔对极权主义恶行的诊断显然不是源自个人的迷恋。面对两次世界大战、由俄国革命和西班牙内战激起的希望和失望、畸形的极权主义制度的兴起，以及 1945 年之后核战争带来的毁灭世界的可能性，奥威尔肯定不是同时代人中唯一一个使我们深思邪恶这种无法抵抗的潜在力量的人：问题在于，奥威尔的结论是否反映了绝望的冷漠，抑或是通过尝试寻找一种语言来描述、分析和诊断极权主义这一我们文明的核心危机，从而表达为"人类精神"的信仰而奋斗的决心？

为了解答这一问题，我们必须记住，没有必要非得接受神学家们关于根本恶的观点来讨论恶魔现象。弗洛伊德在对"17 世纪恶魔附体"这一案例的研究中解释道，前科学时代的思维观念里的"恶魔是不好的、应受谴责的愿望，源于那些被否认和抑制了的本能冲动"（v.19，72）。弗洛伊德同时指出，在中世纪，这些心理实体被投射到外在世界，投射到某个被撒旦"附身"的人身上，或者是撒旦自己身上。弗洛伊德在此处的观点与荣格用阴影来解释恶魔极为相似，恶魔是那些投射到敌人身上的我们没有意识到或不愿承认的性格。特别是在战争时期或是遭遇危机的时候，"我们以胜利的名义和理由释放出所有破坏性的冲动……我们通过和邻居作战来与自己的阴影战斗，在邻居身上我们投射了恶魔的元素"（Ulanov 143）。奥威尔揭示出这种恶魔投射是两分钟仇恨会和仇恨周等各类国家仪式的核心，老大哥借此将自身的残暴投射到戈斯坦因或敌人身上（17）。奥威尔同时谴责他的对手实践这种内在于 20 世纪 40 年代双重思想的"黑白""我们—他们"分裂特征的投射行为（182）。

尽管现代心理学可能承认攻击性的爆发有时候是难以应对的，但是它也否认破坏性和残忍的倾向内在于人性，而人性是不可改变的。心理学家对恶魔现象的科学、世俗的定义继承了启蒙哲学家们对根本恶的否认，对原罪的否认，以及对包括神圣事物和邪恶事物两方面在内的整个超自然领域的否认。基于现代心理学的科学思维模式，20 世纪世俗人道主义者的观点表明恶魔现象的源头只内在于人类自身，因此它不会超出意识、意志和理智的范畴。

相比之下，近来有一种神学观点对此做了四个层次的概括，亚瑟·麦吉尔（Arthur McGill）将恶魔描述为"一种超越人类力量、意图作恶的机制"（116），（1）以反人类的行为为特征，导致"极度的残忍、破坏或浪费"；（2）同样重要的是，这些行为不是随机发生的，而是出于"蓄意而恶毒的意图"；（3）行为后果是反人类、超人类的；（4）最后，在这位神学家的定义中，罪恶机制显示出其与绝对的善或神圣完全相反的领域有关（116—124）。

需要思考的问题是：奥威尔对于大洋国这一恶魔化的世界的

分析是否符合心理学家或神学家的解释？无可否认，在神学内涵和心理学内涵之间划分明确的界限并不总是那么容易。其中一个难题就是，面对极权主义超级大国这一现象，作家们甚至是奥威尔时代的心理学家们的语言，都显得含糊不清，好像他们都无法继续在人道主义者的词汇中进行表达。例如，卡尔·荣格在《文明的变迁》中，将"我们时代的群体政治运动"定义为要么是"心理上的流行病"，要么是"群体性精神病"。正如这些医学术语显示出的那样，荣格的确使我们相信"群体的精神病理是根植于个体的精神病理的"①（*Civilization* 218）——因此，我们可以假定，它们也适用于同样的治疗方法。同时，荣格把这种疾病的力量称为"恶魔""邪恶的破坏力"，将其合称为"恐怖之神"（The God of Terror）的力量②（*Civilization* 235）。显然，人道主义者使用的医学术语暗示这一疾病是暂时性的、可治愈的，而宗教—神学的意义暗示根本恶根植于人类本质，而且最终人类的疗法对此无能为力，这两种观点之间无疑存在分歧。

在那个时代，奥威尔的《一九八四》显然不是唯一一部要让读者意识到极权主义势力在影响和范围上正日益接近压倒一切并超越人类边缘的作品。虽然如此，他从不怀疑自己肩负着与这些势力抗争的责任，他的策略就是使人们关注其毋庸置疑的恶魔般的力量：

①译文参见［瑞士］卡尔·古斯塔夫·荣格著，《文明的变迁》，周朗、石小竹译，北京：国际文化出版公司，2011年，第162页。
②译文参见［瑞士］卡尔·古斯塔夫·荣格著，《文明的变迁》，周朗、石小竹译，北京：国际文化出版公司，2011年，第175页。

　　总的来说，英国知识界已经在反抗希特勒，但代价是要接受斯大林。其中大部分人准备好去接受独裁手段、秘密警察、系统篡改历史等，只要他们认为这对"我们"有利……人们无法保证不会思考十年之后的情况，就像现在的知识界所做的那样。我希望他们不会，我甚至相信他们不会，但是如果他们那么做了，就要付出斗争的代价。如果有人宣称所有的一切都是为了最好的结果，却不指出凶险的征兆，那么他就是在助长极权主义。(v.3，178)

　　事实上，奥威尔对医学—人道主义意象的使用极具一贯性，即便是在描述"非理性"的"凶恶"力量时也是如此。这种力量所在的世界"正在遭受精神疾病的折磨，为了治愈它，我们必须先对其进行诊断，"在这种情况下，"人们必须继续奋斗"(v.4，289)。

政治科学观照下的大洋国

　　奥威尔笔下的大洋国是一幅关于极权主义的工笔画[2]，这不仅由记录了希特勒德国的恐怖的一手材料所证实（Bettelheim），许多"苏联和东欧的异见知识分子……［惊讶于］一个从未踏足东欧的英国人可以如此精准地描绘出恐怖的氛围"（Rodden 211）；而且也为很多政治科学领域的学术著作所证实。例如，弗里德里希和布热津斯基的范式似乎是为大洋国特制的，这一范式从如下四个部分对极权主义制度进行定义：(1) 拥有极权主义意识形态

（《一九八四》中的英社）；（2）支持该意识形态的单一政党，由一个人、一个独裁者来领导（老大哥领导下的党）；（3）发达的秘密警察（思想警察）；（4）对大众传媒和武器的垄断控制，全方位的集中型计划经济（3—10）（在《一九八四》中，三种控制由真理部、和平部和富足部所代表）。

政治学家珍妮·柯克帕特里克还定义了极权主义政府的另一特征："政府会倾其所有强制性力量以改变经济和社会关系、信仰、价值和心理倾向"，清楚表明根据其新理念，"人们只是作为集体的成员才拥有价值"（101）。毫无疑问，这两个政治学家所下的定义与奥威尔笔下的大洋国一致。甚至更进一步说，如果他们用奥威尔的小说来证明自己的范式，把小说当作一个案例来研究，当作极权主义关键现象的原始资料的话，政治学家们所描述的范式也可视为源自《一九八四》。那么，为什么这么多的奥威尔批评家认为奥威尔的诊断不正确呢？为什么那些在其他方面与伯特兰·罗素和威廉·多伊彻观点分歧甚大的批评家们会认同二人的观点，认为奥威尔的诊断显示了对邪恶事物的迷恋以及面对恶魔的绝望？

为了理解奥威尔难题的这一方面，我们应当指出，尽管弗里德里希、布热津斯基和柯克帕特里克提出的范式很可能源自《一九八四》，出于显而易见的原因，《一九八四》中对极权主义制度的描述不可能单单源自政治科学家们的范式。这些范例所欠缺的自然不只是一部伟大小说的情感力量，还有极权主义恐怖的亲历者所特有的对于发现的兴奋，这种充满热情的好奇心让早期的诊断者们与温斯顿·史密斯一起，极欲找出"为何"，而不仅仅满足于"如何"。重要的是，加缪的《鼠疫》、戈尔丁的《蝇王》，还有卡尔·荣格、威廉·赖希、内森·莱特斯、汉娜·阿伦特对极权主义的心理—历史阐释都认同奥威尔在《一九八四》中对极权主义恐怖的描述：这是一种逐步增强、自行实施的（self-perpetrating）动力机制，显现在"爆发""连锁反应""崩塌"等身体和精神疾病"不可抗拒的力量"的螺旋意象之中。事实上，许多《一九八四》批评者所忽视的正是奥威尔将极权主义体制的恐怖和破坏性描述为一种恶魔螺旋（demonic spiral），这其实深受他所处时代的影响。小说的情节正是一个相关的例子。

恶魔螺旋：
奥威尔、阿伦特、荣格、赖希、莱特斯、戈尔丁

尽管在这部政治讽刺作品中，温斯顿的经历带有一种"塔楼塌毁"的象征意义，他在一个极权主义"世俗宗教"里经历了信仰的改变，这是条充满折磨的朝圣之路，但是这一经历也囊括了心理和政治惊悚小说的悬念、惊喜和出人意料的逆转，这一文类与心理现实主义所具有的逼真性有关。虽然如此，《一九八四》的情节受到评论家们的严重质疑，他们认为奥布兰这个阴谋大师的动机在心理上并不可信。[3] 的确，就像温斯顿所做的那样，读者们不需要成为专业评论家也会问：既然奥布兰完全了解温斯顿在过去七年中的所有行动和思想，为什么他没有在温斯顿第一次越轨或第一次有越轨的念头时就逮捕他？温斯顿知道，他打开日记的那一刻，单单这一

176

行为就足以使自己被判多年强制劳改，甚至是无期徒刑（11）。在一个没有固定法律的社会里，任何越轨行为都可能被处以最严重的惩罚。此外，"犯人"也可以被随机选择。[4]那么，为什么奥布兰认为有必要和温斯顿玩一场长达七年的猫鼠游戏呢？

奥布兰的答案提示了温斯顿穷其一生都在探寻的那个秘密。在一个将权力当作上帝来崇拜的国家，本应当作手段的东西如今变成了目的："权力的目的就是权力。"①（227），为了维护权力必须使别人受罪（229）。毫无疑问，藏身于诡计背后的主谋奥布兰的残忍动机完全是出人意料的，在一部采用心理现实主义的现代作品框架中，人物的这种心理动机让人很难接受。但是，即使温斯顿本应在"阴谋／情节"（plot）开始时就被轻易清除，在反乌托邦讽刺作品的框架中，对讽刺作家来说至关重要的是要确定这一点：温斯顿是被国家培养起来的，好似他先被国家养肥，再被国家杀死。只有首先让温斯顿实现自己的人类潜能，奥布兰才能在仁爱部这个国家进行总体统治的实验室中逐步有计划地摧毁温斯顿，并从中获得最大的满足。这个颇具争议的"动机不足"（unmotivated）的情节让我们找到了讽刺目标的核心：恶魔般的螺旋，它以"动力不足"的永动机、强制性的牺牲、不断增加的无端的恶为标志，这就是奥威尔展示的极权主义制度所特有的运转方式。这个有争议的情节也让我们重新思考奥威尔难题的两个核心问题：首先，"动机不足"的情节是否是一种失察的表现，说明奥威尔作为文学家在技巧上水平参

177

①译文参见［英］乔治·奥威尔著，《一九八四·动物庄园》，孙仲旭译，南京：译林出版社，2008年，第187页。

差不齐？其次，奥威尔对极权主义中邪恶成分的诊断是否表达了他自身独特的对病态的痴迷？

　　为了回答第一个问题，我们必须意识到，整部小说中表达的恶魔螺旋的意象是极权主义心理的核心，并且这些意象进一步加强了建立在党的破坏性和残暴性基础上的情节。奥布兰和温斯顿一起表演的戏剧，带有令人难以忍受的"永远有脸可供践踏"①（230）这样的情节，在101房间的"连锁反应"中有相关的衬托，在那里每一个受害者都要背叛新的受害者。这一运动也和双重思想中拒绝逻辑的强制性螺旋相一致 [拒绝越彻底，信仰就越强烈；信仰越强烈，进一步拒绝的需求就越强烈，如此不断螺旋上升，永无止境（ad infinitum）]。新话词汇中的归谬法（reduction ad absurdum）暗示了一种熵的螺旋。（词汇越是减缩，意识越受限制。意识越受限制，就越倾向于减缩词汇，最终消灭词汇。）所有这些意象的聚合效果意味着组织结构被分解为各个组成部分，原子中心自我延续的一系列内爆，目的在于摧毁原子核、"内部核心"、已经"原子化"的孤立个体的"不可动摇的内在自我" [温斯顿的感觉"就像从大脑上扭下来一块"②（128），"他的身体扭曲得变了形"③（196），"传来一声毁灭性的爆炸，或者说好像是爆炸，不过也说不准是否

---

① 译文参见 ［英］乔治•奥威尔著，《一九八四•动物庄园》，孙仲旭译，南京：译林出版社，2008 年，第 190 页。

② 译文参见 ［英］乔治•奥威尔著，《一九八四•动物庄园》，孙仲旭译，南京：译林出版社，2008 年，第 103 页。

③ 译文参见 ［英］乔治•奥威尔著，《一九八四•动物庄园》，孙仲旭译，南京：译林出版社，2008 年，第 173 页。

真的有什么声音"①（221）]。事实上，有人或许会认为，这些运动的综合结果——碾压、扭曲、爆炸、内爆、连锁反应的意象——在象征层面上，表现出的是原子弹不可阻止的破坏性的那种恶魔螺旋。尽管遭到明显的抑制，原子弹破坏性的力量使它存在于极权主义世界体系的方方面面，这一体系就建立在它的保护伞之下，成为某种"死亡崇拜"。

178　　当然，奥威尔文学影响的一致性和唤起共鸣的力量并没有解决处于奥威尔难题核心的第二个问题，即指控他的图景是病态的，表达了他个人对邪恶的痴迷。为了反驳这一指控，我们只需看一下奥威尔的同时代人对相同现象的判断，他们也在试图与他们看来是极权主义体制固有的强制性的恶魔般的螺旋相妥协。因此，根据卡尔·荣格的观点："疯子和暴民都受到无法抵挡的客观力量的鼓动。"结果是，"今天威胁着我们的巨大灾难……是心理性的事件（phychic events）……现代人不再任由野兽、地震、山塌、洪水的处置了，而是受到自己心理中的基本力量的摧残。这是远胜于地球上所有力量世界之力"。②（*Civilization* 235）当奥威尔发现由于信仰缺失，我们转而崇拜残忍的权力之神，而这会引发潜在的心理灾难时，他的观点与荣格的非常接近，后者主张"启蒙运动时期将诸神从自然制序和人类制序中逐出，但这忽略了栖身在人类心灵中的

①译文参见［英］乔治·奥威尔著，《一九八四·动物庄园》，孙仲旭译，南京：译林出版社，2008年，第182页。
②译文参见［瑞士］卡尔·古斯塔夫·荣格著，《文明的变迁》，周朗、石小竹译，北京：国际文化出版公司，2011年，第175页。

恐怖之神"① (*Civilization* 235，重点为作者所加)。

至于这"无法抵挡的客观力量"的爆发和扩大，许多奥威尔的同时代人用与奥威尔所说的恶魔螺旋相似的术语来描述它们的效果。威廉·赖希在其影响深远的《法西斯主义的群众心理学》(*Mass Psychology of Fascism*) 一书中，用弗洛伊德式术语来定义这种恶魔螺旋。由于专制政治体制压抑性欲，并引入了一种伪宗教的性兴奋替代物，赖希指出法西斯人格中存在着一种古怪的"施虐狂式的残忍和神秘情感的结合"(137)。当他将施虐狂的欲望归因于性本能受压抑时，也回到了弗洛伊德关于克制与罪恶感之间螺旋式运动的关系这一概念上：每一次自我克制本能驱动力的时候，超我就会变得越来越苛刻，导致愈加强烈的罪恶感，同时反过来引发越来越强的克制。

在其研究法西斯人格的著作《政治态度心理学》(*Psychology of Political Attitudes*) 中，内森·莱特斯为我们提供了理解这一螺旋的另一种心理学途径。为了解释法西斯施暴者对受害者不断累加的极端暴行，莱特斯让人们注意到德国教育中的专制精神，因为在德国的教育中一个人童年时"针对强大的父亲"的反抗行为"受到严重的干预"(288)。结果，法西斯人格发展成了"强迫型性格"，表现在对弱者"贪得无厌"地进攻之中。莱特斯引用监狱或集中营看守挑中最不可能做出反抗的受害者这一现象为例。他指出，在集中营里"针对相对较弱的目标的侵害行为要常见

179

①译文参见［瑞士］卡尔·古斯塔夫·荣格著，《文明的变迁》，周朗、石小竹译，北京：国际文化出版公司，2011年，第175页。

得多"，并且"党卫军（SS）更倾向于在极端疲劳的人身上施加暴行"。这一螺旋描绘了侵犯的"贪得无厌"，因为"每一次成功的侵犯都削弱了对方的能力，因而也就提高了后续侵犯行为的可能性"（288—289）。

这是一个相似的永动机机制：侵犯行为逐步升级，自我持续，而作为目标的受害者日益弱势。汉娜·阿伦特指出这是希特勒和斯大林政权的核心特征，在他们的统治下，恐怖不再是为达到某种目的而采取的手段：

> 在极权主义统治初期，极度血腥的恐怖确实扮演着击溃敌人的角色，并有着使其他进一步的反抗无法成功的作用；但是总体恐怖只有在统治初期的困难已经克服之后才会出现，此时政权不再害怕反对势力。在这种背景下，人们常常听说，如今手段已经变成了目的，但这毕竟只是以充满矛盾的掩饰来承认"只要目的正确，可以不择手段"这种范畴已经不再适用，恐怖已经失去了"目的"，它不再是恐吓人民的手段。① （440，重点为作者所加）

阿伦特和奥威尔都证明，在极权主义独裁者的手中手段变成目的。阿伦特的分析和奥威尔小说中的"情节"也是一致的。温斯顿和其他替罪羊之所以受迫害，不是为过去的罪过受惩罚，甚至不是

---

① 另有译文参考 ［美］汉娜·阿伦特著，《极权主义的起源》，林骧华译，北京：生活·读书·新知三联书店，2008 年，第550 页。

为了防止未来可能的犯罪。恐怖的目标就是恐怖。权力的表现就是使他人受苦。持续不断的无端的暴行以及仁爱部和 101 房间中体现出的相应机制，都不是讽刺作家梦魇般的病态想象的象征：相反，他们强有力地以文学方式展现了奥威尔对于极权主义体制的"真正秘密，集中营，[以及充当]极权统治的实验室[的行刑室]"的卓越的洞察[①]（Arendt 436）。（奥威尔的深刻见解再一次呼应了阿伦特 1950 年关于极权主义起源的重要研究。）

作为恶魔螺旋反面的熵

阿伦特使用了希特勒和斯大林档案中的大量材料来说明每当独裁者确立了自身地位并加以巩固之时，习惯于在每次政治运动中寻求自我利益的局外人都期待针对受害者的恐怖行动能够暂停。事实上，正是在这种时候独裁者会加大恐怖。因此，正是在希特勒彻底击败了内部的政治对手之后，他开始转向建立集中营、迫害犹太人；如果他能够完成"最后解决方案"，有证据表明他已经准备好了迫害其他的替罪羊：那些患有精神疾病的人和临终的病人就是他计划中的下一个目标。再看斯大林的情况，在消灭了资产阶级之后，他挑选出了富农（kulaks）；在斯大林去世时，人们发现他计划一个接一个地迫害、驱逐并逐渐消灭国内的少数民族。阿伦特总结出恐怖"是[极权主义]统治形式的本质"（344），是其风格

180

---

①译文参见 [美] 汉娜·阿伦特著，《极权主义的起源》，林骧华译，北京：生活·读书·新知三联书店，2008 年，第 546 页。

(style)。与奥布兰揭示的关键真相完全一致，阿伦特认为："极权主义政权即使已达成其心理目标，仍将继续使用恐怖：其真正恐怖之处在于统治着完全压抑而沉默的民众。"①（344）

达芙妮·保陶伊在近期的研究中引入了博弈理论作为理解温斯顿和奥布兰关系的线索。她精确地指出："掌控和支配另一个人不可能长久；相反，这必须通过不断地重建。正是在权力的行使之中，权力才得以形成。"（235）然而，保陶伊也认为，即使"奥威尔能够成功地让读者注意到第一空降场（Airstrip One）这个地方无法逃避的压迫感……他也不能有效地解释大洋国内部的动态机制，这种机制通往熵的状态"（237）。当她暗示奥威尔的判断并不精确的时候，保陶伊忽视了一个事实：系统倾向崩溃这一熵的原则，实际上内在于奥威尔对法西斯主义和斯大林主义模式的讽刺中。的确，控制是一个孕育着自身失败的种子的过程；最终，当施暴者通过摧毁受害者的意志达成自己的目的时，他的能量也就失去了任何释放的出口。正如 M. 格里芬海格（M.Grieffenhager）所指出的："极权主义与其他独裁专政不同，它从本质上寻求的是自我分裂，它自身含有自我毁灭的因子。"（56）可能有人甚至会猜测，这里熵的原则、系统不可避免地走向分裂的趋势，正是恶魔螺旋的反相。

在同一时期的另一部虚构作品，威廉·戈尔丁的《蝇王》中，充分体现了暴行的螺旋上升运动和通过这种螺旋上升运动获得其

①另有译文参考［美］汉娜·阿伦特著，《极权主义的起源》，林骧华译，北京：生活·读书·新知三联书店，2008 年，第 443 页。

定义的系统最终不可阻挡地迈向崩溃之间的因果关系。在这部小说中，戈尔丁通过一群因船难流落到南部岛屿的男孩的行动，展现了这一双向过程的经典范式。独裁者杰克掌握了权力，因为他是唯一一个为同伴们的困境找到答案的人，他们的困境就是：男孩们在夜里害怕，感到不安全，或者更确切地说，他们对死亡的无名恐惧。杰克意识到，只有在进攻时他才不感到害怕。因此，他获得了大部分男孩的支持，他们与他一起去打猎，一开始是猎杀动物，后来开始一个接一个地杀死群体中被认为是"外来者"的人。除了在伤害其他人的时候，他们无法逃离被伤害的恐惧，男孩们最初的恐惧如今因内疚感而加剧，而这种内疚感只能通过重复的侵犯行为才能得到缓解，即使只是暂时性的缓解。因此独裁者杰克别无选择，只能让男孩们继续自相残杀直到"烧毁"小岛，即现实中他们自己的心灵，摧毁男孩们的个性，同时也摧毁了群体。

在对希特勒和斯大林这两种极权主义进行的深刻诊断中，卡尔·荣格同样注意到了存在于集体之中的恶魔："如果人们群聚到一起，形成暴民，那么集体人的活力就会被释放，也就是蛰伏在每个人心底的野兽或魔鬼会被释放，直到这个人成为暴民的一分子。"[①]（*Civilization* 231）同样，就像奥威尔一样，荣格也认识到恶魔的本质是不可遏制的暴行的"连锁反应"："由于其潜意识，群体并没有选择的自由，因此心理活动就像某种失控的自然力量一样

---

①译文参见［瑞士］卡尔·古斯塔夫·荣格著，《文明的变迁》，周朗、石小竹译，北京：国际文化出版公司，2011年，第171页。

在群体中不断盘旋。这样就启动了一个只有在灾难中才会停止下来的连锁反应。"①（*Civilization* 236，重点为作者所加）

恶魔螺旋的来源

奥威尔同时代人的作品肯定了他的判断：内在于极权主义体系的恐怖在范围上和效果上都像恶魔般巨大，甚至粗看之下，它展现了神学家所说的恶魔的首要属性，即无端的破坏和残害行为会过度爆发。但是，如果要确定这一爆发的根源，我们必须仔细审视暴民与领导者之间的汇合点。独裁者是否扮演了神学家所说的那种"拥有超人力量的意图作恶的行动者"，且并非随机产生，而是充满恶意地刻意设计的（116）？

荣格关于群众运动领袖如何攫取权力的分析中，核心的一点是阴影概念，即我们自身的人格中被拒绝面对或不敢面对的方面。荣格同时指出："在希特勒身上，每个德国人都应当看到了自己的影子不可抵挡的驱动力，也就是自己最大的危险。"②（*Civilization* 221）根据荣格所言，精神病院的病人中，没有哪个比经历过恐惧和不安全感的人更危险，因为病态的、受损的心智很容易会通过发起攻击行为或者跟随一个好斗的领导者来弥补。因此，正是"战

---

①译文参见［瑞士］卡尔·古斯塔夫·荣格著，《文明的变迁》，周朗、石小竹译，北京：国际文化出版公司，2011年，第175页。

②译文参见［瑞士］卡尔·古斯塔夫·荣格著，《文明的变迁》，周朗、石小竹译，北京：国际文化出版公司，2011年，第165页。略有修改。

败和社会灾难也加固了德国人的群体本能"[1]（219），正是"个人对不存在的事物的迷恋"被"迄今未知的权力欲的爆发所弥补"（*Civilization* 223）。

到目前为止，荣格的解释和《戈斯坦因的书》中一些根本性的论断相同，解释了内党是如何上台的。民众早已被宗教信仰的缺失以及随之而来的道德价值的丧失所击垮，注定要经历 20 世纪 50 年代旷日持久的战争所引起的恐惧和不安全感（170）。到这个时候，群众已经做好准备，为了弥补无力感而去崇拜权力和攻击性，独裁者及其支持者就是其人格化的体现，他们通过引入早期极权主义体制的思想和方法而成了高层领导者。奥威尔说得很清楚，这些口号借自斯大林——恐怖和迫害的方法既来自希特勒，也来自斯大林："法西斯主义大致等同于虐待狂，但是大部分人认为对斯大林俯首帖耳的崇拜没什么问题……他们所有人都在崇拜权力和成功的残忍性。"（v.3，257）

在 1940 年的一篇文章中，奥威尔也说到富有魅力的（charis-matic）法西斯独裁者要求人们盲目崇拜并自我牺牲，对人们形成非理性的宗教力量有着直接的吸引力："所有伟大的独裁者都通过将不可承受的负担加诸民众来提升自己的权力。社会主义，甚至资本主义也会以一种不情愿的方式，对人民说'我会给予你们美好时光'，而希特勒对他们说'我给予你们挣扎、危险和死亡'，结果整个国家的人都拜倒在他脚下。"（v.2，29）荣格也注意到"独裁国

183

---

[1]译文参见［瑞士］卡尔·古斯塔夫·荣格著，《文明的变迁》，周朗、石小竹译，北京：国际文化出版公司，2011 年，第 163 页。

家相对于资产阶级理性有一个巨大的优势：它可以与个人一起吞并宗教力量"（*Civilization* 218），并且在"神化国家和独裁者"时，宗教"以邪恶而扭曲的形式重新出现了"（*Civilization* 259）。

荣格同样还赞同奥威尔的分析，指出偶像因其"成功的残忍性"而受到崇拜，但他代表着崇拜者自身受困于恐惧和无力感的镜像。不过，荣格同时也感到相较于追随者，领导者有着"抵抗力最小，责任感最弱，权力欲最强的人很快便会成为暴民领袖。他会松手让所有蓄势待发的事物爆发，而暴民则将以不可抵挡的雪崩之势跟随着其领袖的步伐"①（*Civilization* 219，重点为作者所加）。荣格的追随者安·尤兰诺（Ann Ulanov）也认为"那个成为领导者的人……是群体中最弱的人……因为他缺乏拥有充足力量的自我"（143）。

在这一点上，奥威尔的老大哥与弱势的荣格式领导者有所不同。荣格将他所处时代的伟大独裁者表现为心理虚弱的人，通过无意识地回应暴民非理性的恐惧和需求以获取权力，而奥威尔将老大哥描绘成一个条理清晰的思想家，研究过 20 世纪 40 年代的极权主义体系，并在这一研究的基础上为未来做好合理准备。重要的是，老大哥比荣格描绘的独裁者更加恐怖，因为他不是一个人。如果老大哥拥有身体形态，那么他就是内党的成员之一，而内党正是一群面目模糊的"执行者"，利用老大哥的形象作为被群众膜拜的偶像。以奥布兰为代表，荣格所说的"恐怖之神"以现代效率专家的沉着

---

①译文参见［瑞士］卡尔·古斯塔夫·荣格著，《文明的变迁》，周朗、石小竹译，北京：国际文化出版公司，2011 年，第 163 页。

冷静点燃了国家机器残酷的熔炉。

人类来源——超人效应?

当然，"心智健全"且有科学意识的心理学家现在会立刻指出，184
内党的所有成员都是疯癫的，他们是一个不加掩饰地崇拜残暴力量
的团体，通过制度化，被提升到了宗教的高度。由于他们对不受限
制的权力的渴望，他们全都成了被恶魔附体的受害者，通过一种
特殊的"心灵自然的部分［逐渐］呈现出恶魔形体，［因为］它侵
占了整体"。这种不平衡以"狂躁过剩"（manic excess）（Ulanov
39）的形式，剥夺了病人的自我所需的用来创造内心平衡以及与外
部现实世界相处的力量。但是此处，奥威尔使我们发出疑问：什么
是现实？根据奥布兰的说法，"现实是装在脑袋里的"[①]（228），并
且因为党对思想有着绝对的控制，它就具有了神的特权。在《戈斯
坦因的书》中，我们看到，党的确有着借助原子弹来毁灭世界的力
量。党也能够创造"新人"：在仁爱部经历了饱受折磨的朝圣之路
后，温斯顿被他的造物主以自己的形象重新创造。党还能够在大洋
国的孩子们身上再次制造自身的双重性，这些孩子被培养成绝对
服从党的准则的人，同时"他们所有的残暴都是对外的，针对国
家的敌人"[②]（25）。更进一步说，温斯顿也能够变成弗兰肯斯坦，

---

①译文参见［英］乔治·奥威尔著，《一九八四·动物庄园》，孙仲旭译，南京：译林出版
社，2008年，第188页。
②译文参见［英］乔治·奥威尔著，《一九八四·动物庄园》，孙仲旭译，南京：译林出版
社，2008年，第19页。

并且创造他自己的"人造人"。在仁爱部里有一个荒诞滑稽的片段，温斯顿在那里的任务是生产宣传品，他"创造"了奥吉维上校（Colonel Ogilvy）这个大洋国的英雄（44—45）。奥吉维，这个温斯顿凭空想象出来的人物，他的名字因进入官方记录从而变成"真实"的存在，与此形成鲜明对照的是，真实的人和存在的事物从同样的记录中消失了。一旦一个人被党"蒸发"，他便消失得无影无踪。一旦一个虚构的"英雄"被宣传机器创造出来，他便呈现为弗兰肯斯坦的怪物般荒诞的存在。毫无疑问，在奥威尔关于大洋国的描述中，我们总会想到那有着"迅速而有害的智慧"（v.2，109）的作品，它似乎展示了神学家们所说的恶魔的三个显著特点：（1）无端的破坏和残害行为会过度爆发，（2）统治者预谋使民众成为低于人的存在，以及（3）极权主义国家改造人性和摧毁文明的渴望中潜在的反人类的影响。然而，尽管这些党运用权力的灾难性例子可能在我们心中激起邪恶感，但《戈斯坦因的书》清楚地说明邪恶的权力出自人类的思想，而非源自超自然现象。即使党的权力可能会有超人的效果，它的源头看起来根植于思维方式的异常，源于在大洋国获得全面统治的一种特殊的心态。

阅读《戈斯坦因的书》时，我们反复被提醒要分清人为的缘由和邪恶中潜藏的超人的影响。因此，党的"超人力量"的源头是三个超级大国领袖针对自己的子民的阴谋，以使人民处于永久的奴役状态。这个阴谋是世界性的，的确"超越人类"，然而行动者只是一群冷酷的执行者，他们的智商略高于平均水平，能够理解和操纵普通人非理性的恐惧。将这一观点引申开来，如果群众被启蒙，意识到自己的恐惧和非理性的真正原因，内党的"超人"权力就会即刻瓦解。

更进一步探索决定内党"超人力量"的终极源头，我们会发现正是原子弹确保了社会结构不可能因外部原因发生变化，并且同时反过来，也不可能从内部发生变化。不过，即使原子弹的效果是超人的，这种力量的源头仍旧存在于破解了自然秘密的人的思想之中；这是一项属于人类的成就，它的后果也应该由人类负责。

在奥威尔的时代，并非只有他一人用螺旋上升的暴行、无法阻止恐怖进程的无能群体和独裁者、滚雪球效应以及毁灭的连锁反应来表现极权主义制度。自《一九八四》出版以来，许多极权主义制度的分析者都指出，现代独裁者的行为就像自己国家的征服者（Arendt 417），时刻准备焚毁自己的国土，最终消灭自己（Arendt，Lifton，Grieffenhager）。作为政治评论家的奥威尔也在最后一次重病的数年之前便确认了这一点（v.2，302）。奥布兰揭露关于恶魔螺旋般的"总体"控制的秘密准则的情节，并非文学判断上的失误。同时，奥布兰基于规训与暴行的双重性之上的性格也不代表奥威尔缺乏创造现实主义人物的技巧。对于奥威尔的极权主义现象的心理—历史的精确分析来说，幕后主使的情节和动机都很重要。正如为其他心理—历史分析所证实的那样，大洋国的邪恶因素属于被奥威尔诊断出的疾病，但这与诊断医生的肺结核病、病态的绝望或个人痴迷的癔症无关。

186

_____ 注　释 _____

[1] 在其 1988 年的《奥威尔与绝望政治学》一书中，阿洛克·赖伊认为新话代表了奥威尔"希望的破灭，那种有悖常理的灰心丧气，我认为是奥威尔最终绝望的根源"（123）。

[2] 当然，指责奥威尔歇斯底里式的"终极绝望"的评论家往往正是质疑极权主义现象本身的人。比如，阿洛克·赖伊认为极权主义只是"情绪化的隐喻"（18），而在 1989 年的《奥威尔和我们的政治虚构》（"Orwell's Political Myth and Ours"）一文中，约翰·尼尔森（John Nelson）认为阿伦特和奥威尔的"极权主义神话和民主神话需要修补"（39）。

在合著的《政府入门：一种概念方法》（Introduction to Government: A Conceptual Approach）一书中，马克·迪克森（Mark Dickerson）和托马斯·弗兰尼根（Thomas Flanegan）指出"极权主义"这一术语"在冷战双方的论战中已经变成了有争议的术语"，然而"它表达了所指称政权的重要事实"。因此，"无论未来政治变化如何，记录极权主义的历史事实都很重要"。（202—203）

莱昂纳德·沙皮罗在 1972 年研究《极权主义》一书后，对争论做了总结，肯定奥威尔对"极权主义"一词的使用完全正确：

极权主义是独裁的一种新形式，在第一次世界大战之后的大众民主（mass democracy）环境中兴起。其特征是获得胜利的运动领袖拥有支配地位，领袖在从属于他的精英和控制性的意识形态的帮助下，力求完成对政权、社会及个人的总体控制。领导者和精英们，通过掌握官方意识形态的解释权……实际上具有教会和政府的双重职能：他们为自身利益而破坏法律，并声称掌握私人道德规范……在纳粹德国和斯大林俄国，这些目标都几近实现，或曾可能实现。（118—119）

[3] 参看艾伦·杜歇：《奥威尔及责任危机》，载《当代问题》(Alan Dutsher, "Orwell and the Crisis of Responsibility", *Contemporary Issues*)，1959 年，第 8 期，第 308—316 页；乔治·艾略特：《失败的预言家》，载《哈德逊评论》(George Elliott, "A Failed Prophet", *Hudson Review*)，1957 年，第 10 期，第 149—154 页；吉尔伯特·博尼法斯：《乔治·奥威尔：战斗》(Gilbert Bonifas, *George Orwell: L'Engagement*)，巴黎，迪迪埃出版社，1984 年；约翰·韦恩：《奥威尔最后的岁月》，载《20 世纪》(John Wain, "The Last of George Orwell", *20th Century*)，1954 年 1 月，155 期，第 71 页。

[4] 在《极权主义起源》中，汉娜·阿伦特认为，在一个完全极权主义的国家中，"无辜者和有罪者同样都是不良分子（undesirable）"：

只有在开始阶段，还处于夺取权力的阶段时，[极权主义国家的] 受害者才是那些可能的敌对者。随后，它便开始将自己的极权主义事业施加到迫害目标敌人身上，这些目标敌人可能是犹太人或是波兰人（如在纳粹的例子中），或者是那些所谓的"反革命"——这种指控在"苏俄不需要 [被指控的] 行为出现，就可以成立"——这些人可能是不知道什么时候拥有过一家店或者一幢房子，或者"他们的父母或祖父母拥有这些"，或是曾经参加过一支被红军征服的部队，或者是那些波兰裔俄国人。只有在最后完全实现极权主义的阶段……才完全随机选择受害者，甚至不需要指控就被宣告不宜存活。这种新的"不良分子"的范畴在纳粹的情况中包括精神病人、肺病和心脏病患者，或者在苏联就是碰巧成了被各省要求驱逐的那百分之几的人。这种持续的专制比任何暴政都更有效地否定了人类的自由。（432—433）（另有译文参考 ［美］ 汉娜·阿伦特著，《极权主义的起源》，林骧华译，北京：生活·读书·新知三联书店，2008年，第541—542页。——译者注）

第
十
一
章

普
通
人
反
抗
极
权
主
义
邪
恶
势
力
的
现
代
道
德
剧
：
托
马
斯
·
曼
、
加
缪
、
萨
特
、
奥
威
尔
的
背
叛
主
题

　　《一九八四》是 20 世纪最著名的反乌托邦作品之一，作为作者　　
的奥威尔主要被看作一位政治作家。[1] 然而，正如第四章所讨论的
那样，《一九八四》是一部复合文类作品，成功地将政治寓言和心
理现实主义结合在一起。在心理冲突（psychomachia）的框架之
下，温斯顿的磨难表现出了奥威尔时代决定性的危机，即极权主义
与我们的文明之间的斗争，一场发生在个人精神领域的善与恶的力
量之间的战争。对奥威尔最知名的这部作品中诸如病态的绝望、碎
片化的图景、不均衡的文学成就之类的指责已经成了奥威尔批评
中一个古怪的难题。因此，为了反驳这些指责，我们必须通过将
《一九八四》和其他以心理现实主义模式处理这一危机的代表性现

代小说进行比较，努力对奥威尔的政治和精神状况进行客观而慎重的定义。

背叛主题

这一章将比较《一九八四》中对"背叛"这一奥威尔作品中核心主题的文学表达与其在托马斯·曼的《马里奥与魔术师》、萨特的《墙》（*The Wall*），以及加缪的《鼠疫》中的表现。初看这四部作品，很清楚的一点就是：每部作品都在高潮场景中处理了"边缘状态"（boundary situation），这一场景中个人要面对受害者和施害者之间的意志的斗争。受害者被迫要去背叛他人，他在这个场景中面临着一场考验或审判，但他不是为了让自己活命而战，而是为了能保留人性。

反复出现的审判、背叛和自我背叛主题是对危机[2]最重要的表达。不仅仅是奥威尔，在对抗极权主义体制的邪恶势力和极权主义心理的蔓延时，他的三位同时代人也描述了这一危机。在这场对抗中，曼、萨特、加缪和奥威尔一样，向我们传达了世俗人道主义者的震惊，他们震惊于被强迫认同绝对的根本恶，而作为后启蒙时代的"科学"思想家，他们已无法再召唤对绝对之善或对神圣事物的信仰。震惊之余，他们努力寻找心理词汇来诊断这一毋庸置疑的恶魔现象，即 20 世纪极权主义国家对个人精神进行"总体"控制并最终加以改造的图谋。由于"恶魔"最初是一个神学概念，这种现象对我们所讨论的四位作家笔下对这一概念的"人道主义化"既

190

是挑战也是抵抗。结果，这四部"现代"心理现实主义作品同时也带有强烈的寓言文体的特点，尤其是那些中世纪道德剧中的心理冲突，善天使（the Good Angel）与恶天使（the Bad Angel）在其中争夺普通人的灵魂。

托马斯·曼写于 1930 年的《马里奥与魔术师》的开头处理的是一个中产阶级的德国家庭在意大利海边度假娱乐的世俗经历。叙述者描述催眠术士奇博拉（Cipolla）在一群小镇观众面前进行表演，这些观众不仅要忍受表演，还要为看表演"花钱"。我们从中意识到，通过剧院这一隐喻，在这个故事里即通过一场畸形秀，托马斯·曼为我们呈现了法西斯主义崛起的寓言。

故事结尾，魔术师的催眠能力显然变得跟法西斯独裁者用迷惑人的"魔术"施加在整个国家之上的魅力一样了。人们被催眠术士的眼睛催眠，被他的鞭子抽打，这些催眠术士的臣民一个个都崩溃了。意志和灵魂被剥夺之后，每个人都加入了"木偶队列"，跳起古怪的机械舞，他们被魔术师在舞台上排成一队，向其他人展示其神秘力量。事实上，对人物的全部考验是"一系列针对意志力的进攻，造成意志力的丧失"（496）。

魔术师的受害者们的舞蹈引发了另一个强有力的类比：它就像一种中世纪的*死亡之舞*（danse macabre），从而在独裁者的非理性力量和巫术的魔力或恶魔附身之间建立起联系。当曼写到魔术师用"背叛者"（503）这个传统名称来称呼撒旦时，现代场景和地狱之间的这种联系就变得更加明显。

这部中篇小说在最后一个受害者年轻的马里奥做出出人意料的

191

反应时达到了高潮。像其他人一样，马里奥被强迫向魔术师屈服。尽管他全力抵抗，可一旦着了魔，他就不得不背叛自己暗恋的女孩，他被迫当众说出她的名字。好像这还不够，马里奥被迫亲吻魔术师，把一个丑陋变态的老男人的嘴唇误当成自己美丽年轻的爱人的嘴唇。从魔法中走出来之后，马里奥为自己所受的羞辱复仇，射杀了魔术师。

马里奥有罪吗？谋杀行动是他的救赎吗？他是否应当受谴责？叙述者总结道，尽管马里奥要为这结果终身受折磨，但他的谋杀行为为他带来了自由。

萨特的《墙》继续讨论受害者和施害者之间的斗争这一主题，这一斗争同样也在考验中达到高潮。受害者会不会背叛另一个人？故事背景设置在西班牙内战时期，展现了无政府主义者帕勃洛（Pablo）与他的法西斯审问者之间的意志斗争。当看到自己的同志们被带去处决，帕勃洛被告知只要告发自己的领导者拉蒙·格里斯（Ramon Gris），他们就可以放过他。下定决心要死得清白而光荣，帕勃洛轻蔑地看着抓他的人。这就是他被囚的地方："他们来找我，把我带回两个长官那里。一只耗子从我们脚下穿过，逗得我开心。我转身问一个长枪党徒：'你看见耗子了吗？'"接着，这事过后一会儿，他仍旧带着自信转向审问者说："把你的小胡子剃掉吧，傻瓜。"[①]（258）

---

①译文参见［法］萨特著，《墙》，收入《萨特文集》［小说卷（1）］，北京：人民文学出版社，第235—236页。

帕勃洛确信拉蒙躲在镇上表亲家里，就想让法西斯官员们徒劳无功一场，告诉他们去公墓找拉蒙。但这个玩笑的结局出人意料。拉蒙因为和表亲吵架，真的躲到了公墓；长枪党徒就在帕勃洛所说的地方找到了他。帕勃洛的整个世界都崩塌了；他赢得了自己的生命却失去了自我："我开始晕头转向，终于摔倒在地。我笑得那么厉害，连眼泪都笑出来了。"①（259）

尽管通常看来，《墙》被视为萨特认为人在荒诞宇宙中抗争的无用性的例子，但我认为《墙》和《马里奥与魔术师》一样，使我们对受害者的同谋关系提出疑问。帕勃洛是有罪的吗？通过进入意志斗争，嘲弄审问者，让他们进行徒劳无功的寻找，事实上他是否并未屈服于那些追捕者的控制游戏？

尽管帕勃洛相信自己戏弄审问者的动机来自蔑视，甚至是英雄主义，但他难道不也是在和自己做游戏吗？在潜意识中他难道真的不愿意以告发领导者为代价继续活下去吗？这个问题尤为切中要害，因为整个"开玩笑"的念头是帕勃洛的两腿间突然出现一只老鼠那一瞬间冒出来的——这一象征，实际上是他准备做出背叛的症候。

老鼠作为背叛和自我背叛的象征贯穿在温斯顿和帕勃洛的审判之中，它也出现在加缪《鼠疫》的三个核心角色的审判中。这里，受害者和施害者的斗争以个人对阵非人的客观性毁灭力量的形式展开。三个抗击鼠疫的主要人物：里厄、帕纳卢（Paneloux）和塔鲁

①译文参见［法］萨特著，《墙》，收入《萨特文集》[小说卷（1）]，北京：人民文学出版社，第 238 页。

挣脱控制的斗争就是他们战胜自己身体的疲乏、精神的暂时失落或永久绝望的斗争。在他们的情况中，背叛包括逃跑，包括放弃与鼠疫斗争，也就是说，向疾病屈服。鼠疫呈现了法西斯心态像传染病一样广泛传播。这一隐喻也可以引申到所有形式的极权主义心理上，例如加缪提到"斯大林主义的罪行"（qtd. in Lottman 461），以及他将斯大林的帝国描述为患有精神病的"审判的世界——恐怖和审判"（"Prophecy" 3）。老鼠携带着人类机体无法抵抗的瘟疫细菌，是在疾病前暴露和"背叛"人类的手段。

尽管此处施害者以客观力量的隐喻呈现，加缪同样提出了受害者的个人责任问题，因为鼠疫变成了对他们的抵抗潜能的测试。通过对主角——里厄医生、帕纳卢神甫，以及拒绝评判或谴责任何人的法官的儿子塔鲁——进行不同考验，小说探索了多种可能的抵抗形式。正是塔鲁将抵抗定义为参加一场游戏或比赛。即使这场比赛的结果是死亡，对疾病进行抵抗的行为也等同于"赢得比赛"（237）。在小说结尾，传染病神秘地减轻，就像它神秘地出现一样，但其再次爆发的威胁始终伴随着我们；它构成了我们存在的基础，构成了我们身为人类的处境。在这种情况下，我们唯一能做的就是意识到危险，不要放松警惕，不要允许自己被处境所"背叛"："为了使自己不再是一个鼠疫患者，该怎么做就得怎么做，而且只有这样做才能使我们有希望得到安宁，或者，在得不到安宁的情况下，可以心安理得地死去。"①（207）

①译文参见［法］阿尔贝·加缪著，《局外人·鼠疫》，郭宏安、顾方济、徐志仁译，南京：译林出版社，2013年，第258页。

　　塔鲁所说的"心安理得地死去"重申了帕勃洛的"光荣的死亡"这一概念，这种情况下，人类只能通过死亡来挽救人性。加缪在分析斯大林恐怖时延伸了这一概念，将其作为另一种形式的瘟疫，认为在普遍恐怖中人类被降格为缺乏意志的客体，受害者的自由可能意味着他必须在对施害者的憎恨之中死去："如果他因拒绝被奴役而死去，他就重新确认了另一种人性的存在。"（"Prophecy" 234）奥威尔提出了相同的观点。在仁爱部的折磨即将结束时，温斯顿意识到"死时仍然仇恨他们，这就是自由"①（226）。

　　当然，温斯顿的愿望没有得到满足。在"转变"过程中，他不得不学会如何将对茱莉娅的爱和忠诚"转变"为对老大哥的"爱"。在年轻的马里奥被催眠而像亲吻他所爱的女孩那样亲吻魔术师的嘴唇这一场景中，托马斯·曼同样暗示了个人情感—性欲中固有的爱被转移到独裁者身上的险恶过程。

　　马里奥背叛了他所爱的女孩，但这一背叛对那个女孩没有实际的伤害，只对马里奥自己有伤害。帕勃洛告发了自己的同志，帮助长枪党徒抓住了拉蒙，但是他们好像只是对摧毁帕勃洛这个叛徒的意志感兴趣。最后，温斯顿背叛茱莉娅的事实对茱莉娅没有实际影响：她已经被抓，早已崩溃。那为什么还有必要将马里奥、帕勃洛、温斯顿变成叛徒呢？为什么施害者感到这是在与受害者的比赛中取胜的唯一方式？这种比赛的实质又是什么呢？这场比赛的名字叫作控制。一旦受害者做出了背叛这一最终行为，他就不再是他

194

━━━━━━━

①译文参见［英］乔治·奥威尔著，《一九八四·动物庄园》，孙仲旭译，南京：译林出版社，2008年，第200页。

自己了。通过对茱莉娅的背叛，温斯顿背叛了他自己——也就是使他成为人的本质。一旦完成这一行动，他就变成了缺乏意志的客体，就像曼所说的"木偶"一样，准备好进行下一步的告发，无法感受到人类的情感，无法反抗施害者。这再一次契合了加缪对斯大林的"帝国"的分析，在那里告发的连锁反应切断了人与人之间的纽带，把人降低为客体："在人性的王国中，人与人通过情感的纽带相互连接；而在客体的帝国，人与人通过相互控告结合在一起。"（"Prophecy" 235）一旦最后的情感联系断裂，受害者将永远无法反抗控制——事实上，他会想要讨好、模仿施害者，变得和施害者一样。

意志斗争以受害者背叛另一个人告终，正如我们已经看到的那样，这种行为实际上是一种自我背叛，奥威尔称其为对"内在心灵"、对"不会动摇的内在自我"的背叛。不过，最初正是施害者—攻击者扮演了背叛者—欺骗者的角色。托马斯·曼明确将魔术师称为"背叛者"，这个人反过来使得马里奥泄露了所爱之人的名字。在萨特的《墙》中，法西斯官员欺骗了帕勃洛。他们许诺如果他背叛拉蒙就饶他一命，但是自始至终他们都无意履行承诺。他们可以随时杀死帕勃洛，但是首先他们想让他告发别人，变成像他们一样的背叛者。

但是需要再重申一次，受害者和施害者之间镜子般的关系在《一九八四》中得到了最好的展现。在第四章中，我们注意到，温斯顿对老鼠的恐惧与他对内在自我中某样东西的恐惧有关——饥饿的老鼠拥有冷酷而可怕的能力去攻击人类最脆弱的地方。但是当在

101 房间里寻找每个受害者最典型的弱点时，老大哥所展示的不正是这种能力吗？我们应当意识到，童年时从饥饿的母亲和妹妹手里抢走最后一块巧克力的温斯顿就像饥饿的老鼠，但他和老鼠都是党的暴行的受害者。党故意使他们挨饿，这样他们才能变成党手中的工具。最终，面具般的老鼠笼背后真正的面孔就是老大哥的脸。正是老大哥使他的臣民变成了残忍奸诈的东西，就像他自己一样。温斯顿最后向老大哥"赎罪"，这只能发生在他做出了背叛行为之后。

　　受害者和施害者之间镜子般的关系也许可以为四个故事中的焦点事件提供一丝线索。这是对我们的弱点的探索：我们可能会成为叛徒，去接受施害者的极权主义心理。在寓意层面，奥威尔的老大哥、萨特的法西斯审问者、曼的魔术师"背叛者"，他们都不仅仅是外部的角色。变得和施害者一样，这种可能性就在受害者的心灵之中。当帕勃洛迅速瞥了一眼老鼠之后，他看向审讯官，告诉他说他应该像自己一样刮掉胡子，这时帕勃洛突然在审讯官眼里看到了从前的自己的影子。他敏锐地洞察到，二人之间的关联性与老鼠的出现有关，而老鼠象征着告发和背叛。这种对受害者和施害者之间的联系的神秘感知在《鼠疫》中也有暗示：我们对老鼠传播的细菌都没有抵抗力。无论现在或将来，在面对施害者时我们都会暴露出弱点，这是我们本性的一部分。

　　事实上，每一部现代"现实主义"小说都在用戏剧的方式和本质上充满寓意的术语，探索着一种紧张的精神—道德困境，即我们文明的危机。这一危机超越了任何设法欺骗群众并获得权力的疯狂独裁者的意志和动机。真正的困境就在每个普通人灵魂中患病的部

195

分，现代心灵的抵抗力已被腐蚀，极易受到极权主义心理的传染，允许甚至鼓励变态的独裁意志对数百万从表面上看"正常""理智""体面"的人施加控制。

四位作家都观察到了独裁者拥有找到最弱点、找到发动进攻时最薄弱的环节的神秘能力。托马斯·曼的魔术师"有能力朝最弱的地方进攻"（488），"寻找［对象］对他的权力缺乏抵抗的地方"（498）。看看马里奥，这个满怀忧郁的 20 岁的年轻人，魔术师认定他是害了相思病。他继续探究这个病，直到获得证据并想出向马里奥的意志发起攻击的方式。在萨特的《墙》中，身为法西斯主义者的比利时医生观察着已被定罪的人意识到即将赴死时的反应：他希望找到更多关于绝对边界、关于人性的"墙"的东西。了解人性中的弱点将会有助于法西斯主义者在其他审讯中的残忍工作。帕勃洛正确地意识到医生的功能，他看到医生"到这里来是为了观察我们的身体，观察我们这些正在步步走向死亡的活人的身体"[1]，他愤怒地喊道："你并不是出于同情才来到这里的……我……看见你和法西斯分子在一起。"[2]（250）

击中最弱点的疾病同样也是加缪对危机的阐释的核心。起初疾病得以在奥兰（Oran）扩散是因为人们未能及时准备应对；他们羞于承认这种疾病，即使死老鼠已经遍布全市。[3] 这里同样是疾病

①译文参见［法］萨特著，《墙》，收入《萨特文集》［小说卷（1）］，北京：人民文学出版社，第 225 页。
②译文参见［法］萨特著，《墙》，收入《萨特文集》［小说卷（1）］，北京：人民文学出版社，第 221 页。

击中了世俗人道主义者最脆弱的一点，击中他不相信非理性的邪恶力量、缺乏精神想象："在这个问题上，市民们和大家一样，他们专为自己着想，也就是说他们都是人道主义者：不相信天灾……然而噩梦并不一定消失……倒是人自己消失了，而且最先消失的是那些人道主义者，因为他们未曾采取必要的措施。"[①]（34）加缪在讨论斯大林施行的恐怖的本质时，观察到这个独裁者如何成功地"计算（每个）灵魂的弱点及其承受力"（"Prophecy" 236），又回到了受害者的弱点的观点。

但是，最令人印象深刻的关于极权主义权力意志对普通人的脆弱性的处理，是奥威尔著名的 101 房间这一隐喻。101 房间在心理上对党的重要性就像原子弹在政治上对党的重要性一样。这里是审判和告发"连锁反应"的起点；这里是每个人都会被逼到人性的极限、人性的"墙"的地方。

问题是，摧毁这些墙，消除受害者和施害者之间的区别，打击个人的心灵，直到它退化到一种集体性的自我，而这一集体性自我事实上反映了独裁者的原始心灵，这么做会带来怎样的结果？回到荣格心理学的术语，政治世界的巨大灾难应当被认为是"现代人……［受到］自己心理中的基本力量的摧残"[②]（Civilization 235）。极权主义独裁者能够推倒个人心灵的"墙"，因为从更广的

197

---

①译文参见［法］阿尔贝·加缪著，《局外人·鼠疫》，郭宏安、顾方济、徐志仁译，南京：译林出版社，2013 年，第 96 页。

②译文参见［瑞士］卡尔·古斯塔夫·荣格著，《文明的变迁》，周朗、石小竹译，北京：国际文化出版公司，2011 年，第 175 页。

意义上说，他是被我们自身的弱点所唤起的，通过"阴影无法抗拒的驱动力"（*Civilization* 221）来弥补我们的无力感。从这个意义上来说，独裁者的出现并不是原因，而是心理崩溃倾向的症状。每个故事中的施害者代表着受害者的陪衬物和镜像，这一点为荣格的阴影概念所证实。相应地，奥布兰的思想"包含"了温斯顿的思想，他代表了温斯顿的部分个性，这部分个性逐渐压倒了温斯顿自己的意识。到折磨结束时，温斯顿已经成功被逼疯：一旦他"爱上"并无条件地认同奥布兰，也就是老大哥、黑暗王子（Prince of Darkness），他的自我已经不复存在。

当启蒙哲学家们提出邪恶不是永久的缺陷，而只是短暂的病症或弱点时，他们暗示人类是可以变得完美的，人类的缺陷可以由光明、教育和理性的治愈力来治好。从这四部小说所展现的极权主义国家控制人类心灵的角度，所有类似的"启蒙"假设都需要审视。这种审视关注的是，当我们文明中的普通人必须抵抗恶天使，却无法向他人寻求帮助时，他能否幸存。他无依无靠，能凭借的只有他的自我，即人类的"内心"的人格核心、"不会动摇的内在自我"、"人类精神"的驱动力。在所讨论的四部作品中，正是危机的紧迫感带入了寓言元素，这种效果令人惊讶地想起中世纪道德剧中普通人陷入善与恶困境的情景。

这种效果在人物的考验和审判的结局中变得愈发明显。我们正在考虑的这种考验无法重复，因为其结果不可更改。当帕勃洛和温斯顿背叛了另一个人，他们都真真切切地谴责自己。即使我们更倾向于用世俗的医学术语将帕勃洛和温斯顿的挫败描述为精神崩溃或精神错乱，但自我背叛在这里与中世纪坠入地狱的概念有着相同的结局：受害者被关进地狱，没有逃脱的希望。

尽管这四个故事的发生地点恰巧是在意大利、西班牙、阿尔及利亚和伦敦，但是真正的发生地点是被极权主义魔咒压制的现代心灵的暗域。曼的"死亡之舞"以及将魔术师定义为"背叛者"都有力地支持了这种关联。萨特笔下装有无灯罩灯泡的白色小房间、被外国人看管的罪人、比利时医生非人般的眼睛、他者，这些都是萨特用自己的词汇描述的地狱。萨特在《禁闭》（*No Exit*）中所说的"他人即地狱"，真正的含义是地狱被他者看管着。这也是奥威尔对温斯顿害怕被老大哥一直监视的描写中的一个重要概念。

至于加缪的奥兰城，我们看到，即便在老鼠出现之前，它就已经变成了一座"人间地狱"。尽管奥兰被描述为一个港口城市，但我们看到它正在衰败。切断了这座城市与海洋的联系，它就被阻隔在精神生活的源头活水之外，成了荒原，成了地狱。最后，奥威尔描写到仁爱部中扭曲的螺旋，其中 101 房间被置于"在地下许多米，在最下边"①（237），是一种但丁式的关于现代极权主义国家机器的景象，回到了源于中世纪的地狱（Inferno）。

显然，四部作品中的每一部都是道德想象的有力产物。同样清楚的是，曼、萨特、加缪和奥威尔都有着人道主义者深沉的愿望，希望为审判、告发和背叛这些极权主义心理的特点提供一种世俗的心理学解释。然而不变的事实是，每一部作品都留给了我们荒原般

198

① 译文参见［英］乔治·奥威尔著，《一九八四·动物庄园》，孙仲旭译，南京：译林出版社，2008 年，第 201 页。

的现代地狱的恐怖图景。面对我们的危机，马里奥、帕勃洛、温斯顿，以及加缪笔下与鼠疫搏斗的人，让我们想起了 20 世纪道德剧潜在的恐怖后果。

当然，20 世纪的道德剧与其中世纪的原始版本有着重要的区别。尽管首恶之敌（the Great Enemy）、背叛者（the Great Betrayer）的角色和原来一样出现，他们的对立面善天使却不见踪影。普通人（Everyman）被悲惨地抛弃了，他的力量正在不断消逝，无力对抗自己难以匹敌的极端力量。

在《马里奥与魔术师》中，托马斯·曼在最勇敢的受害者罗马绅士（the Roman gentleman）对抗魔术师的斗争中生动地将这一困境戏剧化。在与魔术师的对峙中，罗马绅士通过尝试挽救自己的尊严以"拯救人类的尊严"（499）。他决心用尽所有力量绝不屈服。但是"不情愿"本身并不起作用。为了抵挡魔术师催眠术的力量，罗马绅士应当召唤同样有力的积极意志。但他无法做到这一点，最终就只能和其他所有受害者一样屈服。尽管他是（和叙述者一起）意识到奇博拉这个背叛者就是根本恶的少数几个人之一，但缺乏关于绝对之善的确切定义来反对奇博拉。设定现代道德剧框架的启蒙哲学家们似乎忘了将善天使写进演员表。因此，当要描述遭受极权主义邪恶力量审判的现代普通人时，这四位作家也是在报道对现代世俗人道主义者的审判。四个故事中的每一个都证明了根本恶的力量，抗拒正面的、全然积极的启蒙阐释。

就像奥威尔一样，托马斯·曼、加缪、萨特描绘了受害者和施害者之间戏剧化斗争的结果；普通人英雄般的抵抗意志是不可否认

199

的。然而，看到这些 20 世纪中期的小说代表作讨论极权主义力量对现代心灵造成的灾难性"重创"，有人会好奇 20 世纪世俗人道主义的后启蒙精神图景中为何有古怪的不平衡。上帝可能死了，天堂在地图上被抹去了，然而黑暗王子、背叛者好像依旧存在，而且活得很好；以"恐怖之神"或是"权力之神"的名义，他可以在任何时候把自己的领土转移到 20 世纪"现代"心灵的正中心。

根本恶的问题：现代心理剧

与曼、萨特和加缪一起，奥威尔将我们带到了 20 世纪世俗人道主义者所处困境的正中心：现代自我尚未准备好有效地抵抗根本恶，这种邪恶以极权主义超级大国的形式从社会心理的现实之中显露出来。从某种意义上说，这种困境是不可避免的：我们从启蒙运动中得到的关于人性的答案可能太过轻率而肤浅。根据阿伦特的观点，即便是在宗教框架中，我们也无法处理极权主义国家的现实，其特点最为鲜明的功能是拷问室、集中营以及专门用于研究控制和改造人性的实验室："我们无法想象'根本恶'，这一点内在于我们的整个哲学体系之中……因此，为了理解这个以压倒一切的现实出现在我们面前、打破一切已知标准的现象，事实上我们无法依靠任何东西。"[①]（459）

显然，奥威尔时代的 20 世纪人道主义者的首要任务是仔细审

200

①另有译文参考 ［美］汉娜·阿伦特著，《极权主义的起源》，林骧华译，北京：生活·读书·新知三联书店，2008 年，第 572—573 页。

视这种现象的本质，给它命名，为了与之搏斗而尝试理解它。奥威尔的《一九八四》着重且反复地提醒我们，在极权主义的世界国（world-state），我们要面对的是个地狱，但是就像《戈斯坦因的书》所表明的那样，1984 年大洋国的地狱是由 20 世纪 40 年代"现在"的这个世界错误混乱的思想力量创造出来的。

在心理现实主义框架下，我们刚才分析的奥威尔、托马斯·曼、加缪、萨特的文学作品都通过聚焦人类心灵的危机来关注这一人造的地狱。毋庸置疑，每部作品基本上都是在世俗的"现实主义"文学规范内进行创作的，虽然如此，这一主题的本质有时似乎也会突破人道主义者的世俗表达，借用介于人和超人类（more-than-human）之间的模棱两可的表达。同样的模糊性，也很明显地出现在我们想要确定这些虚构作品的文类之时。每一种文类都展现了心理现实主义的逼真性特点，但同时又需要我们去辨别其政治的，甚至是形而上的寓言结构。它们都在暗示，个人戏剧的"边缘状态"是在一个更大的意义框架中出现的，其中每个角色和每个动作都倾向于获得一种附加的"更高"的意义。结果，尽管曼、加缪和萨特的这几部作品不可否认是心理现实主义的代表作，但它们至少应该像《一九八四》那样，被解读为体现出了心理剧的讽喻原则。这种心理剧是一种道德剧，表现出现代普通人面对根本恶的巨大力量时的情形。20 世纪的人道主义者只有在"人性"存续"陷入危机"（Arendt 459）这样一个更广阔的框架下，才能观察到个人对极权主义实验的反抗。

201

注　释

[1] 根据伯纳德·克里克的观点，"《一九八四》可能展示了对社会的想象，而非对心理的想象，但依旧是高级的想象"（*Life* 397）。本研究中，我的目的是强调在最后一部小说中奥威尔想象中的政治—社会和心理部分是高度整合的。

[2] 审判和背叛的主题反复出现，在这里的确让人回想起另一场精神危机的表现，华兹华斯在《序曲》中描述过：

> 这样使我绝望的可怕图景
>
> 以及暴政和死刑；
>
> 以及无辜的受害者在恐惧中颓丧，
>
> ……
>
> 每一个都在单独的小间里，或者一群群被关在一起
>
> 走向牺牲……
>
> ……然后，突然这一场景
>
> 改变，完整的梦境使我困惑
>
> 在长久的演说中，我尽力恳求
>
> 在不公正的法院面前，——用费劲的声音
>
> 头脑困惑，以及一种意识，
>
> 像死亡一样，带着危险的抛弃，感觉
>
> 处在最后一处避难所——我自己的灵魂。（X，402—415）

这位 19 世纪人道主义者在这里描述的是恐怖统治时期的景象，它打碎了诗人对法国革命实现博爱、平等、自由理想的政治愿望。但是政治理想的幻灭逐渐变成了对被上帝抛弃的整个宇宙、道德准则和意义的幻灭。最终，信仰的缺失直达内心，直到诗人感到"一种危险的抛弃……在最后一处避难所——我自己的心灵"。重要的是，遭到背叛的感觉转化为自己当叛徒的感觉。华兹华斯将恐怖统治呈现为一系列长期的连锁背叛，最终变成了人道主义者的自我背叛感——这是一种精神死亡的感觉。

这是华兹华斯在革命后不久完成的唯一一部悲剧《边界人》（*The Bounderers*）中描写的他与荒原抗争的危机。在他悲剧性的堕落之后——背叛与随之相伴的自我背叛——华兹华斯的主人公再也不能相信人类是趋向完美的，而这正是启蒙运动"人性宗教"的基础。他感到自己被最好的朋友背叛，感到再也无法否认根本恶的存在："更深的弊病藏得更深：/ 世界在内心遭到毒害。"（Ⅱ，1035—1036）[关于浪漫主义危机的进一步讨论，参看本书作者的《天堂废墟的失落天使：浪漫主义悲剧中的普遍冲突主题》（*Lost Angels of a Ruined Paradise : Themes of Cosmic Strife in Romantic Tragedy*）。]

202

在奥威尔、曼、萨特、加缪四位 20 世纪作家的虚构作品描写的地狱中，我们也感受到政治危机的戏剧化，呈现出普遍的、精神的层面。

[3] 在 1903 年的中篇小说《死于威尼斯》（*Death in Venice*）中，托马斯·曼也将鼠疫称为"城市的秘密"，是对衰败的"沉默和否认"。就像加缪在《鼠疫》中所做的那样，曼在这里也将致命的传染病作为主人公——事实上是整个社会——心理和精神疾病的隐喻。

第十二章 是什么将乌托邦变成了反乌托邦？科学的恐怖和恐怖的科学：赫胥黎和奥威尔

和曼、萨特、加缪一样，奥威尔为我们呈现了遭极权主义力量 203
打击后个体陷入心理危机的戏剧化过程，这一过程在心理上有可信
度，令人难忘。《一九八四》的复合文类也使得奥威尔可以提出一
些深入的问题，这些问题将温斯顿与心理崩溃的个人戏剧与大洋国
的政治体系直接联系起来，更重要的是，与那些先于大洋国而存在
并造就了大洋国的体系联系了起来——这些问题与反乌托邦讽刺作
品密切相关。最后，为了回到所谓奥威尔的绝望这一奥威尔难题的
核心问题，我们现在也应该在乌托邦—反乌托邦的传统框架内审视
奥威尔对极权主义内在邪恶因素的诊断。为了对奥威尔的立场中的
独特观点有一个公正的了解，让我们在《一九八四》与这一文类的

另一部代表性作品赫胥黎的《美丽新世界》的比较中再次审视这部
小说。

两个反乌托邦中的罪恶都呈现为超级大国试图改造人性，直到
男人和女人的个性都完全奉献给国家机器。即使 20 世纪的人道主
义者在解释由极权主义国家引起的根本恶时也面临着极大的困难，
用汉娜·阿伦特的话来说："有……一样东西犹可辨认：我们可以
说，根本恶的出现，与一个使所有人在其中都变得同样多余的体制
有关。"[1]（459）为了探索现代国家使人变得多余的惊人能力，赫
胥黎和奥威尔的讽刺作品都指出了国家要求进行总体控制的荒谬
性，也就是说，国家宣称正在带领人类进入乌托邦，而这一目标是
由历史决定的。

历史决定论和乌托邦

有个故事说，在 30 年代莫斯科的一次作家会议上，安德
烈·马尔罗[2]引发了不安，因为他问了这么一个问题："在一个
没有阶级的社会，如果一辆有轨电车撞倒了一个美丽的女子会
怎么样呢？"在经过很长时间的争论之后，高尔基被从病床上
拉起来给出回答：在一个有计划的、没有阶级的（因而是完美

204

---

[1]另有译文参考 ［美］汉娜·阿伦特著，《极权主义的起源》，林骧华译，北京：生活·读
书·新知三联书店，2008 年，第 573 页。
[2]安德烈·马尔罗（André Malraux，1901—1976），法国小说家、评论家。代表作有《人
的命运》（1933）、《希望》（1937）、《反回忆录》（1967）。

的）社会中，电车不会撞到一个美丽的女子。（Robert Elliott Shape，105）

我们中的大部分人难道不能看出，高尔基天真而富有吸引力的答案背后实际上是一个永远快乐的国家的图景，一个乌托邦的经典承诺？但是，在乌托邦文学的体裁中有没有提供或者甚至暗示出这样的承诺呢？

不完全如此。事实上，我敢说乌托邦文类中的一些最为知名的经典其实是反乌托邦的，同时伴随乌托邦图景的是对乌托邦作为一个永远幸福的完美国度的警告。托马斯·莫尔①本人提供了两个讽刺性的附带条件。首先，我们被告知"傲慢无法步入天堂"；因此，在除去傲慢以前，人类永远无法进入乌托邦，而莫尔不认为"许多年"就能完成这一任务（66）。鉴于此处的讽刺语境，这当然就意味着"永远不会发生"。第二个附加条件出现在一首短诗中，一本书因此有了生命，吟诵起了自身的成就："现在，我声称自己可以和柏拉图的《理想国》/ 相媲美，或者胜过它 / 因为那只是部散文体的神话，/ 但他只是写了出来，而我则变成了 / 人、财富和法律的牢固框架，/ 每个有智慧的人都去往的一个地方。/ '好地方'（Goplacia）现在是我的名字。"（28）

请注意乌托邦并不是有智慧的人居住或要去居住的地方：它是

---

①托马斯·莫尔（Thomas More，1478—1535），英国文艺复兴人文主义者、社会思想家、律师、作家、政治家，著有《乌托邦》（1516）。

一个方向，是自我完善的目标。乌托邦不应被看作一种存在状态，而是一个生成过程，这一点被反复强调。斯威夫特的慧骃国对于易受骗的可怜人格列佛来说，可能看上去像乌托邦，但是我们得知在他们自己的语言中"慧骃"意味着"大自然之尽善尽美者"，斯威夫特的戏仿显而易见。宣称自己处于完美状态之中，就显示出骄傲自大的罪过，因此刚说出口的观点即刻就遭到否定。至于伏尔泰的憨第德，尽管他毕生追求找到一个称得上"所有可能的世界中最好的地方"，尽管神奇的好运让他找到了隐藏在不可靠近的深山之中的黄金乡，可一旦他得以进入那里，旋即他就会离开。他已经被文明所教化（就像我们所有人一样），再也不能在卢梭式的（Rousseauean）原始天堂中获得满足，天堂是被天真保存下来的，也是为了天真保存下来的。憨第德宁愿在那些不如他富有的人当中炫耀他的黄金。同样重要的是，为了那种在对爱的浪漫追求中潜藏着的强烈情感，他宁愿离开永远幸福的国度（正如我们从"求时疯狂，得时也疯狂"[1]这句诗中体悟到的一样）。

这个"好地方"，这个理想，这个人间天堂是一种重要的烘托，可以彰显我们所在的这个世界中事物肮脏的真实面目，但这反而会过犹不及。就像它最初的原型天堂一样，它是一个我们都感到要争取的地方，但是不知为何，仔细审视之后我们会发现无须如此急于到达那里——也许是因为一旦我们到达了，就会不愿再离开。

如今，马尔罗的尖锐提问和高尔基有魅力的回答可能呈现出了

---

[1]此句出自莎士比亚十四行诗的第129首，译文参见辜正坤译本。——编者注

不祥的含义。它代表了乌托邦思想中一个重要的新阶段：它展现了当永恒的乌托邦承诺被 19 世纪的意识形态所取代时，以及这种意识形态又被 20 世纪极权主义独裁统治所取代时会发生什么。至此，莫尔在文艺复兴时期提出的在"人间建成天堂"的设想已经不再具有内在的讽刺性了。突然，我们被期待明确地了解这一点：人间天堂在下一个历史转折点等着我们；同时，我们还被期待能预见到通往永恒幸福的道路，这条路可以具象化为一列有轨电车准确无误地按其轨道稳步前进。

具有讽刺意味的是，正是因为坚持"科学的"方法论能使世界免于宗教的暴政，马克思的辩证唯物主义才带上了末世论的意味。当马克思宣称他的社会主义"科学"时，他摒弃了自己与乌托邦传统的联系，并向我们呈现了一种"科学"的意识形态，亦即对过去、现在和将来不可辩驳的阐释。在那个没有阶级的完美社会中，高尔基告诉我们，不会有意外事故发生，因为即使是交通系统也会达到完美状态。那么我们可能会问，一旦人类达到这样一种绵延不绝的喜不自胜的（transport）状态，还需要公共交通（transportation）服务吗？

假设还需要的话，在我们被要求对人间天堂加以慎重思考之后，可能自然会想到，乌托邦文类中固有的反讽会在反乌托邦作品中显现出来。《美丽新世界》和《一九八四》都是反乌托邦讽刺作品，它们通过悲剧性的反讽，显示了 20 世纪意识形态在两方面的幻灭所带来的沮丧；而这两个方面正是由 19 世纪晚期对双重乌托邦的期待——对科学的信仰和对社会主义的信仰——引起的。

206

一个实现的梦想和一个被背叛的梦想

在《美丽新世界》世界国所遵循的意识形态中，这种双重梦想得以充分发展，走向荒诞的结局，变成了一个噩梦：赫胥黎指出，这一意识形态只关注物质进步，是狭隘的功利主义，因而欠缺精神维度。在福帝纪元 631 年的伦敦，我们见到了马克思、列宁和托洛茨基，都是社会主义运动的伟大代表；我们也见到了物理学家赫姆霍尔兹、心理学家华生，以及现代科学天才达尔文①和弗洛伊德。但是让我们仔细看看在未来的伦敦被视为天才的人：老是抱怨的伯纳·马克思（Bernard Marx），完全没头脑的列宁娜（Lenina），无关轻重的宝丽·托洛茨基（Polly Trotsky），更别提令人讨厌的记者达尔文·波拿巴（Darwin Bonaparte）和创造力已经被体制阻碍的情绪工程师赫姆霍尔兹·华生（Helmholtz Watson）了。他们都是平庸之才：一旦先前那些天才们的梦想已经实现，就再也产生不了天才了。

与之对照，《一九八四》让我们看到的是社会主义和科学的双重梦想被那些借梦想之名攫取权力的人刻意扭曲。奥布兰完全鄙视

---

① 赫姆霍尔兹（Hermann von Helmholtz，1821—1894），德国物理学家、生理学家、数学家，又译亥姆霍兹，"能量守恒定律"的创立者，在生理学、光学、电动力学等多个领域均有重大贡献。华生（John Broadus Watson，1878—1958），美国心理学家，行为主义心理学的创始人，代表作有《一个行为主义者所认为的心理学》（1913）、《行为——比较心理学导论》（1914）、《婴儿和儿童的心理学关怀》（1928）。达尔文（Charles Robert Darwin，1809—1882），英国生物学家，进化论奠基人，著有《物种起源》（1859）。

那些"胆小鬼和伪君子"，他们"假称，或许也真相信，他们就不是自愿夺了权，只会执掌有限的一段时期，用不着多久，便会出现个人人自由平等的乐园"。奥布兰知道"从来不曾有谁取得权力是为了放弃……人们不会为了保卫革命而建立独裁政权；相反，进行革命是为了建立独裁政权"①（211）。

初看之下，赫胥黎和奥威尔的反乌托邦作品似乎没有什么相同之处。一个呈现了梦想成真带来的噩梦，另一个则是梦想被扭曲、被背叛所带来的噩梦。然而，这两个社会其实是一枚硬币的两面：都是国家机器与精密科学一起运行，都依靠一个弥天大谎。这个谎言就是极权主义政府为人民的幸福服务；实际上，"幸福"变成了人们被意识形态奴役的委婉说法，变成了一个世俗宗教，使人们崇拜国家并热爱自己被奴役的状态。

207

高尔基回答说在一个完美的国家里机器不会出任何问题，这代表了极权主义意识形态的铁逻辑，机器的永恒运动恰好是其象征。反讽的是，一旦历史规律得以实现，那么历史是生成变化的这一观念就被消除了；唯一可以想象的运动就是国家机器的永恒运动。这一运动的先决条件是人类的存在，而人类唯一的目的就是服从，以使机器能够不受阻碍地持续运动。国家这个超我取得了对全体人民的完全控制，所有人都被迫倒退回本我（Id），处于永恒的童年般的顺从状态。任何一个胆敢质疑自己的作用是由国家决定的人必须被消灭。当统制官（Controller）把思想反叛者送到岛上，当老大

①译文参见［英］乔治·奥威尔著，《一九八四·动物庄园》，孙仲旭译，南京：译林出版社，2008年，第187页。略有修改。

哥将异端送进刑讯室，我们看到极权主义国家把自我这个成熟个性中最重要的部分从人身上驱除出来，而自我正是批判性思维的驱动力以及检验现实的手段。

用汉娜·阿伦特的话来说，极权主义国家谋求总体控制的背后是极权主义心理对一致性的诉求，这种一致性独立于现实而存在，高尔基的回答中显露出来的历史决定主义的一致性无法承受突变或可变因素的自发性：

> 没有一种致力于解释所有过去的历史事件并指导未来所有事件的路线的意识形态能够承受不确定性，这种不确定性来自人类具有创造性这一事实，人类具有创造从未有人预见过的新事物的能力。因此，极权主义意识形态的目标不是改变外部世界［社会革命性的变化］，而是改变人性本身。[1]（Arendt 458）

208

《美丽新世界》和《一九八四》都为我们呈现了像巨大的实验室一般的极权主义国家的范式，在这个实验室里改造人性、创造不再是人类的物种。在《美丽新世界》中，孵化场（Hatchery）代表的是国家机器，在那里，培育到不同阶段的人体胚胎被装入相应的培养瓶中。在《一九八四》中，国家机器正好在刑讯室里现身，在那里，温斯顿从奥布兰口中得到了那个令他痛苦的问题的答案："我明白怎么做，但是我不明白为什么。"由于上帝就是权力，而内

---

①另有译文参考 ［美］汉娜·阿伦特著，《极权主义的起源》，林骧华译，北京：生活·读书·新知三联书店，2008 年，第 572 页。

党就是残酷的上帝的祭司，它需要依赖永久的献祭来取悦权力之神，以确保自身的不朽，并感受自身的生命力："权力的目的就是权力。迫害的目的就是迫害。折磨的目的就是折磨。"

　　知道真相后不久，温斯顿被带到了101房间，这个地方使他从存在的角度理解了这个国家机器的主要动力是什么：在101房间，每个人都会背叛和牺牲最亲近和最爱的人，最终牺牲自己。当温斯顿从仁爱部这个子宫中出来时，他的确是重生了：他的粉红头顶、发胖了的粗大身形、紧握不放的杜松子酒瓶，为我们提供了适合于他古怪的心灵重生的身体描写。一旦旧有的自我崩溃，他就呈现出了大洋国其他既没有名字，也没有灵魂的国民的集体心智；他被去除了人性，这和赫胥黎的反乌托邦中波坎诺夫斯基化程序[①]制造的多胞胎一样有效。

　　赫胥黎笔下极权主义改变人性的实验室是孵化场，奥威尔的实验室是刑讯室。在其核心象征中，赫胥黎探索了科学的恐怖，而奥威尔探索了恐怖的科学。尽管如此，两部小说都暗示极权主义超级大国机制包含着一种邪恶的新生，一种由科学和恐怖结合而产生的新物种。

　　正如我们从奥威尔的文章中了解到的那样，他畏惧现代独裁所拥有的前所未有的力量会改变人性，能够轻易"像生产出没有角的牛一样生产出一种不渴望自由的人"（v.1，419）。在《一九八四》的结尾，我们看到这种恐惧变成了现实：新生的温斯顿获得了集体

---

①波坎诺夫斯基化（bokanovskified）程序：《美丽新世界》中的重复克隆程序，用以制造同卵多生的低等人。

精神错乱带来的"幸福",甚至在梦里都不再想为了自由逃离大洋国。至于赫胥黎,他为我们呈现了野蛮人约翰和列宁娜的困境:尽管他们深爱着对方,但依旧无法逾越二人之间的阻碍——约翰属于人类,而预先被设定为"热爱"自己被奴役状态的列宁娜则属于另一个物种。

国家机器的实验室复制出了被剥夺了所有人类特征的生物,引发了我们通常会联想到地狱的那种恐惧。当然,在 20 世纪的背景下,地狱以巨大的精神病院的形式出现,两部小说中无法治愈的精神崩溃就是被罚入地狱。野蛮人约翰发了疯,自杀了;温斯顿·史密斯崩溃后陷入精神错乱,直到被执行死刑。科学的恐怖和恐怖的科学都造成了疯狂——个性崩塌,自我被强制消灭。

国家是怎么做到这点的呢?内党的策略建立在对弗洛伊德观点的认识之上,弗洛伊德认为:"焦虑的发作和焦虑的一般准备状态是在……每当性兴奋在朝向满足的过程中受到抑制、阻止或发生转向时……产生的。"①(Freud, v.20, 110)党对个性的控制建立在对性本能的否认之上。从性欲(Eros)中转移出来的能量转变为死亡本能塔纳托斯②,这种能量像喷灯一样演变成对敌人施虐狂式的憎恨和对老大哥的崇拜。在未消解的焦虑基础上形成的癔症被转化为目标不固定的施虐倾向:"仇恨可以立即转向任何一个方向,就像水管工的喷灯。"(v.2, 41)在两分钟仇恨会中,他重复了这种观

---

① 译文参见 [奥] 弗洛伊德著,《抑制、症状与焦虑》,《弗洛伊德文集》(第六卷),长春:长春出版社,2004 年,第 182 页。
② 塔纳托斯(Thanatos),古希腊神话中的死神,黑夜女神倪克斯(Nyx)之子,睡神修普诺斯(Hypnos)的孪生兄弟。

察：“你所感到的那种狂热情绪是一种抽象的、无目的的感情，好像喷灯的火焰一般，可以从一个对象转到另一个对象。”[①]（17）

这种精神—政治失常最令人印象深刻的例子——仇恨周里以反对东亚国开始的游行。突然间喇叭里宣布东亚国是同盟国，敌人现在是且一直是欧亚国。人群一刻也没有停止：“仇恨周跟刚才一样，丝毫不走样地进行，只是仇恨的对象变了。”[②]（161）大洋国里“挨饿的老鼠”被剥夺了食物、爱和性满足，一生都活在“焦虑的准备状态”中，而自我从未被允许掌控这种焦虑。

与老大哥相对照，《美丽新世界》中的统制官通过消灭焦虑来使自我退化。这里的心理操纵建立在国家对享乐原则的纵容之上。性爱经由“让我们纵情吧”（orgy-porgy）的国家仪式和“人人彼此相属”（Everyone belongs to everyone else）这句宣传口号而变得丧失了人性。正如弗洛伊德指出的：“为了性满足的目的而聚集在一起的两个人，就他们追求幽静而言，证实着对群居本能即群体感情的反抗。”[③]（Freud，v.18，140）在人类历史上，个人之爱和群居本能之间矛盾的显现为时甚晚，标志着自我发展的高级阶段：

210

　　　只有当深厚的即个人的爱关系的因素完全让位于性感的因素时，才有可能发生两个人在他人在场时性交……正如在放荡

[①]译文参见［英］奥威尔著，《一九八四》，董乐山译，沈阳：辽宁教育出版社，1998年，第13—14页。

[②]译文参见［英］乔治·奥威尔著，《一九八四·动物庄园》，孙仲旭译，南京：译林出版社，2008年，第129页。

[③]译文参见［奥］弗洛伊德著，《群体心理学与自我的分析》，《弗洛伊德文集》（第六卷），长春：长春出版社，2004年，第103页。

不羁的场合所发生的那样……在这种场合，已发生了退行到性
关系的早期阶段，在这一阶段，爱尚未起任何作用。[①]（Freud，
v.18，140）

性爱中人性的丧失等同于自我的退化，赫伯特·马尔库塞[②]对
此有进一步阐释，以说明我们的准自由现代国家如何在实际上增强
对个性的控制。弗洛伊德指出，性欲和社会之间固有的矛盾是努力
走向成熟的自我的核心关注点之一。可是一旦国家鼓励自发释放
性欲力量，这种力量就会"改变它的社会功能"。只要"性欲被社
会认可或甚至被鼓励"，马尔库塞说，"它就丧失了……根本的性爱
特质，也就是脱离社会控制的自由……现在随着它与商业和娱乐领
域融合在一起，已受到抑制的性欲本身再次被压抑：社会已经扩大
了，不是个人自由扩大了，而是它对个人的控制扩大了。"（57）

老大哥通过创造焦虑实现统治，统制官通过消灭焦虑实现统
治，然而他们的核心目标是相同的：通过使人与人之间的关系和
个人间的忠诚变得不可能，以造成自我的退化，正如弗洛伊德的观
点，家庭"不仅是政党的模型，也为其设置了界限：它是一种与政
党形成竞争的忠诚关系和性欲资本[③]的储藏室"（Rieff 272）。

①译文参见［奥］弗洛伊德著，《群体心理学与自我的分析》，《弗洛伊德文集》（第六卷），长
春：长春出版社，2004年，第103页。
②赫伯特·马尔库塞（Herbert Marcuse，1898—1979），美籍犹太裔哲学家、社会学家，
法兰克福学派代表人物之一，生于德国柏林。代表作有《爱欲与文明》（1955）、《单向度的
人》（1964）等。
③性欲资本（erotic capital），又译作"魅力资本"，英国社会学家凯瑟琳·哈吉姆（Catherine
Hakim）提出的概念。

最终，《美丽新世界》中的家庭被生物性法令瓦解（除了试管，你无法拥有父亲或母亲），《一九八四》中，被政治性法令瓦解（孩子和父母、丈夫和妻子都受到鼓励向国家告发对方）。通过同时摧毁性纽带和家庭纽带，两个超级大国都在事实上将各自人民的"性欲资本"进行了"国有化"。由于被迫放弃了性和家庭的纽带，大洋国和福帝纪元631年时伦敦的居民退化到了婴儿般无助的状态，唯独崇拜国家这个尊贵的父亲。

两个超级大国都引入了等同于宗教正统思想的意识形态，正如奥威尔所指出的那样，任何正统思想都是为了削弱人们的意识。关于"幸福"的乌托邦承诺展现在两种制度的背景中：老大哥向群众谎称他致力于带来"人间天堂"——当然，正是这一许诺使他获取了权力。事实上，他对"过去愚蠢的快乐乌托邦"只有鄙视（229）。统制官也把快乐的"幸福"承诺当作陷阱。在《美丽新世界》中，人们得以享受性放纵，事实上用唆麻（soma）来远离他们所有的反应都是预先设定好的。主任（Controller）解释说，"幸福"就是"热爱你不得不做的事。我们进行条件反射设置所要达到的目标是：让人们喜欢他们无法逃避的社会命运"①（24）。唆麻这种即刻能带来快乐的最有效的手段"已经变成了治理国家的重要工具。仁慈的暴君依旧是暴君。他们的臣民并非因棍棒恫吓而顺从。他们被化学方法引诱而爱上了自己的奴役状态"（Huxley，

---

① ［英］赫胥黎著，《重访美丽新世界》，章艳译，北京：中央编译出版社，2016年，第163页。

"Revisted")。

《美丽新世界》中唆麻的功能和《一九八四》中双重思想的功能一样。和唆麻一样，双重思想可以缓和矛盾，这些矛盾是意识形态创造的自洽谎言中暂时出现的"肿块"。更重要的是，唆麻和双重思想被设计出来，以使反乌托邦中的居民看不到偶尔浮现出来提醒他们的那个外在于其心理体系的自发且真实的世界。双重思想使得大洋国的居民使用"保护性的愚蠢"，一旦感到超级大国强制性的"幸福"被现实的提醒所威胁，就实行"现实控制"。和唆麻一样，双重思想代表了意识的钝化，这种行为破坏了自我最重要的检验现实的功能。

212　　赫胥黎和奥威尔都强调极权主义国家为否认现实而创造的真空。统制官承认普通居民"一生都是在某种瓶子里度过的"（175）：自我保持在一种出生前的状态；即使阿尔法加型知识分子（alpha pluses）也要按"婴儿行为规范"（83）行事，表现得好像自己没有任何意识。

　　老大哥也依靠在大洋国周围创造真空把它封闭起来，与外部世界隔绝。但是创造一个与世隔绝、无法进入的虚构世界最重要的因素就是消灭过去，创造历史的真空。统制官宣布历史是"废话"，并确保除了他自己以外没有人有权阅读经典。至于大洋国，老大哥依靠的是虚构内党过去给人民带来了前所未有的幸福的故事；历史会给人民机会做比较，因此消除历史非常有必要。销毁历史记录的记忆洞对于另一项疯狂举动来说，也是必不可少的——人在党的意志下"蒸发"：他们不仅仅是被谋杀了，他们是消失得无影无踪，就好像他们"从未存在过"①（204）。

　　一旦一个人的个性被摧毁，他也就变得可以被随意处置，这一事实也清晰地表露在赫胥黎笔下。杀个人不会有任何后果："个别的人，又算得了什么呢？［他问福斯特］他用力挥了一下手臂，指着那一排排的显微镜、试管和孵化器……造人对于我们来说简直不费吹灰之力，想造多少就能造多少。"②（120）两个反乌托邦都呈现了极权主义超级大国前所未有的荒谬原则，政府都将被统治者视为完全多余的人，他们的价值就只是维持国家机器的运转。（这让我们想起了1953年6月东德"六一七事件"后政府谴责人民，引起了贝托尔特·布莱希特③有名的嘲讽。布莱希特用严肃的幽默评论道，"人民已经对政府失去了信心"，这相当于说，"如果人们不听话，政府就要把他们赶走"。）

　　毫无疑问，赫胥黎和奥威尔的反乌托邦讽刺作品都揭露出极权主义的根本恶——这是个充满荒诞、罪恶、恶魔般的疯狂的世界。在伟大的讽刺作品的传统中，我们习惯于这样的想法：当讽刺家描述了一个颠倒、疯狂且不道德的世界时，我们会期待通过"逆向反转"来发现一个隐藏的关于自我和社会的正常理想状态。但是这种对反乌托邦讽刺作品的反转是否会把我们带回到乌托邦理想呢？

213

---

① 译文参见［英］乔治·奥威尔著，《一九八四·动物庄园》，孙仲旭译，南京：译林出版社，2008年，第106页。
② ［英］赫胥黎著，《重访美丽新世界》，章艳译，北京：中央编译出版社，2016年，第275页。
③ 贝托尔特·布莱希特（Bertolt Brecht, 1898—1956），德国戏剧家、诗人，著述甚丰，代表剧作有《大胆妈妈和她的孩子们》（1938—1939/1941）、《四川好人》（1939—1942/1943）、《高加索灰阑记》（1943—1945/1948）等。

首先，从这个问题的心理层面来说，我们应当意识到，赫胥黎和奥威尔都同意弗洛伊德的观点，认为人类的个性是一种动态过程。此外，"弗洛伊德的格言'我们在某种程度上都有点歇斯底里'，所谓正常人和神经病的差别只是程度问题，是他作品中的关键论断之一"（Rieff，389）。如果说我们一直都面临着要么会患上精神病，要么会患上神经症的潜在威胁的话 [1]，那是否意味着从根本上说现代"心理人"的概念是建立在悲剧性的人道主义而非乌托邦人道主义的基础之上的？

至于乌托邦理想的政治层面，根据斯大林和希特勒的极权主义独裁实验来看，难道不是乌托邦一掌权，它的目标就经历了悲剧性的变化？奥威尔和赫胥黎是如何回答这些问题的呢？毫无疑问，这些问题对二者都很重要。

赫胥黎在 1930 年写作了《美丽新世界》，接着在 1946 年版的前言，以及 1957 年的一篇文章和 1958 年的整部文集《重返美丽新世界》中，重新审视了这部作品的各项前提。最终，就在去世前，他似乎在《岛》中找到了答案。帕拉（Pala）岛就是现代空想家长久以来追寻的一切。但它是一个好地方，因为那里没有贪婪和侵略。但正是因为这样，帕拉岛被贪婪好斗的邻国迅速侵占。这带有悲剧的意味，赫胥黎对现代世界中"好地方"的毕生追求依旧没有着落。

事实上，奥威尔的答案远没有如此悲观。的确，他希望将社会主义从乌托邦理想中分离出来，否则二者必将以幻灭和绝望终结。他同样谨慎地表示，19 世纪梦想中快乐的唯物主义倾向必将走向人性的丧失。奥威尔关于"欢乐谷"（Pleasure Spots）的文章非常接近赫胥黎在 1946 年《美丽新世界》序言中的结论，表明两部反乌托邦讽刺作品背后的人道主义有着相同的结构。

[奥威尔说,]那些以快乐的名义而做的事只是致力于摧毁意识。如果有人开始问，人是什么？他需要什么？他怎样表达自己？我们可能会发现，只是可以不工作、从生到死都活在电灯之下、听着调好频率的音乐，不是做这些的理由。人需要温暖、社会、闲暇、舒适和安全；他也需要独处、创造性的工作和好奇心……如果他意识到这点，就可以灵活地运用科技和工业主义的产品，总是适用于这同一个考验：这会使我变得更像人，还是更不像人？（v.4，105）

214

阅读过赫胥黎和奥威尔的反乌托邦讽刺作品之后，我们可以做出这样的总结：最好的社会是那些允许我们提出这些问题的社会，是那些最大限度上保障自由、不妨碍有活力的健康自我进行奋斗的社会。我们最大的恐惧不再是混乱或无序。那是柏拉图所担心的，在《理想国》中，他为我们呈现了一个保证永远不会变化的体制。我们最大的恐惧是过度组织，对大众的严格控制，把人变成了大洋国面目模糊、可怕的群众，永远在参加游行，永远在憎恨、迫害；或是变成了同样面目模糊的排着队的孪生子，永远在等待分配唆麻。我们最大的恐惧，就像赫胥黎和奥威尔向我们说明的那样，是将人类变成巨大的集中营中的良民。集中营这种结构来自极权主义特有的机械思维模式，它不承认有活力的人性所拥有的创造力和自由内含着自发性。

让我们再一次回到马尔罗关于在一个没有阶级、具有规划，因而毫无争议是完美的世界里有轨电车撞倒了美丽女子的问题，以及高尔基的回答上。高尔基的回答融合了宗教启示录的狂热和宗教裁判所做出的最终判决。试想一下，如果此时有一位苏联作家站出来对高尔基的回答提出质疑，会发生什么。马尔罗和高尔基的交流可以看作一种警告，是反对意识形态思考机械式的一致性，这已经被极权主义独裁者变成用来打击个人最重要的质询权的恐怖工具。

奥威尔在《一九八四》中所做讽刺的最直接目的是为了展示极权主义心理的恶果。但这并不意味着奥威尔放弃了原来对社会主义梦想的信仰。

215　　　　[奥威尔说，]"人间天堂"从未实现过，但是作为一个概念，它好像也不会消失……其中包含着一种信念，认为人的本性相当正派，能够无限发展。这种信念是社会主义运动的主要驱动力，包括那些为俄国革命铺路的地下组织。(*Manchester Evening News*，31 Jan. 1946，qtd. in Crick，"Introduction" 116)

但是为了避免大洋国的缺陷，有必要再次适度、审慎地使用人道主义具有的反讽手法，将其融入乌托邦传统的经典作品之中：只有当我们放弃将"人间天堂"作为历史进程最终达到的停滞点[2]

来追求，也就是说，只有当我们接受了必须继续培育我们人间的花园时，才能在为社会而斗争的过程中找到快乐，实现最现代和最传统的人道主义理想：在富有活力且不断努力的个性所拥有的自由的基础上，实现个人的完整性。尽管奥威尔的四周还存在着不可否认的邪恶力量——一种已经被许多他的同时代人所证实的力量——但他为这一理想而奋斗的承诺从未摇摆。在这一理想中，他对"人类精神"的信念找到了终生的精神核心。

注　释

[1] 在《弗洛伊德——道德主义者的精神》(*Freud— the Mind of the Moralist*) 一书中，菲利普·瑞夫（Philip Rieff）指出，心理健康有赖于一种不稳固的平衡，神经症和精神错乱一直是我们面临的潜在威胁："神经症不否认现实的存在，它只是试图忽略现实；而精神错乱否认现实，并想要用别的东西来替代它。综合了此二者特征的反应，就是我们所谓的正常或'健康'：它和神经症一样不否认现实，但是又和精神错乱一样想要在其中做出改变。"（388）

[2] 根据 J.L. 塔尔蒙（J.L.Talmon）的看法，"对拯救的渴望和对自由的热爱"无法同时得到满足；我们不得不接受"包含一切的信条和自由概念是不相容的"。因此，

就像心理分析师通过使病人意识到潜意识来进行治疗，社会分析家或许能够攻击人类的欲望。这种欲望召唤极权民主

成为现实，也就是渴望一个最终方案来解决所有的矛盾和冲突，从而得到一个完全和谐的国家。人类社会和人类的生命永远无法到达安宁的状态，要使人理解这样的现实是一个艰难的任务，但是无论如何必须完成。那种幻想中的安宁是监狱提供的安全的另一个名字，而去追求那样的安宁在某种意义上所传达的意义就是……无法面对生命本身就是一场无休无止且永远无法解决的危机。只要经历反复试验的过程，这一切都可以做到。（254—255）

216

第四部分

奥威尔的悲剧人道主义

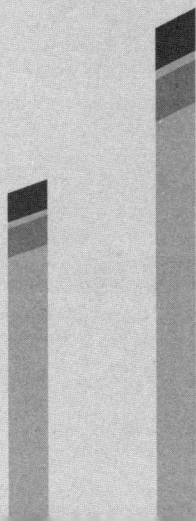

正如我们在上一部分最后三章中所看到的，将奥威尔对极权主义罪恶的诊断与同时代其他人的诊断进行比较，很明显就能发现《一九八四》的灵感并非源自作者个人的癔症、妄想症，或对邪恶事物的迷恋。事实上，奥威尔的诊断与同时代人中被认为最为"理智"且享有盛誉的历史学家、心理学家、作家，如托马斯·曼、加缪、萨特、赫胥黎的诊断，极其相似。

尽管并不一定真实，但是一直以来都有人认为，由于奥威尔生命最后岁月里健康状况的下降，在他的最后一部小说中，对极权主义的诊断中突然出现了悲观情绪。通过全面审视奥威尔写作生涯中关于现实的观点，可以证明这部小说体现了奥威尔对这一困扰着许多他的同时代人的难题做出的最为成熟和深思熟虑的回应：在不摒弃人类可完善性的信念的情况下，世俗人道主义者能否承认存在无可否认的根本恶？

但是，为了更了解奥威尔时代人道主义者们所面对的选择，第十三章将通过审视奥威尔对马克思、弗洛伊德和存在主义者这三大20世纪现实主义主流的分支所做出的有深度的回应，从社会、心理、哲学维度审视奥威尔的图景。注意到奥威尔对这三种思想体系中的"现实主义"持有诸多保留，第十四章将更进一步了解奥威尔和内在于"人性宗教"的道德理想主义之间的联系。我们通常将"人性宗教"这一"宗教"与浪漫主义联系在一起，甚至往更远处追溯，将它与启蒙运动联系在一起。第十四章总结认为，在奥威尔对莎士比亚悲剧的生动分析中，我们应该寻找的是他对20世纪现实主义和19世纪理想主义的综合。奥威尔在这些分析中定义了他眼中人类困境的悲剧维度的重要因素，那就是即使面对难以抵抗的力量，仍要为肯定生命而进行高贵的抗争。

218　　　正如经常被提到的那样，《一九八四》的灵感来自多维整合的现实图景，它并没有向我们呈现一幅关于绝望突袭的碎片化或扭曲的图景。这部作品体现了奥威尔悲剧人道主义中的政治、心理以及精神维度，最终达到对"人类精神"成熟而可贵的肯定。

第十三章

『人类精神』：奥威尔对马克思、弗洛伊德和现实主义者的存在主义的回应

人类精神

20 世纪 30 年代和 40 年代的知识界被黑暗笼罩，我们发现奥威尔和托马斯·曼、加缪、萨特、赫胥黎一道奋力反抗着绝望。他们中的每一位都以自己的方式投身人道主义。人道主义继承了启蒙主义，否定根本恶，肯定人类的可完善性，对人类的困境持一种世俗化的积极态度。然而，当被迫遭遇两次世界大战、极权主义制度的集中营、核灾难的威胁等前所未有的残酷行为与毁灭破坏时，当非理性力量的邪恶面逐步升级显现时，坚信人类精神变成了名副其实的信仰。因此，当奥布兰宣称权力之神将进行不朽且自续的统

治，身体和精神都已被摧残的温斯顿最后一次呼吁"人类精神"，这一场景显示出特殊的深意。

> "不，我相信如此。我知道你们会失败，宇宙中有某种东西——某种精神或者某种法则，我不知道——你们永远不能战胜。"
>
> "你相信上帝吗，温斯顿？"
>
> "不。"
>
> "那么会是什么，这种会打败我们的法则是什么？"
>
> "我不知道，是人类的精神吧。"①（217）

很长一段时间里，甚至是在仁爱部，温斯顿都坚信"某种精神或者某种法则"仍然能够击败党。既然温斯顿从未对这个重要的术语做出定义，那么我们应如何理解"人类精神"呢？

我们看到，奥威尔认为，宗教信仰的缺失和与之相伴的道德价值的缺失使得 20 世纪的人类易受建立在权力崇拜基础之上的极权主义心理的影响。因此，奥威尔相信，"当旧有的关于个人不朽的信念已经被摧毁，我们时代的真正问题在于重建对于绝对正确和绝对错误的认识。这需要信仰，而信仰不同于轻信"（v.3，123）。

这里的"信仰"是什么意思呢？宗教信仰时常伴随着对"轻信"的无知或自欺。在此文本语境中，"信仰"所指的只是对人类的信仰，相信人类奋斗的能力，相信人类能够通过建立一套道德价

---

① 译文参见〔英〕乔治·奥威尔著，《一九八四·动物庄园》，孙仲旭译，南京：译林出版社，2008 年，第 191—192 页。

值来拯救文明，而无须依赖宗教信仰来实现个人的不朽。不过，奥威尔的人道主义"信仰"也隐含着对未来的热诚关切，即使这个未来是世俗性的，或者说，必定"与天堂和地狱无关"（v.3，177）。在某种情况下，个人应为整体做出牺牲这一点似乎是奥威尔"人性宗教"的重要部分。他注意到"人们为了残破不全的集体而牺牲自己……只需在意识上稍加提升，他们的忠诚感就可以转化为人性本身，而不再是一个抽象概念"（v.2，32）。身陷仁爱部时，温斯顿对奥布兰进行了长期英勇的抵抗，这足以清楚地表明对人性的忠诚确实不是一个抽象概念。

　　在温斯顿试图反驳奥布兰的论述时，这一点很清楚。温斯顿没有宣称重拾对上帝的信仰可以打败极权主义的权力之神。事实上，温斯顿的困境显示出怀念传统宗教的安全与宁静是极其虚假的。温斯顿受不可抗拒的回到过去的热望驱使，一次次拜访古董商店，想要购买旧日记本、玻璃镇纸、古老教堂的蚀刻版画，这些都是在大洋国不允许存在的属于美好过去的纪念品。当温斯顿在查林顿先生那里听到关于古老的伦敦教堂钟声鸣响的童谣片段时，他受到了深深的触动，这也体现出温斯顿对旧日美好的渴望。不过，如果我们进一步考察这看似纯真的童谣所包含的戏剧情境，就会发现温斯顿对旧教堂和教堂钟鸣的痴迷也只不过是对旧日美好的又一次怀念。这首童谣也暗示出戏剧场面中有某种不祥的东西，温斯顿在不断寻找歌谣缺失的句子的过程中，不知不觉地成了这出戏剧的参与者。

　　这出戏剧和某种交易有关，这里值得注意的是，温斯顿买下了日记本和水晶镇纸，但是没买教堂那幅画。当然，他不会想

221

到，听到童谣的前几句歌词也是要付出代价的。当温斯顿准备好冒着生命危险购买自我表达（日记本），购买创造美和爱的私人世界（玻璃镇纸）时，他并没有意识到对宗教归属感的怀旧所要付出的代价。

从查林顿先生那里听到童谣的第一句引起了温斯顿的兴趣："'橘子和柠檬。'圣克莱门特教堂的大钟说。"①（90）教堂钟声的轰鸣带来了某种东西，平静美好，撩人心弦。然而，随着故事的展开以及童谣后面的句子被温斯顿偶然发现，宁静和美好背后的代价变得清晰起来："'你什么时候还我？'老百利的大钟说。"从"购买者"的回答来看，这个简单的问题却是不祥的预兆，购买者承认自己无意或者无能力付报酬，"'等我富了再说。'肖尔迪奇教堂的大钟说"。在阴险反讽的戏剧语境中，这样的回答意味着"永远不付"，在与之平行的小说世界里，温斯顿这个精神上贫困的普通人，也不愿偿付或无力偿付。因此，这报酬就需依靠强力来获取，所要付出的代价更是超乎意料："这儿有支蜡烛照着你去睡觉，这儿有把斧头把你的头剁掉！"教堂的钟声模仿了一场关于诱惑、勾引和圈套的残酷而痛苦的仪式，从小说中温斯顿的困境来看，这一仪式极具暗示性。

老教堂的画和教堂钟声的作用相似。温斯顿被过去建筑的美所吸引，具有反讽意味的是，如今这样的建筑只是胜利广场上破旧的

①译文参见［英］乔治·奥威尔著，《一九八四·动物庄园》，孙仲旭译，南京：译林出版社，2008年，第70页。

"博物馆，用来展览各种各样的宣传性物品"① (90)。但是，奥威尔将老教堂与用来展示宣传品的博物馆反讽性地并置在一起，目的何在呢？他是否认为用于宣传的博物馆在功能上与美丽的老教堂截然相反，还是这两者的功能有明显的相似之处？我认为，在小说第二部分结尾当温斯顿被逮捕时，这幅陈年旧画所扮演的角色支持第二种假设。

　　温斯顿对那张教堂的画的迷恋促使他热切地希望回到查林顿先生的店铺，并在店铺上面租了一个房间。那个房间和放置在房间中间的水晶镇纸成了这对情人自由的象征，在这里他们远离电屏和老大哥的全视之眼。然而，在温斯顿和茱莉娅这对情侣被逮捕时，他们发现即使在这个房间里他们也没有自由。电屏一直都在，它只不过是被极美丽的旧教堂图片伪装起来了而已。正是在这富有戏剧性的一刻，这对情侣意识到，查林顿先生一直在重复着童谣中饱含嘲弄和阴险的最后几句来提醒他们已经落入了圈套。以温斯顿被教堂钟声所吸引为开端的整个过程已经显现（"这儿有支蜡烛照着你去睡觉"），付出代价的时刻来临了（"这儿有把斧头把你的头剁掉"）。

　　在第三部分中，温斯顿对奥布兰的有力反抗并非源于重拾精神不朽的宗教信仰的渴望。虽然如此，温斯顿对"某种精神或者某种法则"的信仰与未来这一概念关系密切。尽管温斯顿很难解释他所说的"人类精神"的具体含义，但是他的行为显示了只要他能够忠于与茱莉娅的约定，表现出"目标不是求得活命，而是保持人

①译文参见〔英〕乔治·奥威尔著，《一九八四·动物庄园》，孙仲旭译，南京：译林出版社，2008年，第70页。

性"①（148），只要他"能觉得保持人性是值得的"②（147），他就能够坚守这一信仰。只要他还能保持自由，远离对党的权力的疯狂崇拜，他就不会失去这一信仰，因为"死时仍然仇恨他们，这就是自由"③（226），"通过保持清醒，将人性传统延续下去"④（28）。

当然我们知道，温斯顿最终没能传承这一传统。在 101 房间，他同样被迫退化成了次等人类。但是，在讽刺作品的框架中温斯顿的困境是否反映了奥威尔自身丧失了对"人类精神"的信仰呢？记住这一点至为关键：这里讽刺作家向我们提出的问题，并不是在未来我们是否将不可避免地放弃对人类精神的信仰。相反，在假定的框架中，我们的问题应当是：是不是接受了极权主义心理就意味着与人类精神相对立？一旦我们同意极权主义掌权，我们就无可挽回地放弃了对"人类精神"的信仰？

奥威尔对马克思、弗洛伊德、存在主义者的回应

通过证实温斯顿有坚持"人类精神"信仰，奥威尔揭示了他自己关于"人性宗教"理想"信仰"的多个层面。我认为"理想"是

---

① 译文参见〔英〕乔治·奥威尔著，《一九八四·动物庄园》，孙仲旭译，南京：译林出版社，2008 年，第 119 页。
② 译文参见〔英〕乔治·奥威尔著，《一九八四·动物庄园》，孙仲旭译，南京：译林出版社，2008 年，第 118 页。
③ 译文参见〔英〕乔治·奥威尔著，《一九八四·动物庄园》，孙仲旭译，南京：译林出版社，2008 年，第 220 页。
④ 译文参见〔英〕乔治·奥威尔著，《一九八四·动物庄园》，孙仲旭译，南京：译林出版社，2008 年，第 21 页。

奥威尔人道主义思想的推动力，也是奥威尔认为自己能成为一个讽刺作家的核心。不过，要更加清楚地认识"信仰"对一个世俗人道主义者来说意味着什么，我们必须深入了解奥威尔在政治、心理、哲学维度对人类困境的定义，这些定义可以分别在他对马克思、弗洛伊德和存在主义者的"现实主义"的典型回应中找到。

尽管从任何角度看，奥威尔都无法被称作马克思主义者、弗洛伊德主义者或是存在主义者，但是这三种重要的思想体系在奥威尔的时代影响巨大，已经融入奥威尔的世界观中。事实上，如果我们想要描述"奥威尔式"的人道主义者的"信仰"，我们或许应当从考察奥威尔对 20 世纪三大主流思想中世俗人道主义部分的回应开始。

对马克思的回应

尽管奥威尔强调自己成为一个社会主义者是出于对受压迫者的同情，而不是由于对马克思主义的信仰（v.3，456），但是，奥威尔所用的词汇反映出他对马克思主义的核心假设非常熟悉，足以形成对它们 [1] 的个人回应。对于马克思主义者，奥威尔接受其关于阶级斗争历史重要性的论述，在《动物庄园》中，奥威尔对此做了解释，并从马克思主义者的角度呈现被压迫动物的观点（v.3，459）。奥威尔还严肃思考了"历史的经济理论"（the economic theory of history），但对此并非全无疑虑。在《深刻的诱惑》（"The Lure of Profundity"）一文中（*New English Weekly* 30 Dec. 1937，235—236，qtd. in Bonifas 165），奥威尔承认这是

224

一个"枯燥"的理论，但"非常真实"。奥威尔文章中的词汇选择显示了社会主义者对经济不平等的明确谴责，经济不平等意味着对无产者的剥削。奥威尔认为"一个年收入有 150000 英镑的人……是在抢劫……一个每周收入只有 15 先令的人"（v.1，388），并且要求工党政府实行"土地、煤矿、铁路、公共设施、银行国有化"（v.3，448）。

同时，通读奥威尔的文章，人们还会发现他对作为马克思主义历史理论基础的唯物主义理论的抵制。毫无疑问，奥威尔对社会主义的信奉很大程度上源于大萧条时期对失业者的同情，是基于将经济问题当作首要问题来处理的意愿。[2] 但是经济问题的优先权仅仅是在时间上。人性的精神维度对于奥威尔来说同样重要，即使"在解决真正的人性问题之前必须解决贫困和繁重的劳动问题……工人阶级的'唯物主义'是多么正确啊！他们认识到胃比灵魂优先是多么正确啊！不是从价值角度，而是从时间上！"（v.2，304—305）用单引号中的这个词，表达了奥威尔对工人阶级是否应该被叫作唯物主义者的怀疑。

事实上，奥威尔质疑的不仅仅是无产阶级的马克思主义，还包括马克思本人的唯物主义。[3] 马克思历史唯物主义的重要特征是"他将社会生活区分为经济或物质的基础……以及反映这一基础的意识形态上层建筑"。这一区分对经济决定论以及马克思所认为的"人类的物质生产生活……决定了社会意识"至关重要，不仅包括观念，也包括意识形态（Kamenka 569）。因此，马克思提出著名的论断："在任何社会阶段，统治阶级的意识形态就是占统治地位或主导性的意识形态。"(Kamenka 571)奥威尔对这一核心概念给出了典型的非唯物主义解释，他如此论述：

> 马克思理论中最重要的部分就在这句俗语中："你的财富在哪里，你的心就在哪里。"但是在马克思对这句话展开充分阐释之前，它又有什么力量呢？谁注意到这句话了吗？有人从中推断出……法律、宗教和道德信条都是建筑在现有财产关系上的上层建筑吗？福音书告诉我们，这些话是从基督口中说出的，但马克思才是赋予其生命的人。(v.3，121)

与众不同的是，奥威尔阐释了马克思主义中的一个重要特225征——经济基础和上层建筑的区分——来证明马克思与基督教人道主义理想在精神上的密切关系。顺着这种思路，奥威尔分析了"马克思的名言'宗教是人民的鸦片'"。奥威尔论道：

> 马克思并没有说……宗教只是上层分发下来的毒品；马克思的意思是宗教是人民自己创造出来的，用以满足在他看来真实的某种需求。"宗教是没有灵魂的世界里灵魂的一声叹息。宗教是人民的鸦片。"除了人不仅仅依靠面包而活，憎恨远远不够，一个值得生活的世界无法建立在"现实主义"和机关枪的基础上，马克思还说了什么呢？ (v.2，33)

不管奥威尔对马克思的阐释是否具有客观正确性，它能帮助我们理解作为讽刺家和政治时评作者的奥威尔为何攻击他的对手左翼知识分子忘记了社会主义运动的道德精神维度[4]，因此需要"提醒他们快被遗忘的人类友爱这一最初的目标"[5]（v.4，485）。

我们在第三章中注意到，与奥威尔对道德和精神价值的毕生追求相一致，他在西班牙时转向社会主义，这不仅是政治立场的转变，也是种精神信仰，是他的人道主义核心。这一信仰的情感之强烈在奥威尔献给一个工人阶级出身的意大利士兵的诗中得到了体现，这个士兵已经准备好为他的西班牙兄弟，为整个人类更美好的未来献出自己的生命。奥威尔在这里引入了"水晶般的精神"这一象征，仿佛通过工人阶级的纯洁和无法摧毁的活力可以保证人类精神的存续："但是，我在你脸上看到的／任何强权都不能夺去／所有的炸弹一起爆炸／也不能炸碎你那水晶般的精神。"①（v.2，306）

《一九八四》中，当温斯顿想把自己的信仰说给奥布兰听时，他也将"人类精神"和无产者的活力相联系，而将其与"僵死"的知识阶层对立，知识阶层被党死气沉沉的"死者加诸生者的某种世界观"②（180）所麻痹。与党员形成对照的是，"群众是不朽的"。无产阶级仍然能够唱歌、哭泣、欣赏生活，他们有"活力，那是党所缺乏的，也无法消灭"③（188）。尽管如此，看到无产者在大洋国

226

---

① 译文参见［英］乔治·奥威尔著，《政治与文学》，李存捧译，南京：译林出版社，2011年，第180页。

② 译文参见［英］乔治·奥威尔著，《一九八四·动物庄园》，孙仲旭译，南京：译林出版社，2008年，第148页。

③ 译文参见［英］乔治·奥威尔著，《一九八四·动物庄园》，孙仲旭译，南京：译林出版社，2008年，第156页。

地位低下、遭受虐待，温斯顿需要真正的"信仰行动"来尊重他们。毫无疑问，当温斯顿为反驳奥布兰而最后一次呼吁"人类精神"时，无产阶级正是他所要寻找的活力之源：

> "你们创造不了一个你刚才描述的世界……不可能。"
>
> "为什么呢？"……
>
> "它不会有活力，会解体，会自行毁灭。"[1]（231）

　　无产者是人类无法泯灭的人性的重要希望。尽管遭遇诸多失败与背叛，他们依旧会像植物那样向阳生长（v.2, 299），继续像洗衣妇那样多产，养育 15 个孩子（187）。大洋国无产阶级"永生"的"活力"让我们想起了 1937 年奥威尔对"炸弹都炸不开"的"水晶般的精神"的颂扬。他们的力量和活力仍旧是不可否认的。在《动物庄园》的序言中，奥威尔告诉我们，工人遭受压迫这一隐喻的灵感来自他看到的一个小男孩抽打拉车的马的情形（v.3, 458）。在《一九八四》中我们读到，无产阶级"只需奋力而起，像马摆脱苍蝇那样抖动身躯"[2]（64）。但是温斯顿也意识到一个悖论："除非他们觉醒，否则永远不会反抗；但除非他们反抗，否则不会觉醒。"[3]（65）一匹马意识不到自己的力量比主人大，因为他无法思

---

[1]译文参见［英］乔治·奥威尔著，《一九八四·动物庄园》，孙仲旭译，南京：译林出版社，2008 年，第 191 页。

[2]译文参见［英］乔治·奥威尔著，《一九八四·动物庄园》，孙仲旭译，南京：译林出版社，2008 年，第 49—50 页。

[3]译文参见［英］乔治·奥威尔著，《一九八四·动物庄园》，孙仲旭译，南京：译林出版社，2008 年，第 50 页。

考，不会使用语言。大洋国的无产阶级会获得此种能力吗？

《一九八四》中，讽刺作家证明了使大洋国遭受痛苦的现象已经在我们的世界泛滥成灾，那就是思想的堕落和语言的堕落。不先处理造成这种堕落的"弥天大谎"，就无法通过任何革命性的行动来拯救大洋国。因此，即使温斯顿的"人类精神"仍然是奥威尔最初关于无产阶级"水晶般的精神"的高贵象征，《一九八四》中支撑人类未来的责任是落在作家身上的。"欧洲的最后一个人"不是无产者，而是最后的文人中的一个。他也许会从无产者身上寻找活力和希望，但他和无产者不同，他还能控制话语、思想和记忆，至少还了解些许我们的文化遗产。因此，他为真实而进行的英勇斗争志在寻找真理，与话语的堕落相抗争。所以，要正确理解《一九八四》中的"人类精神"，我们要把视线从无产阶级"水晶般的精神"转移到"水晶般的镇纸"，这是"最后一个人"的私人世界的象征，是"不受腐蚀的内在自我"（v.4，402），是个体独特而正直的灵魂。

值得注意的是，"水晶般的镇纸"也暗示了工人阶级的角色，因为温斯顿正是在无产者区找到了这个神秘的东西，以及其他和过去相关的珍贵纪念物的。虽然如此，《一九八四》中关于抵抗的重头戏并非聚焦于一个阶级的集体意志，而是聚焦于作为人类文明最终堡垒的个人的心灵上，即人类的精神。奥威尔关于人类心灵的概念包含了（尽管并非为它所定义）他对弗洛伊德思想多方面的典型回应。

227

对弗洛伊德的回应

按照里斯的说法，弗洛伊德的思想并没有引起奥威尔多大的关注（13），保罗·罗赞则认为："在思想史上，乔治·奥威尔和西格蒙德·弗洛伊德似乎是志趣不相投的两个人。"（675）不过，正如第四、八、十二章所提到的那样，即便奥威尔并不赞同弗洛伊德理论中一些著名的推论，他关于人性的观点仍然受到新兴的、从根本上讲是弗洛伊德式[6]的"心理人"模型的深刻影响，这一模型在20世纪头十几年登上文学舞台。第四章中写到，奥威尔不赞同弗洛伊德有关俄狄浦斯情结的概念，也不接受人类行为是由潜意识的力量所决定的观点。从温斯顿梦境次序的讨论中我们可以看到，一种根本上具有道德性的态度驱使着他：他被迫回想起自己在母亲消失这件事上要承担很大的责任。在那个帮助他理解过去的关键梦境之后，温斯顿做出了一个道德承诺，发誓未来绝不背叛茱莉娅。由于精神正常和道德承诺在奥威尔的词汇中几乎是同一个东西，他承认，当面临中立态度时，心理学常常倾向于将焦点转移到道德问题上的做法让他感到不适。[7]

在评论家们看来，奥威尔认为弗洛伊德的理论与他志趣不相投，在这一点上他们是不是无论如何都是正确的呢？有没有一种方法，就像某些评论家做过的那样，可以将这部小说当作对弗洛伊德精神分析的戏仿作品来阅读呢？仔细阅读小说后会发现，这两个问题的答案都是否定的。正如我们在第四章和第十二章中看到的那样，只要温斯顿成为自己的心理分析师，他的性格就会成长，自我意识也会不断提升。对精神分析过程的戏仿发生在仁爱部，出现在

228

小说的第三部分。这一过程导致了温斯顿的崩溃，并不是因为精神分析没有用或者有害，而是因为精神分析原来的功能是为了治愈，却被奥布兰恶毒地用于相反的目的，用来摧毁个人的心灵。[8]

奥威尔对弗洛伊德提出的概念加以复杂运用，让本我、自我、超我之间的关系变成动态的，因为这种能量体系在他对极权主义体系的心理—历史分析中非常普遍。奥威尔认为内党与超我是一致的，亚历克斯·康弗特（Alex Comfort）证实了这一点："我们谈了他的书，我觉得它是反抗独裁的政治宣言。他的回答令人震惊——他说确实是，不过他脑海中的模型和一个精神症患者一样，超我的本质是像老大哥一样的'思想警察'。"(17)

事实上，内党符合惩罚性、施虐性的超我角色，它通过干预性本能来转移培育自我所需的能量。如前所述，弗洛伊德精神分析的中心原则之一是"焦虑爆发或一般来说会引起焦虑的情况是……在性兴奋在朝向满足的过程中受到抑制、阻止或发生转向时"(v.20，110)，随着被弗洛伊德称作"未释放出来的性兴奋或强制性的禁欲"①(v.20，110）而来的是，大洋国的党员们生活在癔症状态中，这种状态可以被导向对"敌人"的残虐怨恨，或者是对领导者的盲目崇拜。威廉·赖希在对法西斯人格的研究中进一步阐释了弗洛伊德的洞见，论述了神秘主义和虐待狂之间的紧密联系，指出"宗教和暴政体制都……同时给予了反对性和替代性欲的兴奋"(168)。

---

①译文参见［奥］弗洛伊德著，《抑制、症状与焦虑》，《弗洛伊德文集》（第六卷），长春：长春出版社，2004年，第182页。

奥威尔想象出来的大洋国显然符合弗洛伊德关于性禁忌的观点，这种阐释也被极权主义的历史材料所证实。因此，"希特勒自己承认他的演讲对群众产生了诱惑和性吸引。元首身边的一个心腹曾注意到，希特勒对那些易受别人影响的人或是柔弱的人所产生的影响最大"（Tolstoy 335）。

历史证据证实，在性行为方面强制遵循清教主义和由领袖崇拜引发的，以及为了领袖崇拜而产生的歇斯底里的狂热之间存在着强有力的关联。令人感到意外的是，克里克教授却认为奥威尔对大洋国般现实的描写很大程度上与极权主义无关（"Introduction"120）。通过对斯大林统治时期苏联严格的性管控的进一步分析，可以清楚地看出奥威尔的弗洛伊德分析在这里切中了要害。

诚然，早期布尔什维克革命时期的道德准则允许自由恋爱，但是很明显，性本能是从属于布尔什维克展开革命事业这一主要任务的。在 20 世纪 30 年代的"斯大林革命"中，党对性的宽松立场转变为严格抑制和管控的态度，不鼓励计生措施，严格禁止堕胎，离婚事实上不可能发生。同时，作为一个整体的家庭会因破坏行动或某一持异议的成员而遭合法惩治。结果，"国家成了家庭中的一个新成员"。这些新的家庭法规对斯大林恐怖的机制非常重要，这一机制依赖于孩子对父母的告发，以及配偶之间的相互告发（并规定可对 12 岁以上的儿童施行死刑）。性爱和家庭之爱从属于国家——

　　是文学、电影和一切艺术形式中永恒的主题。家庭是集体的一种重要形式，因此便有了这些讨论，但是国家无疑是更重要的形式。这就是为什么在 1936 年的电影《党证》（*Party Card*）中妻子向安全机关举报了自己的丈夫……这种背叛自己亲人的要求无差别地指向所有的家庭成员。（Geller 286）

奥威尔对这些变化非常熟悉，他参阅的那些关于苏联的书籍中含有详细的记录，例如库斯勒的《瑜伽信徒和人民委员》。因此，年幼的帕森斯小姐背叛她的父亲，以及温斯顿害怕他的妻子凯瑟琳会背叛自己，这些都不是奥威尔怪异的想象力虚构出来的情节：它们暗示了极权主义独裁政权的核心政策。当然，奥威尔运用了讽刺作家的手法，夸张地让奥布兰吹嘘党在不久的将来就会致力于消除性高潮。但当小说清楚地写到温斯顿甚至无法梦见离婚（61），茱莉娅在青年运动中不得不否认她的性欲，凯瑟琳除了"履行对党的义务"之外拒绝和丈夫温斯顿做爱（62），毫无疑问，奥威尔影射的是斯大林统治下严酷而拘束的性态度。

当然在现实中，即使是斯大林统治之下，没有人会阻止人们因为互相吸引而结婚，但是私人之间的忠诚、性吸引、家庭之爱和人们对党的忠诚之间存在着重要矛盾。在大清洗时期的逮捕中，那些丈夫被捕的妇女一般会提出离婚诉讼，这样她们和子女便可避免进一步牵扯进丈夫的"异议行为"。国家期待这些妇女展现出对国家的忠诚，将对国家的忠诚置于对配偶的忠诚之上。[在《古拉格群岛》中，索尔任尼琴描写了他在集中营遇到"一群因拒绝与丈夫断绝关系而被捕的妻子"的情形（77）。]

接下来是回应克里克教授的观点。奥威尔关于极权主义统治下性清教主义的分析与历史证据相一致，这也显示出他赞同弗洛伊德关于性禁忌和癌症之间联系的分析。

事实上，奥威尔形容奥布兰"集心理学家和审讯者于一身"①（169），他用现代心理学中的成熟理论去摧毁心灵，而不是去治愈心灵。温斯顿在101房间遭受的折磨透露了党对弗洛伊德重复理论的惊人了解。弗洛伊德观察到，一个遭受了相对较小创伤的男孩，倾向于在游戏中"重现创伤中每一个使其痛苦的印象"（v.20，167）。一个被大创伤引起的焦虑所驱使的成年人，倾向于回到原来的场景中"重复"这种创伤，也就是说，故意去使它再发生一遍，这样"[原先]被迫经历创伤的自我，现在可以主动以一种较轻的程度重复创伤，希望自我可以在这过程中把握方向"（v.20，166）。奥布兰强迫温斯顿面对饥饿的老鼠时，他完全了解温斯顿源于童年危机的恐惧。温斯顿并未选择再次体验这一创伤。这一重复也没有以"较轻的程度"呈现创伤。奥布兰的目的不是让自我主导方向并使其从内疚和焦虑中解放出来，相反，他的目的在于碾碎自我，从而让"病人"产生婴儿般的无助感。[9]

这种从反面对现代心理学的治愈功能加以恶意利用正是101房间这一概念的核心，是党最伟大的心理学发现，这种发现是基于每种人格都存在着不同的墙、不同的边界这一认识。弗洛伊德将这一概念阐释得非常清楚："每一个人几乎都有一个边界，在这边界

①译文参见［英］乔治·奥威尔著，《一九八四·动物庄园》，孙仲旭译，南京：译林出版社，2008年，第137页。

之外，他的心灵结构无法成功处理应该被处置的大量刺激"（v.20，148）。奥布兰对 101 房间的描述中包含着对弗洛伊德的强烈效仿："然而对每个人来说，都有种不可忍受的东西———一种想都不敢想的东西……［老鼠］是你无法承受的一种压力，即使你希望承受也无法做到。"[1]（245）

　　另一个与 101 房间的隐喻一起发挥作用的、对弗洛伊德的重要效仿是玻璃镇纸的碎裂。在《人格解析》（"Dissection of the Personality"）一文中，弗洛伊德用水晶来比喻心智的崩溃："如果我们把一块水晶扔在地上，它就会碎掉，但不会碎得杂乱无章，它会沿着晶体裂开面分解成一块块，这些小碎片的边界尽管无法看见，但它们是被水晶的晶体结构预先确定的。精神病人也以类似的方式分裂和崩溃。"（v.22，59）奥威尔在水晶碎裂和 101 房间里个人心理的碎裂之间所做的精彩类比似乎是受到弗洛伊德这些概念，甚至意象的启发。因为在 101 房间里每个人的心灵都能被摧毁、被瓦解，它能以某种方式"解开"每个特殊的结构，思想警察抓捕温斯顿时把玻璃镇纸摔碎了，这极生动地预示了"最后一个人"的最大恐惧：他不可挽回地失去了"人类精神"，并不是由于失去了肉体的存在，而是个人的心灵被瓦解了。

对存在主义思想的回应

　　由于玻璃镇纸代表着温斯顿和茱莉娅这对情人的私人世界及其

---

[1]译文参见［英］乔治·奥威尔著，《一九八四·动物庄园》，孙仲旭译，南京：译林出版社，2008 年，第 202 页。

私人价值，它也引发了用存在主义对温斯顿抗拒党的公共价值、寻找真实这一过程进行分析。事实上，最近已有运用存在主义观点对奥威尔的几本小说进行阐释的研究。[10] 这一现象当然并不意味着奥威尔赞同存在主义思想，甚至不意味着他对存在主义作家，比如克尔凯郭尔（Kierkegaard）①、尼采或雅斯贝尔斯（Jaspers）② 有直接的了解，也不是说他与他的同时代人，如加缪和萨特之间有过思想交流。事实上，据了解，1945 年奥威尔在巴黎时曾与加缪约定会面，但加缪因病未能践约（v.4，457）。[11]

至于萨特，奥威尔曾评论他关于反犹太主义的书着实令人不快，他在给朋友的信中称萨特是个"夸夸其谈的人，尽管在我不敢自称理解的存在主义方面，他可能不是这样的"（v.4，510）。显而易见的是，奥威尔不仅不喜欢萨特的书，而且也不喜欢他的意见和个性。无论如何，就像马克思和弗洛伊德的思想那样，存在主义思想流行甚广，而奥威尔声称他"不认为自己了解"这种思想，听起来更像是对他所不喜欢的理论的轻视，而非对自身无知的辩解。按照里斯的观点，奥威尔"毕生都对当时流行的存在主义哲学不感兴趣，我认为这是囿于其性情；尽管在现实生活中也许可以说他是个更好的存在主义者，比那些只把存在主义哲学写进书里的哲学家们更真实，更'积极介入生活'"（13）。

---

① 克尔凯郭尔（Søron Aabye Kierkegaard，1813—1855），丹麦哲学家、神学家、作家，著有《非此即彼》（1843）、《恐惧与战栗》（1843）等。
② 雅斯贝尔斯（Karl Theodor Jaspers，1883—1969），德国哲学家、神学家、精神病学家，著有《时代的精神状况》（1931）、《历史的起源与目标》（1949）等。

里斯注意到奥威尔在生活态度上显露出受到存在主义影响，这无疑是正确的。不过我们的目的在于确定作品中显示出来的奥威尔对存在主义思想的熟悉度，以及他富有个性的回应。正如尼采和克尔凯郭尔警告人们不要接受无意义的抽象概念，奥威尔对抽象概念、理论和理论家也持怀疑态度，这与经验主义传统一脉相承。[12] 具有反讽意味的是，奥威尔声称自己"对无产阶级专政从未有过一丁点儿恐惧"，但又承认"对理论家的专制极为恐惧"（v.1，583）。

我们也应该记住，温斯顿展示了真正的存在主义者的勇气，他冒着被折磨致死的危险去追求自己的思想和价值，摆脱思想中的抽象和陈旧，以及空洞的党的宣传标语的束缚。他追求真实的行为还包括坚持把童谣的碎片重组起来，购买日记本和玻璃镇纸，这些都是党通过一系列谎言实现"控制"之前的纪念物。

至于奥威尔自身，他对伴随着接受现成观念而来的欺诈行为抱有一种"存在主义式"的怀疑，这一点表现得很清楚。他不仅愤怒地攻击"鄙陋的臭正统"（v.1，504），而且在他的文章中充满尖锐而怀疑的语气，在"记录"中强调亲身体验，在小说中加入自传色彩。不过，在下面的例子中，奥威尔对第一手自传性材料的处理不仅体现了他和"纯粹的"存在主义立场的亲密联系，而且反映了他对这一种立场的抵制。

在写作《向加泰罗尼亚致敬》时，奥威尔承认，书里有一整章的内容是在为"那些被斯大林主义者指控与法国合谋的托洛茨基主义者"辩护，而这可能会在几年后"毁了这本书"。但他解释道："我不得不这么做。我碰巧是英国少数几个得知无辜的人受到错误

233

指控的人之一。如果我不对此表示愤怒，那我就不该写这本书。"（v.1，29，重点为作者所加）

奥威尔关于"无辜的人受到错误指控"的一手体验源自他亲身经历了"令人恐怖的怀疑和仇恨气氛，恶毒的谎言和莫须有的传闻漫天飞扬，贴在布告栏中的海报公开地诋毁我，以及所有类似我的人都是法西斯间谍"[1]（*HC* 238—239，重点为作者所加）。在与"西班牙马克思主义统一工人党（P.O.U.M.）的民兵，就是西班牙的托洛茨基主义者"一起反抗佛朗哥时，奥威尔解释道："在韦斯卡（Huesca）被一个法西斯狙击手打穿了喉咙……［之后］在1937年年中，共产党得到了对西班牙政府的控制权……并且开始迫害托派以后，［我们夫妇俩］发现自己已在迫害之列。我们很幸运活着逃出了西班牙。"[2]（v.3，456）

奥威尔对被错误地指控、受到死亡威胁、被普遍认为是自己事业最坚定的拥护者所背叛，有种"存在主义式"的了解。不过，讽刺作家的"义愤"（v.1，504）使得奥威尔不仅仅局限于个人经历："我的妻子和我都看到无辜的人被投入监狱，仅仅因为他们被怀疑有不正统思想。但是，在我们回英国以后，我们发现许多思想开通和消息灵通的观察家们居然相信报界发自莫斯科审判现场关于阴谋、叛国和破坏的荒乎其唐的报道。"[3]（v.3，457）

234

---

[1]译文参见［英］奥威尔著，《向加泰罗尼亚致敬》，李华、刘锦春译，南京：江苏人民出版社，2005年，第182页。

[2]译文参见《〈动物农场〉乌克兰文版序》，收入［英］乔治·奥威尔著，《奥威尔文集》，董乐山译，北京：中央编译出版社，2010年，第267页。

[3]译文参见《〈动物农场〉乌克兰文版序》，收入［英］乔治·奥威尔著，《奥威尔文集》，董乐山译，北京：中央编译出版社，2010年，第267页

　　显然，对不公和背叛的持续愤怒不仅激发了奥威尔《向加泰罗尼亚致敬》的写作，而且在《动物庄园》和《一九八四》描写的有关背叛的个人经历中，也体现出存在主义内核。然而，这一经历变成了对所有经历过相同困境的人的同情之源，讽刺作家被无辜的牺牲者激发的"义愤"会变成"狂野的怒火"，这种"怒火"针对的是那些由于拒绝面对真相而阻碍正义的人的"保护性的愚蠢"。奥威尔发现，这种倾向在斯大林强大的宣传面前显得尤为危险。

　　尽管奥威尔从存在主义的高度强调作家生活经历的真实性之重要，在我看来，与奥威尔同时代的很多存在主义者都缺乏奥威尔那种"义愤"，而这被公认为是奥威尔展开讽刺视角非常重要的因素。事实上，作为讽刺作家的奥威尔的愤怒是理智的愤怒，因为道德想象具有赞同和反对的能力。我认为，与更典型的冷静客观的存在主义立场相比，这一特点更能准确地描述奥威尔的立场，因为前者否定了所有价值体系的普遍性而趋向于道德相对主义。

　　在这一点上，奥威尔关于主观真理和客观真理之间的联系的观点也值得审视。奥威尔告诉我们，作为事实与事件的证人、亲历观察者和记录者，从年轻的时候开始，他已经能够坚持自己内在的声音（v.1,24），并且认为作家的职责是忠实于任何情况的第一手经验，不论好坏。因此，他在《向加泰罗尼亚致敬》里强调，这本书只是记录属于他的事实，而不必是全部的事实："请注意我的派别身份，请注意我在事实描述方面存在的错误，以及由于我仅目睹了其中部分事实难免以偏概全。"（*HC* 230—231，重点为作者所加）。①

---

①译文参考 ［英］乔治·奥威尔著，《向加泰罗尼亚致敬》，李华、刘锦春译，南京：江苏人民出版社，2006 年，第 188 页。

一个人所见之事实必须建立在本人鲜活的主观经验之上，这一存在主义宣言在《在巨鲸肚子里》（"Inside the Whale"）和《作家与利维坦》（"Writers and Leviathan"）等文章中得到一再重申。不过，跟"纯"存在主义者不同的是，奥威尔并未暗示：由于所有的事实都囿于我们的主观经验，所以一切真理都是相对的，要寻找一个普遍真理是徒劳的。与之相反，奥威尔的作品显示出真理越难掌握，越需要不屈不挠的追求：因此真正让他苦恼的是看到极权主义国家篡改历史事实，强迫作家们在情感和智识上进行自我审查，从而否认真理的存在。

第五章和第七章指出，温斯顿为寻找真实性、寻找他个人的"内在核心"而抗争，这也使他参与到对历史真相的追寻之中。正如里斯所说的那样，如果奥威尔可以被称作一个"撞击良心的人"，温斯顿就可以被称作撞击真相的人。温斯顿向茱莉娅吐露他所知道的多年前艾朗森、鲁瑟福和琼斯的审判都受人操纵，他们的口供都是伪造的，但他发现茱莉娅一脸困惑，并且天真地问他："他们都是你的朋友吗？"这让他感到异常愤怒。（或者说，或许她才是小说中的"纯"存在主义者？）

有人可能会认为，奥威尔和存在主义者对真理的主观本质的定义之间最明显的联系在于，他批判了正统马克思主义者对手毫不批判地遵从意识形态，包括其中的末世论框架。奥威尔将极权政府定义为一个神权体制，包含有一个半神式的元首，元首永远正确，因为他正带领他的人民沿着创造伟大历史成就的道路前进。以政治作家为业的奥威尔可以被看作一个抗议马克思主义理论家科学决定论的存在主义者，因为他认为"科学"这一说法是权欲熏心者用来满足个人目的的幌子，他还认为对未来的预言否认了我们的选择自由。在对伯恩哈姆①《管理革命》（*Managerial Revolution*）一书的批评中，奥威尔指出，一旦我们预感到危险，我们可以运用自己的自由来改变道路，从而避免灾难：未来并不是预先决定的（v.4，207）。奥威尔更加强烈地反对内在于马克思主义的历史决定论，以及斯大林主义者在无可避免的"最终综合"、共产主义的未来的名义之下，以欺骗方式使用"辩证法"来维护他们的现有统治。奥威尔在《灾难般的渐进主义》（"Catastrophic Gradualism"）一文中，批评他的对手纵容斯大林在未来将解放全人类的名义之下奴役现在这代人的行为（v.4，33），他还坚持认为，今天斯大林对人权的肆意践踏无法以为明天建造一个表面上仁慈的社会的名义来维护。这些观点使奥威尔的哲学立场呈现为存在主义和人道主义的综合。然而，当需要在存在主义和人道主义之间二选一时，对于奥威尔来说，后者永远具有优先权。当然，如果"通过人道主义，人们能理解主张个体的人是价值和可理解性之源泉的学说，那么存在主义本身也是人道主义的"（Olson, *Existentialism* 47）。虽然如此，存在主义者反对人道主义中的一条根本信条，"人道主义决定了个人能够而且必须和人类全体相一致，认为全人类的利益高于个人和其他任何个体的利益"（Olson, *Existentialism* 47）。因此，"显然，在有关此时此刻的痛苦的问题上，存在主义的基础与人道

①伯恩哈姆（James Burnham，1905—1987），美国哲学家、政治理论家，代表作为《管理革命》（1941）。

主义相冲突。如果人被限制在某个时间和空间中，那么他就无法认同全人类……人类的未来是未知的，个人不可能认同未知的事物"（Olson，*Existentialism* 49）。

显然，温斯顿对碎裂水晶的无言哀叹表达了存在主义意义上男人和女人关于未来希望渺茫的痛苦："那一小片珊瑚——一片小而起皱的粉红色东西，像是蛋糕上的糖制玫瑰花蓓蕾——滚过了地毯。温斯顿想，它多么小啊，它总是那么小！"①（190）

温斯顿在想到通过日记与读者进行交流时，也表达了对不可知的未来的苦恼："你怎样去跟未来沟通？从根本上说这不可能。"②（12）虽然如此，温斯顿显示了心理上和道德上与未来进行交流的需要："他是个孤独的幽灵，正在讲述一个谁也不会听的真理，然而只要他说出来，那种连贯性就以某种不明显的方式保持下来。不是通过让别人听到你的话，而是通过保持清醒，将人性传统延续下去。"③（28）

在温斯顿对真实性的追求中，最核心的是通过在自己的日记中创造不可更改的关于过去的记录，这些记录可以作为与未来之间的联系，从而确保人类传统的延续性。[13]他是大洋国"人类精神最后的守护者"，因为他是"最后一个人"（233），他身上承担着这样

---

① 译文参见［英］乔治·奥威尔著，《一九八四·动物庄园》，孙仲旭译，南京：译林出版社，2008年，第157—158页。略有修改。
② 译文参见［英］乔治·奥威尔著，《一九八四·动物庄园》，孙仲旭译，南京：译林出版社，2008年，第7页。
③ 译文参见［英］乔治·奥威尔著，《一九八四·动物庄园》，孙仲旭译，南京：译林出版社，2008年，第21页。

237

一个对过去和将来的承诺。恰恰出于人道主义者对人类延续性的承诺，奥威尔对某些关于未来的意识形态预测充满批判，因为那些预测否认我们拥有选择的自由这一人类最重要的属性。加缪在 1950 年所写的《预言的失败》一文中，呼应了奥威尔对历史决定主义的拒绝。然而，与加缪和奥威尔不同，萨特坚持认为，虽然斯大林的统治出现偏差，马克思主义辩证法必然产生的长期效果仍将证明西方知识分子对共产党信仰是正确的。萨特在这里大大改变了他的哲学的界限；他认同了一个在存在意义上不可知的将来，质疑个人选择的自由，而这正是存在主义的核心概念。

那么，存在主义是不是奥威尔的人道主义中的一个重要方面呢？人道主义的这一支脉，或称之为"奥威尔式"的人道主义，抵制任何形式的"包装"、任何已有的理论或本体思想。他和存在主义者及其先驱之间的相似性是不可否认的，但他的不同之处亦是如此。与尼采相似，奥威尔也关注"真空"这种由宗教信仰失落而造成的精神空虚，他警告我们不要接受伪善、抽象以及过时的道德中的伪价值。不过，奥威尔并不同情尼采的"金发野兽"，这位哲学家所鼓吹的拥有新道德的超人。奥威尔作为人道主义者的勇气恰恰在于凭借"知道对方终有一死，但仍愿意以兄弟之道相待"（v.2，32）的人类的"正派"，坚持以尊严面对真空。跟雅斯贝尔斯一样，奥威尔对边缘情况充满兴趣，探索人类关系中的困境。对于奥威尔来说，个人之爱就像真实的交流一样，是一项"艰苦的工作"（v.4，528），但这是我们的人性的基础准则。奥威尔和萨特一样担忧人类获取自由的能力，但他同样关注人类为保持自由的权利所要承担的社会责任这一重要问题，因为在特定社会中，人们会被剥夺自由，继而被剥夺他们作为人类的重要本质。[14] 但是我相信，在所有与奥威尔同时代的存在主义思想家中，加缪与奥威尔最为相似；两人都提出了"何为人"的问题，并主张坚持做一个人比成为圣人更难。

温斯顿维护人类文化遗产从而保持人性的信仰，反映了奥威尔对过去和同时代的伟大思想家们的浓厚兴趣。不过，尊重这份"遗产"并不意味着盲目地崇拜；或许奥威尔与存在主义之间最密切的联系在于：他用自己的生活经验和秉性，活跃而自主地以"存在主义"的方式探索和检验他那个时代不同思想体系的可信性。

一个相关的例子是奥威尔反对"现实主义者"对待道德问题的方式，尽管他的视野中包含着马克思主义者、弗洛伊德主义者和存在主义者的诸多思想因素。正如第七章中所指出的，在双重思想的"黑白"方面，奥威尔戏仿了马克思的辩证法概念，因为辩证法允许相同的行为既可以是消极的，也可以是积极的，结果取决于其处于辩证过程的哪个特定历史阶段。奥威尔还表达了对现代心理学中用心理学术语代替道德术语倾向的担忧，因此针对存在主义者们对道德价值的否认，奥威尔强烈地维护道德价值的普遍性。

奥威尔对马克思、弗洛伊德和存在主义者们思想的典型回应流露出他个人最重要的思想倾向。因此，奥威尔展示了对马克思

238

的社会主义概念进行精神—道德解读的倾向，尽管马克思以唯物主义方式分析历史而知名。在对弗洛伊德思想的回应中，奥威尔展示了类似的将潜意识"道德化"的倾向，将道德意图归因于"梦思"（dreamthoughts），认为"梦思"不仅指引我们通向心智健全和自知之明，而且通向道德行为。引人注意的是，尽管奥威尔的文章中有强烈的存在主义色彩——尤其是在其小说的自传性成分中，以及人物反抗社会强加于他们的价值而去寻找真实性的部分——除此之外，奥威尔同样倾向于"否定之否定"，这内在于存在主义者的异化概念和其对道德价值统一化的否定中。这就是说，奥威尔对"人类精神"的定义包含了20世纪"现实主义"的许多不同观点，但它绝不被其中任何一种思想体系所涵盖。因此，为了更全面地了解这位20世纪伟大的讽刺作家是如何对抗绝望的"信仰"的，我们必须回溯19世纪道德理想主义中这一人道主义"信仰"的根源。

注　释

　　[1] 在《深刻的诱惑》（"The Lure of Profundity"）中，奥威尔承认"马克思是一位难读的作家"（*New English Weekly* 30 Dec. 1937，325，qtd. in Bonifas 165）。不过，据他的朋友里斯所言，在《阿德菲》杂志的圈子里，奥威尔以其对马克思主义术语的熟练运用给马克思主义理论家们留下了深刻印象（147）。吉尔伯特·博尼法斯也指出，奥威尔和默里（Murry）、里斯、康芒（Common）这些《阿德菲》杂志供稿人进行对话，他们都通

239

晓马克思主义，当写作《通往维根码头之路》时，奥威尔"在默里和《阿德菲》组织的[社会主义者]夏令营中帮忙，夏令营在兰厄姆（Langham）举办，离科尔切斯特（Colchester）很近"（159）。比传记证据更重要的是，奥威尔的散文和他早期的小说，特别是《叶兰在空中飞舞》，显示出奥威尔在写作《通往维根码头之路》之前就对马克思主义的各种信条非常熟悉。

[2] 奥威尔不满足于只对政治事件做马克思主义的解读，到20世纪40年代，他感到"要从经济方面直接解释现在这个世界的统治者的行为不太容易。相对于对金钱的欲望，权力欲更占支配地位"（v.4，289）。事实上，民族主义、种族主义、极权主义都需要在考虑经济"现实"之前先考虑其心理根源，并且"只要世界的趋势是走向民族主义和极权主义，科技的进步只会助其发展"（v.3，175）。

[3] 根据奥威尔对马克思的"精神"阐释，"当经济不平等被合理化时，任何有思想的社会主义者都会向天主教徒让步，人在宇宙中处于什么位置这一根本问题将会持续存在……这些都可以用马克思的名言总结为：只有在社会主义来临之后，人类历史才会开始"（v.3，83）。

[4] 奥威尔认为，苏联的经验应当能使所有客观的观察者看清楚："社会主义曾被定义为'生产的公有化'，不过现在我们看到，如果公有化意味着集中化的控制，那它只不过是为一种新形势的寡头政治铺路而已。集中化的控制是社会主义必要的先决条件，但它不会产生社会主义，就像我现在使用的打字机不能自行写出这篇文章一样。"（v.4，36）

[5] 尽管奥威尔对人类"国际间的手足情谊"抱有信念，但他也戏谑"马克思主义用语的独特之处在于包含了大量转译。那些源自德语或者俄语的特殊词汇被一个个国家采用，却没有找到各自语言中合适的同义词"（v.3，

133）。在与德国和俄国明显不同的英国政治版图中，不加思考地重复马克思—斯大林主义的陈词滥调极为荒唐："只需想想那些像鬣狗一样残酷的人被军用长靴肆意践踏、血迹斑斑，而你却毫发无损。随意挑本共产党发行的小册子，你就可以证实这一点。"（v.3，134）

240 　　[6] 散文家奥威尔时常引用弗洛伊德的概念，比如精神分析、神经症、负罪感、压制、投射等。例如，奥威尔为库斯勒《来来往往》（*Arrival and Departure*）一书所写的评论（v.3，279—280）。奥威尔知道弗洛伊德对梦的解析在《一九八四》温斯顿的一系列梦境中扮演着重要角色，而且通过分析自己的梦境，奥威尔完全了解弗洛伊德主义的内涵："在《苏德互不侵犯条约》宣布的前夜，我梦到战争已经开始了。这是那些揭示所思所感的真实状态的梦境之一，不管它们蕴含着哪些弗洛伊德式的内在含义。"（v.1，590，重点为作者所加）讨论抱政治正统思想的作家所用的蹩脚英语时，奥威尔也提及弗洛伊德式语误或"弗洛伊德式错误"（v.4，190）。

　　在其政治对手的潜意识动机之外，奥威尔也理解他小说中虚构人物的弗洛伊德式的动机，甚至是他本人政治观念的潜意识的"潜在含义"。因此，他认为在《苏德互不侵犯条约》公布之前，除了他在演讲和小册子中反对战争，他的梦境也"教会了他两件事，首先，当令人畏惧的持久战开始时，[一个人] 只需要放松即可；其次，[他] 是打心底爱国的"（v.1，590）。事实上，奥威尔对弗洛伊德关于潜意识的开创性思想极感兴趣，证据是他在一篇文章中对"梦思"（v.2，18）的思考无意间被选为 1970 年美国教育公司（Learning Corporation of America）出品的教育片《弗洛伊德：人的隐藏本性》（*Freud: The Hidden Nature of Man*）中的格言。

　　[7] 我认为，奥威尔对弗洛伊德思想某些方面持否定态度是由于心理学

对道德问题持中立态度。例如，奥威尔发现 D.H. 劳伦斯（D.H.Lawrence）的人物完全依据心理学维度行动，以致"无法区分人物的'好'或'坏'。劳伦斯似乎对他们都怀有一样的同情，这对于我来说太不寻常了，让我觉得迷失了方向"（v.3，259）。与这种"严肃小说"中缺乏道德区分的情况相反，在"浅薄的小说中，人们却仍然能够严格区分正确和错误、合法和非法。总的来说，普通人依旧生活在绝对好或坏的世界里，虽然知识分子早就逃离了这个世界"（v.3，259）。最后，由于"厌烦与残酷相混合的战争"，其他人也跟随知识分子行事，直到"得到解放。弗洛伊德和马基雅维利已经到达了那个'绝对'世界的边界"（v.3，260）。奥威尔担心弗洛伊德思想中的道德中立和对性的过度强调，在对达利（Dali）的研究中，他甚至提出"精神病学家往往自己就有性越轨行为"（v.3，193）。

[8] 这里，奥威尔似乎赞同弗洛伊德对"群体意识"的阐释，在极多例子中这取决于寻找替罪羊、将邪恶投射到外来者身上。反讽的是，弗洛伊德发现，"一旦圣徒保罗（Apostle Paul）假定人与人之间普遍的爱是基督徒群体的基础，最终将不可避免地导致基督教世界对非基督教世界的极端不宽容"。（v.21，114）弗洛伊德也将早期基督教社会寻找替罪羊的行为和新成立的苏联进行比较："人们会想，苏联人在清理完资产阶级之后下一步会做什么。"（v.21，115）几年后，奥威尔也仔细思考了世俗宗教中不可缺少的替罪羊角色。"昨天想到，"他在托洛茨基被暗杀后的日记中写道，"没了托洛茨基，俄罗斯这个国家将会怎样？很可能他们会被迫制造出一个替代品。"（v.4，418）

弗洛伊德认为"团体感"与宗教仪式有关，或者极权主义的"世俗宗教"代表着成熟的自我发生退化，奥威尔似乎也赞同此观点。在弗洛伊德看来："宗教观念的起源可以清晰地追溯到婴幼儿时期的无助感。"（v.20，72）

此外，奥威尔写过童年时期对上帝又爱又怕的矛盾情绪（v.4，412），在弗洛伊德看来，这是原始宗教中"禁忌的双重意义"的原型。在《自传研究》（"An Autobiographical Study"）中，弗洛伊德认为："对原始父亲既敬畏又憎恨、既尊崇又嫉妒的情感成为上帝的原型。"（v.20，68）

　　[9] 通过使本我忍受饥饿和堕落，党得以使自我"挨饿"，使其丧失能量，直到自我放弃或彻底丧失其检验现实的根本功能。"现实控制"是双重思想的同义词之一，党通过对现实的"总体"控制来确保对思想的"总体"控制（214）。另一个"现实控制"的同义词是"受控的疯狂"，这种心理状态依靠严格实行心理防御机制来应对或屏蔽现实。由于防御机制是自我（ego）的自我保护（self-protective）功能，原本是为了暂时减缓焦虑，如果这些机制变得过多或过于强大，可能会导致对现实的完全封闭。因此，帕森斯压制自己对老大哥的恐惧和憎恨，到了过度补偿的地步；他不停地向每个人重复党的宣传标语，希望让他们——尤其是他自己——相信他对老大哥无限的爱。在仁爱部，他的焦虑达到了顶点，以致认同了侵害者（201），表达出希望自己能因"犯罪"而遭受严厉惩罚的诚挚愿望（201）。在所有的防御机制中，投射最显著地表现了大洋国"饥饿的老鼠"的行为特点。所有潜在的受害者由于感觉到对党的恐惧和憎恨会给他们带来巨大的焦虑，都压抑了这些情绪。他们对自己持有异议的罪恶想法感到深深的焦虑，因而把焦虑投射到其他人身上，谴责其他人都心怀此种欲望。

　　这种突出的防御机制往往导致精神错乱，历史上猎巫行动已经表明了这一点，例如《萨勒姆女巫》（The Crucible）中，阿瑟·米勒（Arthur Miller）揭示了萨勒姆（Salem）女巫审判事件中的动力机制，以此暗喻麦卡锡主义时期的反共产主义"女巫审判"。更大规模的例子有德国希特勒统治时期对替罪羊的迫害，苏联和东欧在斯大林统治时期的大清洗浪潮和强制移

242

民。奥威尔对此类现象的心理精神背景有着深刻的理解，这对他嘲讽统治阶级依靠实行双重思想和人民的"受控的疯狂"来维持统治很重要。

[10] 据麦克·卡特的观点，温斯顿"树立了典型的存在主义式行为的例子"（217）。卡特发现奥威尔小说的主题"可以还原为压倒性的正统权力向在私人领域具有真实性的个人提出索取，以致他生成了一个公共的虚假的自我；正是源于此类索取的冲突形成了奥威尔每部小说的主题中心。这也是存在主义思想的伟大主题"（28）。

[11] 赫伯特·洛特曼（Herbert Lottman）在《阿尔贝·加缪传》（*Albert Camus: A Biography*）中指出：奥威尔和加缪就"创建一个西班牙共和国流亡者救助委员会"（Committee of Support for Spanish Republican Émigrés）（461）的问题互相通信，并且加缪的"日记显示他也在阅读奥威尔的作品"（413），但他没有明确说明是奥威尔的哪一部作品（413）。也没有证据表明奥威尔读过《局外人》（*The Stranger*）或《鼠疫》。

[12] 艾伦·桑迪森（Alan Sandison）注意到经验主义在奥威尔思想中的重要性，认为奥威尔"将感觉看作不可剥夺的，它对自然世界独立且独特的反映之中［存在着］我们个性的证据"（10）。

[13] 这里，温斯顿的信仰是奥威尔信仰的直接反映。根据理查德·里斯1951年发表在《苏格兰纪事报》（*Scots Chronicle*）上的《乔治·奥威尔》（"George Orwell"）一文，奥威尔相信"对自己死后的人类命运抱有热情的关切是一项伦理责任"（11，qtd.in Rodden 401）。

[14] 讨论自由的困境时，萨特提出了著名的悖论"我们从未比德国占领时期更自由"，认为在高风险和高危险之下维护自由这一过程使人类变得自由。事实上，萨特提出，人类在审讯室里遭遇自由的终极考验："我们中的所有人，只要知道关于抵抗的细节，都会焦虑地问自己，'如果他们拷问我，

243　　我能保持沉默吗？'由此关于自由的基本问题一被提出，我们就被带到了人所能拥有的最深沉的知识的边缘……自身自由的界限，抵抗折磨和死亡的能力"（qtd. in Olson 109，重点为作者所加）。

　　相形之下，温斯顿想当然地认为，一个人在遭受折磨时就不再自由；奥威尔并不在意一个人的身体或精神可以忍受多长时间的折磨。对此温斯顿没有好奇，他知道"就在需要做出某一动作时，身体总是变得失去活动能力，从而背叛了自己"（91）。温斯顿不相信与身体有关的英雄主义，从一开始就知道一个人只要进入审讯室就不再自由。他也本能地知道极权主义国家在审讯室里展现出了它的本质："匍匐在地板上尖叫饶命，骨头被打断，牙齿被打落，头发一缕缕被鲜血染红。既然总是同样的结果，又何必非要承受这一切？……然而为何那种什么都改变不了的极度恐惧非要在未来等候着？"（90—91）（译文参见［英］乔治·奥威尔著，《一九八四·动物庄园》，孙仲旭译，南京：译林出版社，2008 年，第 72—73 页。——译者注）

　　对于萨特来说，人类最大的"秘密"就是"自由的界限"。对奥威尔而言，未来诡秘的"恐怖"是极权主义统治下个人不可避免的失败。奥威尔没有问"在审讯室里我们能有多自由？"他强调一旦到了那里，就没有了自由，我们需要耗费所有的精力来避免走向审讯室所展现的那种社会。萨特、弗兰克尔（Frankel）（1963）、贝特兰（Bettelheim）（1960）等存在主义思想家强调，人们即使在折磨之下依旧能够保持选择的自由，因为即使到了那个时候，他们还是可以决定自己愿意以多快或者多痛苦的方式死去。奥威尔与他们不同，他的讽刺灵感源于他对极权主义政体下自由必然丧失的"狂野的怒火"，源于他确信我们应当阻止极权主义心理的蔓延。奥威尔关于自由困境的立场似乎比萨特、弗兰克尔和贝特兰更少一点悲观色彩。

第十四章

奥威尔的悲剧概念：19世纪道德理想主义和20世纪现实主义的融合

奥威尔毕生追求可获得的、被普遍接受的世俗道德准则这一结论，符合他作为一位成熟而伟大的作家的形象；因而毫无意外，他最后完成的两部最为成熟的小说都是讽刺作品，阐述的是道德想象力这一相对过时的现象。作为一个文类，讽刺作品利用"激进反讽"（militant irony）来抨击是非颠倒、疯狂败坏的现实世界，以达到对虽未明言，但坚信的心智健全、富有道德的"规范"的反转。为了实现这样的复原，讽刺作家需要依靠不同读者所拥有的一致的正义感和公正感，也就是说，作家必须假定道德价值具有普遍性。

面对可信的主张，伟大的讽刺作品会展开道德想象，这是其独有的基调和道德倾向，然而令人遗憾的是，这一点往往被那些声称

《一九八四》传达了消极情绪和对生活的绝望的评论家所忽视。事实上，奥威尔小说中所体现的与同时代的存在主义者最为重要的区别在于他对感官世界的肯定，以及他对地球上的美好事物的欣赏。萨特在他的《文字生涯》（*Words*）、《恶心》（*La Nausée*），甚至戏剧中所呈现的世界，都很少涉及感官想象。加缪的《堕落》（*The Chute*）和《鼠疫》被灰色和单调乏味的氛围所主导；即使在涉及感官愉悦的《局外人》之中，人物深沉的心理混乱依旧存在。总的来说，20 世纪的存在主义者倾向于主要从人与自然的疏离这一层面来感知世界。造成这种认识的哲学信念是"意识必然都是不愉快的意识"（Olson 25），也就是说，逐渐清醒的特定过程相当于意识到痛苦以及人与宇宙之间的疏离。[1]

246　　　与存在主义作家们不同的是，奥威尔显示出了对可感的自然之美、感官世界以及感觉敏锐性的尊崇。在第三章中我们看到，即使在早期小说相当压抑的氛围中，中心人物偶尔也会经历瞬间的愉悦，至少是经历一个从自然界的生命流动中生发出来的完美时刻。当然，如果我们意识不到黄金乡和古董店楼上房间里的爱情场景创造了一种气氛，创造了一种自然的人性环境，使我们得以判断大洋国的世界已经变得多么不自然、多么丧失人性，那么尝试"解码"《一九八四》中的讽刺将会是一场徒劳。异化的时刻、城市的丑陋、胜利大厦中感官印象的不适，它们所反映的并非人类不可避免地与宇宙相疏离，而是不自然、不人道的可怕政治体系刻意制造出来的疏离。

　　　至于人物幸福愉悦的顿悟，可以称为"存在主义"的时刻，因为人物在其中得到了深刻的体验，并被引向更高程度的自我意识。但是，在 20 世纪对这一概念的定义中，所有这些时刻真的都是存在主义式的时刻吗？

华兹华斯、济慈、雪莱等人作品中常见的典型浪漫主义顿悟盛赞人与自然的融合；实际上，我认为奥威尔笔下人物的顿悟往往不止是对前者的再现。举例来说，奥威尔对多萝西·黑尔（Dorothy Hare）在大自然中的泛神论体验的描写（*CD* 287）包含了对华兹华斯的再现：自然风景与人沉思时脑海中浮现的内在风景融为一体，我们也感受到，在这种同一中，人与自然都变得生机勃勃。在乔治·保灵（*CUFA* 528）或戈登·科姆斯托克（*KAF* 737）体验活着的快乐之类非凡的时刻，奥威尔能够像华兹华斯一样传达人道主义者的顿悟，那是一种对生命过程的深刻肯定："不是在乌托邦，隐秘的地方 / 或者某个秘密的岛屿，天知道在哪里！ / 而是就在这个世界上，就在这世界上 / 对于我们所有人来说，这是最后那个地方 / 我们找到幸福，发现幸福本不存在！"（*Prelude*，11，140—144）。

这里重要的是，奥威尔或许更接近 19 世纪浪漫主义中的存在主义先驱，而非与他同时代的存在主义者。例如，当他描述温斯顿和茱莉娅这对情人在黄金乡的约会时，二人肉体上的结合也成了人与自然在超越疏离的时刻实现合一的庆典。

人们也不应当忽视浪漫主义时期其他一些重要的"存在主义式"的表现，例如拜伦[①]在意大利目睹死刑的描写。拜伦用看歌剧

247

[①]拜伦（George Gorden Byron，1788—1824），英国浪漫主义诗人，代表作有《恰尔德·哈洛尔德游记》（1818）、《唐璜》（1819—1824）。

用的小型望远镜观看了这一事件，并冷静客观地记录了自己的感受，他承认自己被看到的景象恶心到了，不过"决心看下去，就像一个人应该留心看一看所有的东西"（*Self-Portrait* 408）。毫无疑问，这里包含着亲历并记录下这些一手经验的存在主义式的崇敬，预示了奥威尔在《行刑》（"A Hanging"）、《射象》（"Shooting an Elephant"）以及《向加泰罗尼亚致敬》主要场景中也表达了相似的崇敬。同时，就像拜伦一样，奥威尔对受害者有着强烈的"浪漫主义式"的同情，这源于一个表面上讲究实际且中立的观察者所保持的小心谨慎的客观性。尽管叙述中夹杂着对叙述者自身客观性的反思，但是没有哪个有洞察力的读者会觉察不出作者满怀热情而富有同情的道德承诺。

这两位伊顿公学（Eton）毕业生的相似之处表现了浪漫理想主义的另一个方面，"疯子雪莱①"和叛逆的埃里克·布莱尔②都是"孤独的离经叛道者"，从拒绝遵照本阶级和年龄组所要求的行为规范行事开始寻找真实。克里克教授注意到奥威尔在伊顿公学时写在雪莱《解放了的普罗米修斯》（*Prometheus Unbound*）最后一页上的旁注。"即使是被打败，也要充满勇气"（"Introduction" 136），学生时代的埃里克·布莱尔这样写道。在奥威尔的晚年，他在关于莎士比亚的文章中重新回到了这一"浪漫主义"思想。尽管奥威尔素以纪录片式的现实主义坚定立场而

①雪莱（Percy Bysshe Shelley，1792—1822），英国浪漫主义诗人，代表作有《麦布女王》（1813）、《解放了的普罗米修斯》（1819）。
②埃里克·布莱尔（Eric Blair），奥威尔的本名。

闻名，他对悲剧和莎士比亚这位极富创造力的艺术家生活中的悲剧维度的分析（"所有小说都是失败的"），有时极为接近雪莱式的浪漫主义阐释，认为诗人主人公通过与政治正统思想专政的心理习惯相抗争，实现解放人类的普罗米修斯般的追求。尤其是在《一九八四》中，我认为奥威尔关于真实的概念通过温斯顿为未来传承人类遗产的英勇尝试表达出来，往往看起来比他同时代的存在主义者的概念更接近19世纪浪漫主义式的对于"人性宗教"的定义。

248

甚至是奥威尔借鉴弗洛伊德的部分也受到了浪漫主义者理想主义认识论的影响。毫无疑问，温斯顿的梦境是他自我探索之路的重要标识，而且这里我们也不能忽视奥威尔对弗洛伊德梦境分析的深入了解。虽然如此，我们也应该注意到，奥威尔之后让温斯顿摸索着进入了黄金乡，带着"震惊的感觉，他认识这个地方"[1]（110），或者因为他之前梦到过它（31）。并且，温斯顿对黄金乡中黑发女孩的"梦思"为他遇见茱莉娅并和真实的她在真实的风景中发生性爱做好了准备。在这个例子中，奥威尔把这种力量归于我们的"梦思"，而济慈把它归于创造性想象的前瞻力："那些想象力捕获的美一定是真理——无论它之前是否存在过……想象力或许可以与亚当的梦相比较——他醒来后发现这是真理。"（Keats，*Letters* #43）

在其精神—英雄主义方面，在与子孙后代的关系方面，在对人

---

[1]译文参见 [英] 乔治·奥威尔著，《一九八四·动物庄园》，孙仲旭译，南京：译林出版社，2008年，第88页。

类尊严普遍美德的信奉上，在对人类在自然界中位置持积极立场方面，在强调梦境和想象力的创造性力量方面，奥威尔的人道主义显示出与浪漫主义"人性宗教"之间的联系。

这一"宗教"的一些核心原则是浪漫主义者从启蒙运动继承而来。附录部分的《新话原则》以《独立宣言》（Declaration of Independence）中的一段来结尾（267），这绝非偶然，是在提醒我们启蒙思想家将博爱、平等和自由定义为民主的最高理想，是天赋人权。在这个意义上，奥威尔原本在西班牙时对社会主义的信仰是对民主理想最高形式的信仰，其中包括批判精神的自由。[2] 在文章中，奥威尔一再强调，即使对苏联的批评在 20 世纪 40 年代显得不怎么流行，但是因为"个人愿意承受不受欢迎的后果，所以社会主义运动仍能存在"（v.3，443）。《一九八四》中，讽刺作家向读者传达的最后一条信息是人道主义者发出的警告：在社会主义长远理想的名义之下纵容极权主义心理对智识的限制，就等同于允许这些理想悄无声息地毁灭。

通过与 18 世纪和 19 世纪"人性宗教"这一理想主义的密切联系，奥威尔的创作显示出与 20 世纪现实主义在基本立场上的重要差别，尤其是与存在主义哲学的区别：奥威尔不接受人类的状况在本质上是荒谬、卑鄙而沉闷的这种观点。奥威尔的作品彰显了存在的美好，而不是将恶心当作人类状况的恰切隐喻。当他描写丑陋、贫穷和残暴时——他的确以对这些场景的精确描写而出名——他的声音中却并没有传递出对人类在宇宙中的疏离处境的认可，而是传达出了对机器文明的空虚状态的愤慨，或者是对应该为造成人

249

与自然疏离承担责任的极权主义体系下虚伪而奢侈的世界的愤慨。

"责任"这个词是这里需要记住的一个重点词。身为讽刺作家的奥威尔就是身为人道主义者的奥威尔；他使我们个人以及整体都对人类的困境负有责任，因为他不愿意接受已知的任何形式的决定论。正如他对马克思主义、弗洛伊德主义和存在主义思想中的道德中立倾向表示怀疑，他同样会拒绝这些思想对决定论的特定倾向：马克思及其追随者的历史决定论，内在于弗洛伊德思想的心理决定论，存在主义者将疏离定义为人类困境的前提。

温斯顿完全不接受疏离是自然形成的这一观点，他开始追求真理，因为他要搞清楚生活是否一直像在大洋国这样丑陋而无趣。他的整个身体以及中枢神经系统都"有种抗议的感觉"①（66），对这样一个世界的反抗；他本能地知道英社一定是不自然的，因为通过将人和自然环境分离、将人和人分离，它否认了人生而具有的某些权利。在我看来，里斯眼中奥威尔和其他的存在主义者同侪们存在气质上的差异，而且他对弗洛伊德漠不关心，原因在于他罕见地能够满怀热情和真诚地对"生命过程"加以肯定；他还能尖锐地谴责那些阻止人类实现自由、追求真理的人。这种独特的奥威尔式的态度背后是这位伟大的讽刺作家虽未言明但牢牢坚持的道德标准，他对人类堕落的"义愤"源于对"人类精神"的高度期待。

尽管奥威尔的道德理想主义有着典型的 19 世纪的根源，20 世纪存在主义、马克思主义和弗洛伊德思想的影响也使奥威尔的人道

250

①译文参见 [英] 乔治·奥威尔著，《一九八四·动物庄园》，孙仲旭译，南京：译林出版社，2008 年，第 42 页。

主义染上了现实主义的阴沉色彩；这种阴沉或许可以改变某些人道主义者过于乐观的调子，他们坚持认为在未来随着人性的进步，"人类会快乐地做出奉献"，并"坚持这一信念"。（Lamont 121）与人道主义思想中时常包含的肤浅乐观不同，奥威尔的作品并不认为人类的奉献必须是快乐的，人类的信仰是不屈不挠的，人类的精神—道德进步是必然的（v.3，83），罪恶只是暂时的阻碍；如果仔细审视的话会发现罪恶只不过是无知，因此也就不再是"真正的"罪恶。《一九八四》中，奥威尔为我们呈现了一个崇拜权力之神的恶魔世界的难忘景象，迫使我们意识到这样一个世界不仅仅是想象的虚构。大洋国的根本恶不是一个哲学上的假设，而是一个在历史上发生过多次的历史现象，并有可能在未来会更频繁地出现。

极权主义思维习惯中的"黑白"特征是对所有人身上都有的非理性的永恒引诱。在指出这些危险的同时，奥威尔也间接地向我们呈现了他自己的思维习惯：他的理性主义以平等交流为特征，在相对立的观点中有意识地寻找"中间项"，从而避免思考者陷入"黑白"心理的动力机制之中。（在奥威尔对双重思想的描述中可以看到，这种动力机制起初将整个世界分为白与黑两部分，然后假定我们必须在黑与白中选择其一；最后，经过一系列将白映照到黑中，将黑映照到白中的处理之后，产生了在"对立面同时发生"中的黑与白的联合。）

奥威尔的大部分文章最使人欣喜的品质之一是真诚且文雅的语调，作者并非信仰某个特定政党的政治主张，而是信仰批判性思维这一过程；因此在论述时自然或令人惊讶的转折和洞见中所包含的合理性常常不是死板的或可预见的。

在讨论一位伟大的讽刺作家对理性的谨慎尊重时，我们或许会注意到，根据帕特里克·雷利的观点，奥威尔在对斯威夫特的描绘中也含有自传色彩。奥威尔关于斯威夫特的文章的确显示了他对讽刺创作方面的伟大前辈的仰慕，也许他会赞同斯威夫特的结论：人类只是"能够理智行事的动物"，但不是"理性动物"。不过，奥威尔的同情，最重要的是对"生活过程"的真正敬畏，使他关于理智的观点与斯威夫特存在根本区别，奥威尔责备斯威夫特鼓吹"对生活的简单拒绝"（v.4，256），认为这是拒绝相信"人是高贵的动物，而且生活是值得过的"（v.4，259，重点为作者所加）。

总的来说，奥威尔的观点是一种基于"人类精神"高贵基础之上的人道主义，但这不是一个能轻易获取的信仰。这是一种悲剧人道主义。为了确认理想主义和现实主义综合而成的"奥威尔主义"独特的共振，最后我们必须转向奥威尔在对"生命过程"的真实肯定和对存在的悲剧维度予以接受之间所创造的重要联系。通过对莎士比亚的分析，奥威尔充分表达了他对密不可分的联系的看法。

综合体：奥威尔对悲剧的定义

在真正精神意义上甚至是浪漫主义形式的道德理想主义和清醒而实际的 20 世纪现实主义之间，奥威尔对悲剧精神的定义为其提供了可能的调和。

首先，我们应该记住奥威尔对悲剧的定义是世俗的；他和马克思、弗洛伊德以及大部分存在主义者一样，认为现代人宗教信仰的丧失是不可改变的——在 20 世纪，我们不可能回到个人永生的信仰上去。事实上，奥威尔一再提醒我们，人道主义者的立场与宗教思想家有着不可调和的矛盾。仔细阅读格雷厄姆·格林、托尔斯泰 (Tolstoy) [①] 和甘地这些"超世俗"思想家的观点后，奥威尔坚持认为"人道主义者和宗教思想家之间"只可能达成"表面的和解"（v.4，344）。

奥威尔《李尔，托尔斯泰与弄人》（"Lear，Tolstoy and the Fool"）一文讨论了托尔斯泰对莎士比亚的"超世俗"的评论（v.4，331—348），在其中清楚地表达了他本人对人道主义立场的定义。尽管他尊重托尔斯泰的文学成就，在这篇文章中，奥威尔仅就托尔斯泰对莎士比亚的评论讨论其立场，就好像他从未写过别的作品，事实上托尔斯泰写这篇评论相当晚，是在他转变信仰之后。托尔斯泰碰巧在文章中对莎士比亚表达了极大的敌意，特别是针对《李尔王》（King Lear）。奥威尔将这种敌意归于托尔斯泰的"来世主义"和莎士比亚人道主义的碰撞。必须注意到，对奥威尔来说，悲剧精神源于人道主义对生命过程的确认。实际上，奥威尔主张，托尔斯泰对莎士比亚悲剧的不公正评价可归因于前者失败了的人道主义，因为托尔斯泰"极力使自己成为圣人，他施加到文学上的标准是超世俗的标准"（v.4，344）。

不论奥威尔的评价是不是客观正确，我们应当注意到，他对托

①托尔斯泰（Leo Tolstoy,1828—1910），俄国作家，代表作有《战争与和平》（1869）、《安娜·卡列尼娜》（1877）。

尔斯泰的指责和他后来对甘地的指责是相同的（v.4，528）："圣人"或"瑜伽信徒""以忽视社群为代价来拯救自己的灵魂"。（v.4，36）通过专注于超验事物，超人，"圣人，至少是托尔斯泰式的圣人，并不准备对尘世生活做出什么改善，而是试图终结生活，并在它的位置上放个不同的东西"（v.4，344）。因此，奥威尔感到："圣人和普通人之间的区别在于种类不同，而非程度差异。"（v.4，344）在托尔斯泰对莎士比亚的批评中蕴含着"圣人"的坚定信念：

> 如果我们可以停止繁殖、斗争、挣扎和享受，如果我们不仅可以去除我们的罪，而且可以去除其他一切将我们锁在地球表面的东西——包括爱，从普遍的意义上说，这是更多地关心一个人胜于其他人——那么整个痛苦的过程就结束了，天国就会来临。（v.4，34）

相比之下，人道主义者（奥威尔用"正常人"来代表）"不需要天国；他希望人世间的生活能够继续"。奥威尔对人间生活的肯定意味着接受奋斗。生活是值得过的，是值得为之奋斗的："人道主义者的态度是，奋斗必须继续，死亡是生命的代价：'人们的生死都不是可以勉强求到的，你应该耐心忍受天命的安排'①，这是一种非基督教的态度。"（v.4，344）

事实上，这种"非基督教的态度"是爱德伽（Edgar）发出

253

①引文出自《李尔王》第五幕第二场，译文参见朱生豪译本。——编者注

的，他可能是《李尔王》中最不具备"非基督教"特点的角色，但是奥威尔对爱德伽话语的阐释显示了他作为世俗人道主义者的立场。正是奥威尔争辩说"天命安排就是一切"，该观点意味着人类境遇无法超越，因为其根植于自然界。不过，正如我们刚才看到的，在奥威尔笔下的人物感到和自然融为一体，或者和他人相爱的罕见时刻，他的写作就会传达出一种深刻的肯定，就像浪漫主义诗歌中的顿悟时刻。因此温斯顿和茱莉娅在黄金乡听着画眉歌唱的爱情场景有着感人的情感力量。温斯顿坚持认为画眉在为他们歌唱，在狂喜地歌唱。茱莉娅冷静且毫不浪漫地提出了自己的观点，这个观点既可以用来反驳温斯顿，也可以用来反驳《致云雀》（"To a Skylark"）或《夜莺颂》（"Ode to a Nightingale"）的作者。茱莉娅认为画眉只是在为自己歌唱，或者纯粹就是在鸣叫（188）。然而，她也认为值得冒生命危险继续约会，而且为了确保他们能对彼此忠诚，她承担起了决定性的、最大的风险：她为了温斯顿，和他一起加入了地下秘密组织。我们也不应该忘记，正是冷静而"不浪漫"的茱莉娅支撑起了这对情人私人世界的崇高感，她立刻回答奥布兰，不管兄弟会向他们要求什么，他们都不会分开。这是典型的奥威尔式的写作，正是性欲的满足和对大自然"生命过程"的肯定，使这对情人获得了追求"高贵"、悲剧式英雄主义信仰的力量。

为了说明悲剧的"高贵的"、具有牺牲性的特点无法脱离对存在的肯定，奥威尔强调莎士比亚"热爱世俗世界以及生命的过程，必须再次强调的是，这和想要活得开心，期待尽可能长寿不是一回事"（v.3，345）。重要的是，在《我为什么写作》（"Why do I

366

Write？")一文中，奥威尔用几乎相同的词写到自身对存在的肯定："我还会继续追求文字风格，爱大地上的万物，从坚实的物体和琐屑而无用的信息中得到快乐。"[①]（v.1，28）

254

斯威夫特拒绝将人看作"高贵的动物"（v.4，259），而与之不同的是，莎士比亚认可人类的奋斗具有高贵性，并认为生活是值得过的，尽管会发生无可挽回的损失。这一观点深深触动了奥威尔，他认为这是真正有"悲剧"意义的，也就是有益于伟大悲剧的创作。在这种阐释之中，悲剧意味着信仰人类精神的高贵和尊严；这是为奥威尔所认可的超越的唯一形式：

> 悲剧意识能否与对上帝的信仰并存是个大问题：至少它无法和对人类尊严的怀疑并存，也无法和那种美德无法取胜时，使人感到受骗的"道德要求"并存。当美德无法取胜，却依旧感到人比任何摧毁他的力量更高贵时，悲剧性的情境出现了。（v.4，338，重点为作者所加）

奥威尔评论莎士比亚的文章清楚地表明，他将自己定位为讽刺家，警告他的同时代人斗争的必要性，这直接源自他对人道主义的解读。在他看来，悲剧元素也是他人道主义的一部分。甚至"当美德无法取胜时"，人也要继续斗争。继续斗争——换句话说，继续

---

①译文参见［英］乔治·奥威尔著，《政治与文学》，李存捧译，南京：译林出版社，2011年，第416页。

享受存在的过程，同时"尝试改善世俗生活"（v.4，344）——是显示"人比任何摧毁他的力量更高贵"的唯一方法。

《一九八四》中不断重复出现的母亲形象，"她自己也已经害怕得脸色发青"，却尝试保护自己的孩子，"似乎以为她的双臂能为他挡住子弹"①（13），这是奥威尔对他所认为的人类精神中"高贵"之处的最动人的展现。

温斯顿在电屏上看到逃难的母亲悲剧英雄般的姿势，感到无比兴奋，开始写日记。通过"探寻"潜意识，温斯顿回忆起自己的母亲，她面对无法抵抗的力量，以同样的姿势保护着自己的孩子们。温斯顿意识到在过去悲剧意味着什么，这是他理解自己的第一个梦境的重要一步，也让他反抗国家不可抵抗的力量，开始了自己悲剧英雄式的对爱、信仰和个性的追寻：

255

> 这时，温斯顿突然想到，他母亲在差不多三十年前的死是悲剧，令人悲痛，如今这种死法已经不可能。他意识到悲剧只属于遥远的旧时代，在那个时代，仍然存在隐私权、爱和友谊，家人之间互相扶持，不用问为什么。（31）②

母亲高尚的自我牺牲建立在"深沉而复杂的悲伤"和个人忠诚

---

① 译文参见〔英〕乔治·奥威尔著，《一九八四·动物庄园》，孙仲旭译，南京：译林出版社，2008年，第8页。
② 译文参见〔英〕乔治·奥威尔著，《一九八四·动物庄园》，孙仲旭译，南京：译林出版社，2008年，第23页。

之上，这使温斯顿想起那个高贵而悲剧的人的世界，与他生活其中的世界不同的世界。

但是，温斯顿紧跟在黑暗的悲剧景象之后梦见了充满光明的黄金乡，这也需要和母亲的悲剧姿势一起分析。联系这两个梦境的画面是一个黑发女孩的"优雅无比的动作"，这个姿势肯定了政治自由和性自由，让人逃出大洋国的世界。第二个梦一定唤起了温斯顿对跟莎士比亚爱情喜剧联系在一起的金绿色田园牧歌景象的模糊回忆，因为我们听到他"醒来时，嘴里还在念叨'莎士比亚'"[①](31)。虽然如此，由于这两个梦是互相联系的，事实上温斯顿一定感受到了"莎士比亚"这个词与这两个姿势的共同作用有某种关联——那就是，都是在第一个梦中有着悲剧性的黑暗风景，在第二个梦中有着灯火辉煌的浪漫风景。在奥威尔的解读中，莎士比亚的图景呈现了悲剧英雄主义的尊严，而这正是因为其中都有对"生命过程"的肯定。

在母亲爱护备至、充满爱意的牺牲姿势中，奥威尔给予了我们最难忘的关于"水晶般的精神"和高贵的"人类精神"的画面：

> 你爱一个人，就去爱他，你什么也不能给他时，你仍然给他以爱。当最后一块巧克力也没了时，他母亲用胳膊搂她的小孩。那没用，并不会因此多产生出一点巧克力，也不会

---

①译文参见［英］乔治·奥威尔著，《一九八四·动物庄园》，孙仲旭译，南京：译林出版社，2008年，第24页。

让她或她的小孩免于一死，然而她那样做似乎是自然而然的事。^①（146）

这时候温斯顿还回想起了"小艇上那个逃难妇女用手臂遮住她的儿子，在抵挡子弹方面，不会比一张纸更有效"^②（146）。这种保护孩子抵挡炸弹和子弹的带有悲剧性的永恒姿态再一次提醒我们，由于它可以达到一种无法被外在力量毁灭的纯洁，"所有的炸弹一起爆炸／也不能炸碎你那水晶般的精神"^③（v.2，306）。

人类所拥有的悲剧性的尊严最令人感动的情境之一，或者说"人类精神"的本质，被温斯顿的母亲呈现出来。我相信，在回应女权主义批评家对奥威尔人道主义的双重异议时，这一事实是值得思考的。根据达芙妮·保陶伊对《一九八四》的解读，奥威尔的观点即使不是厌女症，也是带有性别歧视的；并且由于荒谬的性别意识，他最终走向了对人性的未来的绝望。我认为小说中不断出现的母亲形象表达了奥威尔认为人类的高尚品格是悲剧性的，它超越了"摧毁"他们的"力量"：奥威尔选择了母亲作为人类悲剧英雄主义精神的象征，这应当能够洗清女权主义批评家对奥威尔人道主义中具有厌女症和绝望的双重指控。

---

①译文参见 ［英］乔治·奥威尔著，《一九八四·动物庄园》，孙仲旭译，南京：译林出版社，2008年，第117页。

②译文参见 ［英］乔治·奥威尔著，《一九八四·动物庄园》，孙仲旭译，南京：译林出版社，2008年，第117页。

③译文参见 ［英］乔治·奥威尔著，《政治与文学》，李存捧译，南京：译出版社，2011年，第180页。

在《一九八四》中，奥威尔对"人类精神"的信仰流露在悲剧人道主义的观点中；这是对受压迫者的生命力、毅力和尊严的肯定，是对英勇斗争追求平等和自由的"水晶般的精神"的肯定——这是一场保护人与人之间忠诚、爱和信任，以及最伟大的人类意识记录遗产的斗争。然而，温斯顿最后对"人类精神"的呼吁也是一个提醒，水晶的确会摔碎，而摧毁身体和精神的力量可以变得势不可挡。

当然，有人可能会提出，奥威尔到最后都会坚持认为没有外在于人的力量可以"粉碎水晶般的精神"。小说中，玻璃镇纸的粉碎是思想警察造成的，在这部讽刺作品最普遍的意义上，大洋国的思想警察代表着我们这一代人自我审查和自我欺骗的现状。正是凭这种来之不易的悲剧人道主义精神，讽刺作家提醒我们，作为人类，我们拥有毁灭文明的力量，但是避免这一切的力量也在我们自己手中。

注　释

[1] 在《存在主义导论》（*Introduction of Existentialism*）中，罗伯特·奥尔森（Robert Olson）指出，存在主义者"声称意识必然是不幸的意识。例如，萨特把'人的实在……本质上就是不幸的意识无法超越其不幸的状态'当作'自明的真理'……'痛苦'，乌纳穆诺（Unamuno）断言，'让我们意识到自己的存在'"。（25）

[2] 奥威尔对对手的批评遵循了民主社会主义的大前提。正如诺曼·托

257

马斯（Norman Thomas）1963 年在《社会主义再探讨》（*Socialism Re-examined*）一书中所总结的，应该看到"共产主义神学"是与马克思主义最初的精神背道而驰的："共产主义错误地声称传承了社会主义传统。事实上，它已经将这一传统扭曲得面目全非。它已经建立起一套与马克思主义的批判精神无法共存的僵化的神学体系。"（217）

第五部分

穿过另一面：从悲剧反讽

蜕变为蕴含才智的激进

讽刺——对『人类精神』

的终极信仰

通过审视奥威尔对他所处时代的主流思想的回应，可以看出悲剧人道主义世界观是贯穿《一九八四》的观念：正是通过呼吁人们关注那些我们不得不反抗的黑暗的、可能是"无法抗拒的力量"的存在，奥威尔坚守信念，相信人类是可以变得完美的，相信我们的文明有自己的未来。小说传递的既不是歇斯底里呐喊出来的讯息，也不是突如其来的绝望或个人强迫症的破碎景象，而是奥威尔政治、心理和精神方面成熟而整合良好的思想凝结。

　　第五部分将通过讨论《一九八四》独特的文学价值来为本书画上句号。这部作品体现了奥威尔悲剧人道主义中各组成部分之间微妙而强大的相互作用。事实上，这部作为文学作品的小说的明晰性、连贯性和独特性离不开渗透在其中的成熟完整的现实图景。但悲剧人道主义的矛盾修辞法如何在《一九八四》中得到文学表达？受最乐观的假设的启发，一旦人类的愚蠢可被治愈，悲剧能够避免，温斯顿必然的失败所展现的悲剧因素与被定义为说教的讽刺论证之间的关系是怎样的？

　　为解答这些问题，第十五章将关注悲剧反讽和讽刺之间的关系，这种讽刺产生自叙事文本与"纪录片式"的附录《新话词典》[①]之间的结构性互动。通过聚焦二者的主题互动，第十六章将为奥威尔难题提供解答，并对小说的讨论加以总结。

---

① 《一九八四》的附录部分有一篇名为《新话原则》（*The Principles of Newspeak*）的说明，它对最新、最完善的《新话词典》（*The Newspeak Dictionary*）第十一版进行了讨论说明。在本书中，戈特利布混用"附录"《新话原则》《新话词典》来表述这部分的内容。——编者注

第十五章

新话的结构功能：
讽刺的宣泄

讽刺作品的悲剧反讽和激进反讽

261   虽然奥威尔表示小说既是讽刺又是戏仿 [1]，许多批评家难以调和大洋国赤裸的地狱景象和一般跟讽刺有关联的反讽或幽默。确实，在大多数被认为具有讽刺性的作品中，传递道德教化的手段是"笑声、戏弄和嘲讽……[因为] 总体而言，似乎讽刺精神最易与喜剧性文类相结合"（Robert Elliot，"Satire"780）。不过，具有严肃甚至悲剧性维度的伟大讽刺作品并非史无前例，它们体现出"怪异或荒诞"的意味，与更流行、滑稽或轻松的"机智幽默"的样本有着天壤之别。在这些暗黑的讽刺作品中，讽刺作家对目标的攻击可能呈现出"严肃的机智"的属性——比如，邓恩有着典型的"玄学派"智慧，C.S. 刘易斯（C.S. Lewis）[1]将其精确地描述为"就像邓恩以最抑郁的状态表演了体操，而那通常表示智识上情绪高涨"（Donne 97）。在斯威夫特、伏尔泰、布莱克，尤其是卡夫卡的一些作品中，严肃的机智可能变得具有"悲剧性和深刻的预见性"，并因此"可能挣脱喜剧性的束缚"。在这种情况下，我们应思考人一旦偏离理性之后的悲剧性可能。当然，这也隐含着规范的存在。这种规范即心智健全。讽刺作家认为，人必须保持这一点才能称其为人。

但无论我们是大笑或是惊恐地喊叫，我们对讽刺最明显的感受来自反讽——反转的感受。借用诺斯罗普·弗莱[2]的说法，讽刺的特点是一种特殊类型的"咄咄逼人的"反讽（*Anatomy* 223）——这种反讽被用来"影响"这个一直处于倒立状态的世界——有力地提醒世界应当回归其精神正常、拥有道德的"正立"规范，回归事物应有的方式。根据讽刺作家的个性，一定程度上根据知识界的氛围，影响程度可能有所不同。因此，《一九八四》显然更接近尤维纳利斯[3]，他的"狂野的怒火和奔放……与贺拉斯[4]温文尔雅的嘲讽

262

① C. S. 刘易斯（C. S. Lewis，1898—1963），英国作家、学者、批评家，文学代表作有"《太空》三部曲"（1938—1945）和《纳尼亚传奇》（1950—1956）。
②诺斯罗普·弗莱（Northrop Frye，1912—1991），加拿大文学批评家、理论家，开创神话—原型批评理论，代表作有《批评的解剖》（1957）、《伟大的代码：圣经与文学》（1981）。
③尤维纳利斯（Juvenal，即 Decimus Junius Juvenalis，约60—约140），又译作朱文纳尔，古罗马讽刺作家。
④贺拉斯（Horace，即 Quintus Horatius Flaccus，前65—前8），古罗马诗人、批评家，著有《诗艺》。

特征截然相反"（Robert Elliot，"Satire"）。但无论是温和而理性的"贺拉斯式"反讽（奥威尔许多文章中的意见的特点），还是斯威夫特、伏尔泰或卡夫卡等讽刺作家体现在激烈反讽中的"狂野的怒火"，将"激进的反讽"的严词厉语瞄准道德信念这个目标这一点始终准确无误。最后，奥威尔在对狄更斯[①]的分析中把这种反讽的特征定义为"义愤"（v.1，504），它是奥威尔在《动物庄园》中的典型特征，也是贯穿《一九八四》的"狂野的怒火"的预示性力量。

反讽是"咄咄逼人的"，这一点也意味着在讽刺中"道德规范显得更为明确，并为衡量古怪和荒唐的事情规定一系列标准"[②]（Frye，*Anatomy* 223）。或许我们还应在此做些补充，伟大的讽刺如同伟大的悲剧，往往出现在过渡时期，被悠久的传统视为理所当然的理想在此时遭到挑战。但重要的是，关于这些理想的记忆依然相对明晰，因为"至少要蕴含一种道德标准，这种标准对于旗帜鲜明地对待现实经历的态度说来是必不可少的"（Frye，*Anatomy* 224）[③]。毫无疑问，《一九八四》展现了这种"激进的反讽"。它也说明奥威尔假定他可以唤起读者固有的道德标准。如果讽刺作家不认为平等、自由和个性与读者有关，那么他就不会为了显示大洋国如何贬低平等、自由和个性而倒立着表演心理体操。

---

① 狄更斯（Charles Dickens，1812—1870），英国作家，代表作有《雾都孤儿》《远大前程》等。
② 译文参见［加］诺斯罗普·弗莱，《批评的解剖》，陈慧等译，天津：百花文艺出版社，2006 年，第 325 页。
③ 译文参见［加］诺斯罗普·弗莱，《批评的解剖》，陈慧等译，天津：百花文艺出版社，2006 年，第 325 页。

第六章中我们注意到奥威尔最典型的一些技巧示例，例如因果关系的反转和形成出人意料的类比或等式的并置。从小说第一页起，作者就期待我们认识到大洋国是一个非理性的世界，在那里谜团和矛盾被不加质疑地接受，而基本的人际关系中的正常情感则截然相反。因此，党公然主张最理想的情绪状态不是爱而是恨；儿童被教育成要监视和告发他们的父母，违背家庭纽带与忠诚这种显然是最为自然的感受；在这个世界里，温斯顿最后不仅要接受，更要庆祝他自身要面对的折磨和处决（256）。

另一重要技巧是影射，它常与因果关系或目的与手段之间关系的变化一起发挥作用。通过这些不同技巧，大洋国被定义为一个能指与所指之间没有可靠关联的世界，在那里反常的被当作自然的、奖惩无由——简言之，这世界不仅充满荒诞，更有受到刻意引导和控制的疯狂。在这里，进入非理性领域的反转引起了恐惧和震惊，而非笑声。虽然我们可能还是会发笑，至少在开始的时候，但当我们意识到，这个怪诞的 1984 年的伦敦只是读者所熟悉的"正常"伦敦的逻辑延伸时，这一认识所带来的不会是开心放松的微笑。但是，讽刺会提供此类放松吗？作为文类的讽刺能提供情感宣泄吗？作为最冷酷的讽刺作品，《一九八四》能提供任何宣泄吗？

通过辨认讽刺作家的无数影射，我们认可了"现在"与未来之间的联系；我们也看到，仅仅是默许现在的趋势走向其自身逻辑得来的结局，我们就进入了一个疯狂的世界。比如，东亚国、欧亚国和大洋国三者之间的合作关系变化迅速，使得一方背叛昔日伙伴而组成新的联盟，从而在群众中制造混乱。这显然影射了"二战"

263

前、"二战"中和"二战"后三大权力集团之间快速更替的权力政治。除了识别此类历史影射，我们还能看到奥威尔进一步揭示我们熟悉的历史事件背后的真相。在历史舞台上，迅速更替的联盟与背叛曾是为达到某种目的而施行的手段，意在为既定的世界强国服务，助其赢得战争。在《一九八四》中，手段变成了目的。战争只是"骗局"（173）。联盟与背叛的变更机制是为混淆视听、分散注意力，使民众配合对其自身的奴役而有意创制出来并加以维持的。这起初可能只是一种趋势、一种有待合理化的手段，现在已变为其自身的目的。20 世纪 40 年代发动的谎言、背叛和暴力的流程已变得既合法又合心意。它已成为一台无法停止的机器，控制着极权主义世界体系。

当我们发现老大哥的每一种策略都与希特勒和斯大林这两位历史原型所用的手段存在关联，我们意识到了奥威尔所展现的真文才，即使是小说中 1984 年时出现的最出格的非理性策略，也是源于其 20 世纪 40 年代的史实先例。这一认识与那种通过笑声来进行宣泄的风趣（wit）无关。相反，因为感受到荒诞离奇和震惊，它激发了人的"才智"（wit）。讽刺作家旨在表明，一旦我们接受了极权主义心理，哪怕只有一瞬，都无异于是把自己推入了与强迫症或精神分裂症相关的、不断升级的非理性的陷阱中。

奥威尔的反讽效果往往更接近悲剧而非喜剧。为明确它的整体效果，我建议参考诺斯罗普·弗莱的《批评的解剖》（*Anatomy of Criticism*），此书界定了悲剧的不同阶段，"因为它们自悲剧走向反讽"（219）。在区分史诗悲剧和反讽悲剧时，弗莱教授将史诗悲剧

264

描述为核心人物拥有神话般的地位：他的自由度高于他的观众。与之相对，在"低级模仿"和"反讽"悲剧中，主角的自由度等于或低于观众的自由度。

温斯顿属于哪种？他的位置是否以心理现实主义和逼真性的"摹仿"模式为特征，在这种模式中他可以获得与观众一样的自由度，还是他的存在被划入"反讽"模式，他的自由度低于观众？我认为他的情况属于第三种。我还认为，这是遵循了反乌托邦讽刺作品的结构，观众只有承认主人公的自由度低于自己时，才被赋予更高程度的自由，这也是其直接后果。

但在进一步探索这些建议之前，重要的是记住弗莱教授"反讽的成分增加，英雄的成分减少"的观点，而且事实上，反讽的视角相当于"将角色置于不如观众自由的状态"[1]（*Anatomy* 221）。如果我们要找一个经典示例，《俄狄浦斯王》（*Oedipus Rex*）正是如此，主人公在命运束缚下历尽艰辛，因此处于明显低于普通人、合唱团或观众的自由状态。根据弗莱的理论，俄狄浦斯王已经走到悲剧反讽的最后阶段，"一个令人震惊和恐惧的世界，其主要意象是'肢解'（sparagmos）意象，如同类相残、断肢截体及严刑拷打"[2]（*Anatomy* 229）。但于我们而言，这些悲剧反讽的意象不是与伟大的讽刺作品中的那些意象很相似吗？在《老实人》中，伏尔

---

[1] 自译，另有译文参见［加］诺斯罗普·弗莱，《批评的解剖》，陈慧等译，天津：百花文艺出版社，2006年，第322页。
[2] 译文参见［加］诺斯罗普·弗莱，《批评的解剖》，陈慧等译，天津：百花文艺出版社，2006年，第323页。

泰通过讲述老妇人（Old Woman）的生平，以"斯威夫特式"的轻描淡写展现了人类的兽性，老妇人其实是一场同类相残的幸存者，更惊悚的是这场自相残杀是分步进行的。斯威夫特在他的《一个小小的建议》中以自己的准理性人格尝试说服我们，爱尔兰穷人的新生儿应被出售供人食用，显然意指相比他们的生活方式，穷人让自己的孩子被吃掉会生活得更好。卡夫卡的《在流放地》（*Penal Colony*）中，受害者遭到了所能设想的最无情的酷刑，而在《一九八四》中，温斯顿在仁爱部的"受刑之旅"过程中，我们见证了一位残忍的食人的神暴露了自我，它通过吞食祭品获得生命力。老大哥仁慈的面具后面是大洋国真实的双重神性，权力之神的象征，一是奥布兰的铁逻辑的理性，二是饥饿到准备互相吞噬的老鼠们冷酷的"自相残杀"。正如诺斯罗普·弗莱所指出的，悲剧反讽的第六个阶段，即最后一个阶段，就是一个"无可替代的邪恶景象"，并且他选择了《一九八四》作为这一反讽最有力的现代典型例证：

> 第六相位的讽刺是用基本上无法缓解的奴役束缚来展现人生的，其背景主要为监狱、疯人院、施私刑的暴徒、行刑的法场等，不过与真正的地狱不同，主要由于人生经历的苦难是随着死亡到了尽头的。在当今时代，这一相位的主要形式是社会暴政造成的恐怖感，《一九八四》大概是我们最熟悉的例子了……在《一九八四》最后几个场景中，对宗教的戏仿写得更加微妙了：例如，当写到赎罪时，主人公在严刑拷打之下，反

而提出应对女主人公施刑。①（*Anatomy* 227）

弗莱的分析使人注意到一种特殊的动力机制，根据这种动力机制，在抵达最黑暗的悲剧图景的"正中心"（dead centre）之后，一种反转感就出现了。

> 这使我们又回到魔怪显现的一刻，象征无穷尽痛苦的黑暗塔楼和监狱……塔楼塌毁，实际上冒险追求的目标并不存在。但是，过了这个令人厌恶的象征毁灭和愚昧的世界，也即在这个毫无怜悯、毫无希望的世界的另一面，讽刺重又开始了。但丁笔下地狱的底层即地球的中心，在那里，但丁看见撒旦直挺挺地站在四周都是冰的地方，当他跟随……小心翼翼地……通过中心，忽然发现自己不再向下而是向上爬动，从冥府的另一边爬出去，重又见到满天的星星了……悲剧的境界到此为止；但是，倘使我们继续探索反讽和讽刺的主题，那么我们就会通过一个死亡的中心，最后见到绅士派头的黑暗王子头冲下倒栽着的形象。②（*Anatomy* 227）

我建议将这种动力机制视作由"悲剧反讽"反转为"激进的才

---

①译文参见［加］诺斯罗普·弗莱，《批评的解剖》，陈慧等译，天津：百花文艺出版社，2006年，第348页，略有修改。
②译文参见［加］诺斯罗普·弗莱，《批评的解剖》，陈慧等译，天津：百花文艺出版社，2006年，第349—350页，略有修改。

智",后者是最适合讽刺的反讽。

当然,弗莱教授有关悲剧模式反转为讽刺模式的激进观点是为了在不同模式、不同文类之间建立联系。这样的反转能在一部作品中发生吗?我们是否在《一九八四》中经历了这样的反转,从对"黑色悲剧"(black tragedy)最黑暗的揭露最终转向对讽刺作家的"激进"反讽满怀希望的坚持,而这种反讽通常被看作是为了避免灾难而发出的警告?在我们目睹了温斯顿抗争的最后阶段,及因其发现"实际上冒险追求的目标并不存在",而如"塔楼塌毁"般败下阵来之后,为何还能发生这样的反转?在被引入《一九八四》的悲剧反讽中最黑暗的阶段后,我们是否能到达讽刺作品通过释放"激进的"才智而达至的新启蒙的维度?

从叙事到附录部分《新话原则》:
从悲剧反讽到讽刺的结构反转

《一九八四》中确实有这样的反转感,这在小说的复合文类背景下和小说最重要的主题之一——语言腐败——中均可说明。证据就在全书最后几页包括《新话原则》(*Principles of Newspeak*)在内的附录部分,我认为这部分可视为小说的有机部分。奥威尔本人深感附录有着重要的功能;与《戈斯坦因的书》的情况一样,出版商和批评家建议将这部分次级说明性文字排除在小说外,但他拒绝了。事实上,附录紧接着故事令人悲伤的最后一幕,其功能与《戈斯坦因的书》类似:它有助于在核心人物与读者之间创造一种

267

384

情感距离。它使我们得以对极权主义心理这一讽刺目标有一个纯粹理性的总览。

《戈斯坦因的书》让我们回到了大洋国的过去——也就是我们的现在，而附录部分的《新话原则》则把我们带入另一个时段。它强调我们在 1984 年目睹这些事件之后的那个阶段。那个阶段是 1984 年"黑白"心态的结果，它将在 2050 年到来；实际上，这一阶段是 1948 年就已经猖獗的"黑白"心态的必然结果。我们并不肯定这个党预测会在 2050 年左右出现的最后阶段是否真的实现了，这就增加了假设的条件式所制造的矛盾心理。附录显然是让我们推测一个世界"如果……会怎样"，而不是思考这个世界"就是这样"。导语含糊其词："预期 2050 年左右新话终将取代旧话（Oldspeak）（或者应该称其为'标准英语'）。"（257）这一期望实现了吗？谁是叙事者？谁是他的观众？我们完全通过温斯顿的意识目睹了他的故事，一旦我们走出他的故事，叙事者的身份就被故意留在了背景之中。这声音是客观的、无所不知的，呈现出某种官方体制的意识，被动语态的使用强化了这点。因此，我们听到"预计"某事会发生，但不确定预计要发生的变化是否真的已经发生了。通过阅读附录，我们被诱导进入一个冥想与思考的心境，从时间及实质性或具体性的程度方面来关注与我们自己相分离的另一现实。

读者与温斯顿的意识之间的分离

在《一九八四》的复合文类背景下，从使用悲剧的反讽反转到　268

释放出讽刺蕴含的激进的才智，这一过程是通过叙事与附录部分的《新话原则》和《戈斯坦因的书》两份"文件"之间的相互作用而产生的。

由于讽刺作家指明了我们的现在与未来之间的因果关系，反乌托邦讽刺作品的主人公表现出与"理想读者"存在一种特殊的准子女关系。温斯顿背负着施加在下一代身上的"父母之罪"。他的世界是那些我们任其在我们的世界里肆虐的趋势所造成的逻辑结果；实际上，他承担起了后果，替我们偿还疏忽之罪。在《一九八四》中，这一因果关系非常明确，奥威尔在剧情上升至顶峰时插入了《戈斯坦因的书》，使我们意识到读者的世界与温斯顿的世界之间存在着差别。在看到温斯顿命运的终结之后，我们被要求再接着读《新话词典》，再次被提醒注意这一差别。

只有在这两个时刻，读者仿佛受到强制，突然与温斯顿的意识范围相分离。在小说的其他部分，每个念头、对环境的每一细节的描述都经过他的感知的过滤。就这样，我们进入了温斯顿看待世界的主观视角，极为受限、在本质上支离破碎，这世界仅存在于他的感知中，不受其他意图平衡"客观"现实的观点和视角的影响。这提高了所描绘的图景的强度，增强了悬念。比如我们跟随温斯顿，将奥布兰视为朋友、地下组织中可能的亲密伙伴和同党，与他一同震惊于奥布兰以密探和主谋的真面目重新出现在仁爱部，而且极可能是躲在画像背后的老大哥的真身。

在整部小说中，温斯顿的意识就是我们的意识，我们根本无法不认同他、接受他对大洋国的感知；他的意识就是读者在小说中的唯一向导。非比寻常的是，奥威尔没有用第一人称单数叙事这种常与现代心理小说的"意识流"特征相联系的技巧，就达到了这种效果（Edel 19，198—200）。

叙事者以第三人称单数指代温斯顿，同时还能深入地描述温斯顿的所作所为、所见所感、所思所想。如果温斯顿以第一人称单数向我们讲述他的整个故事——像他在日记中做的那样——实际上我们对他的感觉、感知、情感和思想了解就会更少；通过第三人称单数叙事，奥威尔给予我们一种内外行动的同时性，往往也暗示着持续性的外部行动层次之下的"意识流"。

因此，我们看到温斯顿在两分钟仇恨会上口是心非，而且在某一时刻失去了控制："在头脑清醒的瞬间，温斯顿发现自己在和别人一起呼喊，用脚后跟猛踢所坐椅子的横挡板。两分钟仇恨会的最可怕之处，并非在于你被迫参与其中，恰恰相反，避免参与才不可能。"[①]（17）

温斯顿对他人和自己的观察突出了对群体癔症行为的事实描述，"你所感到的那种狂热情绪是一种抽象的、无目的的感情，好像喷灯的火焰一般，可以从一个对象转到另一个对象"[②]（17）。奥威尔描述了温斯顿的仇恨的摆动，从仇恨戈斯坦因到仇恨老大哥，再回到戈斯坦因，显然这不受其意志的控制。然后，通过一个

[①]译文参见［英］乔治·奥威尔著，《一九八四·动物庄园》，孙仲旭译，南京：译林出版社，2008年，第11页。略有修改。

[②]译文参见［英］奥威尔著，《一九八四》，董乐山译，沈阳：辽宁教育出版社，1998年，第13—14页。

"自愿的行动"，当"生动、美丽的幻觉闪过他脑海"，他将仇恨转移到坐在身后的一个黑发女孩身上。他的意识层面之下产生的自由联想，以快速的断奏动作凸显了他对整个场景所做的基本"客观"的观察。有时这些联想短暂地触及意识层面，比如当他意识到他对女孩的憎恶和残暴幻想其实是他对她的欲望受挫的结果。有时它们勉强触及意识层面之后又从视野中完全消失，例如他从"B—B！"的呼喊联想到原始部落"赤脚踩地和手鼓的咚咚响声"①（18）。要在第一人称单数叙事中将这些事件、闪回、记忆和幻觉表达出如此同步的效果几乎是不可能的。

结果，奥威尔让我们跟随线性的故事发展的同时，也呈现出温斯顿本人思想不同意识层面的相互作用，通过让我们知晓温斯顿在触发不愉快记忆的特殊情形下的生理反应，来突出特定思维模式的情感意义。例如，在他努力写第一篇日记并逐渐接近当时尚未觉察的母亲失踪令他深感愧疚的原因时，我们得知他的"脚踝上方曲张的溃疡开始瘙痒难耐"（12），而当茱莉娅带着一块真正的巧克力来赴第一次约会，"他第一次闻到它的香味，就在他心里唤起了某种无法确定的记忆，那种记忆是深刻的，也令人不安"②（108）。最后，从仁爱部被释放出来之后，他喝的杜松子酒有一种气味，"他一天到晚身上都有这种气味——在他脑海里不可避免地与某种东西

①译文参见［英］乔治·奥威尔著，《一九八四·动物庄园》，孙仲旭译，南京：译林出版社，2008年，第13页。

②译文参见［英］乔治·奥威尔著，《一九八四·动物庄园》，孙仲旭译，南京：译林出版社，2008年，第87页。

的气味掺和在一起，那是——"①（248）这种叙事方法的效果异常丰富地表现了核心人物的主观宇宙的复杂性，同时并没有使读者忽视"情节"、外部事件和出现在温斯顿视野中又消失了的人物。

不过，在我们开始阅读《戈斯坦因的书》时，我们的确离开了这个包罗万象的中心意识的范围。尽管仍与温斯顿同时在读这本书，我们清楚地意识到信息、感知和说明来自温斯顿的意识之外的另一源头。这是我们第一次被迫在自己与核心人物之间制造出距离。这样一来，我们得到了有力的提醒，我们与温斯顿存在于不同的时间平面：当温斯顿读到他的过去——例如，20世纪40年代的历史事件——读者们逐渐发现温斯顿的过去就是自己的现在。

这一认识产生了几个后果。温斯顿的困境可能就是未来等待着我们的困境。读者也应认识到温斯顿的困境是由极权主义世界国家预先决定的，这显然是由于我们倾向于去纵容和接受自己的世界里被视作无害且正常的现象后而造成的后果。通过阅读《戈斯坦因的书》中有关大洋国的起源，有一点变得越来越清晰，那就是温斯顿为自己的过去所奴役：除了失去，他别无选择，因为他承担起了我们所犯错误的后果。他生于我们造就的监狱，我们"现在"的所作所为决定了他的困境，并产生了极权主义世界国家庞大的监狱。

如果温斯顿所处的自由水平低于读者，这是由于20世纪40年代末的这一代人使世界发展成了20世纪80年代的样子。事实

271

---

① 译文参见 ［英］乔治·奥威尔著，《一九八四·动物庄园》，孙仲旭译，南京：译林出版社，2008年，第205页。

上，他失去自由这件事应归咎于读者，或至少是读者这一代人。因而，温斯顿无法成为讽刺的靶子：他为自由和自我实现所做的努力不乏英勇，他的失败并不是他应得的结果。实际上，温斯顿是我们的人牲、我们的替罪羊：他因我们的缺陷而遭受磨难；我们眼见他被我们默许其掌权的英雄崇拜和仇恨的力量所吞噬。

悲剧的宣泄 vs. 讽刺的宣泄

现在我们来更仔细地看看悲剧元素和讽刺元素之间的相互作用。奥威尔的悲剧定义强调了人反抗巨大逆境是悲剧性的，并暗示在悲剧中人物所遭受的损失证实了正在失去的事物的价值。正是因为目睹了温斯顿失去回忆、常识、对茱莉娅的依恋，以及童年时对母亲的爱的记忆（264），我们才认识到记忆、常识、忠诚和爱的重要价值，因为它们体现了我们的自由度。

《一九八四》中另一个伟大悲剧所具有的特征是温斯顿遭受损失的必然性。但温斯顿是否获得了作为其必然结局的悲剧的宣泄？他是否得到了从悲剧知识的黑暗处浮现出的新曙光？

一般认为，在悲剧主角结束其困境、达成对这一困境的理解或接受之后，随之而来的是悲剧的宣泄所隐含的情绪反转。在《一九八四》中，温斯顿没有获得一种更高形式的理解。他在黑暗隧道的尽头没有看到曙光，只看到引向刑讯室，最后通往行刑者的牢房的走廊灯光。温斯顿无法理解他的精神之旅可能产生的悲剧知识；他只好将整个过去否定为"虚假的记忆"。换言之，在他"接

272

第五部分 穿过另一面：从悲剧反讽蜕变为蕴含才智的激进讽刺——对"人类精神"的终极信仰

受"体系的这一刻，也就否定了对此前悲剧理解的感悟。正如党的第三句口号"无知即力量"所表述的那样，这一否定是双重思想所固有的。结果，温斯顿无法从悲剧主角在剧情突变的反转后通常经历的启示或认知之中受益：对温斯顿而言，没有新的悲剧知识，没有新的启迪。读者也没有经历这种常与悲剧的宣泄相联系的情绪反转。在很大程度上，我们没有消除对温斯顿困境的怜悯与惧怕。

不过，从本书与读者之间的火花中应产生一种知识。温斯顿的困境是我们获得启示的源泉。但只有当我们意识到自己是在一个不同的时间平面看待温斯顿的困境时，这一启示的实质才会变得清晰。他成为我们的人牲，因为为了使人们关注到他全然丧失自由的处境，他使我们意识到他的锁链是我们打造的，是由我们在他的过去所做的决定造成的。这当然意味着温斯顿的奴役使我们注意到自身此刻的自由是具有决定性意义的。对温斯顿而言，不可避免的那些事物在我们的未来依然只是一个警世故事。我们获得自由的机会就埋藏在此刻的认知之中。也就是说，从他那更低水平的自由中诞生的悲剧讽刺保障了我们的更高程度的自由；与未来相关的现在，是这种自由的内在保障。

人们已经意识到，伟大的悲剧向人们提出了一些关于人类困境的最普遍的问题，并声称这些问题没有确切的答案。但因为能提出重要的问题，所以即使没有答案，悲剧仍觉得满足。相比之下，反乌托邦讽刺作品可能也提出了一些关于我们人性的基础和极限的根本问题，但仅限于社会框架之内。与悲剧不同，它不满足于提出问题；它还包含着有说教意图的寓意。结果，作为一种运用智力的

391

273

文类，它更直接地呼吁理性的思维过程，且宣泄的性质必须符合这一文类。《一九八四》是反乌托邦讽刺作品的原型，使得我们可以很清楚地看到这一运动：通过阅读第二部分结尾处的《戈斯坦因的书》和第三部分之后的《新话词典》，我们被召回到这一认知：于温斯顿而言不可逃避、预先决定的命运仍然只是我们未来的一种可能。这一认识应制造一种距离感，而且基于此，我认为这可能是唯一能让讽刺作品进行宣泄的办法。

"发生了的事必然发生"，这是在悲剧结束时形成的认知。只有面对邪恶与磨难的黑暗，我们才可能使自己从中获得自由。在此，自由是灾难后的结果。在讽刺作品中，宣泄由另一种认知构成，我认为这是理性的力量完成启示后的如释重负感；它包含着这样一种认知，我们仍处于灾难发生之前，因而拥有避免灾难的自由。《戈斯坦因的书》和《新话词典》讨论的分别是大洋国的过去与未来，我们在读这两部分的时候获得提醒：刚刚读到的温斯顿的故事其实尚未发生。不同于温斯顿，我们仍然有权依据自己更高层次的理解和自由选择去塑造未来。权力之神是残忍与破坏的神，但最终不是神创造人，而是人以最高的自我形象创造了神。换言之，我们依然能够阻止身边那些令人担忧的权力崇拜和自我欺骗的潮流，以免导致未来无比邪恶的世界。

奥威尔的讽刺作品中最显著的寓意是：极权主义通过否定自由剥夺人性，从而吞食、消灭人格。因此，如果认为奥威尔否定意志自由是我们人类的天赋特权，这是不公平的。讽刺能在空间或时间方面展开想象的飞跃；在《一九八四》中，我们跨越到未来。反乌托邦讽刺的实质就是要我们在读温斯顿的故事时搁置怀疑，接受讽刺的框架。但我们也被要求从未来后退一步，在我们的时间平面思考这个故事。因此，《一九八四》提出的问题不是人性是否会在未来像温斯顿身上发生的情况那样恶化。问题必须紧跟一个重要的"如果"，恰当的措辞如下："如果放任极权主义变成一个世界强国，是否连温斯顿般的英勇抵抗都无济于事？"温斯顿的困境、自我毁灭在极权主义世界国家成型后无法避免，这是讽刺作家的策略的一部分。然而同时，《戈斯坦因的书》和《新话词典》也强烈地提醒我们，我们不应将自己视为温斯顿的同代人。因此，在这两份说明"文件"的间离效果下，温斯顿的故事仅是假设，仿佛它永远只是一个条件式。

274

那么，我们能回到诺斯罗普·弗莱所描述的悲剧与讽刺维度间的反转吗？这种动力机制，在我看来，应该从悲剧的反讽反转为讽刺作家释放出激进的才智的能量这一方面来加以审视。通过小说的复合文类，我们错失的悲剧的宣泄将我们引向更局限、更理性的讽刺的宣泄：温斯顿的悲剧故事还未上演这一理性认知。就读者自身的存在而言，未来的图景始终只是想象。同时，心理现实主义要求的悲剧元素和认证为我们提供了令人震惊与感动的经历，使我们准备好"热烈思考"人的心理的瓦解，这一去人性化的过程是极权主义心理的必然结果。毫无疑问，由于我们对他的认同产生了巨大的情感冲击，在小说终幕后我们很难从温斯顿和他酒味的泪水中抽离。然而，当附录部分的《新话词典》呈现在眼前，我们被要求做的就是这个。被迫凝视深渊之后，我们最终获得了与讽刺相匹配的启示：我们认识到过去的历史事件对温斯顿的绝对束缚，这一认知使我们明白自由的感觉。被迫凝视深渊之后，我们得到提醒，我们醒悟自己还没跳下去，我们仍然可以避免它。由于释放出了讽刺蕴含的"激进的"才智的力量，在体验了悲剧反讽的情感深度后，在某种意义上，我们的才智被反转了。

注　释

[1] 首先就讽刺元素，我们应该看看奥威尔对自己小说的评价，他想要"揭示反常现象，集权经济易出问题，而在共产主义和法西斯主义中，这种情况已经局部实现"（v.4，564）。他的第二个局部目标是"暗示将世界划分成几个'势力范围'"（v.4，520）。但在更广泛的意义上来说，他意在戏仿"极权主义在智识上的含义"（v.4，520），因为他相信"极权主义思想已经在知识分子的头脑中扎根，而我试图将这些思想吸引到其逻辑推论"（v.4，564）。

他指出，该书不是一部预言："我不认为我描绘的这种社会将必然降临，但是我相信（当然除去本书是一部讽刺作品的事实）类似的事物可能发生"（v.4，564）。毫无疑问，讽刺作品就是一则警告："书中场景设置在英国，为的是强调讲英语的种族并不先天优于其他人，且假如不抗争，极权主义可能在任何地方取胜。"（v.4，564）

275

第十六章
新话的主题功能：由悲剧反讽反转到蕴含才智的激进讽刺——结束语

从悲剧反讽到蕴含才智的激进讽刺的结构性反转将我们引向讽刺唯一能够提供的宣泄方式上，即智识的启示。这一反转在小说的一大主题中也得到了生动的展现，那就是由党启动的对英语的破坏行动，计划以新话语言的胜利告终。奥威尔用"新话原则"终结小说，留给我们一个观点，即党所创建的体系不仅仅是犯罪，它完全是荒诞的。党通过缩减词汇来削弱意识，故意引入熵这种使一个体系向无序和解体发展的不可逆趋势。得以用新话取代旧话标志着党最大的胜利，它全盘控制了个体意识。同时正因为此，新话也标志着党的最终毁灭。

党在新话上取得的胜利

通过调查抑制言论自由、审查、重写历史、知识分子出于政党利益而进行自我审查的趋势，奥威尔在 1940 年的一篇文章（v.1，576）中强烈谴责同代人依附政治正统，认为这将导致"一个思想自由首先变成死罪而后成为无意义的抽象概念的时代"（v.1，576）。显然，当双重思想的教义不断发生变化，审判被操纵如同做戏，邪恶的自由思想家被公开处决，1984 年的大洋国代表着一个思想自由被宣布为死罪的阶段。2050 年的新话社会代表着最后阶段，思想范围缩小，而自由的思想已经完全消失。

278

奥威尔的讽刺在这里指向两个方向。首先，20 世纪 40 年代的政治语言就已经要么用于"强词夺理"，要么用于管制为各种正统观念服务的思想了。新话表明，党宣布"不是为了扩展思想的范围，而是为了缩小它"①（258）的荒唐政策只是将奥威尔同代人的行为诉诸语言，因为在 2050 年的精神沙漠中，读者被要求去辨认一个由现下熟悉的时代潮流演变而成的原则，这一演变趋势符合奥威尔的结论。

第二，奥威尔显示了这一一般语言过程如何影响特定词汇和特定概念。在新话时代，没有描述自由的单词；这一概念无法得到清晰表达，只能表示摆脱某种事物的匮乏感。原始词汇和概念与

---

① 译文参见 ［英］乔治·奥威尔著，《一九八四·动物庄园》，孙仲旭译，南京：译林出版社，2008 年，第 214 页。

被毁坏的词汇和概念之间的区别发挥着谴责对手的作用，谴责他屈服于理想本身的退化和陨灭。我们可以在对"自由"（freedom）的解读和与之对应的"不长虱子"（being free from lice）之间感受到这种差异，这种差异也存在于"国际工人联合会"（the International Brotherhood of Man，即第一国际）和对这一概念加以否定的"共产国际"（Comintern，即第一国际）之间；存在于我们所拥有的能进行感受和思考的个人的概念与党的"好思想者"（goodthinker）之间；存在于我们对性爱的概念和党对"性犯罪"（sexcrime）的定义之间；存在于社会主义对无产阶级智识发展的许诺与党故意通过"无产者饲料"（prolefeed）这种垃圾文学腐化他们的思想之间；存在于旧思想（Oldthink）批判经验主义的思维模式与"鸭话"（duckspeak）空洞的留声机演说之间。在对"B类词汇"的讨论中，奥威尔对其同代人的批判变得十分明确，尤其针对那些使用政治手册术语和"使人脑的一部分麻痹"（167）的"现成短语"的人：

> 甚至在 20 世纪的头几十年里，电报式简明语言已经是政治语言的特征之一。人们也注意到在极权主义国家和极权主义组织中，使用这种缩略语的倾向最为明显，例如这些词：纳粹（Nazi）、盖世太保（Gestapo）、共产国际（Comintern）……宣传鼓动（Agiprop）。①（264）

---

①译文参见［英］乔治·奥威尔著，《一九八四·动物庄园》，孙仲旭译，南京：译林出版社，2008 年，第 219 页。略有修改。

279　　奥威尔把法西斯主义的选词（纳粹、盖世太保）与共产主义的选词（共产国际、宣传鼓动）相提并论，又一次使用了并置的讽刺技巧。这些同位关系指出了这样的事实，英社的语言模型新话源于法西斯主义和共产主义二者的词汇。在这一点上，通过阐释"Comintern"与"Communist International"在语言学上的差异，放大了前者的几个关键概念：

　　　例如，"Communist International"（共产主义者国际组织）这个词能让人联想到一幅由全人类友爱、红旗、街垒、卡尔·马克思和巴黎公社所组成的画面，另一方面，"Comintern"一词仅代表一个结构严密的组织和一种明确的教义，它指的是像一张椅子或一张桌子这样一听即明、别无他义的东西。"Comintern"这个词能被几乎不假思索地说出来，"Communist International"则能让人在说出时，必定有至少是片刻的踌躇。①（264）

　　两个词语之间的语言学差异说明了对社会主义原初理想的背叛——原为推翻民族主义而设立的机构在事实上变成了苏联外交的分支。

　　大洋国新话中"共产国际"等词是通过将几个我们熟悉的旧词

---

①译文参见［英］乔治·奥威尔著，《一九八四·动物庄园》，孙仲旭译，南京：译林出版社，2008年，第219页。

缩略后得到的，但我们仍能从中看到它们缩略前的词源，正是这种我们看起来具有连续性的演变，掩饰了新词的意义已经完全逆转的事实。奥威尔在《动物庄园》中也运用了这一技巧，吱嘎偷改"七诫"的原始措辞，使新版本颠覆原义，又以某种方式允许猪们保持革命前的理想与革命后的实践之间在表象上的延续性。

　　总的来说，2050 年的新话体现了熵的三步式过程的最后阶段，亦即语言与道德败坏的三个阶段：背叛革命（《动物庄园》）；背叛革命后的余波（《一九八四》）；以及彻底清除思想自由（"新话"，2050）。留意这个"三步走"的过程非常重要，尤其是在伯纳德·克里克关于奥威尔或许有意创作一套三部曲小说这一意见的观照之下。因此，我们可以参考奥威尔的笔记中提到的一个故事，其中拳击手是一个人类的角色，显示出奥威尔可能的确打算写三部曲。尽管文类不同，在《动物庄园》与《一九八四》之间有着显著的延续性。我们可以合情合理地推测认为，包含《新话原则》的附录可能是三部曲中第三卷的残余，描绘的是 1984 年极权主义实践之后的阶段。

280

　　要在 2050 年使用的新话语言是自奥威尔有生之年开始的语言衰败的最终阶段。党明确表示其目的是使语言机械化，"尽量接近于脱离意识"，直到人习惯于像"一架机关枪迸射出子弹一样"或像说"鸭话"①（265）一样机械地说话。党又一次把 20 世纪 40 年代的一个趋势变成了一个原则。奥威尔在他的文章中多次指出政治

---

①译文参见 ［英］乔治·奥威尔著，《一九八四·动物庄园》，孙仲旭译，南京：译林出版社，2008 年，第 219—220 页。

语言的丑陋与盲目之间的联系，指出使用被贬低的语言与演说者去人性化之间的联系：

> 当你看到疲惫的政客们在讲台上机械地重复着熟悉的短语——兽行、铁蹄、血迹斑斑的暴政、世界上的自由民族、并肩而立——你常会有一种不是在看活生生的人，而是在看某种傀儡的奇怪感觉：灯光照射到演说者的眼镜上，镜片变成空白光盘，仿佛那后面没有眼睛，这种感觉变得越发强烈。这不全然是胡思乱想。那样措辞的演说者已逐渐将自己变成一台机器。(v. 4, 165)

20 世纪 40 年代政治语言的腐化令党决意进一步缩减意识，直至民主和社会主义的原始理想难以想象。如果我们把《新话词典》当作《一九八四》的有机部分来接受，那么我们也必须看到奥威尔对极权主义心理的批判以引用《独立宣言》作结，这或许并非全无意义，因为这份文献阐明了"人类精神"的核心斗争，以及人道主义者对平等、博爱和自由的追求（267）。奥威尔认为，这些理想是作为民主最高形式的社会主义事业所特有的。由于在修辞上文本的结尾有着特殊强调意义，我们应该认识到在《一九八四》中《新话词典》传递了讽刺作家所传达的寓意中最突出的部分：社会主义在兴起之初是一项以实现人道主义最高理想为目标的运动，却遭到背叛，导致这些理想被贬损，最终被彻底清除出人的意识。在新话语言中，《独立宣言》所体现的全部精神被削减、被抛弃，因其模糊性而变成了一个不祥的词：犯罪思想（crimethink）。

281

讽刺作家的对手认可对批评的压制和对语言的丑化与破坏，对于助长最终对意识的毁灭负有责任。他放弃了自己批评的权利和自由思考的权利，也就默许了一个思考本身即犯罪的社会的到来。

奥威尔在展示有关人类精神的重要文献如何献祭给了新话时，指出我们接受谎言、腐败和歪曲历史的倾向会导致有关"人类精神"的最佳范例和最动人的文献的湮灭。党看似热切地挪用莎士比亚、弥尔顿①、斯威夫特、拜伦和狄更斯的作品，将它们从旧话翻译过来，但将这些作品降低至新话版本，实际无异于将其毁灭；因此，正是通过对这些作品的翻译行为，"我们与过去的最后联结被切断了"（267），而且我们的遗产——"它们的原稿以及其他过去幸存下来的文学作品都会被摧毁"（268）。

毁灭人类精神的伟大文献会摧毁文明，这一点毋庸置疑地得到了附录的证明。"人类精神"存活于话语之中；话语是我们与上一代以及下一代的唯一联结。[1] 于是，消灭旧话将我们引向悲剧损失最深重的阶段，即意识持续不断地丧失这一灾难。然而，在达到这个"正中心"之后，附录又提供了一个机会，使奥威尔将悲剧反讽化为激进的、蕴含才智的讽刺。

党在新话上的垮台

附录引入的非人称被动语态和条件式使读者带着真正的不确

---

① 弥尔顿（John Milton，1608—1674），英国诗人、政论家，代表作有《论出版自由》（1644）、《失乐园》（1667）等。

282

定性来思考 2050 年的事件。预期会发生的事件是否如期发生，抑或它们被党预料之外的情况阻止了？在这个思考过程中，我们也开始严肃地怀疑奥布兰所宣称的党对未来永远坚不可摧的控制。党用新话取代我们的语言来缩小思想范围，它最终取得了胜利，但这实际上等同于自我毁灭。有几本"书中之书"促成了新话中隐含的这个教训，且每一本都有助于整体的讽刺基调。我们知道的第一本书《儿童历史书》是温斯顿向帕森斯太太借的伪《圣经》。它包括官方的（即伪的）"党的创世纪"（Genesis of the Party），旨在欺骗群众。书中宣称老大哥的上台是为了推翻资本主义剥削者，建立工人平等，并且他已兑现了建立平等、提高生活水平的承诺。正如我们在第五章中见到的，《儿童历史书》照搬了 20 世纪马克思主义理论家最拙劣的老生常谈，这当然也是奥威尔在影射布尔什维克党的新版历史书，其中包括对托洛茨基在大革命中所扮演的角色的大幅篡改，将这位红军的创始人说成从一开始就反对红军的阴谋家。修改后的历史书于 1936 年在俄国发行数百万本，且被用作学校的教科书（Geller）。这些修改往往毫无疑义地被西方左翼知识分子所接受。

与这一"官方"伪《圣经》相对应的是地下的"那本书"，也称为《戈斯坦因的书》。与《儿童历史书》相反，《戈斯坦因的书》给予我们的是"党的创世纪"的成人版。于是我们发现老大哥与内党谋划革命，打着社会主义平等口号的幌子来制定他们自己的规则，制造了永久的不平等。为寻求"那本书"和《圣经》之间的相似性，我们可以把《戈斯坦因的书》视为《创世纪》（Genesis），把《新话词典》视为《启示录》（*The Book of Revelation*），视为拥有启示（Apocalypse）图景的有限但高度凝练的世俗对照物。如果老大哥对应着《圣经》中的敌基督（Antichrist），那么《新话词典》就是反话语（Anti-Word），是对人的意识不留余地的最终摧毁。

在同一参考框架内，《戈斯坦因的书》还存在另一个对应。这就是温斯顿在真理部从事的"反书"（Anti-Book），而真理部，正如我们所见，其实是非真理部（Ministry of Untruth）、谎言部（Ministry of Lies）。它是党为了持续改变和伪造历史而创建的组织，直至所有对于过去的可信记录都从"记忆洞"中消失。毫无疑问，奥威尔认为"记忆洞"与人的"蒸发"一样可怕——它们的消失无影无踪。事实上，计划性的语言破坏必然导致蒸发的结果。欺骗与虚伪不仅引起谋杀，也导致有计划地否定个人的存在价值。这一过程通过消灭语言来显示对世界恶魔般的毁灭。

党通过不断改写记录试图生产反书，这种畸形的行为对应是他们生产反小说（Anti-Novel）——机器小说——的尝试。[2] 茱莉娅就用一个这样的写书机器工作。她帮助生产党称之为"无产者饲料"的色情作品。这是设计出替代品并消灭人类意识中的道德、情感和心理记录的又一尝试，这些记录包含在过去的文学经典和小说名著中。事实上，党已经留意将这些书从无产者区的每间房子里清除出去。

虽然《戈斯坦因的书》与意在伪造话语的《儿童历史书》形成对比，这本书本身是一份公共文献，而且关于它的作者和内党使用它的目的仍存在疑问。因此，如果要寻找党试图以《新话词典》破

283

坏话语的最纯粹、最明确的对照，我们或许可以看看温斯顿的日记。这本日记浓缩了奥威尔自身作为小说家的诗艺（ars poetica）、他见证世界未来和成为"人类精神"的最佳表现的联结者的承诺："致未来或过去，致思想是自由的、人们相互各异而且并非孤独生活着的时代——致事实存在不变、发生过就不会被清除的时代：从一个千篇一律的时代，从一个孤独的时代，从老大哥的时代，从双重思想的时代——向您致意！"①（28）

284

如果我们认识到日记是新话的对应物，那么就很清楚，自新话诞生之后，温斯顿将不再能思考自由，更遑论在日记里表达他的渴望。他没有足够的词汇和概念。奥威尔在《对文学的阻碍》（"The Prevention of Literature"）（v.4，81）和《文学与极权主义》（"Literature and Totalitarianism"）（v. 2，163）这两篇文章中提出了一个重要观点：在一个极权社会里，表达甚至思考，都会变得不可能，因此小说这种真正的"清教"（Protestant）文类也会消亡（v.4，88—92）。文章中没有表明小说是我们对抗极权主义心理的最佳武器，但这一思想隐含在对《一九八四》的所有"书中之书"的理解之中，对理解这些书至关重要。新话一旦被建立起来，温斯顿就无法再进行自我表达和自我认识，因此温斯顿的日记——他卑微而零碎的主观"私人"文献——实际上就成了最后一部小说，成了他个人的良心和他那未被破坏的意识的最后见证，因而也就成了大洋国"人类精神"的最后代表。

---

①译文参见［英］乔治·奥威尔著，《一九八四·动物庄园》，孙仲旭译，南京：译林出版社，2008 年，第 21 页。

但在奥威尔新话概念的终极反讽之中,通过破坏语言和意识,内党也在被推向自我毁灭。统治的动力机制中有一个固有的悖论,一个奥威尔在写作这本小说的好多年前就注意到的一个残酷的玩笑。在《一九八四》的语境中,这一悖论意味着奥布兰关于党将进行永恒统治的宣言也应在讽刺作家的"攻击性反讽"的观照下来加以审视。

悖论是这样的。如果施害者一直高歌凯进,施害者将不可避免地落到受害者的境地。这一"玩笑"或许不会产生强烈的精神振奋,因为施害者最终的死亡仍然无法使这一过程中产生的无数受害者复生;但是,这一点是值得注意的。吞噬有机体生命力的寄生虫能够达到自身力量的巅峰,却必须面对最后的结果:正是通过这一满足自身力量需求的行为,它将因毁灭自身赖以生存的有机体而不得不死去。当奥布兰揭示出恐怖与谎言的永动机是党得以存在的主要原因时,他明确表示,权力之神依赖于受害者和人的牺牲以维持其生命力:"迫害的目的是迫害;折磨的目的是折磨;权力的目的是权力。"①(227)奥布兰坚信,他同温斯顿玩了七年之久的猫鼠游戏将永远持续下去,总会有新的受害者出现。作为"权力的祭司",他只有在实施权力时才感到自己活着,只有在参与摧毁叛徒、异教徒和思考者的个性时才感受到权力。但我们刚刚已经看到,一旦新话生效,内党不会再有温斯顿们与之斗智斗勇。《新话原则》在温

285

_____

①译文参见[英]乔治·奥威尔著,《一九八四·动物庄园》,孙仲旭译,南京:译林出版社,2008年,第187页。略有修改。

斯顿的故事发展中无法充分得到施展，这并非偶然：如果没有温斯顿高水平的表达，没有他对话语的尊重和掌握，那么他针对党进行的反抗行为将无一可行。党通过引入新话来破坏话语，使"思想自由"不再是"死罪"，而仅仅是"无意义的抽象"（v.1，576）。结果，语言的破坏也势必消除奥布兰赖以施行权力的整个异端概念。

此外，如果奥布兰想维持自己的生命力，他必须在智识上与温斯顿平等或比他更高（222）。"权力的祭司"的地位有赖于他对海报上微笑的老大哥的形象和真正的权力之神能做出区分。他必须知道这个"弥天大谎"，并让其他人无法得知这一知识。当温斯顿问他是否读过《戈斯坦因的书》时，奥布兰答道："我写的，也就是说我参与了写作。"①（225）无论是否真的是他写了"那本书"，他一定对它很熟悉，掌握了党创始过程的秘密真相，才能对外人保守党真实身份的秘密。"祭司"的终极秘密与《儿童历史书》中的"弥天大谎"相关：只有他们知道老大哥不是从敌人手中拯救人民的救世主；老大哥就是敌人本身。对奥布兰和所有非真理（Untruth）的"侍从"和权力的"祭司"来说，坚守他们的密码是至关重要的：这是他们唯一的武器，保持比群众高一等地位的唯一手段。而一旦过去所有伟大作家的作品都因被翻译成新话而磨灭，语言被摧毁了，内党的密码也就随时毁灭了。塞姆在与温斯顿讨论新话时说，到 2050 年的时候将无人能够理解新话的这些原则

---

①译文参见 ［英］乔治·奥威尔著，《一九八四·动物庄园》，孙仲旭译，南京：译林出版社，2008 年，第 186 页。

（49）。因此，到 2050 年的时候，在 1984 年计划骗局的施害者将不可避免地落到受害者的境地，也因此不可避免地失去赖以生存的统治他人的权力。

这一悖论进一步得到了增强。如果我们还记得，没有旧话党就无法再推行双重思想，因为双重思想就是在扭曲和破坏词汇的基础上而产生的自我欺骗效果；如果没有双重思想，内党就无法自证其功能。内党的权力对腐坏意识的自欺欺人效果的依赖，更甚于对暴力的依赖。但如果极权主义心理最终会导致意识连同话语的毁灭，那么在这一过程中内党也将无可避免地摧毁自身。意识的完全消除也必然包括消除使恐怖工具运转的"弥天大谎"的煽动者。到此处，我们就达到了诺斯罗普·弗莱所谓的悲剧反讽的"正中心"，并看到了"绅士派头的黑暗王子头冲下倒栽"。[①]（227）

重要的是，奥威尔把贬低语言作为极权体系下我们贬低人性的中心隐喻，如果我们不加警惕，就可能会集体屈从于一种自身已经败坏并能败坏其他事物的心理，而极权体系正是建立在这种心理的基础之上。奥威尔强调的无疑是，即使在核武器时代，世界也是因为话语的破坏才遭受了对"人类精神"的最后一击。在这个意义上，奥威尔在小说结尾通过坚称"所有的炸弹一起爆炸／也不能炸碎你那水晶般的精神"，维持了他的"人性宗教"的信条。然而，温斯顿这位小说中这一精神的最后代表却被毁灭了。代表他人性中完整性和特殊性的水晶已经被思想警察击碎了。批判思维和表达自

---

① 译文参见［加］诺斯罗普·弗莱，《批评的解剖》，陈慧等译，天津：百花文艺出版社，2006 年，第 350 页。

287 由的毁灭、话语真理性的毁灭等同于心灵的瓦解和非人化。就这一思想的扩散而言，则只有通过话语，通过尊重客观真理，通过对我们意识的小心谨慎的批判性研究，我们才有希望保持住人性。

太初有言。在《新话原则》中，奥威尔向我们展示了一个由于话语毁灭，人类遗产与人类思想记录失落造成的世界末日图景。然而，在小说和《新话原则》中，奥威尔又强调看似世界末日的景象并非神定的灾难；它仅仅是我们现在常见的同一疾病的最终阶段，而且我们必须避免吞噬"人类精神"的希望。最终，我们的希望仍是对话语救赎力量的信仰。[3]

读者和讽刺作家的讯息——结束语

奥威尔选择把《新话词典》作为最后留给读者思考的东西，也提出了一个在本研究中可能只是间接涉及，但未加以探索的重要问题。这个问题就是：奥威尔这部写给他的同时代人，尤其是西方左翼知识分子的讽刺作品，要向 20 世纪 90 年代或实际上任何时间地点的读者诉说什么呢？

我们看到，对奥威尔这部反乌托邦讽刺作品的目标的解码，取决于我们对讽刺作家和他对手、对手与理想读者以及读者与主人公之间特殊关系的理解。毫无疑问，所有这些关系都把注意力吸引到了小说写作的 1948 年的趋势与（极为随意地设定在 1984 年的）未来世界之间的因果关系之上。因而有必要问一声，小说告诉了我们这些 20 世纪 90 年代的读者，或者任何在它被写就的 1948 年之后的时代的读者什么？我们期待那些今天回应小说的读者做出怎样的反应？在我看来，奥威尔以心理小说的高度可信性作为写作策略，这意味着为使小说产生恰如其分的影响，读者需要摆脱他或她的危机意识，抛开温斯顿的困境可能变成读者自己的困境的预测。这种困境的可能性对今日西方年轻的读者而言是极其不着边际的，同时他们也很疑惑温斯顿的情况是否与他们自己的现实有任何关联。

288

在这些读者看来，温斯顿·史密斯的命运如同噩梦，事实上，他的命运根本不是奥威尔的狂想产物。在斯大林俄国和希特勒德国，人们都以惊人相似的方式受到监视、逮捕和折磨。猎捕替罪羊、肃清、公开操纵审判、公开处决——过去的历史档案中存有证据，而且因为近年来苏联和东欧的政局变化，越来越多的证据浮出水面，使了解情况的读者确信温斯顿的残酷命运并非出自奥威尔的妄想。关于这点，在最近对日本、韩国、南非和柬埔寨战俘的记录中，有大量证据表明存在此类关于身体与心理恐怖的制度。这些证据来自右翼和所谓的左翼独裁双方，来自诸如伊朗和伊拉克的神权政治，来自与美国基本教义派（fundamentalist）团体有关的"黑白"心态，证实了奥威尔对恐怖与谎言的"黑白"心态的分析。我们的时代与20世纪40年代一样，在各种"主义"，包括种族主义、民族主义、宗教狂热主义的影响下，产生了和奥威尔对他的同时代人所做的准确诊断相同的可怕症状，例如"黑白""保护性愚蠢"和双重思想等。

我认为有必要在此强调，同所有伟大的讽刺作家一样，奥威尔在写作时也一定将他的对手或理想读者视为自己的同时代人，需要对创作作品时 20 世纪 40 年代晚期政治现实的紧迫事项做出反应。而且在我看来，这部小说文学价值不在于奥威尔作为未来政治预言家获得了成功：我认为，这部小说是对奥威尔所处时代的极权主义与西方世界对极权主义的接受所进行的异常准确的讽刺性"解剖"。然而，奥威尔的主要目标中至少有三个已经在过去的四十年中获得了生动的阐明，在《纽约时报》称为 1989 年至 1990 年政变的"多米诺骨牌效应"中达到了顶峰，导致了东欧和苏联的"共产主义解体"。

289

我相信，这些事件证明了奥威尔在他三个首要目标的相关问题上的立场：它们表明，（1）奥威尔在他的文章和《一九八四》中均以术语"极权主义"形容希特勒的德国和斯大林的俄国，此用法仍然有效，而且有意义，（2）奥威尔强调，极权主义体系唯一的最重要的属性可能是为了对真理进行系统压制，而以前所未有的规模"有组织地撒谎"（organized lying），他的这一观点是相当正确的，以及（3）只有追求和正视历史中未被破坏的真相，我们才能防止极权主义心理在未来的蔓延。让我们来逐一分析这些观点。

1. 莱昂纳德·沙皮罗在 1972 年的《极权主义》一书中描绘了围绕术语"极权主义"产生的争议，指出"根据《苏联学院字典》（*Dictionary of Soviet Academy*），该词自 1940 年及以后在苏俄被使用，特指'法西斯'政权。苏联官方作家强烈反对非苏联作家也使用'极权主义'这个词，并宣称这是'冷战'宣传的一个方面"。沙皮罗还补充说，不过"在过去几年中，苏联内部各种异见运动中极为广泛地秘密传播的作品频频将这个词用于形容苏维埃政权"（14）。

到1990年年末，"极权主义"一词已被苏联官方接受。在刊登于1990年10月22日《多伦多星报》上的题为《30个政党组成一个反对集团》（"30 Political Parties Join in One Opposition Group"）的文章中，史蒂芬·汉德尔曼（Stephen Handelman）阐述了由"一个自称'民主俄罗斯'（Democratic Russia）的新组织通过的"一项苏联的决议，坚称"只有在广泛的群众运动中团结一切民主力量，对极权主义政府说不，对构建公民社会说好，才能拯救国家"（3）。这项决议的用语表明，1990年的苏联已普遍接受将"极权主义"这个术语用于指代戈尔巴乔夫①之前的苏维埃制度，尤指斯大林政权。

当然，与接受术语"极权主义"相对的是苏维埃历史学家对斯大林恐怖统治这一事实的承认。因此，正如比尔·凯勒（Bill Keller）在1990年2月3日从莫斯科向《纽约时报》发回的报道所言，过去几年"苏联报界把斯大林的过错几乎说遍了，探究了神圣的神话，例如他在'二战'中的行为，把他比作希特勒，一段段地剖析他的酷行。但是官方历史学家对此只字不提"（*Collapse* 13）。一些事实的披露引起了相当的骚动，当

290

---

① 戈尔巴乔夫（Mikhail Sergeyevich Gorbachev，1931—），俄罗斯政治家，1985年至1991年担任苏联总书记、总统。

拥有 2000 多万发行量的周报《论据与事实》（*Argumenti i Fakti*）刊登了历史学家罗伊·梅德韦杰夫（Roy Medvedev）①的估算……他估算的死亡人数约等于在"二战"中丧生的苏联士兵和平民人数的总和……梅德韦杰夫先生计算出共有约 4000 万人受到斯大林镇压的迫害，包括被逮捕的、被逐出故土的或被列入黑名单的人……尽管对斯大林恐怖统治的记录不够准确、存有争议，但梅德韦杰夫先生的估算总体上与西方的估算结果一致，长期以来这一数据都被……苏联官方历史学家低估了。（*Collapse* 13）

这里有必要回顾一下，在三四十年代奥威尔与对手进行辩论的核心就是：他坚持认为苏联是极权主义政权，因而不可能实现真正的社会主义。奥威尔的敏锐眼光被一些事实衬托得更为突出，例如奥威尔同时代的著名知识分子西蒙娜·德·波伏娃②在 20 世纪 50 年代初仍认为"由于至今没有苏联领导人敢说出全部真相，完全的真相就还不存在。继而她语出惊人：'无论是苏联人还是其他地方的人，对斯大林时期做出的解释都无法让人信服'"。（Caute 106）另一个被揭示的双重思想的类似的例子是"萨特哀叹'一个由官僚组成的军队所支持的社会主义政府会把人们变成奴隶'。疯狂之处在

---

①罗伊·梅德韦杰夫（Roy Medvedev，1925—），俄罗斯历史学者、政治作家，代表作有《让历史来审判》（1971）。
②西蒙娜·德·波伏娃（Simone de Beauvior，1908—1986），法国作家、思想家，代表作有《第二性》（1949）、《名士风流》（1954）。

于连一个简单的问题都不能问：当一个政权变得连再称其为社会主义政权也无济于事时，它该何去何从？"（Caute 105）相比之下，奥威尔一直否认斯大林政权是社会主义政权，并且他在《动物庄园》和《一九八四》中开始摧毁这种"苏联神话"，以作为在西方复兴民主社会主义的前提条件。

有意思的是，即使奥威尔逝世后的四十年间风云变幻，仍不足以化解他与老对手的辩论，他的老对手的形象在他那些文学批评家身上复活，至今坚称奥威尔在描述斯大林政权时一定是"歇斯底里的"，这个"情绪化的术语"（Rai）使冷战宣传者得以利用奥威尔的作品。

然而，弗里德里希、布热津斯基、柯克帕特里克和塔尔蒙等西方政治学家设计了不同范式来定义极权政府，这些范式应该可以充分证明《一九八四》中描绘的极权主义景象显然切中了要害。所有这些学者都会赞同莱昂纳德·沙皮罗的观点，认为"极权主义是一个有用的术语"，可以用于说明希特勒德国和"以斯大林统治下的苏联的政治体制为蓝本"（101）的国家。尽管沙皮罗承认由于这些政府的"起源与结构并不完全一样"，因而"对'极权主义'定义的研究已经持续开展了二十五年，甚至更久"（101），他认为"'极权主义'术语同等地应用于国家社会主义德国（National Socialist Germany）和斯大林统治下的苏联，这是'冷战'的后续或结果"（108）这一说法是错误的。同样有趣的是，我们发现奥威尔的对手仍不能认识到，奥威尔将斯大林苏联定义成极权主义，这并不代表幻灭和绝望：这恰恰是奥威尔通过将社会主义与斯大林的极权政权

分隔开，以设法拯救民主社会主义这一长期目标（顺便提一句，20
世纪 90 年代的东欧也相当轻易地忽略了这一点）。

2. 尽管奥威尔在《一九八四》中对极权主义的定义与政治学家
们发现的关于极权政府的"症状""综合征"或"轮廓"等所有现象
不谋而合，小说在探索"极权主义在智识上的含义"（v.4，520）时，
突出了极权主义在政治和心理角度的一个特定方面，那就是极权主
义集中力量对真相、表达自由和思想自由进行压制。过去二十年的发
展，尤其是 1989 年和 1990 年的发展，证实了奥威尔的主要洞见：

> 极权主义国家推行的有组织的撒谎行为，并不像有时
> 所认为的那样是与军事骗局同一性质的权宜之计。它是极权
> 主义不可或缺的一部分，即使集中营和秘密警察不再成为必
> 需，它也会继续存在……事实上，极权主义需要对历史加以
> 持续改造，且长远看来可能要求人们不相信客观真理的存在。
> （v.4，85—86）

莱昂纳德·沙皮罗在他 1972 年的研究中进一步强调了奥威尔
的关注点，他指出：

> 极权统治建立在成功保密、与外界隔离、完美欺骗外界之
> 上。现在"铁幕"（iron curtain）已经在一定程度上被打破，
> 使得苏联当局希望隐瞒的消息仍能传递到国外媒体手中……这
> 一事实在这种情形下是具有决定性意义的。毫无疑问，如果苏

> 联当局得以阻止[人权活动家]梅德韦杰夫① 被扣押在避难所的
> 消息流向外界……他可能还在卡卢加② 精神病院关押危险疯子
> 的病房中接受强制的麻醉治疗。(117)

　　贯穿《一九八四》的智识热情离不开奥威尔强烈的道德信念，
他相信西方知识分子——尤其是作家——拥有至关重要的社会责
任，因为只有他们能粉碎弥天大谎、避开双重思想的陷阱，从而防
止极权主义心理的蔓延。毫无疑问，1989 年和 1990 年整个权力集
团惊人地迅速解体是复杂的经济政治力量综合作用的结果，而且我
们也许需要经历漫长等待才能对其动力机制进行全面的历史解释。
但没人会质疑，这巨大的群众运动的精神和政治根基在于少数"异
见"知识分子的决心，他们像温斯顿·史密斯一样将表达异见、揭
露真相并坚持发声为世界所闻视为己任。正如《纽约时报》的记者
对这一过程的分析所显示的，思想、表达和交流的无限自由是反抗
极权主义最重要的武器，奥威尔对此的强烈关切绝对正中要害：

　　　　事实证明，一些异见者通过非暴力手段，跨边界地利用报
　　纸与广播的自由，能在这个日益相互联结的世界中打倒一个又

---

①梅德韦杰夫（Zhores Medvedev, 1925—），俄罗斯生物学家、历史学者，苏联时期在遗
传学上反对得到斯大林支持的李森科，与孪生兄弟历史学家罗伊·梅德韦杰夫合著有《戈尔
巴乔夫传》（1986）等。
②卡卢加（Kaluga），俄罗斯欧洲部分中部城市，位于奥卡河畔，卡卢加州首府。卡卢加精
神病院的医生曾仅凭翻阅生物学家若列斯·梅德韦杰夫的书稿就判定其患有精神病，并对其
进行强制治疗，这一机构亦因此类事件而臭名昭著。

一个的独裁者。外国记者为他们自己的报刊写文章，但他们的报道会被翻译并传回那些禁止相关资讯的国家。便携式收音机和录像机的推广使这些信息更易获取。由于需和外媒比拼可信度，官媒被迫提供更多的信息和真相。东德人看西德的电视并了解波兰所取得的成就。在罗马尼亚，人们在南斯拉夫的电视台上看到自己的同胞被齐奥塞斯库①的安全部队杀害后变得勇敢无畏。他们一旦了解了情况，就被动员了起来。在大多数地方，他们游行、呐喊、举标语，而在全球新闻记者的注视下，这些方式被证明足以揭露先前被禁止的真相，并导致了在不久之前看来仍然绝无可能的革命性变化。（*Collapse* 353，重点为作者所加）

双重思想这个谎言的网络和方法论，是对20世纪40年代末奥威尔同时代人的警告，警告他们揭示真理是防止极权主义体系扩散的第一步。20世纪80年代后期对"先前被禁止的真相"的揭露被证明是摧毁该体系唯一最重要的武器，这一事实毫无疑问证实了奥威尔的分析。

3. 扭曲历史记录是极权主义政权不可否认的特征，奥威尔对这一点的强调又因这些事件获得了新的启示。在"共产主义解体"的余波中，奥威尔或许想警告我们，在一特定体系内猖獗一时的极权主义心理不会因为这个体系失败就立马消失。如果真的如他所言，

---

①齐奥塞斯库（Caecescu, 1918—1989），罗马尼亚政治家，曾任罗马尼亚共产党和罗马尼亚社会主义共和国最高领导人。

"极权主义要求……对历史加以持续改造，且长远看来可能要求人们不相信客观真理的存在"（v.4，86），则只有通过对历史真相的不懈追求，我们才有望克服极权主义心理。过去几年，有很多书和电影表现了关于过去的力量"控制"现在这一深刻的"奥威尔式"见解。1984 年，钦吉兹·阿布拉泽[1] 执导的格鲁吉亚电影《忏悔》（*Repentance*）是一部威力十足的政治寓言，讽刺后斯大林时代的这代人否认和拒绝接受自己在极权主义体系中的角色。电影展示了一个死去的独裁者——以斯大林、希特勒和墨索里尼[2] 为原型的组合形象——在他的继任者们准备好评估他政权的本质并承认自身在他充满恐怖、谎言和告发的统治下的责任之前，是无法被埋葬的。在人们准备好直面关于自身历史的痛苦真相之前，独裁者的尸体拒绝文明的葬礼；它不断重新露面，可怕地提醒着幸存者们想起自己忽视和否认的过去的邪恶与堕落。

294

　　导演迈克尔·维赫文[3] 在他 1989 年的电影《我不是坏女孩》（*Nasty Girl*）中，通过一个德国小镇女孩的视角探究了相同的两难处境，女孩想自己找出自己的家乡辉镇（Pfilzen）在希特勒政权下的生活景象。她的历史研究遭到了市政厅官员的阻挠，这些人曾是希特勒忠诚的追随者，而在 70 年代依然当权。起初，他们拒绝给

---

①钦吉兹·阿布拉泽（Tengiz Abuladze，1924—1994），苏联–格鲁吉亚电影导演、编剧，苏联功勋艺术家。代表作有《祈祷》（1968）、《欲望之树》（1976）与《忏悔》（1984）。
②墨索里尼（Benito Mussolini，1883—1945），意大利国家法西斯党党魁、法西斯独裁者，第二次世界大战的元凶之一。
③迈克尔·维赫文（Michael Verhoeven，1938—），德国导演、编剧、演员，代表作有《白玫瑰》（1982）、《我不是坏女孩》（1990）。

她查看文献的权限，随后试图以含蓄的威胁恐吓她，最后他们动用了暴力。不用说，不管自己和她年轻的家庭遭受怎样可怕的后果，她坚持进行自己的历史研究。两部电影均显示，忽略和否认自身所处群体在过去犯下的罪行，无异于赞成和参与"弥天大谎"，并使极权主义心理存活下去。德国电影和格鲁吉亚电影都探索了奥威尔式的主题，即如果不接受、不能够"掌控"我们的过去，我们就不可能把握现在和未来。

事实上，奥威尔对极权主义的主要政治动机的分析如今已被世界大部分地区广泛接受了。自公开性政策（Glasnost）实施以来，我们看到苏联越来越接受奥威尔的观点。此前《一九八四》已被翻译成俄语、波兰语和匈牙利语；现在它也获准公开传播了。仅举一些最能反映奥威尔持久影响力的领域，如革命、大众传播、宣传运动和国家控制的增长，很多西方历史学家和政治学家已经接受和验证了奥威尔在上述领域分析中的见解。

不过，奥威尔的目标的"时效性"或地区性不应使我们忽视《一九八四》中伟大文学成就"永恒"且普适的维度。因此，重要的是，尽管必须承认奥威尔讽刺的具体对象是产生于他自身的时代和地区的意识形态思维中的"黑白"心态，但《一九八四》从未被设计成冷战中对抗俄罗斯的武器，而且奥威尔抗拒那些倾向于如此看待这部小说的批评家。

我相信，他也不会接受一些批评家后来试图将他的作品变成一部反美讽刺作品的做法，尽管在遇到他认为的美国式民族主义、成功崇拜和扩张主义迹象时，他的确会在文章和书信中表达反美情绪。

虽然讽刺作家的"狂野的怒火"和"义愤"在定义上指向在他看来属于同时代人所处世界的失常，他的"激进的反讽"最终针对的是人类思维中接受谎言、容忍虚伪、在任何正统的"保护性愚蠢"中寻求庇护的癖性。极权主义恐怖的"黑白"心态仅仅只是我们向这种心态屈服的癖性的最高阶段。极权主义思维制造出的和可能会制造的恐怖很可能会一直与我们同在。它们威胁着我们的理智，而我们必须时刻加以提防。正如汉娜·阿伦特所言：

> 我们时代的危机及其核心经验催生了一个全新的政府形式，这一政府形式作为一个潜在且一直存在的危险，极有可能从现在开始就伴随我们，正如其他在不同历史时期中产生且基于不同基本经验的政府形式——君主制、共和制、君主专制、独裁和专制——即使暂时失败，也继续伴随着人类。①（478）

事实上，这部小说的普适性和永恒吸引力来自读者的认知，即奥威尔赋予大洋国的思维模式是一种现存于我们周围和内部的清晰的危险。通过认知"黑白"心态的诱惑、集群本能、由崇拜各种主义的"世俗宗教"带来的情感满足，《一九八四》的现代读者能一窥维持"人类精神"所需的勇气，并实践奥威尔的格言："敢于做个但以理那样的人／敢于独自站立／敢于使目标坚定／敢于公之

---

① 另有译文参考 [美] 汉娜·阿伦特著，《极权主义的起源》，林骧华译，北京：生活·读书·新知三联书店，2008年，第596页。

于众。"① （v.4，82）

同时，在读到温斯顿加入地下组织的"黑弥撒"时，读者们也得到告诫，要留意持异见者在反抗正统的思想专制时，是否在不经意间会变成一种自我狂热，变成反正统（counter-orthodoxy）。在危机时刻，通常是"最好的人丧失了信仰，而最坏的人却充满激情"。

散文和《一九八四》中作者的声音显示出奥威尔独有的平衡能力，兼顾空想家的强大承诺和理性主义者的智识谦虚。奥威尔的思想本身表明他努力在"黑白"心态的绝望冷漠和狂热自大之间取得平衡。这样的平衡很难实现。它的成功有赖于对批评、自我怀疑和自我反讽的持续监控。因此，最终这部讽刺作品传达出的最具普遍性的意旨是奥威尔对批判性思维、思想自由和表达自由之重要性的坚持：只要作家被允许说二加二等于四，其他一切就会随之而来。他对智识自由的热切信仰超越了其所处时代的特定争议，提醒我们必须在这方面永远保持我们的兄弟情谊："当你看到受过高等教育的人对压迫与迫害袖手旁观时，你不知道该鄙视他们的犬儒主义（cynicism）还是鼠目寸光……他们看不到对智识自由和客观真理概念的打击在以后会危及思想的各个部分。"（v.4，94）

要坚持自己对真理和自由的信念，哪怕自己是"孤家寡人"，因为"真理不是由人数多寡决定的"，这可能是奥威尔最后一部讽

---

① 此句出自美国诗人腓力·白力斯（Philip P. Bliss）于1873年所写的赞美诗《敢于做个但以理那样的人》（"Dare to be a Daniel"）。但以理（Daniel），古代犹太人的四大先知之一，兼具智慧与勇气，曾入狮群而安然无恙，事迹见《旧约·但以理书》。

刺作品中最令人难忘的真正永恒的寓意，是自绝望或冷漠中传来的辽远呐喊。敢于为个体独特性和解放受压迫者挺身而出；敢于坚持高尚的道德行为，哪怕不能立即得到可衡量成效的结果；敢于坚守我们最重要的人类遗产——未被败坏的意识和话语：这是与奥威尔对人类精神的信念不可分割的斗争的本质。奥威尔的讽刺作品扎根于他自己的时代，也为那些新话试图摧毁的文献提供了永恒的视角。《一九八四》是一部 20 世纪的人道主义杰作，凭借悲剧反讽和激进的才智，带我们走向对"人类精神"的信仰。

注　释

[1] 当奥威尔指出必须坚持我们的文化遗产以保持人性时，他非常接近道德想象力的另一伟大主张者马修·阿诺德（Matthew Arnold）的立场。阿诺德在《文化与无政府状态》（*Culture and Anarchy*）一书中论及他著名的概念"美好与光明"（sweetness and light），指出真正的文化"寻求消除阶级，使世界上最优秀的思想和知识传遍四海，使普天下的人都生活在美好与光明的气氛之中，能够自由地运用思想，得到思想的滋润，却又不受之束缚"（216—217）（[英] 马修·阿诺德著，《文化与无政府状态》[修订译本]，韩敏中译，北京：生活·读书·新知三联书店，2012 年，第 34 页。——译者注）。他会同意奥威尔，认为我们的文化遗产对人类物种的存续至关重要，而且在真正的民主制度之下，每个人都能够且应当"有教养"。他也与奥威尔一样认为，我们的文化遗产不应变成使我们"受到束缚"的教条，而应成为我们的连续感的源泉，使我们感到因身为人类一员而受其

297

"滋养"。

[2] 尼尔·辛亚德（Neil Sinyard）在"双重思想时代"（"Age of Doublethink"）[他1986年的《电影改编：银幕改编艺术》（*Filming Literature : The Art of Screen Adoption*）的一章] 中指出，奥威尔——

不信任电影的工业结构和随之而来的艺术机械化。"迪士尼电影"，他阴郁地说，"实质上是由一个工业流程生产的，作品的一部分由机器完成，一部分由不得不压抑个人风格的艺术家团队完成"。[v.4，94]……他使迪士尼工作室（Disney Studio）听起来像一个劳动营。在那样的描述中，电影院成了奥威尔对极权主义怀疑的体现，他担心艺术会被国家利用。（56）

尽管奥威尔不信任电影院，辛亚德认为卓别林（Chaplin）的"《大独裁者》（*The Great Dictator*）对奥威尔产生的影响远比他自己或别人意识到的大得多"，而且事实上这部电影为奥威尔伟大的讽刺作品"预先设计了讽刺的风格"。

[3] 伯纳德·高夫曼（Bernard Gorfman）和乔纳森·普尔（Jonathon Pool）在他们的《作为政治控制的语言：再访新话》（"Language as Political Control：Newspeak Revisited"）[载于《乔治·奥威尔：一次重估》（*George Orwell: A Reassessment*），温哥华，1984年11月23—24日] 一文中指出，奥威尔犯了一个错误，他发明的简单易学的语言会消除统治的寡头集团与其他人之间的区别。如同那些指责奥威尔对大洋国的设计与奥布兰

对体系永恒的陈述相悖的批评家，普尔和高夫曼都没看到奥威尔的"玩笑"，即他关于邪恶的自我毁灭的悖论。正如许多分析家所理解的那样，这一悖论就是：极权主义体系携带着自我毁灭的种子。任何暴政、任何统治体系都必然不可避免地以失败告终——施害者会在消灭受害者之后灭亡。

298

这一悖论也适用于分析悲剧的"双重作用"（double action）特征。当语言被允许作为制造谎言和仇恨的工具时，人类自身的邪恶元素也许能通过话语施展力量。因此，乔治·斯坦纳（George Steiner）在他的《从波蒂奇到圣克里斯托瓦尔》（*Portage to San Cristobal*）中向我们展示了极权主义独裁者口中语言的末世图景："上帝在创造语言的同时，也创造了它的对立物……是的，他在语言的'夜晚一侧'创造了一套关于地狱的话语。那种语言是生活泄愤的产物，是生活的呕吐物。基本上没人能学会或长时间使用它……但总会有这样一个人，他口如火炉，舌如利剑……凡上帝说，让那儿荒废，他就会撤回自己说出的话。"（162—163）

尽管谎言与仇恨的语言是破坏的手段，但话语本身也是一个治愈者。用诺斯罗普·弗莱的话说："如果我们知道自己身处地狱，我们就不再完全陷于地狱：是我们的意识告诉我们这一点，意识是语言的一种功能，反之则不然。"（"Authority"3）

罗洛·梅（Rollo May）也强调了话语的治疗效果及其凌驾于邪恶之上的力量：

先人口中那力量远超邪神的"话语"到底是什么？他们指的是现实的标志、有意义的结构，那是人的语言和对话能力。"太初有言（道）"在经验上和神学上都是正确的。人而为人之初，之区别于猿类和前自我意识的婴儿，就在于人拥有语言的潜能。我们发现，一些重要的治疗功能有赖于语言结构的基础方面；话语揭露恶魔，把它逼到了明处，使我们能与之直接对抗。话语给人战胜恶魔的力量。

奥威尔的新话概念让我们意识到话语创造和毁灭世界的力量。他让我们注意到，话语是我们手中唯一能对抗世界上的极权主义力量的最重要的武器。

1. 对乔治·奥威尔《一九八四》的所有引用均出自 1984 年企鹅图书（Penguin Books）出版的《一九八四》。页码标注在紧跟引文出现的小括号中。

2. 对奥威尔其他小说的引用出自 1983 年企鹅图书出版的《乔治·奥威尔小说全集》。

3. 所有对乔治·奥威尔文章和信件的引用出自 1970 年企鹅图书联合瑟克和瓦伯格出版社（Secker and Warburg）出版的四卷本的《乔治·奥威尔散文、报道、书信全集》，由索尼娅·奥威尔和伊恩·安格斯合编。页码参考信息标注在引文后的小括号中，包括卷码和页码。

Arendt, Hannah. *The Origins of Totalitarianism*. New York: Harcourt, Brace and World, 1951 (originally *The Burdens of Our Times*; London: Secker and Warburg, 1951).

Armytage, A.G.H. "Orwell and Zamyatin." *Yesterday's Tomorrows: An Historical Survey of Future Societies*. London: 1963.

Arnold, Matthew. "Culture and Anarchy." *Selected Poetry and Prose*. New York: Rinehart, 1952.

Ashe, Geoffrey. "The Servile State in Fact and Fiction." *Month* 4 July 1950, 57–59.

Auden, W.H. "George Orwell." *Spectator* 16 Jan. 1971, 86–87.

Baruch, Elaine Hoffman. "The Golden Country: Sex and Love in *1984*." *1984 Revisited*. Ed. Irving Howe. New York: Harper and Row, 1983.

Beadle, Gordon. "George Orwell and the Death of God." *Colorado Quarterly* 23 (1974), 51–63.

Beauchamp, Gorman. "Of Man's Last Disobedience: Zamyatin's *We* and Orwell's *1984*." *Comparative Literature Studies* 10 (1973), 285–301.

Berger, Harold. *Science Fiction and the New Dark Ages*. Bowling Green: Bowling Green University Popular Press, 1976.

Bettelheim, Bruno. *The Informed Heart: Autonomy in a Mass Age*. New York: Free Press, 1960.

Billington, Michael. "A Director's Vision of Orwell's '1984' Draws Inspiration from 1948." *New York Times* 3 June 1984, 19 and 29.

Birrell, T.A. "Is Integrity Enough? A Study of George Orwell." *Dublin Review* 224 (Autumn 1950), 49–65.

Bonifas, Gilbert. *George Orwell: L'Engagement*. Paris: Éditions Didier, 1984.

Borkenau, Franz. "Communism as an International Movement." *World Communism*. New York: Faber, 1939.

Bracher, Karl Dietrich. "The Disputed Concept of Totalitarianism." *Totalitarianism Reconsidered*. Ed. Ernest Menze. Port Washington, New York: Free Press, 1981.

Buitenhuis, Peter, and Ira Nadel, eds. *George Orwell: A Reassessment*. London: Macmillan, 1988.

Burgess, Anthony. *The Novel Now*. New York: 1970.

Byron George Gordon. *Byron: A Self-Portrait: Letters and Diaries 1798-1821*. Ed. Peter Quennell. London: Murray, 1967.

Calder, Jenni. *Chronicles of Conscience: A Study of George Orwell and Arthur Koestler*. London: Secker and Warburg, 1968.

Camus, Albert. "The Failing of the Prophecy." *Existentialism versus Marxism: Conflicting Views on Humanism*. New York: Dell, 1966.

300

——. *Notebook 1942–1951*. Trans. Justin O'Brien. New York: Knopf, 1966.

——. *The Plague*. Trans. S. Gilbert. Harmondsworth: Penguin, 1948.

Carrère d'Éncausse, Hélène. *A History of the Soviet Union 1917–1953*. Trans. V. Ionescu. London: Longman, 1970.

Carter, Michael. *George Orwell and the Problem of Authentic Existence*. London: Croom Helm, 1985.

Caute, David. *The Fellowtravellers: A Postscript to the Enlightenment*. London: Weidenfeld and Nicolson, 1973.

Claeys, Gregory. "Industrialism and Hedonism in Orwell's Literary and Political Development." *Albion* 18.2 (Summer 1986), 219–245.

The Collapse of Communism. By Correspondents of *The New York Times*. Ed. Bernard Gwertzman and Michael Kaufman. New York: Random House, Times Books, 1990.

Comfort, Alex. "1939 and 1984: George Orwell and the Vision of Judgment." *On 1984*. Ed. Peter Stansky. New York: Freeman, 1983.

Connelly, Mark. *The Diminished Self*. Pittsburgh: Duquesne University Press, 1987.

Connolly, Cyrill. "George Orwell." *The Modern Movement: 100 Key Books from England, France and America, 1880–1950*. London: 1965.

Coombs, James. "Towards 2084." *The Orwellian Moment*. Ed. Robert Savage, James Coombs, and Dan Nimmo. Fayetteville: University of Arkansas Press, 1989.

Coppard, Audrey and Bernard Crick, eds. *Orwell Remembered*. London: B.B.C. Ariel Books, 1984.

Crick, Bernard. "Critical Introduction and Annotations to George Orwell's *Nineteen Eighty-Four*." *Nineteen Eighty-Four*. By Orwell. Oxford: Clarendon Press, 1984.

——. *George Orwell: A Life*. London: Secker and Warburg, 1980.

Deane, Herbert A. "Harold Laski." *The International Encyclopedia of the Social Sciences*, vol. 9, 30–33. New York: Macmillan and Free Press, 1968.

Deutscher, Isaac. "The Ex-Communist's Conscience." *Heretics and Renegades*. London: Hamish Hamilton, 1955. (Originally "Review of *The Gods that Failed*" in *The Reporter* [New York], April 1950.)

——. "*1984* — The Mysticism of Cruelty." *Heretics and Renegades*. London: Hamish Hamilton, 1955.

Devroey, Jean Pierre. *L'Âme de cristal: George Orwell au présent* Bruxelles: Éditions de l'Université de Bruxelles, 1985.

301

Dickerson, Mark, and Thomas Flanegan. *An Introduction to Government: A Conceptual Approach.* Toronto: Nelson Canada, 1990.

Dutsher, Alan. "Orwell and the Crisis of Responsibility." *Contemporary Issues* 8 (1956), 308–316.

Eckstein, Arthur. "Orwell, Masculinity, and Feminist Criticism." *The Intercollegiate Review* 21.1 (Fall 1985), 47–54.

Edel, Leon. *The Modern Psychological Novel.* Gloucester, Mass.: Peter Smith, 1972.

Edwards, Paul, ed. *The Encyclopedia of Philosophy.* 8 vols. New York: Macmillan and Free Press, 1967.

Ehrenpreiss, Irwin. "Orwell, Huxley, Pope." *Revue des langues vivantes* 23 (1957), 215–230.

Eliade, Mircea. *Occultism, Witchcraft and Cultural Fashions.* Chicago: University of Chicago Press, 1976.

Elliott, George. "A Failed Prophet." *Hudson Review* 10 (1957), 149–154.

Elliott, Robert. "Satire." *Princeton Encyclopedia of Poetry and Poetics.* Ed. O. Preminger. Princeton: Princeton University Press, 1965.

———. *The Shape of Utopia: Studies in a Literary Genre.* Chicago: University of Chicago Press, 1970.

Faulkner, Peter. "Orwell and Christianity." *New Humanist* 89 (Dec. 1973), 270–273.

Fiedler, Leslie. Keynote address. *1984 Forum.* Seneca College, Toronto. February 27, 1984. Verbatim.

Fiderer, Gerald. "Masochism as Literary Strategy: Orwell's Psychological Novels." *Literature and Psychology* 20 (1970), 3–21.

Fink, Howard. "Orwell versus Koestler: *Nineteen Eighty-Four* as Optimistic Satire." *George Orwell.* Ed. C. Wemyss and Alexej Ugrinsky. Contributions to Study of World Literature #23. Westport: Greenwood, 1987.

Forster, E.M. "George Orwell." *Two Cheers for Democracy.* New York: Harvard, 1951, 60–63.

Frankel, Viktor. *Man's Search for Meaning.* New York: Washington Square Press, 1963.

Freud, Sigmund. *Complete Works.* Trans. James Strachey. 29 vols. London: Hogarth Press, 1955.

Freud: The Hidden Nature of Man. Dir. George Kaczender. The Learning Corporation of America, 1970.

Friedrich, Carl, and Zbigniev Brzezinsky. *Totalitarian Dictatorships and Autocracy.* New York: Praeger, 1956.

302

Frye, Northrop. *Anatomy of Criticism: Four Essays*. Princeton: Princeton University Press, 1957.

———. "The Authority of Learning." Lecture delivered at the Empire Club, Toronto, Jan. 19, 1984.

Fyvel, T.R. "A Writer's Life." *World Review*. June 1950, 7–20.

Geller, Mikhail, and Aleksandr Nekrich. *Utopia in Power: The History of the Soviet Union from 1917 to the Present*. New York: Summit Books, 1986.

Gerber, Richard. *Utopian Fantasy: A Study of English Utopian Fiction since the End of the Nineteenth Century*. London: 1955.

Golding, William. *Lord of the Flies*. London: Faber, 1954.

Good, Graham. "Orwell and Eliot: Politics, Poetry and Prose." *George Orwell: A Reassessment*. Ed. P. Buitenhuis and I. Nadel. London: Macmillan, 1988.

Goodey, Chris. "The Abyss of Pessimism." *GRANTA* 69 (25 April 1964), 7–9.

Gorfman, Bernard. "Pig and Proletariat: *Animal Farm* as History." Delivered at Southwest Political Science Association, Houston, Texas. April 12–15, 1978.

Gorfman, Bernard, and Jonathan Pool. "Language as Political Control: Newspeak Revisited." Delivered at *George Orwell: A Reassessment*. Vancouver, B.C. Nov. 23–24, 1984.

Gottlieb, Erika. "Orwell in the 1980's." *Utopian Studies* 3, No. 1 (1992), 108–120.

———. "Review of Daphne Patai's *The Orwell Mystique: A Study in Male Ideology*." *Dalhousie Review* (Halifax) 64.4 (1984–1985), 807–811.

Greenblatt, Stephen. *Three Modern Satirists: Waugh, Orwell and Huxley*. New Haven: Yale University Press, 1965.

Grieffenhager, Martin. "The Concept of Totalitarianism in Political Theory." *Totalitarianism Reconsidered*. Ed. Ernest Menze. Port Washington, New York: Free Press, 1981.

Gulbin, Suzanne. "Parallels and Contrasts in *Lord of the Flies* and *Animal Farm*." *English Journal* 55 (1966), 86–90.

Hamilton, Alice. "The Enslavement of Woman." *Nazis: An Assault on Civilization*. Ed. P. Van Paassen and James Waterman Wise. New York: Harrison Smith and Haas, 1934.

Handelman, Stephen. "30 Political Parties in One Opposition Group." *Toronto Star* October 22, 1990, 13.

Heller, Peter. *Dialectics and Nihilism: Essays on Lessing, Nietzsche, Mann and Kafka*. Amherst: University of Massachussetts Press, 1966.

Hilferding, Rudolf. "State Capitalism or Totalitarian State Econ-

303

omy." *The Modern Review* June 1947, 266–271.

Howe, Irving, ed. *1984 Revisited*. New York: Harper and Row, 1983.

Huxley, Aldous. *Brave New World*. Harmondsworth: Penguin, 1955.

——. "Brave New World Revisited: Proleptic Meditations on Mother's Day, Euphoria and Pavlov's Pooch" from "The Study of Aldous Huxley." *Esquire* July 1956.

Inge, W.R. *Christian Mysticism*. New York: Meridian, 1956.

Jung, Carl. *Civilization in Transition*. Trans. R.C. Hull. 2d ed. Bollingen Series. Princeton: Princeton University Press, 1970.

——. "The Undiscovered Self" (1957). *The Essential Jung*. Sel. and introd. Anthony Storr. Princeton: Princeton University Press, 1983.

Kamenka, Eugene. *The Portable Karl Marx*. New York: Viking, 1983.

Keats, John. *The Letters of John Keats*. Ed. Hyder Edward Rollins. Cambridge: Harvard University Press, 1958.

Kirkpatrick, Jeane. *Dictatorship and Doublestandards: Nationalism and Reason in Politics*. New York: Simon and Schuster, 1982.

Klaits, Joseph. *The Age of Witch Hunts*. Bloomington: Indiana University Press, 1981.

Koestler, Arthur. *Darkness at Noon*. Tr. Daphne Hardy. New York: Macmillan, 1941.

——. Foreword. *Stalin's Russia*. By Susan Labin. London: Gollancz, 1949.

——. "A Rebel's Progress." *Observer* 29 (January 1950), 4–5. (Reprinted as "In Memory of George Orwell" in *Bricks to Babel: Selected Writings and Comments by the Author*. London: Hutchinson, 1980.)

——. *The Yogi and the Commissar*. New York: Macmillan, 1945.

Labedz, Leopold. "Will George Orwell Survive 1984? Of Doublethink, and Double-Talk, Body-Snatching and Other Silly Pranks." *Encounter* 63 (July/August 1984), 25–34.

Labin, Susan. *Stalin's Russia*. Trans. Edward Fitzgerald. Foreword Arthur Koestler. London: Gollancz, 1949.

Lamont, Corliss. *The Philosophy of Humanism*. 5th ed. New York: Ungar, 1965.

Lee, Robert. *Orwell's Fiction*. Notre Dame, Indiana: University of Notre Dame Press, 1969.

Leites, Nathan. "Psychology of Political Attitudes." *Psycho-Political Analysis: Selected Writings of Nathan Leites*. Ed. Elizabeth Wirth Marvick. New York: John Wiley, Sage Publications, 1977.

Lewis, C.S. "Donne and Love Poetry in the Seventeenth Century."

Seventeenth Century English Poetry. Ed. W.J. Keast. New York: Oxford University Press, 1962.

Lifton, Robert Jay. "Death and History: Ideological Totalism: Victimization and Violence." *Totalitarianism Reconsidered*. Ed. Ernest Menze. Port Washington, New York: Free Press, 1981.

Loewenthal, Karl. *Hitler's Germany*. New York: Macmillan, 1939.

Lottman, Herbert. *Albert Camus: A Biography*. New York: Doubleday, 1979.

Mann, Golo. "*1984*." *Frankfurter Rundschau* 5 Nov. 1949, p. 6.

Mann, Thomas. "Mario and the Magician." *Death in Venice and Other Works*. Trans. H.T. Lowe-Porter. London: Secker and Warburg, 1979.

Marcuse, Herbert. *Eros and Civilization*. New York: Vintage, 1955.

May, Rollo. *Love and Will*. New York: Norton, 1969.

McGill, Arthur. "Structure of Inhumanity." *Disguises of the Demonic*. Ed. A.M. Olson. New York: Association Press, 1975.

Menze, Ernest, ed. *Totalitarianism Reconsidered*. Port Washington, New York: Free Press, 1981.

Meyers, Jeffrey, and Valerie Meyers. *George Orwell:An Annotated Bibliography of Criticism*. New York: Garland Publishing, 1977.

Mills, Wright. *The Marxists*. New York: Dell, 1962.

Milosz, Czeslaw, quoted by Edward M. Thomas in *Orwell*. Edinburgh: Oliver and Boyd, 1965.

More, Thomas. *Utopia*. Trans. Paul Turner. Harmondsworth: Penguin, 1961.

Moreno, Antonio. *Jung, Gods and Modern Man*. London: Notre Dame Press, 1970.

Muggeridge, Malcolm. "Muggeridge's Diaries." *Orwell Remembered*. Ed. Audrey Coppard and Bernard Crick. London: B.B.C. Ariel Books, 1984.

Nasty Girl. Dir. Michael Verhoeven. With Lena Stolz. 1989.

Nelson, John. "Orwell's Political Myths and Ours." *The Orwellian Moment*. Ed. Robert Savage, James Coombs, and Dan Nimmo. Fayetteville: The University of Arkansas Press, 1989.

1984. Dir. Michael Anderson. With Edmund O'Brien, Jan Sterling, and Michael Redgrave. 1955.

1984. Dir. Michael Radford. With John Hurt and Richard Burton. 1984.

Novack, George, ed. *Existentialism versus Humanism: Conflicting Views on Humanism*. New York: Dell, 1966.

Novoe Vremya, 1 Jan. 1984.

Olson, A.M., ed. *Disguises of the Demonic: Contemporary Perspec-*

305

tives on the Power of Evil. New York: Association Press, 1975.

Olson, Robert G. *An Introduction to Existentialism.* New York: Dover, 1962.

Otto, Rudolf. *The Idea of the Holy.* Trans. J.W. Harvey. London: Oxford, 1923.

Patai, Daphne. "Gamesmanship and Androcentism in Orwell's *Nineteen Eighty-Four.*" *PMLA* 97 (1982), 856-870.

———. *The Orwell Mystique: A Study in Male Ideology.* Amherst: University of Massachusetts Press, 1984.

Price, Robert, and Kenneth Noble. *Damascus and the Bodhi Tree: Ancient Wisdom and Modern Thought.* Toronto: Thistle Printing, 1981.

Rahv, Philip. "The Unfuture of Utopia." *Partisan Review* (16 July 1949), 743-749.

Rai, Alok. *Orwell and the Politics of Despair.* Cambridge: Cambridge University Press, 1988.

Rees, Richard. *Fugitive from the Camp of Victory.* London: Secker and Warburg, 1961.

———. "George Orwell." *Scots Chronicle* 26 (1951), 11 (quoted by Rodden 401).

Reich, Wilhelm. *The Mass Psychology of Fascism.* Trans. V.R. Carfagno. New York: Farrar, Strauss and Giroux, 1970.

Reilly, Patrick. *George Orwell: The Age's Adversary.* London: Macmillan, 1986.

Repentance (Pokayaniye). Dir. Tengiz Abuladze. With Avlandi Makhaladze. 1984.

Rieff, Philip. *Freud — The Mind of the Moralist.* Garden City, New York: Doubleday Anchor Books, 1961.

Roazan, Paul. "Orwell, Freud and *1984.*" *Virginia Quarterly Review* 54 (1978), 675-695.

Robbins, R.H. *The Encyclopedia of Witchcraft and Demonology.* New York: Crown, 1960.

Roberts, Stephen. *The House that Hitler Built.* London: Methuen, 1937.

Rodden, John. *The Politics of Literary Reputation: The Making and Claiming of 'St. George' Orwell.* New York: Oxford University Press, 1989.

Rohatyn, Dennis. "Triplethink." Delivered at the American Historical Association Conference, Orwell Session, Honolulu, Aug. 14, 1986.

Roubiczek, Paul. *Existentialism: For and Against.* Cambridge: Cam-

306

bridge University Press, 1966.

Russell, Bertrand. [George Orwell] *World Review* Jan. 1950, 5–7.

Russell, Francis. *Three Studies in Twentieth Century Obscurity*. London: Dufour Editions, 1959.

Sandison, Alan. *The Last Man of Europe: An Essay on George Orwell*. London: Macmillan, 1974.

Sartre, Jean-Paul. "Existentialism is a Humanism." *Existentialism versus Marxism: Conflicting Views on Humanism*. Ed. George Novack. New York: Dell, 1966.

——— . "The Wall." *The Best Short Stories of the Modern Age*. Ed. D. Angus. Greenwich, Conn.: Fawcett, 1962.

Savage, Robert, James Coombs, and Dan Nimmo, eds. *The Orwellian Moment*. Fayetteville: University of Arkansas Press, 1989.

Schapiro, Leonard. *Totalitarianism*. New York: Praeger, 1972.

Schuman, Frederic. *The Nazi Dictatorship*. New York: Knopf, 1935.

Seligman, Kurt. *The History of Magic and the Occult*. New York: Harmony Books, 1948.

Shelden, Michael. *Orwell: The Authorized Biography*. London: Heinemann, 1991.

Simecka, Milan. "Introduction to the Czech Samizdat Edition of *1984*." Published by *Index on Censorship*, quoted by Labedz in "Will George Orwell Survive 1984?" *Encounter* 63 (July/Aug. 1984), 30.

Simms, Valerie J. "A Reconsideration of Orwell's *1984*: The Moral Implications of Despair." *Ethics* 84 (1973–74), 292–306.

Sinyard, Neil. *Filming Literature: The Art of Screen Adaptations*. London: Croom Helm, 1986.

Slater, Ian. *Orwell: The Road to Airstrip One*. New York: Norton, 1985.

Small, Christopher. *The Road to Miniluv: George Orwell, the State and God*. London: Gollancz, 1975.

Smith, Marcus. "The Wall of Blackness." *Modern Fiction Studies* 14 (1968–69), 423–433.

Smyer, Richard. *Primal Dream and Primal Crime: Orwell's Development as a Psychological Novelist*. Columbia: University of Missouri Press, 1979.

Solzhenitsyn, Aleksandr. *The Gulag Archipelago*. New York: Harper and Row, 1973.

Sperber, Murray. "Gazing into the Glass Paperweight: The Structure and Philosophy of Orwell's *Nineteen Eighty-Four*." *Modern*

307

Fiction Studies 26 (1980), 213–216.

Stansky, Peter, ed. *On 1984*. New York: Freeman, 1983.

Stansky, Peter, and William Abrahams. *Orwell: The Transformation*. London: Constable, 1979.

Steiner, George. *Portage to San Cristobal*. New York: Simon and Schuster, 1979.

Steinhoff, William. *George Orwell and the Origins of 1984*. Ann Arbor: University of Michigan Press, 1975.

Sterny, Vincent. "George Orwell and T.S. Eliot: The Sense of the Past." *College Literature* 14 (Spring 1987), 85–100.

Stunia, Melor. *Izvestiya* 15 January 1984.

Swift, Jonathan. *Gulliver's Travels*. Ed. Louis A. Landa. Riverside Editions. Cambridge, Mass.: Houghton Mifflin, 1960.

Talmon, J.L. *The Origins of Totalitarian Democracy*. London: Secker and Warburg, 1955.

Thomas, Edward M. *Orwell*. Writers and Critics Series. Edinburgh: Oliver and Boyd, 1965.

Thomas, Norman. *Socialism Re-examined*. New York: Norton, 1963.

Tolstoy, Nikolai. *Stalin's Secret War*. London: Cape, 1981.

Trilling, Diana. *Nation* 25 June 1949.

Trilling, Lionel. *New Yorker* 16 June 1949.

———. "Introduction to *Homage to Catalonia*." *Homage to Catalonia*. By Orwell. Boston: Beacon Press, 1952.

Ulanov, Ann B. "The Psychological Reality of the Demonic." *Disguises of the Demonic*. Ed. A.M. Olson. New York: Association Press, 1975.

Underhill, Evelyn. *Mysticism*. London: Methuen, 1930.

Wain, John. "Del diagnostical la pesadilla." *Revista de Occidente* 33–34 (1984), 95–109.

———. "The Last of George Orwell." *20th Century* 155 (Jan. 1954), 71.

Warnock, Mary. *Existentialism*. London: Oxford University Press, 1970.

Weintraub, Stanley. "Homage to Utopia." *The Last Great Cause: The Intellectuals and the Spanish Civil War*. New York: 1968.

Wemyss, Courtney, and Alexej Ugrinski, eds. *George Orwell*. Contributions to Study of World Literature #23. Westport: Greenwood, 1987.

Williams, Raymond. *George Orwell*. Modern Masters Series. London: Fontana, 1970.

308

Wilson, Edmund. "Grade-A Essays: Orwell, Sartre and Highet." *New Yorker* 26 (13 Jan. 1951), 76.

Woodcock, George. *The Crystal Spirit: A Study of George Orwell.* New York: Shocken, 1982.

Zamiatin, Yevgeny. *We.* Tr. Mirra Ginsburg. New York: Avon, 1972.

Zwerdling, Alex. *Orwell and the Left.* New Haven: Yale University Press, 1974.

— C —

Edwards，Paul　保罗·爱德华兹，109，116n，132

Ehrenpreiss，Irwin　欧文·埃伦普赖斯，18

Eliade，Mircea　米尔恰·伊利亚德，95，145，147，150

Eliot，T. S.　T. S. 艾略特，1

Eliott，George　乔治·艾略特，1，187n

Eliott，Robert　罗伯特·艾略特，13，26n，204，261，262

Engels，Friedrich　弗里德里希·恩格斯，55

Existentialists and Existentialism　存在主义者和存在主义，6，22，24n，60n，164，217，223，231，232，233，234，235，236，237，238，245，246，247，248，249，250，251，257n

— F —

Faulkner，Peter　彼得·福克纳，18

Fiderer，Gerald　杰拉德·费德勒，3，66，67，84n，161

Fiedler，Leslie　莱斯利·菲德勒，1

Fink，Howard　霍华德·芬克，1

Flanegan，Thomas　托马斯·弗兰尼根，见 Dickerson，Mark

Forster，E. M.　E.M. 福斯特，2

Franco，Francisco　弗朗西斯科·佛朗哥，57，233

Frankel，Victor　维克多·弗兰克尔，243n

Frederick the Great　腓特烈大帝，55

Freud，Freudian　弗洛伊德，弗洛伊德式，3，22，37，64，68，

76，78，79，80，131，132，146，167，172，206，209，210，213，215n，217，223，227，228，229，230，231，232，238，240n，241n，248，249，250，251

（1922—1935），亦称为内务人民委员会，31，35

Greenblatt，Stephen　斯蒂芬·格林布拉特，1

Greene，Graham　格雷厄姆·格林，47，251

Grieffenhager，Martin　马丁·格里芬海格，180，185

Gulbin，Suzanne　苏珊娜·古尔宾，1

—— H ——

Hamilton，Alice　艾丽斯·汉密尔顿，153n

Handelman，Stephen　史蒂芬·汉德尔曼，289

Heller，Peter　彼得·海勒，24n

Helmholtz，Hermann von，physicist　赫尔曼·冯·赫姆霍尔兹，物理学家，206

Hess，Rudolf　鲁道夫·赫斯，98n

Hilferding，Rudolf　鲁道夫·希法亭，112，116n

Hitler，Adolf　阿道夫·希特勒，8，10，11，54，55，57，65，100，104，108，109，110，113，117，118，120，121，123，127，129，134，136n，138，141，145，146，153n，163，168n，174，179，180，181，182，183，228，229，242n，264，288，289，290，291，293，294

Hobbes，Thomas　托马斯·霍布斯，2

Hopkins，Gerald Manley　杰拉德·曼利·霍普金斯，168n

Horace　贺拉斯，262

Hurt，John　约翰·赫特，26n

Klykov，Red Army General　克雷科夫，红军将领，39

Koestler，Arthur　亚瑟·库斯勒，1，4，31，37，62n，84n，
98n，104，105，114n，124，136n，145，153n，229，240n

— L —

Labedz，Leopold　利奥波德·拉培兹，3，12，114n

Labin，Susan　苏珊·拉宾，123，124

Lacan，Jacques　雅克·拉康，1

Lamont，Corliss　科利斯·拉蒙特，250

Landa，Louis　路易斯·兰达，60n

Laski，Harold　哈罗德·拉斯基，34，35，36，37，38，39，58

Lawrence，G. H.　G. H. 劳伦斯，240n

Lee，Robert　罗伯特·李，2

Leites，Nathan　内森·莱特斯，170，175，178，179

Lenin，Vladimir Ilich　弗拉基米尔·伊里奇·列宁，55，108，206

Lewis，C. S.　C. S. 刘易斯，261

Lifton，Robert Jay　罗伯特·杰伊·利夫顿，92，93，95，185

Loewenstein，Karl　卡尔·罗文斯坦，153n

Lottman，Herbert　赫伯特·洛特曼，192，242n

Lyons，Eugene　尤金·莱恩斯，31，55

— M —

Macdonald，Dwight　德怀特·麦克唐纳，37

Machiavelli，Machiavellian　马基雅维利，马基雅维利式的，120，121，151，240n

Malraux，André　安德烈·马尔罗，204，205，214

Mann，Golo　戈洛·曼，11

Mann，Thomas　托马斯·曼，8，22，24n，25n，170，189，190，192，193，194，195，197，198，199，200，202n，203，204，217，219

Marcuse，Herbert　赫伯特·马尔库塞，210

Martindale，Father C. C.　马丁代尔神父，167n

Marx，Marxism　马克思，马克思主义，22，28，55，89，102，104，111，112，125，126，127，132，133，139，205，206，217，223，224，225，232，235，237，238，239，249，250，251，257n，282

May，Rollo　罗洛·梅，298n

McCarthy era　麦卡锡时期，11，242n

McGill，Arthur　亚瑟·麦吉尔，173

Medvedev，Roy，historian　罗伊·梅德韦杰夫，历史学家，290

Medvedev，Zhores，Human Rights Activist　若列斯·梅德韦杰夫，人权活动家，292

Miller，Arthur　阿瑟·米勒，242n

Miller，Henry　亨利·米勒，168n

Milton，John　约翰·弥尔顿，281

Milosz，Czeslaw　切斯瓦夫·米沃什，25n，65

O'Shaughnessy, Eileen 艾琳·奥肖内西，见 Blair, Eileen（née O'Shaughnessy）

Otto, Rudolf 鲁道夫·奥托，157

— P —

Pasternak, Boris 鲍利斯·帕斯捷尔纳克，25n

Patai, Daphne 达芙妮·保陶伊，2，5，24n，84n，161，170，171，180，256

Patakov, Yury 尤里·帕塔科夫，133

Perry, Simon 西蒙·佩里，26n

Plato 柏拉图，214

Pool, Jonathan 乔纳森·普尔，297n

Pope, Alexander 亚历山大·蒲伯，18，167n—168n

Popper, Karl 卡尔·波普尔，136n

P. O. U. M.（Partido Obrero de Unificación Marxista）, a small revolutionary party, strongest in Catalonia 西班牙马克思主义统一工人党，一个小型革命政党，在加泰罗尼亚最为强大

Price, Robert 罗伯特·普莱斯，25n，158，159，160，167n

— R —

Radford, Michael, film director 迈克尔·雷德福德，电影导演，12，26n

Rahv, Philip 菲利普·拉夫，2，11

Stalin，Joseph　约瑟夫·斯大林，4，8，9，10，11，12，13，20，31，33，34，35，38，39，40，50，51，53，54，55，57，58，65，90，92，100，103，106，107，109，110，111，113，114n，115n，116n，117，118，121，127，132，133，134，135n，136n，138，140，141，142，143，145，146，148，153n，163，168n，174，179，180，181，182，183，192，193，194，196，229，230，235，237，239，242n，264，288，289，290，291，293

Stalingrad syndrome　斯大林格勒综合征，8

Stansky，Peter　彼得·斯坦斯基，2

Steiner，George　乔治·斯坦纳，298n

Steinhoff，William　威廉·斯坦霍夫，2，65

Sterling，Jan　简·斯特林，305

Stolz，Lena　莱娜·斯托茨，305

Stunia，Melor　梅洛·斯图尼亚，13，114n

Stypulkovski，Z.　Z.斯提普尔科夫斯基，152n

Swift，Jonathan　乔纳森·斯威夫特，1，15，16，44，53，60—61n，101，110，113，138，204，251，254，261，262，265，281

Symons，Julian　朱利安·西蒙斯，23n，98n

— T —

Talmon，J. L.　J. L. 塔尔蒙，136n，215n，291